Marie Louise Fischer
Als wäre nichts geschehen

Marie Louise Fischer

Als wäre nichts geschehen

Roman

Lizenzausgabe mit Genehmigung
der C. Bertelsmann Verlag GmbH/Blanvalet Verlag GmbH, München
für die Bertelsmann Club GmbH, Gütersloh
die EBG Verlags GmbH, Kornwestheim
die Buchgemeinschaft Donauland Kremayr & Scheriau, Wien
und die Buch- und Schallplattenfreunde GmbH, Zug/Schweiz
Diese Lizenz gilt auch für die Deutsche Buch-Gemeinschaft
C. A. Koch's Verlag Nachf., Berlin – Darmstadt – Wien

Umschlag- und Einbandentwurf: E. und M. Kausche
Gesamtherstellung Mohndruck Graphische Betriebe GmbH, Gütersloh
Printed in Germany · Buch-Nr. 01627 9

In diesem Jahr hatten sie zum erstenmal keinen Weihnachtsbaum. Einige große Tannenzweige steckten in einem bauchigen Tonkrug. Jessica, die kleine Schwester, hatte sie mit bunten Kugeln und silbernem Lametta behängt. Marty Holzner hätte lieber vergoldete Nüsse und kleine rotbackige Äpfel zwischen den blaugrünen Tannennadeln gesehen, aber im Grunde war es ihr gleichgültig. Wichtig für sie war nur, daß sie dieses Fest mit seiner unvermeidlichen Hektik, der unechten Heiterkeit, der vorgetäuschten Harmonie und dem konventionellen Austausch von Geschenken jetzt schon fast überstanden hatte.
Es war der zweite Feiertag, und draußen begann es zu dunkeln. Ein nadelscharfer Regen prasselte gegen die Fensterscheiben. In dem großen Wohnraum brannten einige Wandleuchter und eine Stehlampe, neben der Marty saß. Es war eher schummerig, denn die Lampen reichten nicht aus, um auch die Ecken des Zimmers auszuleuchten. Im offenen Kamin aus unpolierten Marmorblöcken flackerte ein Feuer.
Es hätte gemütlich sein können, und Marty fragte sich, warum sie es nicht so empfand. Vielleicht, weil sie sich ausgeschlossen fühlte wie immer? Oder mindestens, seit Jessica auf der Welt war – Jessica, so blond, so rosig, so blauäugig und liebenswert! Die Schwester saß dem Vater gegenüber, das runde Kinn auf die kleine Faust gestützt, und spielte mit ihm Schach, wobei sie eine überaus nachdenkli-

che Miene aufgesetzt hatte. Sie boten einen hübschen Anblick: der hagere, sehr männlich wirkende Mann mit der hohen Stirn und dem an den Schläfen schon zurückweichenden braunen Haar, der großen Nase und dem eckigen Kinn und die hellhäutige kleine Jessica, fünfzehn Jahre jung, aus deren schimmernden blonden Locken Funken zu sprühen schienen.

Hartmut Holzner blickte immer wieder vom Schachbrett auf, um seine Tochter anzusehen, wobei sich sein schmaler strenger Mund zu einem Lächeln entspannte, das er nur für sie hatte, sein ein und alles.

Marty konnte sich nicht auf ihr Buch konzentrieren, ein Theaterstück von Botho Strauß. Dabei war es wichtig. Sie hatte sich fest vorgenommen, es über die Feiertage zu lesen. Aber sie kam nicht weiter damit. Die kleine Szene, die Vater und Tochter am Schachbrett ihr boten, fesselte sie mehr.

Nein, sie war nicht eifersüchtig, war es nie gewesen. Oder hatte sie sich doch nach Liebe und Zärtlichkeit gesehnt? Ganz unvernünftig, das hatte sie immer gewußt, und es tat auch längst schon nicht mehr weh. Was bedeutete er ihr denn noch, der »Bauwaren-Holzner«, wie ihre Freunde ihn nach seiner Firma nannten? Er teilte keine ihrer Interessen, hatte keinerlei Verständnis für ihr Studium, ihre Arbeit, ihren Ehrgeiz und ihre Ziele. Genauso erging es ihr mit seiner Tätigkeit, bei der es – wie sie dachte – hauptsächlich ums Geldverdienen ging. Es war angenehm, daß er sie monatlich mit einer gewissen Summe unterstützte, und sie war ihm dankbar dafür. Aber das war auch schon alles. Er war für sie ein Fremder.

Wenn sie ihm nur nicht so sehr geähnelt hätte, wenigstens äußerlich! Sie hatte die gleiche kräftige Nase – den »Zinken«, wie sie es für sich selber nannte –, das eckige Kinn, den schmalen Mund, die hohe Stirn und die grauen, zu eng beieinanderstehenden Augen. Merkmale, die bei ihm als Mann markant wirkten, bei ihr aber geradezu grotesk waren. Marty hatte immer gewußt, daß sie häßlich war. Ihre Eltern hatten sie niemals im unklaren darüber gelassen – das Mitleid in ihren Augen, wenn sie sich in einem neuen Kleid gezeigt hatte! –, aber es hatte eine Zeit gegeben, in der sie geträumt hatte, daß alles sich ändern würde, wenn sie groß wäre. Inzwischen war sie erwachsen, 22 Jahre alt, und der Traum vom schönen Schwan war ausgeträumt. Kein kosmetischer Kunstgriff – und sie hatte viele durchprobiert – konnte ihre allzu ausgeprägten Züge auch nur mildern. Sie mußte mit dem Bewußtsein leben, häßlich zu sein. Das war nicht einmal so schwer, denn es gab Menschen, die sie trotzdem schätzten. Frauen mochten sie, weil sie keine Konkurrenz und eine wirklich gute Freundin war, Männer schätzten sie ihrer Zuverlässigkeit, Sachlichkeit, ihres Könnens und Wissens wegen.

Ihre Eltern hatte sie von Geburt an enttäuscht. Schon bevor Jessica auf die Welt gekommen war, hatte sie das spüren müssen.

Wie oft hatte ihre Mutter gesagt: »Wärst du wenigstens ein Junge!«

Marty hatte es ihr nicht übelgenommen, denn sie wußte, daß sie es nicht böse gemeint hatte. Die Mutter, schön und elegant, anmutig und damenhaft, hatte tatsächlich nie begriffen, wie es passieren konnte, daß sie ein solches Mädchen zur Welt gebracht hatte, und wie sehr sie sie mit solchen Bemerkungen verletzte. Schon als Kind war es Marty aufgefallen, daß die Mutter manches nicht begriff, weil sie nicht nachdenken konnte oder wollte.

Marty wußte, daß man ihre Häßlichkeit akzeptiert hätte, wenn sie ein Junge gewesen wäre. Deshalb war auch der Name Martha, auf den sie nach ihrer Patentante getauft wor-

den war, in das neutrale, eher männlich klingende Marty verwandelt worden, noch ehe sie sprechen konnte. Sie selber hatte es später dann gerne dabei belassen, weil sie sich wirklich nicht als eine Martha sehen konnte.
Es war gut gewesen, daß sie schon sehr früh um ihre Häßlichkeit gewußt hatte. So war der Schock, als ihre Mutter mit dem rosigen, blondgelockten Baby aus der Klinik gekommen war, nicht allzu groß gewesen. Marty hatte begriffen, daß man dieses kleine Zauberpüppchen liebhaben mußte, und sie hatte es den Eltern gar nicht übelgenommen, daß sie ganz aus dem Häuschen waren vor Begeisterung. Aber geschmerzt hatte es dennoch, wenn sie auch versucht hatte, es sich nicht anmerken zu lassen.
Marty lernte früh, sich selber und ihre Gefühle zu beherrschen. Es war ein qualvoller Prozeß, aber heute war sie dankbar, daß sie ihn durchgestanden hatte. Er hatte ihr Kraft gegeben.
Über den Rand ihres Buches hinweg beobachtete sie den Vater und die Schwester beim Schachspiel. Jessica brauchte jeweils lange, bis sie sich für einen Zug entschied, war unsicher und berührte häufig zuerst die falsche Figur, hob sie manchmal sogar vom Brett, um sie dann gleich darauf mit einem »Entschuldige, Väterchen!« zurückzusetzen.
Er ließ es ihr durchgehen.
Hartmut Holzner überlegte immer nur kurz und zog entschlossen. »Gardez la dame!« sagte er jetzt.
»Mir scheint, du hast was gegen mich!« Jessica blickte verwirrt.
Er lachte, nicht ohne Selbstgefälligkeit. »Du hast dich da in eine schöne Situation hineinmanövriert.«
»Ich? Du! Das ist eine böse Falle. Aber warte nur, noch bin ich nicht verloren!« Sie zog ihre Dame zurück. »Da! Was sagst du nun?«

»Schach!«
»Oh, verdammt, das habe ich übersehen!«
Marty war sicher, daß Jessica verlieren würde. Sie verlor meistens, und es war fast zu bewundern, daß sie es dennoch immer wieder versuchte.
Wahrscheinlich, dachte Marty, tut sie es überhaupt nur Vater zuliebe. Schach paßt eigentlich gar nicht zu ihr. Wie mühselig es gewesen war, ihr auch nur die Möglichkeiten der einzelnen Figuren einzutrichtern.
Das war viele Jahre her. Früher hatte auch Marty Schach gespielt. Beim Schach hatte sie sich dem Vater tiefer verbunden gefühlt als in jeder anderen Situation. Die Mutter spielte nur Bridge, höchstens noch Rommé oder Canasta, und Jessica war zu klein gewesen. Beim Schach hatte Marty den Vater ganz für sich gehabt. Sie hatte sich große Mühe gegeben, ihm eine gute Partnerin zu sein – wahrscheinlich zu viel Mühe, denn eines Tages war es dann soweit gekommen, daß sie ihn schlagen konnte. Ihr Fehler war, und das begriff sie erst jetzt, daß sie es auch getan hatte, wieder und wieder. Sie hatte gemerkt, daß sie den Vater dadurch verärgerte; es war nicht zu übersehen gewesen, aber sie hatte es nicht über sich gebracht, absichtlich schlechter zu spielen, scheinbar unüberlegt zu ziehen und Gefahren zu übersehen. Sie hatte diese Möglichkeit, den Vater bei Laune zu halten, durchaus erwogen. Aber es wäre ihr als unehrlich erschienen und als ein Zeichen mangelnder Achtung. Schließlich war es dann zum Eklat gekommen. Er hatte die Figuren umgeworfen und sie angeschrien. Marty erinnerte sich gut, wie erschüttert sie damals gewesen war. Nicht dadurch, daß er schlechter spielte, sondern weil er nicht verlieren konnte, war er in ihren Augen vom Olymp seiner väterlichen Überlegenheit ein für allemal herabgestürzt.
Es hatte sie Überwindung gekostet, ihn später noch einmal

zu einem Spiel zu animieren. Aber er hatte abgelehnt, vorgegeben, daß er sich nach des Tages harter Arbeit nicht auch noch mit ihr abplagen könnte. Damals hatte sie begonnen, sich innerlich von ihm zu lösen.
»Schach und . . . matt«, sagte er jetzt.
»Wirklich?« fragte Jessica. »Kein Ausweg?«
»Du kriegst zehn Mark, wenn du einen findest.«
Jessica blickte angestrengt auf das Brett, rief dann: »Marty, hilf mir, bitte!«
»Sinnlos!« erwiderte Marty. »Wenn Vater dich matt gesetzt hat, bist du es auch.«
»So eine Gemeinheit!« rief Jessica, entrüstet und doch auch lachend zugleich. »Immer auf die Kleinen! Kannst du mich denn nicht einmal gewinnen lassen, Väterchen?«
»Das würde dir gar nichts nützen. Du mußt lernen, das Spiel zu beherrschen.«
Was für eine Heuchelei, dachte Marty, daß er sich nicht schämt, wenigstens vor mir!
Er warf einen Blick auf die Uhr über dem Kamin. »Wißt ihr, wo Mutter steckt?«
»Wo schon?« meinte Jessica. »Bei einer ihrer Kaffeetanten.«
»Sie müßte längst zurück sein. Es ist Abendbrotzeit.«
»Sie hat sich irgendwo festgequatscht. Du kennst sie doch.«
»Machst du dir etwa Sorgen?« fragte Marty.
»Wenn es noch kälter wird, werden die Straßen glatt.«
»Ach was«, sagte Jessica und begann damit, die Figuren wieder in ihre Ausgangsspielposition auf das Brett zu stellen, »sie paßt schon auf. Komm, gib mir Revanche.«
»Nicht heute.«
»Und warum nicht?«
»Ich fürchte, ich kann mich nicht mehr richtig konzentrieren, und ich habe Hunger.«

Marty klappte ihr Buch zu und stand auf. »Ich werde das Abendbrot richten. Dann können wir gleich essen, wenn Mutter zurückkommt.«
»Gute Idee!« Jessica sprang hoch wie ein Gummiball. »Aber laß mich das machen! Ich kann das besser.«
Marty lachte. »Was soll schon dabei sein, Butter und Aufschnitt aus dem Eisschrank zu holen und den Tisch zu dekken?«
»Ha! So hast du dir das vorgestellt! Aber ich werde uns einen Salat zaubern! Da hast du bestimmt Lust drauf, Väterchen, nach all dem Süßen.«
»Dann laß mich wenigstens die niederen Dienste machen«, sagte Marty.
»Kommt gar nicht in Frage! Denkst du, ich weiß nicht, was sich gehört? Ich bin hier zu Hause, und du bist der Gast!«
Beinahe hätte Marty erwidert, daß sie sich hier immer noch in ihrem Elternhaus befände, aber da war Jessica schon hinausgewirbelt. Marty war nachträglich froh, daß sie ihr nichts entgegnet hatte, denn sie sah ein: Jessica hatte recht. Seit sie vor vier Jahren, gleich nach dem Abitur, die Familie und das gepflegte Eigenheim in Düsseldorf-Oberkassel verlassen hatte und zum Studium nach Köln gezogen war, tauchte sie nur noch sehr sporadisch hier auf, zu Weihnachten, wie jetzt, an Geburtstagen, und da auch nicht immer. In den langen Semesterferien war sie anfangs lieber durch die Welt getrampt, inzwischen mußte sie in Köln bleiben, um für ihr Studium aufzuholen, was sie durch ihre Arbeit am Theater im Winter versäumt hatte.
»Ist sie nicht wunderbar?« fragte der Vater in ihre Gedanken hinein.
Es war eine rhetorische Frage, und sie verstand sie nicht sogleich. »Wie? Wer? Ach so, ja . . . Jessica. Sie ist reizend.«
Anscheinend hatte Hartmut Holzner mehr Begeisterung

von ihr erwartet, denn er erklärte ziemlich barsch, fast anklagend: »So warst du nie.«
»Du kannst mich nicht mit Jessica vergleichen.«
»Ich denke gar nicht an das Aussehen, sondern ihre Art ... Sie ist so liebenswürdig, so fraulich! Du wärst nie auf die Idee gekommen, mir einen Salat zu machen.«
»Nein, sicher nicht«, gab Marty zu.
Damit gab sich der Vater aber noch nicht zufrieden. »Du hattest deine Nase immer in den Büchern.«
»War doch auch nicht schlecht.«
»Deine Mutter mußte dich dreimal bitten, bevor du dich bequemt hast, eine Hand im Haushalt zu rühren.«
»Sie hat sich selber ja auch nie zu Tode geschuftet. Seit ich denken kann, hatte sie immer eine Hilfe.«
»Die aber auch mal Ausgang hatte, an den Feiertagen etwa wie heute.«
»Sag mal, Vater, was soll das eigentlich? Willst du mir meine Jugendsünden vorwerfen? Immerhin habe ich es doch zu etwas gebracht. In zwei Jahren mache ich meinen Doktor ... und ich bin jetzt schon Dramaturgin.«
»Etwas mehr Fraulichkeit stünde dir gut an. Bildest du dir ein, du kannst mir mit deinem Studium imponieren? Wo wärst du denn, wenn ich dich nicht finanziell unterstützt hätte?«
Marty war drauf und dran, ruppig zu reagieren, aber sie besann sich eines Besseren und sagte ruhig: »Ich bin dir ja auch sehr dankbar.«
»Dazu hast du allen Grund.«
»Ich sehe täglich, wie es anderen geht, die keinen großzügigen Vater haben.«
»Na ja«, sagte er besänftigt, »in gewisser Weise bin ich ja auch stolz auf dich. Jetzt könnte Mutter aber wirklich schon zurück sein.«

Marty setzte sich ihm gegenüber und begann, die Schachfiguren in den Kasten zu räumen; es waren schöne Figuren, aus Messing geschmiedet und sehr teuer. »Sie hatte doch noch nie ein gutes Zeitgefühl.«
»Sie ist mir ein bißchen viel unterwegs.«
»Dann sag ihr das.«
»Hat sie sich je von mir etwas sagen lassen?«
Marty versuchte sich zu erinnern. »Ich weiß nicht. Vielleicht hast du sie zu sehr verwöhnt. Aber das kann ich nicht beurteilen. Außerdem . . . ihr seid schon so lange verheiratet, da kann man nichts mehr ändern. Du mußt sie so nehmen, wie sie ist.«
»Ich habe nie etwas anderes getan, und allmählich glaube ich, daß das ein Fehler war.«
Marty hatte das unangenehme Gefühl, daß der Vater seine Eheprobleme vor ihr ausbreiten wollte, und sie atmete auf, als Jessica hereinkam. Die kleine Schwester balancierte ein Tablett mit zwei eisbeschlagenen Gläsern und stellte es zwischen sie auf den kleinen Tisch. »Ich habe euch Martinis gemixt«, verkündete sie stolz, »mit Oliven!«
»Fabelhaft!« rief Marty, ehrlich erfreut. »Du übertriffst dich selber!«
Hartmut Holzner legte Jessica den Arm um die Hüften und zog sie an sich. »Wenn ich dich nicht hätte, mein Liebling!«
Nun übertreib mal nicht, dachte Marty, lange wirst du sie nicht mehr haben.
»Zu knabbern habe ich euch nichts gebracht«, erklärte Jessica altklug und gab ihrem Vater einen Kuß auf die Stirn, »das verdirbt nur den Appetit. Wenn ihr das ausgetrunken habt, wird gegessen.«
»Und was ist mit Mutter?«
»Was soll schon sein? Wer nicht kommt zur rechten Zeit, der muß sehn, was übrigbleibt, wie schon die alten Römer sag-

ten. Wahrscheinlich hat sie bei einer ihrer Freundinnen genascht und gar keinen Hunger.«

»Ich weiß nicht, ob das richtig ist«, sagte er zögernd.

»Mann Gottes, stehst du unter dem Pantoffel!« platzte Jessica heraus.

Marty hatte einen Schluck genommen. »Gut«, sagte sie anerkennend, »ganz ausgezeichnet. Wie machst du das, Jessica? Trinkst du etwa selber schon harte Sachen?«

»I wo! Ich mache das einfach nach Augenmaß und Handgewicht.«

Hartmut Holzner nippte. »Was meinst denn du, Marty?« Als sie ihn verständnislos ansah, fügte er hinzu: »Findest du nicht auch, daß wir besser auf sie warten sollten?«

»Kann ich nicht beurteilen, trinken wir erst mal in aller Ruhe. Vielleicht ist sie bis dahin ja zurück.«

Tatsache war, daß Molly Holzner nicht so bald erschien. Ihr Mann, der zuerst sehr vorsichtig getrunken hatte, verlangte noch einen und dann noch einen Martini-Cocktail, die er sehr schnell hinunterkippte, bevor er sich von seinen Töchtern bewegen ließ, mit ihnen zu Tisch zu gehen. Auch Marty hatte endlich das lange Warten als albern empfunden und sich auf Jessicas Seite geschlagen. Sie beobachtete besorgt, daß der Vater immer nervöser wurde und nur sehr wenig aß. Selbst Jessicas liebevoll eigens für ihn zubereitetem Salat – Erbsen aus der Dose in einer selbstgerührten Mayonnaise – sprach er kaum zu, dafür aber um so stärker seinem Wein. Er war in schlechter Verfassung. Seine Unruhe steckte Marty an. Sie spürte sehr wohl, daß mehr dahinterstecken mußte, als er zugeben wollte. Nur Jessica blieb unbefangen und plauderte drauflos, und Marty stimmte, wenn es ihr auch schwerfiel, in ihren heiteren Ton ein.

Im Geist zitierte sie Strindberg: *Oh, Familie, du Brutstätte aller Laster, Hölle aller Kinder, Tretmühle aller Ehemänner ...*
Am liebsten hätte sie sich gleich nach dem Essen mit ihrem Buch auf ihr Zimmer verzogen, aber sie wollte weder den Vater brüskieren noch die kleine Schwester mit ihm in dieser Stimmung allein lassen.
Als die Kaminuhr zehn schlug, erhob sich Hartmut Holzner, jetzt schon etwas schwerfällig vom Alkohol, aus seinem Sessel. »So kann das doch nicht weitergehen! Wir müssen etwas unternehmen.«
»Aber was denn, Väterchen?«
»Ihre Freundinnen anrufen. Eine nach der anderen.«
»Aber das kannst du doch nicht tun! Sie würde es dir ganz schön übelnehmen.«
»Aber du kannst es. Niemand wird sich etwas dabei denken, wenn du deine Mutter sprechen willst.«
»Und wenn ich sie finde? Was soll ich ihr sagen? Etwa, daß sie schleunigst nach Hause kommen soll?«
»Dann wissen wir wenigstens, wo sie ist.«
»Du nimmst also an, daß sie bei einer Freundin ist?« fragte Marty nachdenklich.
»Wo denn sonst?«
»Dann weiß ich nicht, worüber du dich aufregst. Ob sie sich nun bei Lina soundso oder Olga oder Helene verplaudert hat, das macht doch keinen Unterschied.«
»Du verstehst mich nicht.«
»Nein, wirklich nicht, Vater. Daß du aus dieser Sache so viel Aufhebens machst!« Sie stand auf, trat ans Fenster und zog den Vorhang zurück. »Übrigens regnet es immer noch, und die Straßen sind keineswegs vereist. Wenn sie einen Unfall gehabt hätte, wären wir längst benachrichtigt worden.«
»Marty hat recht, Väterchen!« Jessica lief zu Hartmut Holzner hin und schmiegte sich in seine Arme. »Hör auf, dir Sor-

gen zu machen! Du kennst sie doch. Es ist ihr bestimmt nichts passiert.«

»Nun mach schon, um was ich dich gebeten habe. Das ist doch wirklich nicht zuviel verlangt!«

Jessica löste sich von ihm und ging zum Telefon, sehr widerwillig, was sie nicht nur durch ihre Miene, sondern auch noch durch ihren schleppenden Gang auszudrücken verstand.

»Da, hört mal!« rief Marty. »Hört ihr es denn nicht? Jemand macht das Garagentor auf! Das kann doch nur sie sein.«

Alle lauschten, hörten das Einfahren des Autos, das Zudonnern des Tors.

»Na endlich!« rief Jessica, sehr erleichtert, daß es ihr erspart blieb, herumtelefonieren zu müssen. »Wurde aber auch Zeit!«

Marty beobachtete ihren Vater. Seine Miene hatte sich nicht aufgehellt, wie sie erhofft hatte, sondern eher noch verdüstert. Er war sehr rot im Gesicht.

Molly Holzner wirbelte ins Zimmer. Regentropfen perlten von der schicken kleinen Toque, die sie sich auf ihr blondes Haar gesteckt hatte, und auch von ihrem dunklen Nerz, den sie trotz des unpassenden Wetters trug. Ihre Lippen waren perfekt nachgezogen, aber das Make-up um die Augen hatte sich leicht verwischt, und die Augen selber, diese blauen Augen, die immer das Schönste an ihr gewesen waren, hatten einen Glanz, der geradezu verräterisch wirkte.

Marty erkannte, daß sie bei einem Mann gewesen sein mußte, und war gleichzeitig schockiert und fasziniert. Auch Jessica und Hartmut Holzner schienen nicht imstande, ein Wort hervorzubringen.

Seltsamerweise war Molly sich des Eindrucks, den sie auf die anderen machte, gar nicht bewußt. »Entschuldigt die Verspätung«, sagte sie leichthin und hob den Arm, um sich

die Hutnadel aus ihrer Toque zu ziehen, »aber was steht ihr da herum wie die Panoptikumsfiguren und starrt mich an?«
»Vater hat sich Sorgen um dich gemacht«, erklärte Jessica.
Molly hatte ihr Hütchen abgenommen, stach die lange Nadel wieder hinein und warf es auf einen Stuhl, ihre Lackledertasche dazu. »Wie albern!« sagte sie. »Will mir denn niemand aus dem Mantel helfen?«
Marty tat es. »Wir haben versucht, Vater zu beruhigen.«
»Bravo!«
Marty sah die Mutter an. Jetzt, ohne Hut und Mantel, in ihrem fließenden blauen Seidenkleid, wirkte sie fast mädchenhaft.
»Glotz mich nicht so an!« sagte Molly. »Bring lieber den Pelz in die Garderobe!«
Jetzt erst wurde Marty bewußt, daß die Mutter, die sich gewöhnlich mit Schmuck zu behängen pflegte, weder eine Brosche noch eine Kette, ja, nicht einmal ihre Ohrringe trug.
»Ich stelle nur fest«, sagte sie, »daß du ohne Schmuck jünger aussiehst.«
»Ach das!« Unwillkürlich fuhr sich Molly mit der Hand an ihre nackten Ohrläppchen. »Ich habe das Zeug abgenommen. Es wurde mir unbequem.«
»Daß du dich nicht schämst!« sagte Hartmut Holzner, und ein tiefer Groll schwang in seiner Stimme.
Molly lachte. »Müßte ich das? Weswegen?«
»Du weißt es.«
»Ich bitte dich, Hartmut, mach mir um Himmels willen jetzt keine Szene. Dazu bin ich wahrhaftig nicht in der Stimmung. Komm, gib!« Sie entriß Marty den Pelzmantel.
Hartmut Holzner vertrat ihr den Weg zur Tür. »So kommst du mir nicht davon!«
»Was soll denn das? Nur weil ich mich ein paar Minuten

verspätet habe?« Molly wollte an ihm vorbei, aber es gelang ihr nicht.
»Stunden!«
»Na, wennschon! Bin ich denn deine Sklavin?«
»Du weißt, daß du tun und lassen kannst, was du willst . . .«
»Leider merke ich nichts davon!« warf sie schnippisch ein.
». . . aber um der Kinder willen hättest du doch wenigstens heute zu Hause bleiben können!«
»Ich habe gestern und vorgestern in Familie gemacht, das sollte doch wohl reichen!«
»Sind wir dir so verhaßt?«
»Ihr langweilt mich, das ist viel schlimmer.«
Marty mochte es sich nicht länger anhören. »Ich finde, jetzt ist es genug. Nehmt Rücksicht auf meine Nerven. Morgen bin ich wieder fort, dann könnt ihr euch alles sagen, was ihr auf dem Herzen habt . . . falls Jessica es aushält.«
»Da hast du es!« sagte Hartmut Holzner. »Marty ist so selten da. Hättest du nicht wenigstens ihr zuliebe . . .«
»Martys wegen?« Mollys Lachen wurde schrill. »Sonst noch etwas? Als wenn du nicht wüßtest, daß Marty nicht den geringsten Wert auf meine Gegenwart legt!«
»Aber, Mutter«, sagte Marty, »das kannst du doch so nicht sagen.«
Molly fuhr zu ihr herum. »Das kann ich, und das tue ich! Aber sei unbesorgt, ich mache dir daraus keinen Vorwurf . . . es beruht durchaus auf Gegenseitigkeit.«
»Ich möchte jetzt schlafen gehen!« sagte Marty. »Kommst du mit nach oben, Jessica?«
Jessica schüttelte die blonden Locken.
»Wenn wir dir so zuwider sind«, herrschte Hartmut Holzner seine Frau an, »warum bist du dann überhaupt nach Hause gekommen?«

»Zuwider bist nur du mir!«
»Das ist keine Antwort!«
»Fragst du mich allen Ernstes? Dann kann ich dir nur sagen: Ich weiß es selber nicht. Nein, ich weiß es nicht!«
Marty merkte, daß die Mutter einem hysterischen Ausbruch nahe war, wußte aber nicht, wie sie sie hätte beruhigen können. Sie ahnte, daß jedes Wort von ihr wie Öl auf die Flamme wirken würde.
»Ich hätte dich längst verlassen sollen!« schrie Molly.
»Dann tue es doch! Tu es endlich!« brüllte er zurück.
»Das lasse ich mir nicht zweimal sagen! Jetzt ist Schluß!« Mit überraschender Kraft rammte sie ihm den Ellbogen in den Magen, so daß er zur Seite wich. »Ich gehe, und zwar für immer!« Schon war sie draußen.
Hartmut Holzner stand wie erstarrt, mit hochrotem Kopf, die Fäuste geballt. Dann wich alle Farbe aus seinem Gesicht, sein Ausdruck veränderte sich, es war, als zerfielen seine Züge. »Molly!« rief er. »Bitte, Molly!« Er stürzte hinter ihr her.
Marty und Jessica blieben allein zurück.
»Passiert das öfter?« fragte Marty.
Jessica zuckte die Achseln. »Manchmal schon. Aber nicht so schlimm wie heute, glaube ich.«
»Warum hast du mir das nie gesagt?«
»Hätte es dich interessiert?«
»Ja.«
»Du bist doch schon so lange weg.«
»Es bleiben trotzdem meine Eltern.«
»Und wenn du es gewußt hättest, was dann? Du hättest doch nichts tun können, als Vernunft zu predigen. Und was nutzt das schon?«
»Es tut mir leid, Jessica . . . für dich.«
»Halb so wild.«

»Hat sie einen Freund?«
Jessica nickte. Von oben her drangen die streitenden Stimmen ihrer Eltern.

Molly hatte schon angefangen einen Koffer zu packen, als Hartmut Holzner in ihr Zimmer trat. Sie hatte nicht einmal aufgesehen, während er sie um Verzeihung bat.
Er gab dennoch nicht auf.
»Spiel nicht verrückt, Molly«, rief er, »du weißt doch genau, daß ich es nicht so gemeint habe! Wenn du mich nicht bis zur Weißglut gereizt hättest . . .«
»Natürlich soll wieder ich schuld sein, ich ganz allein! Wenn du wüßtest, wie satt ich es habe!«
»Molly, ich bitte dich . . .«
»Es ist zu spät, Hartmut, begreifst du das denn nicht? Zu spät für alles!«
»Ich liebe dich doch«, sagte er hilflos.
»Eine feine Liebe ist das! Was habe ich schon davon?«
»Immerhin lange Jahre ein recht angenehmes Leben!«
»Angenehm? Mit dir? Das glaubst aber auch nur du!«
»Ich weiß, daß ich mich nicht genug um dich kümmern kann, aber die Zeiten sind schwer. Alles wird immer schwieriger. Ich muß mich in das Geschäft hineinknien, wenn ich nicht baden gehen will.«
»Hineinknien . . . ja, das paßt zu dir!«
Er legte ihr den Arm um die Hüfte. »Molly . . .«
Sie fuhr zu ihm herum. »Rühr mich nicht an! Ich ertrage es nicht!«
»Was habe ich dir denn getan?«
»Du widerst mich an! Muß ich noch deutlicher werden?«
»Aber, Molly, wir haben doch all die Jahre . . .«
»Ich habe all die Jahre! Ich habe hingehalten, wenn du mal ausnahmsweise Zeit und Lust hattest und ihn hochgekriegt

hast! Meinst du, das wäre ein Vergnügen für mich gewesen? Nie mehr, sage ich dir, nie mehr!«

»Ich will dich zu nichts zwingen, Molly, aber überleg doch mal...« Er war einen Schritt zurückgetreten. »Wir werden uns doch irgendwie einigen können. Das haben wir doch immer getan.«

»Leider! Ich habe immer wieder nachgegeben, das war mein Fehler. Aber jetzt ist Schluß. Ich lasse mich scheiden.« Sie klappte den Koffer zu und ließ die Schlösser einschnappen. »Das genügt fürs erste. Die anderen Sachen laß mir, bitte, von Frau Baumann einpacken.«

»Aber, Molly, wie stellst du dir das denn vor? Ich habe dir doch nichts getan! Was willst du gegen mich vorbringen?«

»Daß ich die Nase voll von dir habe.«

»Molly, das kannst du mir nicht antun!«

»Jetzt komm mir bloß nicht auf die Tour! Die zieht nicht mehr bei mir. Wenn jemand zu bemitleiden ist, dann ich. Die besten Jahre meines Lebens habe ich dir geopfert...«

»Geopfert?«

»Jawohl!« Sie drehte sich zu ihm um und funkelte ihn an, schöner denn je in ihrer Erregung.

»Ich habe dir ein Heim gegeben, Schutz, Sicherheit, eine gesellschaftliche Stellung... Ja, ich weiß, was du mir jetzt sagen willst: Du pfeifst auf das alles. Aber bildest du dir wirklich ein, daß du als geschiedene Frau besser dastehst?«

»Ich werde nicht allein sein!«

»Bist du dir da sicher? Diese Affäre, in die du dich da gestürzt hast, ist bestimmt nicht von Dauer!«

»Als ob du das beurteilen könntest!«

»Der Kerl ist doch so viel jünger als du...«

»Zwölf Jahre, wenn du es genau wissen willst. Aber das spielt überhaupt keine Rolle, im Gegenteil, es ist wundervoll, daß er jung ist.«

»Er ist doch ein Nichts und ein Niemand. Was kann er dir schon bieten? Seine Leidenschaft? Die ist kein Wert, auf den man ein Leben aufbauen kann.«
»Und was warst du, als ich dich kennenlernte? Kaum mehr als ein kleiner Ladenbesitzer. Und was bist du heute? Auch nichts als ein Koofmich. Jupp Schmitz hat mehr gelernt als du. Er wird seinen Meister machen, ein eigenes Geschäft eröffnen . . .«
»Ach, Molly, das sind doch alles Träume.«
»Die sich erfüllen werden, wart's nur ab!«
»Mit einer Frau wie dir?«
»Ja, mit mir. Es hat keinen Sinn mehr, Hartmut, laß mich jetzt endlich gehen.«
»Wohin?«
In ihrem Lachen schwang Bosheit. »Ist das eine Frage?«
»Und was soll aus Jessica werden?«
Ihr Lächeln erlosch, ihr Ausdruck wurde plötzlich ernst, fast erstaunt; tatsächlich hatte sie ihre Tochter über den Streit völlig vergessen.
Hartmut Holzner witterte eine Chance. »Sie ist in einem Alter, wo sie die Mutter noch braucht!«
»Jessica«, erklärte Molly entschlossen, »nehme ich natürlich mit.«
»Zu deinem Liebhaber?« fragte er, als wäre er nicht sicher, richtig gehört zu haben.
»Und warum nicht?« konterte sie. »Wir werden ihr ein Zimmer freimachen.«
»Du mußt verrückt sein, an so etwas überhaupt zu denken!«
»Sie braucht ihre Mutter, das hast du doch eben noch selber gesagt!«
»Eine Mutter, die ihre Pflichten erfüllt, ja! Keine Schlampe, die sich einem hergelaufenen Kerl an den Hals wirft.«

Sie zuckte zusammen, als hätte er sie geschlagen. »Du Dreckskerl!« schrie sie. »Ja, das bist du . . . nichts als ein jämmerlicher Dreckskerl . . . Alles mußt du in den Dreck ziehen! Und bei so einem wie dir soll ich meine Tochter lassen? Niemals, und wenn du mich auf den Knien bittest!«
»Sie ist auch meine Tochter.«
»Das kannst du auch nur glauben, weil du mit Blindheit geschlagen bist!« Molly lachte wütend. »Du Jessicas Erzeuger? Ein eingebildeter Esel, das ist alles, was du bist!«
Er packte sie bei den Schultern und schüttelte sie. »Das ist nicht wahr!« Er schrie es heraus wie ein verwundetes Tier. »Du lügst! Gib zu, daß sie mein Kind ist!«
Molly ließ sich nicht einschüchtern. »Das hättest du wohl gern!« schrie sie zurück. »Aber sie ist nicht dein Kind . . . und sie weiß es!«
Er ließ sie so jäh los, daß sie das Gleichgewicht verlor und sich am Bettpfosten festhalten mußte. Nicht nur sein Gesicht verfiel, auch sein Körper sackte zusammen.
»Dann weißt du wohl auch, wer ihr wirklicher Vater ist.«
»Aber sicher! Ich bin ja keine Hure, die wahllos herumschläft, wie du es mir mehr als einmal vorgeworfen hast!«
»Wer?«
»Manfred Probst!«
Der Name sagte ihm auf Anhieb nichts, obwohl er wußte, daß er ihn schon einmal gehört haben mußte. Schwäche überfiel ihn, seine Beine drohten unter ihm nachzugeben. Er ließ sich auf die Bettkante sinken.
Sechzehn Jahre mußte es jetzt her sein . . . Manfred Probst! Die Erinnerung kehrte zurück, eine völlig verdrängte Erinnerung.
Es war auf einem Kongreß junger Unternehmer in Hamburg gewesen. Manfred Probst war der jüngste von ihnen gewesen, sehr schlank, sehr gepflegt, eine Spur zu elegant,

verdammt gutaussehend und arrogant. Auf dem Abschlußbankett mit Damen hatte Molly unverschämt mit ihm geflirtet. Und danach, beim zwanglosen geselligen Beisammensein, war sie plötzlich verschwunden gewesen. Für wie lange, hatte er niemals erfahren, denn er hatte es erst gar nicht bemerkt, weil er in ein Fachgespräch mit einem Bauunternehmer vertieft gewesen war. Er konnte diesen für ihn sehr wichtigen Mann nicht einfach stehenlassen, und so hatte er darauf verzichten müssen, nach ihr zu suchen. Aber er hatte kaum noch auf das hören können, was der andere ihm sagte, hatte immer wieder zur Tür schauen müssen. Dennoch hatte er den Augenblick verpaßt, als sie wieder erschienen war. Sie hätte rasende Kopfschmerzen gehabt, eine Tablette nehmen und sich ein wenig hinlegen müssen, hatte sie später erklärt, als er sie zur Rede stellte. Aber ihre blühenden Wangen und strahlenden Augen straften ihre Worte Lügen. In der Nacht war sie besonders zärtlich zu ihm gewesen ...

Molly hatte sich inzwischen wieder gefaßt. Sie war immerhin klug genug zu begreifen, was sie angerichtet hatte, und hätte ihren Ausbruch am liebsten ungeschehen gemacht. Sie blickte auf ihren Mann herab, der da gebrochen auf der Bettkante kauerte, mit hängenden Schultern und gesenktem Kopf, die Hände zwischen den Knien baumelnd.

»Nimm's nicht so tragisch, Hartmut!« sagte sie.

»Er sah zu ihr auf wie ein geprügelter Hund. »Ich kann es nicht fassen.«

»Es ist auch gar nicht wahr«, sagte sie rasch, »ich wollte dich nur verletzen.«

»Soll ich Jessica fragen?«

»Wozu?«

»Du sagtest doch, sie weiß es.«

»Ach, Hartmut, zieh doch das Kind nicht auch noch hinein!«

»Also stimmt es doch?«
Molly überlegte. Sie kannte ihren Mann, er ließ sich nur zu gern belügen. Es bestand durchaus die Chance, ihn glauben zu machen, daß sie ihn nur habe ärgern wollen. Aber dann wären sie wieder so weit gewesen wie vor ihrem Streit. Möglicherweise hätte es sogar zu einer scheinbaren Versöhnung geführt, die sie innerlich ablehnte. »Ja«, sagte sie.
Hartmut Holzner straffte die Schultern. »Dann werde ich meine Konsequenzen ziehen.«
»Du bist also einverstanden?« fragte sie hoffnungsvoll.
»Womit?«
»Mit der Scheidung?«
»Nein.«
»Aber nach alledem kann unsere Ehe doch nie wieder eine Ehe werden!«
»Sie ist es ja gewesen, obwohl ihr beide es wußtet.«
»Das war doch etwas ganz anderes!«
»Nicht, was dich und mich betrifft.«
»Also . . . was willst du tun?«
»Ich verlange von dir eine schriftliche Erklärung, daß Manfred Probst Jessicas Vater ist.«
Molly konnte die Tragweite dessen, was er von ihr forderte, nicht so schnell überdenken, und zögerte deshalb.
»Weiß er es auch?« fragte Hartmut Holzner.
»Ja.«
»Und er hat es nie für nötig gehalten, sich um Jessica zu kümmern? Sie auch nur mal anzusehen?«
Molly dachte daran, wie sie damals inständig gehofft hatte, er würde sich zu Jessica bekennen und auf Scheidung drängen; sie war, wenn sie es sich heute auch kaum mehr vorstellen konnte, sehr verliebt in ihn gewesen und später dann sehr enttäuscht. »Ich gebe zu«, sagte sie, »er hat sich ziemlich mies verhalten.«

»Warum weigerst du dich dann, mir deine Unterschrift zu geben?«
»Tue ich ja gar nicht. Nur ... wie soll es dann weitergehen?«
»Ich werde ihn verklagen. Er ... er muß mir alles zurückzahlen, was ich für Jessicas Erziehung aufgewandt habe. Jawohl! Und zwar auf Heller und Pfennig ... angefangen mit den Kosten der Entbindung.«
»Das ist nicht dein Ernst!« sagte Molly fassungslos.
»Tut er dir etwa leid?«
»Ganz und gar nicht. Bloß hilft uns das ja nicht weiter.«
»Selbstverständlich kann Jessica bei mir bleiben, wenn sie will. Ich werde ihr allerdings meinen Namen aberkennen ...«
»Was willst du?«
»Starr mich nicht so an! Wenn sie nicht meine Tochter ist ... das ist nicht meine Schuld, wie du zugeben wirst ... kann sie auch nicht länger meinen Namen tragen.«
»Du bist ... also wirklich, mir fehlen die Worte!«
»Die Dinge müssen ihre Ordnung haben!« beharrte er starrköpfig. »Vielleicht wird es nicht ganz angenehm für Jessica sein, aber da sie ja schon immer gewußt hat, daß sie nicht meine Tochter ist ...«
»Nicht schon immer! Glaubst du, ich hätte sie schon als Baby aufgeklärt? Erst vor ein paar Jahren ... irgendwann ... habe ich ihr die Geschichte erzählt!«
»Das macht es um nichts besser.«
»Du kannst doch jetzt deine Wut nicht an ihr auslassen!«
»Sieh mich an!« Er stand auf. »Bin ich wütend? Nein, ich bin nur enttäuscht, maßlos enttäuscht! Ich verspreche dir, ich werde Jessica nicht unnötig verletzen. Wenn du aber so besorgt um sie bist, dann würde ich vorschlagen, du bleibst hier ... zumindest, bis die Dinge geklärt sind.«

»Darauf willst du also hinaus? Sehr schlau von dir, aber nicht schlau genug. Ich habe dich nie geliebt, das hättest du eigentlich merken müssen. Aber jetzt habe ich auch noch das letzte Fünkchen Achtung vor dir verloren! Ich kann nicht mehr mit dir leben. Selbst wenn ich es wollte, ich brächte es nicht über mich!«
»Ich würde dich nicht anrühren, Molly, ich verspreche es dir! Bleib um Jessicas willen. Alles, was wir brauchen, um aus diesem Wirrwarr herauszukommen, ist doch nur Zeit . . . ein bißchen Zeit!«
»Ich habe keine Zeit mehr, Hartmut . . . nicht für dich! Ich habe genug von dir, deiner Pedanterie, deiner Selbstgerechtigkeit, deiner . . . Ach was, warum bemühe ich mich, dir das zu erklären. Du kannst mich ja doch nicht verstehen.« Molly vollzog mit der flachen Rechten eine schneidende Bewegung unter der Kehle. »Du stehst mir bis hier! Ich will leben . . . endlich leben!«
»Du wirst dieses Haus nicht verlassen, bevor du mir nicht die Erklärung über Manfred Probsts Vaterschaft unterschrieben hast!«
»Dann würde ich dir raten, dich zu beeilen. Ich ersticke sonst noch.«

Marty und Jessica standen immer noch wie gebannt. Sie hatten gegen Ende des Streits nicht anders gekonnt, als mitzuhören. Auf eigentümliche Weise war jede Gemütlichkeit aus dem schönen Wohnraum gewichen. Das Feuer im Kamin war erloschen, und der Geruch der erkaltenden Asche verbreitete sich. Als sie Hartmut Holzner die Treppe herunterkommen hörten, schob Marty den schweren Vorhang zurück und öffnete ein Fenster. Die naßkalte Luft, die von außen hereindrang, ließ Jessica frösteln.
»Ob sie sich wieder beruhigt haben?« fragte sie.

»Ich weiß es nicht.«
»Jetzt tippt er etwas. Mitten in der Nacht! Was soll das?«
»Frag mich was Leichteres.«
»Und was ist mit Mutter?»
Marty wandte sich zur Tür. »Wir sollten nach ihr sehen.«
Jessica hielt sie zurück. »Ich weiß nicht . . .«
»Was weißt du nicht?«
»Ob es richtig ist, daß wir uns da einmischen!«
»Dann geh du zu Bett!«
In diesem Augenblick kam Hartmut Holzner herein, ein Blatt Papier in der Hand. »Ist eure Mutter nicht hier?« Er wandte sich wieder der Diele zu. »Sie ist doch nicht etwa schon . . .«
Marty packte ihn am Arm. »Vater!« sagte sie. »Was soll das?«
Er sah sie an, aber sein Blick war abwesend. »Ist sie noch oben?«
»Ja. Wir hätten sie hören müssen. Willst du uns nicht sagen . . .«
»Sie verläßt mich.«
Marty begriff.
»Du kannst sie übrigens begleiten, wenn du willst, Jessica«, sagte er.
»Wohin?« fragte das Mädchen erstaunt.
»Zu ihrem Freund.«
»Zu Jupp Schmitz? Ich denke ja nicht daran!«
»Das weißt du also auch?«
Jessica errötete.
»Ihr alle scheint Bescheid zu wissen«, sagte Marty, »nur ich nicht. Wer ist dieser Jupp Schmitz?«
»Ein Installateur!« erklärte Jessica. »Er hatte öfters was hier im Haus zu reparieren. Daher kenne ich ihn. Er ist ein Primitivling erster Güte.«

»Du willst also nicht zu ihm?« vergewisserte sich Hartmut Holzner.
»Ich bin doch nicht verrückt! Was soll ich denn da? Zuschauen, wie die beiden turteln?«
»Niemand zwingt dich. Es war ein Vorschlag deiner Mutter.«
»Die hatte auch schon mal bessere Ideen.«
»Natürlich kannst du auch hierbleiben. Es scheint dich ja nicht zu stören, daß ich nicht dein Vater bin.«
Diesmal errötete Jessica noch tiefer; eine scharlachrote Welle überflutete ihr kleines Gesicht.
»Wirklich?« fragte Marty, erstaunt und bestürzt, und blickte von der Schwester auf den Vater.
»Du hast es also nicht gewußt?«
»Woher sollte ich?«
»Sie könnte es dir erzählt haben, Jessica weiß es jedenfalls seit langem.«
»Mich hat niemand eingeweiht ... und überhaupt, ich kann's nicht glauben!«
Jessica warf sich an Hartmut Holzners Brust. »Aber du hast mich doch trotzdem noch lieb, Väterchen? Bitte, sag, daß du mich liebhast!«
Er nahm sie nicht in die Arme, sondern blieb steif wie ein Stock. »Wir müssen unsere Beziehungen neu überdenken.«
Jessica blickte zu ihm auf, Tränen in den schönen Augen. »Was gibt es da zu bedenken?«
»Wenn du es mir wenigstens gesagt hättest! Warum hast du es mir nicht gesagt?«
»Das konnte ich doch nicht, Väterchen!«
Er schob sie von sich.
»Nenn mich nie wieder so!«
Jessica war verwirrt. »Was soll ich nicht?«

»Väterchen zu mir sagen.«
»Aber das bist und bleibst du doch für mich! Du bist mein liebstes, allerliebstes Väterchen!«
»Du hast mich belogen und betrogen! Genau wie deine Mutter!«
»Nun aber mal halblang, Vater!« sagte Marty. »Sie war doch in einer Zwickmühle. Soll sie dich etwa Onkel nennen? Oder Hartmut?«
Der Blick seiner kühlen grauen Augen war abweisend. »Misch du dich da nicht ein!«
Marty hielt es für das beste, die beiden allein zu lassen.

Molly war nicht in ihrem Schlafzimmer. Der gepackte Koffer stand noch neben dem Bett. Auch das Bad war leer. Endlich entdeckte Marty sie vor dem geöffneten Safe im Schlafzimmer des Vaters. Molly schrak zusammen, als ihre Tochter sie ansprach.
»Gott, hast du mich jetzt erschreckt!«
»Mutter, sag, das mit Jessica kann doch nicht wahr sein! Gib zu, daß du ihn nur ärgern wolltest!«
»Nein, Marty, es stimmt schon.« Wütend und enttäuscht starrte sie in den Safe. »So ein Pech! Ich bin doch wirklich vom Pech verfolgt! Sonst stapelt er die Scheine hier bündelweise, und ausgerechnet heute ist das Ding leer!«
»Aber das hättest du ihm doch niemals sagen dürfen! Vielleicht damals, ja . . . aber doch jetzt nicht mehr!«
»Ich war so außer mir! Er hat mich bis zur Weißglut gereizt!«
»Und warum hast du Jessica eingeweiht? Du mußtest doch wissen, wie sehr du sie damit belastest!«
Molly gab der Safetür einen verächtlichen Stoß, nicht stark genug, daß sie zufiel, und wandte sich zu Marty um. »Soll das ein Verhör sein?«

»Nein, ich versuche nur zu verstehen! Mir kommt es vor, als wärt ihr alle verrückt geworden.«
»Das glaube ich dir sogar. Du warst ja immer das Fräulein Siebengescheit! So überlegen! Du mit deinen fabelhaften Noten und nie mit einer Spur von natürlichem Gefühl!«
Marty überhörte die Anschuldigungen, die ihr nur zu gut bekannt waren. »Ich will wissen, warum du es Jessica gesagt hast! Sie hat dich doch bestimmt nicht in Wut versetzt.«
»Was weiß ich! Das ist ja schon so lange her!«
»Mutter, warum?«
»Vielleicht ist sie mir mit ihrem ewigen Väterchengetue auf die Nerven gegangen. Schon möglich. Aber ich erinnere mich nicht mehr.«
»Du hast ihr also damit eins auswischen wollen? Oh, Mutter!«
»Laß mich in Frieden! Merkst du denn nicht, wie entsetzlich du bist! Immer mußt du bohren und den Dingen auf den Grund gehen. Was für einen Sinn soll das denn haben? Was geschehen ist, ist geschehen. Glaubst du, du kannst was daran ändern, indem du mir Vorwürfe machst? Oder verlangst du, daß ich mich jetzt zerfleische? Außer dir kenne ich keinen Menschen, dem nicht schon mal ein unbedachtes Wort entschlüpft wäre.«
Sie ging an Marty vorbei in ihr Schlafzimmer und wollte den Koffer heben.
»Laß mich das machen«, erbot sich Marty, »ich bringe ihn dir in die Garage.«
»Danke.« In der Diele schlüpfte Molly in ihren Nerz und legte sich ihren zweiten Pelzmantel, einen Ozelot, über den Arm.
»Willst du dich nicht von Jessica verabschieden?« fragte Marty.
»Wenn sie Wert darauf legte, käme sie ja zu uns heraus,

nicht wahr? Außerdem ist Oberlörick ja nicht aus der Welt. Sie kann mich besuchen, wann immer sie will!« Bei den letzten Sätzen hatte Molly ihre Stimme merklich erhoben. Marty verstand, daß sie ihrem Mann nicht noch einmal gegenübertreten wollte, und ließ es dabei bewenden. Auf jeden Fall war es richtig, wenn sie nichts unterschrieb.
»Weißt du, wie ich mich fühle?« fragte Molly, als sie den Kofferraum ihres Sportwagens aufschloß.
Marty blickte sie prüfend an. »Nein.«
»Erleichtert! Ich bin froh, daß alles so gekommen ist.«
»Wie schön für dich!« Marty wuchtete den Koffer in das Auto.
»Ich wollte schon lange fort, oh, schon so lange! Aber ohne diesen Krach hätte ich die Kraft dazu nicht aufgebracht. Jetzt bin ich endlich frei. Ich habe alle Brücken hinter mir abgebrochen . . . So sagt man doch?«
»Bist du sicher, daß du nicht in Ruhe mit Vater hättest sprechen können? Er ist doch im großen und ganzen ein vernünftiger Mann.«
»Nicht, was mich betrifft. Er liebt mich zu sehr, weißt du. Du ahnst nicht, was er alles eingesteckt hat, nur um mich nicht zu verlieren.«
»Daß er dich wahnsinnig verwöhnt hat, war nicht zu übersehen.«
»Ich konnte anstellen, was ich wollte, immer hat er beide Augen zugedrückt! Seine entsetzliche Großzügigkeit, seine widerliche Nachsicht! Daraus hat er die Ketten geschmiedet, mit denen er mich an sich gefesselt hat. In deinen Ohren klingt das wahrscheinlich übertrieben, aber genauso empfinde ich es. Du weißt nicht, wie quälend es ist, von einem Mann geliebt zu werden, für den man nichts empfindet.« Sie betrachtete ihre Tochter mit jenem halb mitleidigen, halb verächtlichen Blick, den Marty so gut kannte. »In dem Punkt

jedenfalls hast du Glück gehabt! So was kann dir bestimmt nicht passieren.«
»Danke!«
»Oh, ich wollte dich nicht kränken, Liebes! Es ist nun mal so meine Art, alles auszusprechen, was mir durch den Kopf geht. Du kennst mich ja.«
»Nein«, sagte Marty, »ich glaube, ich fange erst jetzt langsam an, dich kennenzulernen!« Sie öffnete das Garagentor.
Molly setzte sich hinter das Steuer, steckte den Zündschlüssel ein, drehte ihn und gab Gas, bis der Motor ansprang.
Marty klopfte gegen die Scheibe, und die Mutter kurbelte sie herunter.
»Solltest du nicht lieber telefonieren?« fragte Marty. »Ich meine, er kann doch nicht wissen, daß du kommst?«
»Natürlich nicht! Das wird eine tolle Überraschung werden!« Molly kurbelte das Fenster wieder hinauf, und das Auto schoß in die Dunkelheit.
Marty stand da und blickte hinterher bis die Rücklichter verschwanden; sie fühlte sich sehr alt.

Vom Kaiser-Wilhelm-Ring waren es mit dem Auto nicht mehr als gute zehn Minuten bis nach Oberlörick, wenn man, wie Molly Holzner, die Strecke gut kannte und die Fallen der Einbahnstraßen zügig umfuhr. Als sie vor dem Grundstück auf der Kreutzerstraße hielt, auf dem Jupp Schmitz sich seinen Flachbau errichtet hatte, war sie immer noch aufgekratzt. Sie ließ das Auto stehen ohne abzuschließen, nahm nur ihren Ozelot und ihre Handtasche und stökkelte über die Platten des Gartenweges auf die Haustür zu. Durch die nicht ganz dicht zugezogenen Vorhänge des Wohnzimmers fiel ein Streifen Licht auf das vor Nässe glänzende struppige Wintergras. Jupp Schmitz war noch auf. Das schien ihr ganz selbstverständlich. Es war ihr gar nicht

zu Bewußtsein gekommen, daß es inzwischen auf Mitternacht zuging.
Sie mußte zweimal läuten, bevor er öffnete. Er war im Schlafanzug, über dem er einen eng gegürteten weinroten Bademantel trug, und hatte graue Wollstrümpfe an den Füßen und lederne Schlappen. Sie konnte ihrem Impuls, ihm um den Hals zu fallen, nicht nachgeben, denn unwillkürlich wich er einen Schritt zurück.
»Du?« fragte er, nicht gerade erschrocken, aber auch nicht erfreut, sondern nur maßlos erstaunt.
»Ich habe meinen Mann verlassen!«
»Warum?«
»Ich habe es nicht länger ausgehalten.«
»Wat du nich sagst!«
»Freust du dich denn gar nicht? Ich habe es doch für dich getan!«
»Is dat nich ein bisken voreilig gewesen?«
»Ach, Jupp, Jupp, sei doch nicht immer so schwerfällig!« Sie gab ihm ihre Autoschlüssel. »Da, hol mir meinen Koffer!«
Er nahm den Schlüssel, betrachtete ihn aufmerksam, als hätte er dergleichen noch nie gesehen, und richtete dann den Blick seiner schwarzen Augen mit dem gleichen Ausdruck auf sie. »Das ist aber mal 'ne Überraschung«, sagte er.
Ganz unvermittelt überfiel sie die wilde, fast panische Angst, daß er sie zurückweisen könnte. »Jupp, bitte!« flehte sie und merkte mit Scham und Schrecken, daß ihre Stimme ihr nicht gehorchte. »Du willst mich doch nicht hier stehenlassen?«
Seine Züge glätteten sich und nahmen ihren üblichen Ausdruck von Gelassenheit an. »Nur keine Bange, Molly, komm rein!« Er lächelte sie liebevoll an, jetzt zum ersten Mal.

Sie ließ den Ozelot fallen und warf sich in seine Arme.
»Na, na, na!« Er klopfte ihr auf den Rücken. »War es denn so schlimm?«
»Noch schlimmer, Jupp, du kannst es dir nicht vorstellen!«
»Eifersüchtig, dein Alter?«
»Schrecklich!«
»Und du hast mir immer gesagt, er macht sich gar nichts draus.«
»Das hatte ich ja auch gedacht . . . bis heute abend.«
Er schob sie etwas von sich und legte die Hand unter ihr Kinn, um ihr in die Augen sehen zu können. »So 'n Ehekrach, weißt du, der kommt alle Tage vor. Ich würde sagen, jetzt trinken wir erst mal nen Schlückchen, und dann fährst du wieder zurück, haust dich in die Heia, und morgen sieht alles anders aus.«
»Nein«, stammelte sie, »nein.«
»Aber bei mir kannst du doch nicht bleiben.«
»Warum nicht, Jupp, du hast doch Platz genug.«
»Aber das gehört sich doch nun mal nicht . . .«
»Erst verführst du mich . . .«
»Stopp, Molly! Denk mal nach: war es nicht grad umgekehrt?«
»Jedenfalls hat es dich keine Überwindung gekostet, mit mir zu schlafen, und jetzt, wo ich dich brauche . . .«
»Ich hab' keine Zeit für so was.« Er ging vor ihr her in das unaufgeräumte Wohnzimmer; auf dem großen Tisch lagen aufgeschlagene Bücher und Hefte. »Sieh mal, was ich gemacht hab', seit du weg bist . . . nämlich gearbeitet. Da!« Er schlug mit der Hand auf ein Heft. »Verrechnung der Gemeinkosten auf der Basis der produktiven Löhne . . . meinst du vielleicht, daß das einfach ist! Addition aller Gemeinkosten, auch der kalkulatorischen. Gemeinkostenzuschlagsrate in Prozenten . . . wenn ich das nicht in meinen Kopf

reinkriege, mache ich den Meister nie! Dann brauche ich mich nicht mal erst zur Aufnahmeprüfung zu melden. Die stellen Ansprüche heutzutage, das kannst du dir nicht vorstellen.«

Molly hatte ihren Ozelot aufgehoben, war ihm gefolgt und warf den Pelz jetzt auf das Sofa. Obwohl es nicht gerade warm im Zimmer war – Jupp Schmitz hielt viel von Heizkostenersparnis –, zog Molly ihren Nerz aus und legte ihn zu dem Ozelot, um ihm und sich selber zu beweisen, wie sehr sie sich bei ihm zu Hause fühlte. »Aber, Jupp, ich werde dich doch nicht stören!«

»Ich muß allein sein, wenn ich arbeite. Das war schon als Kind so! Wenn ich arbeite, kann ich kein Volk um mich haben.«

»Dann gehe ich eben so lange in die Küche.«

»Du? Den ganzen Abend in der Küche hocken? Ausgerechnet du?«

»Du hast ja auch noch die Kammer. Die werde ich für mich herrichten. Die ist groß genug, und ein Fenster hat sie auch.«

»Ich weiß nicht, warum du dir das in dein hübsches Köpfchen gesetzt hast. Es war doch so schön mit uns zwei beiden, alles hat prima geklappt, und nun auf einmal . . .«

»Wäre es dir lieber gewesen, ich hätte dich aufgegeben?«

»Aber das verlangt doch niemand!«

»Doch, mein Mann! Er hat mich vor die Wahl gestellt. Entweder Schluß mit dir . . . oder mit unserer Ehe.«

Jupp Schmitz kratzte sich am Hals. »Wir hätten vorsichtiger sein müssen, das hab' ich dir immer gesagt.«

»Wir sind's aber nicht gewesen. Bitte, begreif doch endlich, Jupp: Ich kann nicht mehr zurück! Nie mehr. Und ich will auch nicht zurück!«

»Aber du hast es doch gut gehabt bei deinem Mann. Der

Bauwaren-Holzner, der hat doch Millionen. Die kannst du doch nicht so einfach schwimmen lassen.«
»Das will ich ja auch gar nicht, Jupp! Ich will mich scheiden lassen. Dann muß er sein verdammtes Geld mit mir teilen!«
»Bist du sicher, daß das klappt?«
»Aber ja doch! Du hältst mich für ein Dummchen, ich weiß, alle halten mich dafür. Vielleicht bin ich auch wirklich nicht besonders schlau. Vom Nachdenken kriegt man sowieso nur Falten im Gesicht. Aber was wichtig ist, weiß ich eben doch: Mein Mann und ich leben in einer Zugewinngemeinschaft. Einen Ehevertrag haben wir bestimmt nie geschlossen. Also muß er mir bei der Scheidung die Hälfte von allem abgeben.«
»Ja, dann bist du fein raus.«
»Wir beide, Jupp! Ich will ja das Geld gar nicht für mich haben, sondern für dich ... damit du dir eine Existenz aufbauen kannst!«
Weniger als von ihren Worten, an die er nicht recht glauben konnte, wurde er von ihrem Auftreten hingerissen, flammend, begeistert und schön stand sie vor ihm, eine begehrenswerte Frau, und er begehrte sie.
Aber er konnte das, was er empfand, nicht in Worte kleiden.
»Du bist mir schon eine«, sagte er nur.
Aber sie verstand, was er meinte. »Und du brauchst keine Angst zu haben, Jupp!« rief sie. »Du mußt mich nicht heiraten, an so was brauchst du gar nicht zu denken. Jetzt bin ich noch jung genug für dich ...«
Plötzlich, als würde sie unsicher, fragte sie kokett: »Das bin ich doch ... oder?«
Er grinste anerkennend. »Kann man wohl sagen!«
»Vielleicht ändert sich das ja auch nicht so bald. Aber bestimmt will ich dir nie als Klotz am Bein hängen. Entweder

kriegst du das Geld von mir zu einem günstigen Zinssatz, oder du nimmst mich als stillen Teilhaber in deine Firma!«
»Wenn du es erst hast«, bemerkte er skeptisch.
»Aber ich kriege es, ganz bestimmt! Was soll denn da schiefgehen?«
»Dein Bauwaren-Holzner könnte zum Beispiel Pleite machen ...«
»Ausgeschlossen!«
»Mein lieber Schwan, ich hab' schon Pferde kotzen sehen, und zwar vor der Apotheke!« Er wandte sich zur Tür.
»Wo willst du hin?«
Er hob die Hand und ließ ihre Autoschlüssel gegeneinander klirren. »Deinen Krempel holen! Oder hast du es dir anders überlegt?«
»Nein!« rief sie leidenschaftlich.
»Zu was stehen wir dann noch hier herum und reden?«
Sie lief zu ihm hin. »Ich weiß, ich habe dich überrumpelt. Tut mir leid, daß das so plötzlich kam! Aber du freust dich doch auch, nicht wahr? Gib es zu!«
»Und ob! Du weißt doch selbst, daß du 'ne janz leckere Schatz bist!«
Er packte sie mit jener Härte, nach der sie so verlangte, und als er sie küßte, erschauerte sie vor Lust. Ihr Mann, ihre Töchter, ja, sogar ihr Auto und ihr Koffer, alles war vergessen. Es gab nur ihn für sie, diesen starken, unkomplizierten Mann, in dessen Armen sie sich so jung fühlte, als wäre ihr mit ihm die Liebe zum erstenmal begegnet.
Als er sich von ihr löste, war es für sie wie ein kleiner Schock, und nur mit Anstrengung fand sie in die Wirklichkeit zurück. »Was ist?« fragte sie verwirrt.
Zärtlich strich er ihr eine Locke aus der glühenden Stirn. »Ich kümmere mich jetzt erst mal um dein Auto.«
»Ist das denn wichtig?«

»Alles muß seine Ordnung haben. Mach's dir gemütlich.« Er lächelte ihr aus seinen dunklen Augen zu. »Von nun an haben wir ja jede Menge Zeit für das andere.«
»Ja«, sagte sie glücklich, »das haben wir.« Erschöpft sank sie auf das Sofa, zwischen ihre Pelze, aber eine Sekunde später sprang sie wieder auf und lief ins Schlafzimmer, um sein breites Junggesellenbett, das noch zerwühlt vom Nachmittag war, für die Nacht zu richten.

Am nächsten Morgen saßen sich Marty und Hartmut Holzner beim Frühstück gegenüber.
Frau Baumann, die Hausangestellte, die in der Frühe kam, zu Mittag kochte und erst am Nachmittag ging, wenn alles für das Abendbrot gerichtet war, hatte den Tisch sorgfältig gedeckt. Die Brötchen waren knusprig, der Kaffee stark und der Orangensaft frisch ausgepreßt.
Da der Tag dunkel und regnerisch war, brannten in dem kleinen Eßzimmer alle Lampen, aber die Vorhänge waren nicht zugezogen, so daß Vater und Tochter sich auf einer Insel des Lichtes inmitten in der Dunkelheit fühlen konnten.
Eine Weile aßen sie schweigend; sie waren es nicht gewohnt, miteinander zu reden.
Endlich zwang sich Marty, einen Anfang zu machen. »Ich habe, bevor ich runterkam, bei Jessica hereingesehen. Sie schläft wie ein Murmeltier.«
Er ging nicht darauf ein.
»Was soll aus ihr werden, Vater?«
»Sie wird natürlich weiter zur Schule gehen.«
»Das meine ich nicht.«
Er schwieg.
Marty versuchte einen neuen Vorstoß. »Du willst ihr doch nicht im Ernst deinen Namen aberkennen, Vater? Das hast du gestern doch nur so gesagt, nicht wahr?«

»Sie ist nicht meine Tochter.«
»Mein Gott, du hast sie doch immer so liebgehabt! Denk doch nur daran, wie stolz du auf sie warst und wieviel Freude sie dir gemacht hat!«
»Als ich glaubte, daß sie mein Kind wäre.«
»Wenn du sie auch nicht gezeugt hast, ist und bleibt sie doch dein Kind! Du hast sie auf den Armen getragen und auf den Knien geschaukelt, als sie noch klein war, du hast sie so vieles gelehrt, und du hast sie erzogen!«
»Man hat sie mir untergeschoben. Sie hat sich meine Liebe erschlichen.«
»Aber, Vater, ich bitte dich, sei doch nicht so stur! Wenn ich heute erführe, ihr hättet mich aus dem Waisenhaus geholt und adoptiert, so würdet ihr für mich in meinem Denken und Fühlen doch immer das bleiben, was ihr wart: meine Eltern!«
»Wir hätten dich auch nicht betrogen.«
»Doch, hättet ihr, wenn ihr mich in dem Glauben hättet aufwachsen lassen, ich wäre euer leibliches Kind! Willst du denn nicht verstehen, Vater . . .«
Er unterbrach sie. »Du bist die allerletzte, Marty, die Ursache hat, sich für Jessica einzusetzen. Sie hat dich aus meinem Herzen verdrängt.«
Marty lachte auf. »Ich hatte da wohl keinen sehr sicheren Platz, wenn das passieren konnte.«
»Wenn du ein Junge wärst . . .«
»Zum Glück bin ich es nicht, sonst würdest du bestimmt von mir erwarten, daß ich in deine Fußstapfen treten, bei dir eintreten und später die Firma übernehmen sollte. Das wenigstens ist mir erspart geblieben.«
»Du warst nie . . . wie soll ich sagen . . . sehr liebenswert.«
»Danke, Vater!«
». . . und auch nicht liebenswürdig, ich meine, du hast dich

nie bemüht, von deiner Mutter und mir geliebt zu werden!«

»Da irrst du dich, Vater! Ich habe es getan, auf meine Weise, denn ich habe dich sehr bewundert, als ich noch klein war. Du schienst mir ungeheuer klug und überlegen und stark, und Mutter war für mich die schönste Frau der Welt. Wie glücklich ich war, wenn ihr mich lobtet und ein bißchen zärtlich zu mir wart. Aber eines Tages habe ich es dann aufgegeben, um eure Liebe zu kämpfen, nicht weil ihr mir nichts mehr bedeutetet, sondern weil ich entmutigt war.«

»Nachdem Jessica auf die Welt gekommen war. Als du merktest, daß wir einen Narren an ihr gefressen hatten.«

»Sie war ja auch sehr süß, und sie ist es immer noch, Vater!«

»Sie hat sich zwischen dich und mich gestellt. Ich hatte keine Augen mehr für dich.«

»Das ist nicht ihre, sondern einzig und allein deine Schuld, Vater!«

»Wenn ich geahnt hätte, daß du mein einziges Kind bist . . .«

»Vater, Vater, begreifst du denn nicht? Wenn du mich geliebt hättest, nur weil ich dein Fleisch und Blut bin, hätte mir das nie genügt. Niemandem würde es genügen! Man will als Mensch akzeptiert werden, weil man so ist, wie man ist, und genau das hast du nicht fertiggebracht. Den gleichen Fehler machst du jetzt Jessica gegenüber. Du hast sie doch liebgehabt, weil sie dir gefallen hat mit ihren schönen Augen und ihren blonden Löckchen und ihrer Zärtlichkeit und ihren Schmeicheleien. Du kannst deine Haltung ihr gegenüber doch nicht schlagartig ändern, weil sie nicht von dir ist. Sie ist doch immer noch so, wie sie ist.«

»Nein, Marty, ich habe sie ganz falsch gesehen. Ich habe geglaubt, sie wäre aufrichtig, ein klares Wasser, ein offenes Buch, in dem ich lesen könnte, voller Vertrauen zu mir, nicht

verschlossen und kritisch und widerborstig wie du. Aber das war nur Schein. Sie hat mir etwas vorgemacht. Die Jessica, die ich geliebt habe, hätte es nicht über sich gebracht, mich anzulügen. Sie wäre gleich zu mir gekommen und hätte mir die schlimme Geschichte anvertraut.«
»Ich verstehe ja, daß du dich kränkst, Vater.«
»Kränken ist gar kein Ausdruck.«
»Aber sie ist ja noch ein Kind. Bestimmt hat sie Mutter versprechen müssen . . .«
»Ein solches Versprechen hätte sie sich niemals abpressen lassen dürfen! Und selbst, wenn es geschehen wäre, ich hätte ihr wichtiger sein müssen, ihre Liebe zu mir, unsere Beziehung!«
Marty schwieg und versuchte sich in die seelische Lage des Vaters hineinzuversetzen, als hätte sie eine Person in einem Theaterstück vor sich. Es gelang ihr, wie mit den Figuren auf der Bühne, die nichts mit ihr gemeinsam hatten. Für sich selber glaubte sie, von solch einer Enttäuschung nie getroffen werden zu können, da sie niemandem je ganz vertraute und innerlich immer gewappnet war. Es erstaunte sie, daß ein harter Geschäftsmann so empfindlich reagieren konnte.
»Ich kann es dir nachfühlen, Vater«, sagte sie endlich, außerstande, ein herzliches Wort zu finden.
»Dann bist du die einzige!«
»Ich finde nur die Konsequenzen übertrieben, die du aus Jessicas Schwäche ziehen willst. Sie ist doch genug gestraft durch das Wissen, daß du nicht ihr Vater bist. Du, den sie so liebhat, denn das hat sie wirklich, magst du das jetzt auch anders sehen!«
»Wenn man eine Lüge durchschaut hat, kann man nicht länger mit ihr leben.«
»Das klingt gut, Vater, ein richtiger Kernsatz, ich sollte ihn mir notieren. Aber es ließe sich darüber streiten, ob deine

Behauptung tatsächlich zutrifft, und davon abgesehen: Die Wahrheit ist ja jetzt heraus. Wir, die es angeht, wissen es alle. Was für ein Sinn soll darin liegen, daß auch die Welt es erfährt? Alle möglichen Leute, die uns und denen wir herzlich gleichgültig sind?«

»Die Dinge müssen ihre Ordnung haben. Sie ist nicht meine Tochter, also will ich auch nicht für sie geradestehen. Soll doch ihr leiblicher Vater ihr seinen Namen geben. Ich bin außer obligo.«

»Es sieht dir nicht ähnlich, daß du es dir so leichtmachst, Vater! Denk doch mal an Jessica! Wie steht sie da? Wie soll sie denn erklären, daß sie nicht mehr Holzner, sondern Milbert heißt? Denn so wird sie dann wohl heißen, nach ihrer Mutter, nicht wahr? Ihre Lehrer werden sie mit anderen Augen sehen, ihre Mitschüler sie womöglich verspotten. Man nimmt doch die Herkunft eines Menschen immer noch sehr wichtig.«

»Sie muß das durchstehen«, erklärte er verbissen.

»Das kannst du ihr nicht antun!« rief Marty, spürte aber im gleichen Augenblick, daß sie die Nerven verlor, und setzte, mühsam beherrscht, hinzu: »Bitte, entschuldige, Vater, das alles regt mich entsetzlich auf. Es ist ein Unrecht, was du dem Kind antun willst!«

»Du siehst die Dinge in einem falschen Licht«, sagte er, jetzt etwas freundlicher, »bei alledem geht es mir ja auch um dich.«

»Meinetwegen kann Jessica unseren Namen tragen bis ans Ende ihrer Tage, oder doch wenigstens, bis sie heiratet, was wahrscheinlicher ist. Für mich bleibt sie meine kleine Schwester, und ich fühle für sie genau wie früher, vielleicht noch stärker, weil ich früher nie Mitleid mit ihr haben mußte.«

»Du begreifst nicht, worauf es ankommt, du bist unrealistisch, Marty! Aber das warst du ja schon immer, denn sonst hättest du dir einen anderen Beruf gewählt. Dramaturgin, du lieber Himmel! Wem bringt das Theater denn heutzutage noch was?«

Marty atmete tief durch; sie war nicht bereit, den alten Streit noch einmal durchzufechten. »Bleiben wir bei der Sache, Vater!« bat sie. »Mußt du ihr denn wirklich deinen Namen aberkennen?«

»Wenn ich Jessicas Vater dazu kriegen will, das Geld für ihre Erziehung zu bezahlen, dann muß ich mit harten Bandagen kämpfen. Ich muß ihm zeigen, daß dies kein Spiel, sondern tödlicher Ernst ist.«

Marty glaubte ihren Ohren nicht zu trauen. »Das willst du wirklich tun?«

»Manfred Probst ist der Vater, und er weiß es schon seit langem. Das ist eine Schweinerei! Er muß es mir zurückzahlen!«

»Aber wozu? Warum? Was hat das für einen Sinn?« Plötzlich kam ihr ein neuer Gedanke. »Bist du etwa in finanziellen Schwierigkeiten?«

»Nein. Aber Jessica ist jetzt nicht mehr meine Angelegenheit, versteh doch! Natürlich werde ich ihr das Geld für ihre Erziehung und ihren Lebensunterhalt vorstrecken. Aber das könnte sie doch aus eigener Kraft nie zurückzahlen. Also muß ich ihren Vater zur Kasse bitten. Es genügt aber nicht, wenn er jetzt einspringt. Sie sollte doch auch ein kleines Startkapital haben. Die rückwirkenden Zahlungen werde ich für Jessica anlegen. Sie kann darüber verfügen – je nachdem, wie sie sich entwickelt –, wenn sie achtzehn oder einundzwanzig ist.«

»Für dich scheint Schicksal nichts als eine Rechenaufgabe zu sein«, erklärte Marty mit Bitterkeit.

»Die leider nicht aufgeht«, ergänzte er ungerührt, »weil ich nicht bekomme, was mir eigentlich zustünde, nämlich ein Schmerzensgeld! Aber so weit ist unsere Rechtsprechung leider nicht.«

»Begreifst du denn nicht, Vater, was du dir und Jessica und Mutter und diesem . . . du weißt schon, wen ich meine . . .«

»Manfred Probst, ein Geschäftsmann aus Essen.«

». . . euch allen mit deiner Unerbittlichkeit antust? Ja, wärst du ein armer Schlucker, könnte ich es noch verstehen. Aber so? Was kann es dir schon ausmachen, die paar Jahre noch für Jessica zu sorgen? Groß studieren wird sie bestimmt nicht, dazu ist sie nicht der Typ. Also . . . was soll's?«

»Du denkst wieder einmal nicht über deine Nasenspitze hinweg, Marty! Und was soll werden, wenn ich nicht mehr bin?«

»Dann ist sie längst erwachsen!«

»Und wird ihr Erbteil fordern! Und wer wird mit ihr teilen müssen? Du!«

»Na wennschon! Du denkst doch nicht, daß ich auf dein Erbe spekuliere? Wenn du nicht mehr bist, werde ich doch hoffentlich imstande sein, mich selber durchzuschlagen.«

»Mit deinem bißchen Dramaturgie?«

»Mit meinem Wissen und Können, ja. Sonst war ich schlecht. Nein, Vater, bitte, red mir jetzt nicht ein, daß du dies ganze Affentheater meinetwegen aufführst. Ich bin durchaus bereit, mit Jessica zu teilen.«

»Weil du keinen Geschäftssinn hast. Mit dieser Einstellung wirst du nicht weit kommen, das wirst du noch am eigenen Leib erfahren. Das bestätigt mich nur in meiner Ansicht, daß ich es bin, der die Dinge in Ordnung bringen muß. Ohne mich wärt ihr alle verloren.«

»Ach, Vater«, sagte Marty.

»Warum willst du mit Jessica teilen, wenn sie anderswo Geld bekommen kann? Von ihrem leiblichen Vater? Von

ihm steht ihr das Pflichtteil zu. Gib mir einen einzigen plausiblen Grund an, warum sie das Geld sausen lassen soll!«
»Um des lieben Friedens willen!«
»Das wäre Schwäche, mein Kind, nichts als jämmerliche, beklagenswerte Schwäche.«
»Nein, Vater! Ich würde dich dafür bewundern!«
Er faltete seine Serviette zusammen und legte sie sorgsam neben den Teller. »Später einmal wirst du die Dinge anders beurteilen. Du wirst mir dankbar sein, Marty.« Er stand auf.
Marty begriff, daß sie die Schlacht verloren hatte. »Willst du dir das alles nicht wenigstens noch mal durch den Kopf gehen lassen?«
»Wozu? Ich habe eine schlaflose Nacht hinter mir.«
»Gerade deshalb, Vater! Bei Tag betrachtet, sieht alles anders aus.«
Er ging nicht darauf ein. »Wann sehe ich dich wieder? Ostern, denke ich doch?«
»Wahrscheinlich früher. Aber willst du nicht auch mal nach Köln kommen?«
»Nach Köln?«
»Du tust, als hätte ich dich aufgefordert, mich am Nordpol zu besuchen!«
»Ich weiß, du meinst es gut, Marty.« Er war hinter sie getreten und legte ihr die Hand mit leichtem Druck auf die Schulter, das Äußerste, was er sich ihr gegenüber an Zärtlichkeit abringen konnte. »Aber ich muß diese Sache allein durchstehen. Es nutzt mir nichts, wieder und wieder darüber zu diskutieren. Wenn alles vorbei ist, werden wir näher zusammenrücken.«
Sie blickte über die Schulter hinweg zu ihm auf. »Ich bin der Meinung, daß man gerade in schwierigen Zeiten zusammenhalten muß.«

Er zog seine Hand zurück. »Du hast mit dem allem nichts zu tun, Marty. Misch dich da nicht ein! Bis dann also! Mach's gut!« Er wandte sich ab und verließ mit großen Schritten das Zimmer.

Marty seufzte und mußte lächeln, als sie sich dabei ertappte. »Oh, Familie!« sagte sie laut.

Frau Baumann steckte den Kopf ins Zimmer. »Was ist, Marty? Soll ich noch mal Kaffee aufgießen?«

»Nein, danke. Jetzt nicht. Erst wenn Jessica runterkommt. Hat sie sich schon gerührt?«

»Weiß nicht. Gehört hab' ich nichts.« Die Hausangestellte kam herein. Sie trug lange Hosen und Pullover, die Ärmel hinaufgeschoben und eine frische Küchenschürze vorgebunden. Gesicht und Haare waren – wie immer – so sorgfältig zurechtgemacht, als würde sie auf einer Party erwartet. »Hat es Krach gegeben?«

»Wie kommen Sie darauf?«

»Nur so. Es lag was in der Luft. Und jetzt ist die Frau weg.«

»Meine Mutter ist verreist.«

»Das kam aber plötzlich.«

»Ja. Ganz plötzlich.«

Normalerweise hätte Marty die Hausangestellte aufgefordert, sich zu ihr zu setzen, denn sie hielt sehr viel von der demokratischen Gleichberechtigung aller Menschen. Sie spürte auch, daß Frau Baumann das erwartete. Aber diesmal mochte sie ihr den Gefallen nicht tun. Sie wollte sich nicht aushorchen lassen.

Frau Baumann stützte sich mit den Unterarmen auf die Lehne des Stuhles, auf dem eben noch Hartmut Holzner gesessen hatte. »Wo ist sie denn hin?«

»Gen Süden, Frau Baumann. Das Wetter hier war ihr zu mies.«

»Das wird aber dem Herrn Holzner sicher nicht gefallen.«

»Sie sind ja beide erwachsene Menschen. Wissen Sie was, Frau Baumann, räumen Sie das Gedeck doch schon ab und setzen Sie die Kaffeemaschine in Gang!«
Marty sprang auf.
»Ich gehe jetzt nach oben und werde die Kleine wecken.« Sie lächelte die junge Frau freundlich an, als wäre ihr deren Neugier und Enttäuschung völlig entgangen.

Ursprünglich hatte Marty vorgehabt, gleich nach dem Frühstück nach Köln zurückzufahren; ihr Köfferchen hatte sie schon gepackt und ins Auto verfrachtet. Um zehn Uhr hatte Leberecht Kanzler eine Besprechung mit dem Intendanten im Fabriktheater, an der sie hatte teilnehmen sollen, und sie haßte es, unpünktlich zu sein. Aber sie brachte es nicht über sich, Jessica einfach ihrem Schicksal zu überlassen.
So rüttelte sie die Schwester etwas unsanft, rief: »He, Jessica, wach auf!«, zog die Vorhänge zurück und knipste, da der Tag so grau war, die Lichter an.
Jessica rieb sich die Augen. »Verdammt! Was soll das?«
»Ich muß jetzt fahren.«
»Dann tu's doch! Wer hält dich auf?«
Marty setzte sich auf den Bettrand. »Willst du mir denn nicht auf Wiedersehen sagen?«
»Warum so feierlich?«
Marty betrachtete ihre Schwester liebevoll; verschlafen und zerzaust und unwillig sah die Kleine aus wie ein schmollender Engel. »Ich dachte, du hättest mir vielleicht noch was zu sagen.«
»Was denn?«
»Immerhin ist allerhand passiert gestern abend.«
»Ach ja!« Jessica gähnte ungeniert und setzte sich auf; jetzt erst schien ihr die Erinnerung zurückzukommen. »Ein tolles Stück, was?«

»Kann man wohl sagen.«
Jessica gähnte noch einmal herzhaft. »Weißt du, ich bin richtig froh, daß jetzt alles raus ist.«
»Froh?«
»Na klar. Mir war's die ganze Zeit doch ziemlich unangenehm. Am liebsten hätte ich es Väterchen längst erzählt.«
»Und warum hast du es nicht getan?«
»Ich hatte es Molly doch versprochen, und dann . . . ich wollte ihm doch auch nicht weh tun. Wie konnte ich es denn ahnen, daß sie selber eines Tages damit herausplatzen würde?«
»Hättest du es wenigstens mir gesagt.«
»Warum?«
»Dann hätten wir zusammen überlegen können.«
»Dann hättest du mir gesagt, was ich tun soll, so meinst du es doch. Weil du so viel, viel klüger bist als ich, jedenfalls redest du es dir ein.«
»Du hättest dann wenigstens nicht allein die Verantwortung gehabt.«
»Und was hätte das genützt?«
»Dann wäre Vater jetzt auf mich wütend, falls ich dir geraten hätte, den Mund zu halten.«
»Ist er denn wütend?«
»Sehr böse. Gerade deshalb möchte ich mit dir sprechen.«
»Der alte Quatschkopf! Er soll doch froh sein, daß ich nicht seine Tochter bin! So wird doch alles viel interessanter. Endlich können wir richtig miteinander flirten, wir sind ja jetzt überhaupt nicht mehr verwandt. Wir könnten sogar heiraten, nicht wahr? Theoretisch wenigstens.«
»Ich fürchte, daß Vater die Angelegenheit in einem ganz anderen Licht sieht.«
»Ach was, der wird sich schon wieder bekriegen.«
»Mach dir keine Illusionen, Jessica!«

»Ach, du alte Unke, du siehst mal wieder alles schwarz! Ich werde das Väterchen schon wieder rumkriegen, das habe ich noch immer geschafft!«
»Stimmt! Als er dich für seine Tochter hielt.«
»Wo liegt da der Unterschied, bitte? Wir werden besser miteinander auskommen denn je, sage ich dir, jetzt, wo Molly weg ist. Ich habe schon immer besser mit ihm gekonnt.«
»Ich wünsche es dir, Jessica!«
»Und du warst schon immer eifersüchtig!«
»Das ist lange her. Laß die alten Geschichten! Wichtig ist doch jetzt nur, wie es weitergehen soll. Ich mache mir Sorgen.«
»Quatsch, das brauchst du doch nicht. Verlaß dich drauf, in ein paar Tagen ist alles wieder in bester Butter.«
»Und wenn nicht, Jessica; du hast meine Telefonnummer, und du weißt, wo ich wohne. Ich bin immer für dich da.«
»Und was soll mir das nutzen?«
»Falls es nicht so klappen sollte, wie du es dir vorstellst, falls es ernstliche Schwierigkeiten geben sollte, Krach am laufenden Band; du weißt schon, dann kannst du zu mir kommen ... bei mir wohnen, verstehst du.«
»Aber du lebst doch bestimmt nicht allein?« fragte Jessica lauernd.
»Doch.«
»Ich dachte, du hättest in Köln einen Typen?«
»Wir leben nicht zusammen. Er übernachtet nur gelegentlich bei mir. Aber das müßte dann natürlich aufhören.«
Jessica riß die Augen auf. »Du würdest ihn rauswerfen? Meinetwegen?«
Marty lächelte. »Aber sicher.«
»Du, das finde ich ganz toll von dir!« Jessica beugte sich vor, legte die Arme um Marty und gab ihr einen raschen Kuß. »Das hätte ich nie von dir gedacht!« sagte sie staunend.

»Versteh mich richtig! Ich will natürlich nicht, daß du nach dem ersten Krach einfach abhaust!«
Jessica lachte. »Jetzt kriegst du es doch mit der Angst zu tun, was? Aber du brauchst dein Angebot nicht zurückzuziehen. Ich werde schon mit Väterchen zurechtkommen, verlaß dich drauf!« Sie legte die Stirn in komische Falten. »Du, soll ich ihn jetzt wirklich Hartmut nennen? Ich weiß nicht, ob ich mich das traue. Jedenfalls werde ich mich schwer daran gewöhnen müssen.«

Noch immer fiel dieser feine, scharfe, eiskalte Regen, und die Wolken hingen so tief, daß sie den spitzen Turm der Lambertuskirche auf der anderen Seite des Rheins fast zu berühren schienen. Im Licht der Scheinwerfer glänzte der Asphalt vor Nässe, und die Scheibenwischer arbeiteten unaufhörlich.
Marty fuhr sehr vorsichtig. Die Zeit, die sie im Gespräch mit ihrem Vater und ihrer Schwester verloren hatte, war nicht mehr einzuholen. Es hatte keinen Sinn, Kopf und Kragen zu riskieren, um die Verspätung so knapp wie möglich zu halten. Die Reifen ihres alten Volkswagens, Jahrgang 1962, den sie aus fünfter Hand gekauft hatte, waren abgefahren, und sie war sich der Gefahr bewußt, bei diesen Straßenverhältnissen allzu leicht ins Schleudern zu geraten.
Auch auf der Autobahn E 57, die sie bei Kaarst erreichte, beschleunigte sie nur mäßig und blieb die ganze Strecke bis nach Köln bei Tempo 100. Sie wußte, daß sie sich – vom Zustand ihres Autos ganz abgesehen – heute morgen nichts zutrauen durfte, denn sie war sehr unkonzentriert und konnte die Probleme ihrer Familie nicht abschütteln.
Es war merkwürdig, wie nahe ihr alle in den letzten 24 Stunden gekommen waren. In all den Jahren, seit sie sich ihr eigenes Leben aufgebaut hatte, waren sie ihr nicht mehr als

schemenhafte Figuren im Hintergrund gewesen. Ja, schon früher, als sie noch zu Hause gelebt hatte, war sie ihnen entfremdet. Seit zu ihrem Studium noch die Arbeit am Theater gekommen war, hatte sie – so schien es ihr jetzt – überhaupt nicht mehr an die Eltern und die kleine Schwester gedacht. Aber plötzlich hatten sie sich in den Vordergrund geschoben und stellten, ohne es selbst zu wissen und zu wollen, Forderungen an sie, mit denen sie nie gerechnet hatte, und denen sie sich nicht entziehen konnte.

Wenn sie sonst von einem Besuch in ihrem Elternhaus zurückgekehrt war, hatte sie ihre Familie vergessen, noch bevor sie bis Heerdt gekommen war. Heute beschäftigte sie sich noch im Geist mit ihnen, als sie bei Köln-Bickendorf die Autobahn verließ und in die Äußere Kanalstraße einbog. Nur sehr schwer gelang es ihr, ihre Gedanken der Arbeit und der bevorstehenden Besprechung zuzuwenden. Das peinigende und erschreckende Gefühl überfiel sie, daß sie sich selber verändern und daß das Theater seine Faszination auf sie verlieren könnte.

Mit einem Blick auf ihre Armbanduhr stellte sie fest, daß sie fast eine Stunde zu spät kommen würde. Leberecht Kanzler würde toben, sie konnte es ihm nicht einmal übelnehmen. Unzuverlässigkeit brachte ihn auf. Sie würde seinen Ausbruch über sich ergehen lassen müssen.

Sie konnte sich aber auf keinen Fall mehr die Zeit nehmen, in ihrer Wohnung in Köln-Ossendorf vorbeizufahren. Es wäre zwar nur ein kurzer Umweg gewesen, aber sie blieb auf der Venloer Straße, die sie geradewegs nach Köln-Ehrenfeld führte, und bog erst am St.-Bartholomäus-Platz rechts in die Helmholtzstraße ein.

Dann aber, als es vor ihr auftauchte, *ihr* Theater, die riesige langgestreckte Fabrikhalle, die seit zwei Jahren mit ständig wechselnden Darstellern bespielt wurde, änderte ihr Herz-

schlag unversehens den Takt und wurde schneller. Die Begeisterung und die Freude waren wieder da, obwohl sie zugeben mußte, daß das Theater alles andere als einen einladenden Anblick bot. Schwarz und kantig und abweisend stand es unter dem düsteren Himmel im Nieselregen. Selbst die feuerroten Buchstaben *Fabriktheater* über dem Eingang wirkten nicht ermutigend. Die großen bunten Plakate, die das Stück *Der Besuch der alten Dame* von Dürrenmatt ankündigten, das seit über zwei Monaten Abend für Abend gespielt wurde, waren vom Regen durchweicht. Nur ganz hinten, im ehemaligen Betriebsbüro, das jetzt als Büro des Intendanten diente, brannte Licht.
Marty fuhr ihr Auto in den Hof, zog den Zündschlüssel ab und stieg aus. Um Zeit zu sparen, verzichtete sie darauf abzuschließen und rannte, ihre Collegemappe über den Kopf haltend, auf das Gebäude zu, stieß die Tür auf und hastete über den steinernen Flur, an dem die hölzernen Verschläge der Garderoben lagen. An den Wänden, die mit Anschlägen gespickt waren, gab es das übliche Schwarze Brett, aber Marty hatte keinen Blick dafür. Sie schüttelte die Regentropfen von ihrem Anorak, klopfte kurz, aber energisch an die Tür zur Intendanz und trat ein.
Alle starrten sie an, Leberecht Kanzler, stämmig, glatzköpfig und scheinbar berstend vor Vitalität, Heinz Heinzelmann, der Intendant, blaß, schmal und leicht ermüdet, und der junge Max Pfeiffer, der für die Technik verantwortlich war. Sie hatten ihre Mäntel anbehalten, denn der kleine elektrische Heizofen neben dem Schreibtisch war nicht imstande, den ganzen Raum zu erwärmen. Nur Heinz Heinzelmann saß. Die beiden anderen standen vor dem Schreibtisch, hatten offensichtlich auf ihn eingeredet und wendeten sich ihm auch sofort wieder zu, wobei sie Marty den Rücken zeigten.

»Guten Morgen!« grüßte Marty.
Heinz Heinzelmann gab ein kurzes »Morgen« zurück; Leberecht Kanzler warf einen ostentativen Blick auf seine Uhr, und Max Pfeiffer drehte seinen braunen Wuschelkopf und zwinkerte ihr zu.
Marty trat zu den anderen und stellte sich dicht neben Leberecht Kanzler. »Ich weiß, daß ich mich schrecklich verspätet habe«, sagte sie leise, »aber ich kann es dir erklären, du wirst bestimmt verstehen ...«
»Du störst!« fuhr er ihr wütend über den Mund.
»Ich habe versucht, dich anzurufen, hier und bei dir zu Hause ...«
»Wenn du schon nicht pünktlich sein kannst, wärst du besser gar nicht gekommen!« schnitt er ihr das Wort ab.
»Es tut mir leid, Leberecht, wirklich!«
»Halt endlich die Klappe!« Und zu den anderen: »Also, was ist?«
»Ich kann mir nicht helfen«, sagte Heinz Heinzelmann, »*Der Ignorant und der Wahnsinnige* ist und bleibt für mich ein gutes Stück. Vielleicht ist es sogar das Beste, das Thomas Bernhard je geschrieben hat ...«
»... weil es die Situation des vermarkteten Künstlers so einmalig erhellt«, ergänzte Leberecht Kanzler ungeduldig, »ich bitte dich, Heinz, das haben wir doch schon durchgesprochen! Wir wollen doch nicht noch einmal von vorn anfangen!«
»Es wird viel zu selten gespielt«, erklärte Heinz Heinzelmann fast flehend.
Marty begriff, daß er dieses Argument nicht zum ersten Mal vorbrachte, und daß es jetzt nur noch ein Teil seines Rückzugsgefechts war. »Wenn du mich fragst, Heinz ...« begann sie.
»Niemand fragt dich!« herrschte Leberecht Kanzler sie an.

»Laß sie doch reden!« sagte der Intendant und ließ sich auf seinem Stuhl nach hinten kippen. »Laß doch endlich mal jemand anderes zu Wort kommen!«
»Es ist ein wundervolles Stück!« behauptete Marty in der vollen Absicht, Heinz Heinzelmann zu gefallen und Leberecht Kanzler zu ärgern.
»Da habt ihr es!« sagte der Intendant denn auch erfreut.
Leberecht Kanzler schoß einen zornigen Blick aus seinen hellen, leicht hervorquellenden Augen auf sie ab.
»Es wird tatsächlich viel zu selten gespielt . . .«
»Bravo!« rief Heinz Heinzelmann.
»Hört, hört!« ließ sich Max Pfeiffer vernehmen.
»Ich hätte wissen müssen, daß du mir in den Rücken fallen würdest!« knurrte Leberecht Kanzler.
»Warum laßt ihr mich nicht erst mal ausreden? Ihr diskutiert hier schon seit 'ner Stunde, und mich laßt ihr keinen zusammenhängenden Satz vorbringen!«
»Du solltest dich besser in Schweigen hüllen, bis du weißt, um was es überhaupt geht!«
»Hältst du mich eigentlich für so blöd? Ihr seid zusammengekommen, um euch auf ein neues Stück zu einigen, und Heinz hat *Der Ignorant und der Wahnsinnige* vorgeschlagen. Ein hochinteressantes Drama . . .«
»Du wiederholst dich!« fuhr Leberecht Kanzler sie an.
». . . aber ein sehr leises Stück«, fuhr Marty fort, »ich möchte es sogar als Kammerspiel bezeichnen. Es hat nur drei Rollen . . .«
»Ja!« unterbrach sie der Intendant. »Das macht es so interessant.«
»Verstehe«, knurrte Kanzler, »daher weht der Wind!«
»Je weniger Schauspieler, desto weniger müssen wir zahlen!« erinnerte ihn Heinz Heinzelmann.
Tatsächlich besaß das Fabriktheater kein festes Ensemble,

sondern die Darsteller wurden nur jeweils für ein bestimmtes Stück engagiert, die meisten aus dem Heer der arbeitslosen und nur selten beschäftigten Schauspieler. Für besondere Rollen wurden hin und wieder auch bekanntere Schauspieler eingesetzt, die zwischen Auftritten im Film und beim Fernsehen den direkten Kontakt mit dem Publikum suchten. Die Gagen waren so gering, daß sie knapp die Lebenshaltungskosten deckten, aber man stand auch nicht des Geldes wegen auf der Bühne, sondern um sich zu bewähren, die meisten mit dem offen eingestandenen Wunsch, bekannt und entdeckt zu werden.

»Stimmt!« gab Leberecht Kanzler deshalb zu. »Wir stecken tief im Defizit! Und wir werden immer im Defizit stecken, das liegt in der Natur der Sache. Wir können die Eintrittskarten nicht zu einem Preis verkaufen, der die Unkosten deckt. Das hast du von Anfang an gewußt.«

»Es wird bestimmt leichter, wenn wir endlich den Zuschuß von der Stadt bekommen«, sagte Marty.

»Jetzt hört mal!« sagte Max Pfeiffer. »Da sind wir also wieder mal beim Thema. Ich kann das schon singen. Wir wollten doch nicht über unsere verdammte Finanzlage diskutieren, sondern über das neue Stück.«

»Sehr richtig, Max! Ein wahres Wort!« pflichtete Leberecht Kanzler ihm bei.

Gleichzeitig sagte Heinz Heinzelmann: »Das können wir aber nicht, ohne unsere Finanzlage in Betracht zu ziehen!«

»Soll das etwa heißen, dir ist das Geld ausgegangen?« fragte Marty. »Ich dachte immer, du könntest die Verluste von der Steuer abziehen?«

»Du stellst dir das zu einfach vor, Marty!« erwiderte er. »Verluste in einer solchen Höhe laufen denn doch darauf hinaus, daß ich mich privat unsinnig einschränken müßte.«

»Wenn du es dir nicht mehr leisten kannst, Heinz«, sagte Le-

berecht Kanzler und zurrte den Reißverschluß seines Lumberjacks zu, »dann machen wir die Bude doch lieber gleich dicht!«
Eine Pause entstand, in der alle den Intendanten ansahen. Er schaukelte unruhig auf seinem Stuhl und spielte mit niedergeschlagenen Augen mit seinem goldenen Kugelschreiber.
»Für halbe Sachen«, erklärte Leberecht Kanzler, »bin ich nicht zu haben.«
»Aber es wäre doch schade«, sagte Marty, um es dem Intendanten und Geldgeber leichter zu machen.
»Was würdest du schon dabei verlieren? Die paar Mark?« fuhr Leberecht Kanzler sie an. »Wenn du dein Studium fertig hast, kriegst du bestimmt eine feste Stellung!«
»Ich bekomme auch leicht einen anderen Job!« behauptete Max Pfeiffer und fügte grinsend hinzu: »Bei meinen Fähigkeiten!«
»Und daß ich anderswo unterkommen kann, daran wirst du ja wohl nicht zweifeln«, sagte Leberecht Kanzler, »ich habe diverse Angebote.« Als Heinz Heinzelmann immer noch nichts vernehmen ließ, fügte er hinzu: »Das war's dann also! Gehen wir, Kinder. Die Sitzung ist geschlossen.« Er wandte sich zur Tür.
Marty und Max Pfeiffer folgten ihm, obwohl ihnen beiden bewußt war, daß es sich um eine Farce handelte.
Mit einem Ruck stellte Heinzelmann seinen Stuhl auf alle vier Beine und legte den Kugelschreiber aus der Hand. »Nein, bleibt! Das könnt ihr mir doch nicht antun!«
»Und ob!« Leberecht Kanzler legte seine kräftige, kurzfingrige Hand auf die Türklinke.
»Du siehst das völlig falsch! So habe ich es doch nicht gemeint! Wie die Dinge stehen, kommt es auf ein paar Tausender mehr oder weniger auch nicht mehr an!«

»Auf einmal?« fragte Leberecht Kanzler mit unverhülltem Spott.
»Ist das nicht der reinste Zirkus?« flüsterte Max Pfeiffer Marty zu.
»Ein Kindergarten!« gab sie ebenso leise zurück.
Der Intendant, der sie zwar nicht verstanden, wohl aber bemerkt hatte, daß sie miteinander tuschelten, warf ihnen einen unsicher prüfenden Blick zu, den Marty mit einem freundlichen Lächeln quittierte.
»*Der Ignorant* ist also gestorben«, vergewisserte sich Leberecht Kanzler.
»Wenn du darauf bestehst!«
»Ja!«
»Setzt euch!« forderte Heinzelmann die drei jetzt auf.
Marty und Max Pfeiffer zogen zwei der klapprigen Stühle vor den Schreibtisch, während Leberecht Kanzler sich den psychologischen Vorteil, höher zu sein, nicht nehmen ließ und sich auf das Fensterbrett schwang.
»Wie wäre es mit dem *Präsidenten?«* fragte Heinzelmann.
»Sag mal, Heinz«, fragte Leberecht Kanzler, »wieso kaprizierst du dich eigentlich so auf Thomas Bernhard?«
»Er ist modern . . .«
»So modern nun auch wieder nicht. Er erinnert verdammt an Tschechow, der das alles schon viel besser gemacht hat.«
Marty öffnete unwillkürlich den Mund, um zu widersprechen, schluckte dann aber die Bemerkung, die sie auf der Zunge gehabt hatte.
»Meinst du das wirklich?« fragte Heinzelmann erstaunt.
»Hast du mich schon mal schwafeln hören? *Der Präsident* ist noch dazu Bernhards schwächstes Stück. Hier wird ein uraltes Problem menschlicher Geschichte, das, zugegeben, heute wieder ganz akut ist – Diktatur und Terror, Druck von oben, der Gegendruck von unten erzeugt –, zu einem

privaten Debakel verharmlost. Hund stirbt bei Attentat an Herzschlag, die Präsidentin treibt es mit einem Fleischhauer, er amüsiert sich, indem er sich von seiner Geliebten Champagner ins Gesicht schütten läßt ... also nein, wirklich nicht!«
»Du redest wie ein Buch!« sagte Max Pfeiffer, halb spöttisch, halb bewundernd.
Leberecht Kanzler ließ sich nicht beirren. »Außerdem ist alles, aber auch alles, was Bernhard schreibt, reines Guckkastentheater. Aber davon wollen wir doch gerade weg, und unsere Fabrikhalle bietet uns dafür die schönsten Möglichkeiten.«
Der Intendant gab auf. »Was also willst du inszenieren?«
»*Groß und klein.*«
Heinzelmann blickte ein wenig verwirrt.
»Botho Strauß«, setzte Marty erklärend hinzu.
»Ja, ja, ich weiß«, sagte Heinzelmann rasch, »natürlich, ich weiß. Ist das aber nicht eine ganz private Kiste?«
»Nein!« entgegnete Leberecht Kanzler hart. »Die Handlung des Stücks, die Suche der Lotte nach Anschluß, nach Menschen, denen sie sich zugehörig fühlen kann, ist ein Problem, das, jedenfalls in unserer Zivilisation, uns allen zu schaffen macht.«
»Findest du?«
»Dir doch auch!«
»Nein, durchaus nicht! Ich habe meinen Kreis!«
So, so. Da täuschst du dich aber, dachte Marty.
Tatsächlich war Heinz Heinzelmann, Sprößling einer schwerreichen rheinischen Industriellenfamilie, von seinem Vater in eine kaufmännische Laufbahn gepreßt worden, die seinen künstlerischen Neigungen durchaus nicht entsprochen hatte. Erst nach dessen Tod hatte er sich dem Theater zuwenden können, und da er sich eine Karriere im gnaden-

losen Showgeschäft nicht zugetraut hatte – »Als ich endlich meine Freiheit gewonnen hatte, war ich schon zu alt«, pflegte er sich zu entschuldigen –, war ihm Leberecht Kanzler mit seinen Ideen, seiner Begabung und seiner Energie gerade recht gekommen. Zusammen mit ihm und dem Geld seines Bruders, der froh war, ihn aus der Firma heraus zu haben, hatte er das Fabriktheater aufgezogen und lebte nun in der – allerdings sehr unsicheren – Einbildung, das Herz des Unternehmens zu sein, während ihm tatsächlich nur die kaufmännischen Belange überlassen waren. Aber er trug den schönen Titel »Intendant« und mußte von den künstlerischen Mitgliedern wohl oder übel akzeptiert werden, obwohl er niemals wirklich dazugehören konnte. Den eigenen Kreisen entfremdet, im Theater nicht wirklich heimisch geworden, zählte er zu den einsamsten Menschen, die Marty kannte.

Auch für Leberecht Kanzler, aber er sagte ihm das natürlich nicht auf den Kopf zu. »Ja, du hast uns«, behauptete er in bester machiavellischer Manier, »wir lieben, schätzen und brauchen dich. Aber wenn du uns nicht hättest? Du solltest das Stück noch mal gründlich lesen.«

»Gut, das werde ich.«

»Aber wir müssen schnellstens zu einer Entscheidung kommen«, drängte Leberecht Kanzler, »es soll ja spätestens am ersten April herauskommen, die letzte Premiere vor der Sommerpause.«

»Du brauchst drei Monate für die Proben?«

»Schön wär's. Aber erst müssen wir ja noch die Besetzung zusammentrommeln, und dann ist die Frage, ob sich *Jean Paul Marat* auf dem Spielplan hält. Möglicherweise müssen wir mit dem Botho Strauß schon viel früher raus.«

Marty dachte: Also wird er die Künstler und die Technik mal wieder treiben, damit die Inszenierung in kürzester Zeit

steht! – Sie machte sich darauf gefaßt, weinende Schauspielerinnen trösten zu müssen und zornbebende Darsteller zu beruhigen.
Das Fabriktheater hatte keinen täglich wechselnden Spielplan, sondern die einzelnen Stücke liefen *en suite*, fünfmal in der Woche. Es war tatsächlich fraglich, ob *Die Verfolgung und Ermordung Jean Paul Marats, dargestellt durch die Schauspielgruppe des Hospizes zu Charenton unter Anleitung des Herrn de Sade* von Peter Weiss, das am Silvesterabend Premiere haben sollte, das Haus drei Monate lang füllen konnte.
»Bis morgen habe ich das Stück gelesen«, sagte Heinzelmann, »auf einen Tag mehr oder weniger kommt es doch nicht an.«
»Doch!« beharrte Leberecht Kanzler. »Wir müssen hier und jetzt zu einer Entscheidung kommen. Ich habe das Stück studiert, und du weißt doch, daß du dich auf mich verlassen kannst. Wir haben doch stets die gleiche künstlerische Auffassung.«
Plumper geht es schon nicht mehr, dachte Marty, so ein verlogenes Kompliment kann er doch nicht schlucken!
Aber Heinz Heinzelmann tat es. »Da hast du natürlich recht«, sagte er und wurde sogar ein bißchen rot vor Freude.
»Na also! Das Stück hat große künstlerische Möglichkeiten. Wir können die Halle wunderbar ausnutzen. Wir machen mindestens acht Spielplätze. Laß dir dazu was einfallen, Max! Wir lassen die Zuschauer mit Lotte von Station zu Station gehen, verstehst du, Heinz?«
»Aber du kannst doch das Publikum nicht herumlaufen lassen!« protestierte Heinzelmann.
»Und warum nicht?«
»Das hat man im Mittelalter ja auch gemacht«, erinnerte Marty, »denk mal an das Simultantheater.«

»Genau das!« stimmte ihr Leberecht Kanzler zu. »Du hast es erfaßt, Mädchen! Wir werden Simultantheater machen, ganz weg von dem Guckkasten!«
»Das kann fabelhaft werden!« sagte Marty.
»Was heißt kann? Das wird! Laßt mich und Max nur machen! Ihr werdet staunen, und dem Publikum werden die Augen aus dem Kopf fallen!«
Heinzelmann war immer noch nicht überzeugt. »Du kannst die Leute nicht den ganzen Abend herumlaufen und stehen lassen!« gab er zu bedenken. »Wie lang ist das Stück überhaupt?«
»Man muß es ja nicht ungekürzt spielen«, sagte Marty.
»Wie lang?« stieß Heinzelmann nach, der wußte, daß sie solche Dinge im Kopf hatte.
»Vier Stunden.«
»Ach du lieber Gott!« Heinzelmann schlug die Augen zur rissigen Zimmerdecke, als wollte er allen Ernstes seinen Schöpfer zu Hilfe bitten.
»Wie Marty schon sagte: Wir werden natürlich kürzen«, erklärte Leberecht Kanzler, »und außerdem sollen die Zuschauer ja auch nicht dauernd stehen, sondern nur von Spielplatz zu Spielplatz gehen. Für längere Szenen arrangieren wir Sitzgelegenheiten.«
»Das alles ist mir viel zu kompliziert«, wehrte Heinzelmann ab, »ich möchte das Stück erst noch einmal lesen.«
»Meinst du«, fragte Leberecht Kanzler im Ton übertriebener Freundlichkeit, »daß du meine Absichten dann besser verstehen wirst?«
»Ich habe das Stück nicht mehr vor Augen.«
»Ich werde es dir vor Augen bringen, genau das ist meine Aufgabe. Von dir wird nichts anderes erwartet als deine Zustimmung.«
»Wenn ich dich richtig verstanden habe . . .« Heinzelmann

legte eine Pause ein und malte mit dem goldenen Kugelschreiber Kringel in die Luft, »werden wir pro Abend höchstens die Hälfte der üblichen Karten verkaufen können ... acht Bühnen und, über den Daumen gerechnet, vier verschiedene Sitzgruppen, das nimmt doch ungeheuer viel Platz weg.«
»Na also, du kommst ja der Sache schon näher. Ja, wir werden weniger Zuschauer reinlassen können, aber was macht das schon? Unser Theater trägt sich ja ohnehin nicht aus dem Kartenverkauf. Wir werden den Preis ein paar Mark heraufsetzen und ein ausverkauftes Haus haben.«
»Dein Wort in Gottes Ohr«, sagte Heinzelmann seufzend.
»Du kannst mir doch vertrauen, Heinz! Bisher habe ich dir immer Erfolg gebracht!« behauptete Leberecht Kanzler, den einen oder anderen Flop großzügig übergehend. »Meine Inszenierung von *Groß und klein* wird Theatergeschichte machen.«
»Das wird mal was ganz anderes, und wir werden damit Leute anlocken, die sonst niemals ins Theater gehen.«
Marty hatte das Gefühl, noch etwas Pfeffer dazugeben zu müssen. »Weil ihnen die alte Guckkastenbühne langweilig geworden ist! Die haben sie doch schon mit ihrem Fernsehkasten bei sich zu Hause.«
Heinzelmann wandte ein: »Wir haben das Publikum doch immer mit einbezogen, die Schauspieler inmitten der Halle agieren lassen ...«
»Ja«, sagte Leberecht Kanzler, »und das hat dir den Ruf eines fortschrittlichen Theatermannes eingebracht!« Er machte eine kleine Pause, um das Kompliment auf Heinzelmann einwirken zu lassen. »Aber jetzt gehen wir einen Schritt weiter und zeigen der Welt, was wirkliches Theater ist.«
»Willst du damit sagen, daß du in Zukunft immer nur so inszenieren willst?« fragte Heinzelmann erschrocken.

»Das steht jetzt nicht zur Debatte.«
Leberecht Kanzler schwang sich vom Fensterbrett. Er schlug mit der Faust auf den Schreibtisch. »Wenn ich die Inszenierung hier nicht machen kann, suche ich mir ein anderes Theater!«
»Das wäre aber schade, Leberecht!« rief Marty und stieß Max Pfeiffer mit dem Fuß gegen den Knöchel.
»Ich kann dem nur zustimmen«, sagte der und unterdrückte einen Schmerzenslaut.
Heinzelmann war unsicher geworden. »Ja, wenn ihr alle meint . . .«
»Das tun wir, Heinz! Gib endlich dein Placet! Wir können nicht den ganzen Tag diskutieren. Du weißt, daß ich heute nachmittag Probe habe!«
»Tut mir leid, daß ich deine kostbare Zeit in Anspruch genommen habe«, sagte Heinzelmann pikiert, »aber schließlich trage ich die Verantwortung und habe die Pflicht, mich zu orientieren.«
»Das hast du jetzt ja auch gründlich getan! Danke, daß du uns angehört hast. Ich verstehe, daß dir die Entscheidung schwergefallen ist, aber glaube mir, sie ist goldrichtig. Tschüß, Heinz! Mit dir spreche ich nach der Probe, Max, ich habe da schon so einige Ideen! Komm, Marty!«
Marty war schon aufgestanden und hatte ihre Collegemappe genommen. Jetzt reichte sie Heinzelmann die Hand. »Bis dann, Heinz!« Sie gab Max Pfeiffer einen freundschaftlichen Puff gegen die Schulter und folgte Leberecht Kanzler aus dem Büro.
»Du hast ihn ganz schön überfahren, Leberecht«, sagte sie.
Er zuckte die breiten Schultern. »Wenn es nach ihm gegangen wäre, säßen wir noch bis heute nacht da!«
»Jetzt muß sich der arme Max seine Klagen und Bedenken bis zum Gehtnichtmehr anhören.«

»Der steht es durch!« Leberecht Kanzler schloß die Tür zur Dramaturgie auf, einem winzigen Zimmer, das nur knapp Platz bot für einen Tisch, zwei Stühle und ein Regal mit Akten und Karteikästen.
Hier war es noch kälter als in der Intendanz, und Marty schaltete sofort den elektrischen Heizofen ein. Aus Sparsamkeitsgründen wurde das Fabriktheater erst ab dem frühen Nachmittag beheizt, wenn die Proben begannen, so daß es dann am Abend einigermaßen warm war.
»Ja, unser Intendant, der Dilettant!« sagte Leberecht Kanzler und rieb sich die Hände. »Was wären wir ohne ihn? Wir müssen ihn so nehmen, wie er ist.«
»Sag lieber: Was wäre er ohne uns?«
»Immer noch ein schwerreicher Mann.«
»Soll das auch was sein? Er hat sich sein Geld ja nicht erarbeitet, ja, nicht einmal geraubt oder erspekuliert.«
»Aber er hat es, und er könnte 'ne Menge anderes damit anfangen, als es in unser Theater zu stecken.«
»Sich eine Jacht zulegen, meinst du?«
»Ja, warum nicht? Sein Bruder hat eine.«
»Aber kein Theater, und das ist der springende Punkt. Außerdem könnte er sich vor seiner Besatzung längst nicht so wichtig machen wie vor uns.« Er zog ein paar handgeschriebene Blätter aus der Innentasche seines Anoraks und reichte sie Marty. »Während du dich im Familienglück gesonnt hast, habe ich mir Notizen für die Besetzung gemacht.«
»Schon?« fragte sie erstaunt. Sie hatte gewußt, daß er vorhatte, *Groß und klein* zu inszenieren, aber auch, daß er noch die Zustimmung von Heinzelmann dazu brauchte.
»Was heißt hier schon, Mädchen? Wir sind in Zeitdruck. Du mußt dich heute noch ans Telefon setzen.«
»Aber wie konntest du sicher sein, daß Heinzelmann ja sagen würde?«

»Weil ich es wollte. Kennst du mich denn immer noch so wenig?«
Ganz schön arrogant, dachte sie, hielt es aber für besser, den Mund zu halten, und sah sich die Liste an. »Du willst Birgit Herz als Lotte?«
»Wie du siehst.«
»Aber die ist für die Rolle doch viel zu jung! Entschuldige mal, aber ich stelle mir die Lotte als Mitte Dreißig, höchstens Anfang Dreißig vor.«
»Und warum soll eine Fünfundzwanzigjährige das nicht spielen können?«
»Jedenfalls Birgit nicht. Sie ist das kontaktfähigste Wesen, das ich kenne!«
»Sie soll ja auch keine Lotte sein, sondern sie darstellen, und dazu hat sie das Zeug.«
»Ich will dir ja nicht reinreden . . .«
»Warum tust du es dann dauernd?«
Marty ließ sich nicht unterbrechen. ». . . aber ich finde, daß das die gegebene Rolle für Hertha wäre. Ich habe Hertha immer in der Rolle der Lotte gesehen, von Anfang an. Hertha hat das richtige Alter, und sie hat auch die gewisse Exaltiertheit. Daß sie eine gute Schauspielerin ist, weißt du so gut wie ich, und sie hat so viel Pech gehabt in letzter Zeit! Sie braucht jetzt endlich mal wieder eine Rolle!« Sie hatte sich in Eifer geredet und blickte Leberecht Kanzler geradezu flehend an; für sich selber hätte sie sich nie so ins Zeug legen können. Doch er ließ sich durchaus nicht beeindrucken. »Mein liebes Mädchen«, sagte er kühl, »mir scheint, du bist wieder mal auf dem falschen Dampfer. Ein Theater ist kein Wohlfahrtsinstitut.«
»Wie kannst du nur so hart sein?« rief sie empört. »Es kann dir doch nicht egal sein, daß eine Schauspielerin wie Hertha im Warenhaus arbeiten muß, um existieren zu können!«

»Es könnte ihr Schlimmeres passieren. Nein, Schluß damit. Ich lasse mir meine Inszenierung nicht vermasseln.«
»Aber das würde sie doch nicht! Sie ist so begabt . . .«
». . . daß niemand sie haben will! Warum dann ausgerechnet ich?«
»Weil du weißt, was sie kann. Du hast mir selber damals gesagt . . .«
Wieder ließ er sie nicht ausreden. »Damals war damals. Ich will sie nicht, und damit basta.«
Marty verlor, was selten genug vorkam, die Beherrschung. »Weil sie nicht mit dir geschlafen hat?«
Leberecht Kanzler sagte darauf erst einmal gar nichts, und Marty bereute schon, was sie gesagt hatte. Sie hätte sich gerne entschuldigt, aber sie wußte, daß sie die Sache damit nur schlimmer gemacht hätte. Kanzler hätte es als Schwäche ausgelegt und sie verachtet. So hielt sie denn seinem wütenden Blick stand, die Augen fest auf ihn gerichtet mit vorgeschobenem Kinn.
»Wer hat dir das erzählt?« fragte er endlich, bemerkenswert ruhig.
»Das spielt doch keine Rolle.«
»Du hast recht. Wahrscheinlich war es die alte Schnepfe selber, und das kannst du jetzt natürlich nicht zugeben, weil du ihr nicht schaden willst. Na schön, ich habe es versucht. Was ist falsch daran?«
»Daß du sie es jetzt büßen läßt.«
»Nur ein Spatzengehirn wie deines kann einen derartigen Schluß ziehen! Aber du irrst dich, Mädchen. Selbstverständlich würde ich sie engagieren, wenn ich sie in der Rolle der Lotte sähe.«
Jetzt zog es Marty vor zu schweigen, weil ihr klar war, daß sie das Gefecht für Hertha ohnehin verloren hatte und jede weitere Diskussion sinnlos wäre.

»Das ändert allerdings nichts an der Tatsache, daß man produktiver arbeitet, wenn die sexuelle Spannung erst einmal gelöst ist«, erklärte Kanzler.
»Wie schade«, bemerkte Marty, »daß du es nicht auch mit Knaben treibst!«
»Wenn mir das läge, täte ich es auch, verlaß dich drauf. Sobald ich auch nur die geringste Neigung dazu verspüren würde ... Aber da ich von Natur aus anders gepolt bin, kommen sexuelle Spannungen zwischen mir und meinen Darstellern erst gar nicht auf.«
»Aha«, sagte Marty und sah auf seine Notizen, »damit wäre dieses Thema abgehandelt. Ich werde also zuerst einmal versuchen, Birgit Herz herzulocken.«
»Du wirst es nicht versuchen, sondern du wirst es tun. Ich erwarte von dir, daß es dir gelingt. Wenn nicht, müßte ich dir Böswilligkeit unterstellen.«
»Unterstellen ist in diesem Zusammenhang aber wirklich das richtige Wort! Traust du mir etwa zu, daß ich deinen Wunsch, Birgit zu engagieren, sabotieren könnte?«
»Ja.«
Marty schüttelte den Kopf. »Soviel liegt mir aber wahrhaftig nicht an Herthas Schicksal.«
»Daran habe ich auch gar nicht gedacht.«
»Nein?«
»Sondern an deine Eifersucht!«
Marty lachte auf. »Wenn ich eifersüchtig wäre, hätte ich viel zu tun. Es mag dich ja enttäuschen, aber allmählich solltest du wissen, daß es mir ganz egal ist, mit wem du herumschläfst.«
»Das kannst du dir vielleicht vormachen, mir aber nicht. Du steckst immer noch voller bürgerlicher Vorurteile.«
»Da irrst du dich. Ich verstehe durchaus, daß ein Mann wie du sich nicht mit einer Frau begnügen kann, sondern stän-

dig Appetit auf was Neues hat. Mir ist das gänzlich gleichgültig. Vielleicht wäre es anders, wenn ich dich liebte. Aber von Liebe war doch zwischen uns nie die Rede.«
»Warum hast du mich dann angegriffen?«
»Habe ich das? Ist mir gar nicht aufgefallen.«
»Du bist für Hertha, weil sie nicht mit mir schläft, und gegen Birgit, weil sie es tut.«
»Das ist doch einfach lächerlich! Ich habe dir doch so deutlich erklärt, warum ich Hertha für die Rolle vorgeschlagen habe . . .«
»Vielleicht hast du es auch so gemeint! Aber hinter all diesen angeblichen Vernunftgründen verbirgt sich nichts anderes als deine infantile bürgerliche Eifersucht. Auch, wenn du es vor dir selbst nicht wahrhaben willst: Ich durchschaue dich.«
»Wahrscheinlich schmeichelt es dir, das zu glauben, aber es ist einfach nicht wahr. Ich finde es bloß schlecht, daß du deine Position als Regisseur dazu benutzt, Mädchen herumzukriegen, die das eigentlich gar nicht wollen. Dabei hast du das doch nicht nötig. Wenn du mich fragst: Es ist ausgemachter Blödsinn, daß man mit Schauspielerinnen nur arbeiten kann, wenn man sie zuerst im Bett gehabt hat!«
»Hast du vergessen, wie verspannt und nervös du selber warst, bevor ich mir dich vorgenommen hatte? Vielleicht hätte ich es besser nicht tun sollen, dann würdest du jetzt nicht so eine Lippe riskieren.«
»Ich war nervös, und ich war unsicher, aber nur, weil es mein erstes Engagement war und ich von der Praxis kaum Ahnung hatte.«
»Inzwischen hast du aber eine Menge dazugelernt«, sagte er mit einem zweideutigen Grinsen.
Sie lächelte kühl und war froh, daß sie die Phase, in der er sie ständig zum Erröten brachte, längst überwunden hatte.

Er zog sie an sich. »Du hast es doch gern, gib's zu! Obwohl du es zuerst auch nur getan hast, weil du die Stellung haben wolltest.«
»Stimmt beides«, sagte sie.
»Dann sprich mir nach: Bitte, lieber Leberecht, besuch mich heute abend.«
Sie gab ihm einen raschen Kuß auf die Wange. »Ja, bitte! Ich hab' auch was von zu Hause mitgebracht.«
»Fressalien oder Vino?«
»Beides.«
»Bist schon ein gutes Mädchen!« Er ließ sie los und gab ihr einen zärtlichen Klaps auf den Hintern. »Läßt den alten Onkel Leberecht nicht verhungern. Aber jetzt, marsch an die Arbeit!« Er wandte sich zur Tür.
Wieder warf sie einen Blick auf seine Notizen. »Du hast keinen Ersatz für Birgit Herz?«
»Fängst du wieder damit an? Ich will sie ... nur sie!«
»Und keine zweite Besetzung?«
»Sparen wir uns.«
»Und wenn sie krank wird?«
»Das verbiete ich ihr.«
»Leberecht!« sagte sie, entsetzt und amüsiert zugleich.
Er grinste, sehr erfreut über den Eindruck, den er bewirkt hatte. »Dann lassen wir die Vorstellung eben mal ausfallen«, sagte er beruhigend, winkte ihr mit seiner kräftigen Hand zu und war verschwunden.

Wenn es irgend möglich war, arbeitete Marty lieber in ihrer eigenen warmen und gemütlichen Wohnung als im Theater. Aber heute ging das nicht. Es wäre zu umständlich gewesen. Sie hätte dazu die Kästen mit den Karteikarten der Schauspieler, die schon einmal im Fabriktheater aufgetreten waren oder wenigstens mit Erfolg vorgesprochen hatten, mit-

nehmen müssen. Außerdem wäre es sie zu teuer gekommen, wenn sie ihr eigenes Telefon benutzt hätte.
Also setzte sie sich an den Tisch, öffnete die Schreibmaschine, eine alte »Triumph«, zog einen Firmenbogen mit Durchschlag ein, rieb sich die Hände warm und schrieb eine Bestellung an den Hansa-Verlag über dreißig Textbücher. Danach machte sie den Umschlag fertig und frankierte ihn, damit er gleich heute noch in den Briefkasten kommen konnte.
Jetzt steckte sie einen neutralen weißen Bogen in die Maschine, vorsichtshalber mit drei Durchschlägen, und brachte Leberecht Kanzlers Vorschläge für die Besetzung des Stücks erst einmal ins reine.
Dann erst begann die eigentliche Arbeit, das große Telefonieren. Manche Nummern waren besetzt, und sie mußte sie wieder und wieder wählen, was weniger frustrierend war, als das Tönen des Freizeichens, ohne daß abgenommen wurde. Zuweilen meldete sich ein Teilnehmer jedoch so schnell, daß sie den Eindruck hatte, er hätte neben dem Apparat gesessen und um einen Anruf gebetet.
Schon trudelten die Darsteller von *Jean Paul Marat* einer nach dem anderen für die Probe ein. Ihre Stimmen tönten vom Flur und aus den Garderoben zu ihr, und der eine oder andere steckte den Kopf in die Dramaturgie, um sie zu begrüßen. Aber Marty nickte ihnen nur lächelnd zu, sie mochte mit einem Schwatz keine Zeit verlieren. Nur als die junge Susanne, die Darstellerin der Charlotte Corday, ihr eine Tasse Kaffee hereinbrachte, lehnte sie nicht ab, sondern legte den Hörer für eine Weile auf.
Bis zum späten Nachmittag hatte sie 22 Darsteller erreicht, von denen 19 ihre Mitarbeit zugesagt hatten. Einer der von Kanzler gewünschten Schauspieler hatte einen Tourneevertrag abgeschlossen, ein zweiter hatte für eine kleine Rolle

beim Fernsehen zugesagt, für die ausgerechnet im April geprobt werden sollte, und eine junge Frau lehnte schlankweg ab, als Marty ihr die Erfüllung einer hohen Gagenforderung nicht zusagen konnte. Marty suchte Ersatz für diese drei in ihrer Kartei und schrieb sich ihre Telefonnummern auf, damit sie sie, falls Kanzler einverstanden war, noch am Abend von ihrer Wohnung aus verständigen konnte.
Birgit Herz hatte zu denjenigen gehört, deren Telefon dauernd besetzt gewesen war. Aber sie war für den Vorschlag, die Lotte zu spielen, gleich Feuer und Flamme gewesen. So hatte Marty den Eindruck, ein gutes Stück vorangekommen zu sein. An die sechs Darsteller, die sie nicht erreichen konnte, gab sie gleichlautende Telegramme auf, in denen sie eine Rolle in Aussicht stellte und um Rückruf bat.
Mehr konnte sie an diesem Tag nicht tun, und sie entschloß sich, in ihre Wohnung zu fahren. Der Regen hatte sich inzwischen in wäßrigen Schnee verwandelt, der gleich taute, sobald er mit dem Boden in Berührung kam. Ihr VW stand immer noch auf seinem Platz, wenn auch jetzt nicht mehr so allein wie bei ihrem Kommen. Die Schauspieler, Techniker und Bühnenarbeiter hatten ihre Autos links und rechts von ihr geparkt. In zwei Stunden, wenn die Zuschauer kamen, würde der Parkplatz voll sein.
Überrascht stellte Marty fest, daß ein Stück Papier unter ihren Scheibenwischer geklemmt war. Sie zog es heraus und las: »Bußbescheid: Wegen Nicht-Verschließens eines Fahrzeuges auf unbewachtem Parkplatz (Zeichen allzu großen Vertrauens in die Menschheit) ist eine Strafe in Form eines Kastens Altbier zu bezahlen, andernfalls droht Einsperrung.«
Sie lachte und steckte den Wisch ein. Obwohl sie nicht wußte, von wem er stammte – womöglich hatten sich zwei oder drei Witzbolde einen Scherz ausgedacht –, war sie doch

entschlossen, den Kasten Bier zu spenden, denn es war schon vorgekommen, daß jemand in seiner Garderobe oder – schlimmer noch – in der Toilette eingespertt worden war.
Dann lief sie über die Straße und warf den Brief an den Verlag ein, nachdem sie sich vergewissert hatte, daß der Briefkasten bald geleert wurde.
Wegen der schlechten Sicht – der Scheibenwischer kam gegen den Naßschnee nur schwer an, und die Straßenlichter spiegelten – fuhr Marty nur sehr langsam, behielt auch den Rückspiegel ständig im Auge. Sie war noch weit davon entfernt, sich entspannen zu können. Im Geist beschäftigte sie sich schon mit ihrer nächsten Aufgabe.
Zum Glück und sicher mit Bedacht hatte Kanzler vorwiegend Schauspieler gewählt, die im Großraum Köln oder doch immerhin so nahe lebten, daß sie das Fabriktheater von ihren derzeitigen Wohnstätten aus täglich erreichen konnten. Aber Birgit Herz kam aus München und Günther Fährmann, der Darsteller des Paul, aus Hamburg, und für die beiden mußten Unterkünfte gesucht werden, einigermaßen komfortabel und doch nicht zu teuer.
Das gehörte zwar, strenggenommen, nicht zu ihrem Aufgabenbereich als Dramaturgin, aber Kanzler erwartete von ihr, daß sie sich darum kümmerte. Wer, außer ihr, hätte es auch sonst tun können! Sie mußte sich gleich morgen früh auf die Suche machen.
Jede neue Inszenierung brachte eine Menge Arbeit für sie. Sie mußte für ausgiebige Vorankündigungen in den Feuilletons – nicht nur der örtlichen Tageszeitungen, sondern auch in überregionalen Wochenzeitschriften – sorgen, sie alle mit reichlich Pressematerial versehen. Zudem sollten die Schauspieler, möglichst einzeln, mit Lichtbild und künstlerischer Laufbahn den Lesern vorgestellt werden. Es war nicht einfach, knappe und doch plastische Berichte zu schreiben, die

tatsächlich den Zweck erreichen würden, die Leser neugierig zu machen. Um die Gewähr zu haben, daß sie dann auch wirklich in den Zeitungen erschienen – in ihrer eigenen Fassung oder in veränderter Form –, mußte sie entweder persönlich oder telefonisch Kontakt zu den einzelnen Redakteuren aufnehmen, was sie immer wieder eine gewaltige Überwindung kostete.
Unwillkürlich seufzte Marty und mußte über sich selber lächeln, als es ihr bewußt wurde. Es machte ihr doch Spaß, gefordert zu werden. Niemand hatte sie gezwungen, noch während ihres Studiums als Dramaturgin zu arbeiten. Je mehr sie zu tun hatte, desto weniger brauchte sie über sich selber nachzudenken, und das Bewußtsein, etwas zu leisten, steigerte ihr Selbstwertgefühl. Manchmal war sie geradezu dankbar, daß sie kein schönes Mädchen war, das sich auf ihren Charme verlassen und erwarten konnte, daß die Männer sich um sie kümmerten. Vielleicht wären ihre Fähigkeiten dann verkümmert.
Natürlich wünschte sie in ihrem tiefsten Inneren, und sie gab sich das auch zu, wenigstens ein bißchen hübsch zu sein. Aber sie wußte, daß gutes Aussehen nicht der Schlüssel zum Glück war. Wie oft hatte sie andere Mädchen, Mitschülerinnen, Kommilitoninnen und Schauspielerinnen trösten müssen, die in der Liebe eine Enttäuschung erlitten hatten. Je hübscher sie waren, desto betroffener reagierten sie. Sie wollten einfach nicht verstehen, daß gerade ihnen so etwas passieren konnte.
Marty glaubte nicht an Liebe. Falls es sie aber doch geben sollte, war sie überzeugt, daß man auf einem derart verschwommenen Gefühl – einer erotisch bedingten Einbildung, einer bloßen Illusion – kein Leben aufbauen durfte. Darum erschienen ihr all die wegen angeknackster oder zerbrochener Liebe vergossenen Tränen ein wenig lächerlich,

obwohl sie diejenigen, denen es passierte, ehrlich bedauern konnte. Sie selber liebte nicht, und sie wurde nicht geliebt. Sie war frei, und sie fühlte sich stark.
Es gab nur eine Schwäche, glaubte sie, die sie noch besiegen mußte: ihren Ehrgeiz. Schon der bloße Gedanke, daß sie beim Studium oder am Theater versagen könnte, versetzte sie in Panik. Sie wußte, daß sie diese Dinge gelassener sehen, darüber stehen sollte, aber sie vermochte es noch nicht.
Eines Tages, dachte sie, während sie angestrengt, mit leicht zusammengekniffenen Augen, durch die Windschutzscheibe starrte, vornübergebeugt, um die Straße durch das Schneetreiben besser betrachten zu können, eines Tages wird mir auch das gelingen.
Dann fiel ihr Hertha Körner wieder ein. Was für ein Schlag würde es für sie sein, wenn sie erfuhr, daß Kanzler die Lotte mit Birgit Herz besetzt hatte, eine Rolle, die ihr auf den Leib geschrieben gewesen wäre. Man mußte es ihr schonend beibringen. Wenn sie es unvorbereitet in der Zeitung las oder es schadenfroh von einer Kollegin unter die Nase gerieben bekam, war sie imstande durchzudrehen. Hertha gehörte, so dachte Marty, genau zu den Menschen, die einen Nervenzusammenbruch bekamen oder einen Selbstmordversuch unternahmen, wenn ihnen die Lage aussichtslos erschien. Sie würde selber mit Hertha reden müssen, so bald wie möglich.
Eine leise Wut gegen Kanzler stieg in Marty auf, aber sie war längst nicht mehr so stark wie bei ihrer Auseinandersetzung. Der Regisseur wußte – zwar nicht immer, aber doch meistens –, was er tat. Es gab keinen Zweifel, daß ihm seine künstlerische Arbeit wichtiger war als alles andere. Falls er in Hertha die Idealbesetzung für seine Inszenierung gesehen hätte, würde er sie auch genommen haben, egal wie er

persönlich zu ihr stand. Ihre starre Haltung, wie Marty es bei sich nannte, hatte sicher zu seiner Ablehnung beigetragen, aber doch gewiß nicht den Ausschlag gegeben. Die Dinge lagen meist nicht so einfach, wie sie im ersten Augenblick erschienen.
Marty ärgerte sich darüber, wegen Hertha mit ihm gestritten zu haben. Sie hätte wissen müssen, daß sie ihn nicht beeinflussen und von seiner vorgefaßten Meinung abbringen konnte. Er hatte wahrscheinlich recht: Sie hatte falsch gelegen, als sie Mitgefühl für eine nicht mehr junge, abgehalfterte Schauspielerin als Argument benutzt hatte.
Ein Lastwagen vor ihr bremste so plötzlich, daß Marty beinahe aufgefahren wäre. Seit sie in die Venloer Straße eingebogen war, hing sie jetzt schon hinter diesem Ungetüm, denn obwohl die Fahrbahn breit genug war, traute sie sich bei den schlechten Sichtverhältnissen nicht, ihn zu überholen. Sie begriff, daß sie ihren Gedanken nicht länger freien Lauf lassen durfte, sondern sich ganz auf die Fahrerei konzentrieren mußte.
Als sie endlich rechts nach Ossendorf abbiegen konnte, atmete sie auf. Sie hatte die doppelte Zeit gebraucht. Trotzdem fuhr sie jetzt in den schmalen, verwinkelten Straßen noch langsamer. Es kam ja nicht darauf an, so schnell wie möglich zu Hause zu sein, sondern daß sie und ihr Auto unbeschadet im Birkenweg, wo sie wohnte, ankamen.
Zu dem alten, fast ein wenig windschiefen Haus, zweistökkig mit einer Mansarde, die Marty sich mit Max Pfeiffers Hilfe ausgebaut hatte, gehörte ein Hof, in dem sie ihr Auto unterstellen konnte. Sie war froh, als sie geparkt hatte, schaltete den Motor und das Licht ab, stieg aus und schloß ab. Die Hofbeleuchtung brannte, und die weißen Flocken, die immer dichter geworden waren, tanzten im Licht. Ein Gefühl von Geborgenheit überkam sie.

Sie öffnete den Kofferraum und holte zuerst den Karton mit Flaschen und Konserven heraus, den sie aus ihrem Elternhaus mitgenommen hatte. Zwar hatte sie durchaus genügend Geld, um sich alles, was sie brauchte, selber zu kaufen, aber es war ihr zur Gewohnheit geworden, sich bei jedem Besuch im Wirtschafts- und Weinkeller für besondere Gelegenheiten einzudecken. Sie hatte es auch diesmal getan, noch bevor die Mutter mit ihrer Eröffnung die Katastrophe über die Familie heraufbeschworen hatte.
Als sie den schweren Karton auf beiden Armen zum Hintereingang trug, die Collegemappe unter den Ellenbogen geklemmt, wurde ihr bewußt, daß sie an die familiären Probleme seit Stunden gar nicht mehr gedacht hatte; sie hatte sie zwar nicht vergessen, aber sie waren für sie in den Hintergrund getreten. Das Theater und alles, was damit zusammenhing, waren ihr wichtiger erschienen.
Jetzt plötzlich empfand sie den fast zwanghaften Wunsch, zu Hause anzurufen. Aber noch während sie ihren Karton die schmale hölzerne Treppe emporschleppte, besann sie sich anders. In den vergangenen Jahren hatte sie sich nur von Zeit zu Zeit bei ihrer Familie gemeldet, höchstens alle vierzehn Tage, und nie so kurz nach einem Besuch. Ihr Anruf konnte nichts nützen, sondern nur dazu beitragen, die Situation von Vater und Schwester noch zusätzlich zu dramatisieren. Es wäre ein Fehler, ihrer Besorgtheit und – wie sie sich selber eingestand – Neugier nachzugeben. Wenn sie Hilfe brauchten, würden sie schon von sich hören lassen.
Marty schloß die Tür zu ihrer Wohnung unterm Dach auf, stellte den Karton ab und knipste die Lichter an. Noch bevor sie wieder hinunterlief, um den Koffer zu holen, drehte sie sämtliche Heizkörper auf. Bald würde sie es warm und gemütlich haben.

Jessica hatte sich einen faulen Tag gemacht. Sie hatte ausgiebig Schönheitspflege betrieben, denn das gehörte zu ihren Lieblingsbeschäftigungen.
Liebend gern hätte sie mit ihren Freundinnen telefoniert und ihnen erzählt, was passiert war, denn sie fand es doch auch interessant, im Mittelpunkt einer Familientragödie zu stehen. Seit sie wußte, daß sie nicht Hartmut Holzners Tochter war, hatte sie schon die eine oder andere Andeutung über ihre geheimnisvolle Herkunft fallenlassen. Aber die Freundinnen hatten sie ausgelacht, und deutlicher zu werden hatte sie nicht gewagt. Jetzt, da die Wahrheit heraus war, hätte sie den Fall nur zu gern mit ihren Freundinnen durchdiskutiert. Aber das unbestimmte Gefühl, daß es Hartmut Holzner vielleicht nicht recht sein könnte, hielt sie zurück. Wichtiger als alles andere erschien es ihr, ihm seine Liebe zu ihr bewußt zu machen – daß sie sie tatsächlich verloren haben könnte, kam ihr gar nicht in den Sinn.
So mixte sie für ihn, kaum daß Frau Baumann gegangen war, einen starken Martini-Cocktail und stellte ihn in den Kühlschrank, schlüpfte aus ihrem bequemen Hausanzug und zog sich ein Schottenkleid mit weißem Kragen und weißen Manschetten an. Das mochte er besonders – sie selber fand es allzu kindlich. Sie lief ihm in der Diele entgegen, als sie sein Auto in die Garage einfahren hörte.
»Schön, daß du da bist!« rief sie, ein wenig zu theatralisch, denn sie hatte den Satz geübt, und warf sich in seine Arme.
Er blieb stocksteif, ließ es aber geschehen, daß sie ihn auf beide Wangen küßte. »Guten Abend, Jessica«, sagte er zurückhaltend.
Liebevoll half sie ihm aus dem Mantel und hängte ihn über einen Bügel an der Garderobe. »Hattest du einen schweren Tag?«
»Wie man es nimmt.«

»Ein scheußliches Wetter ist das! Sei froh, daß du nicht mehr raus mußt. Weißt du was? Ich habe eine Idee! Wir essen heute vor dem Kamin. Das geht ganz bequem, wenn wir nur zu zweit sind. Ich hab' schon Feuer gemacht.« Sie hängte sich bei ihm ein und führte ihn durch die breite Schiebetür ins Wohnzimmer. »Mach es dir bequem! Ich habe dir deine Slipper schon bereitgestellt.« Sie drückte ihn in einen der Sessel, kniete nieder und wollte ihm die Schuhe aufschnüren.

»Laß das!« sagte er hart.

»Aber warum denn? Ich tu es gern!«

»Ich kann es selber!«

»Das weiß ich doch.«

Er schob sie so ungeduldig von sich, daß sie fast das Gleichgewicht verloren hätte.

Sie war bestürzt, setzte aber gleich wieder ihr strahlendes Lächeln auf. »Sei mir nicht böse! Ich wollte dich nur ein bißchen verwöhnen, Väterchen . . . nein, ich weiß, du willst das nicht hören . . .« Mit Überwindung, leichter Scheu und doch auch wieder genüßlich fügte sie hinzu: »Hartmut?«

Er brummte etwas Unverständliches.

Jessica, noch immer kniend, langte nach den Slippern, die auf dem Sims vor dem Kamin standen. »Ich habe sie dir ein bißchen angewärmt«, sagte sie und reichte sie ihm.

»Danke, Liebes«, sagte er verlegen.

Sie sprang auf die Füße. »So, und jetzt hol' ich dir deinen Martini!«

»Eigentlich . . .« begann er.

Sie fiel ihm ins Wort. »Aber du mußt! Ich sehe dir doch an, daß du ganz durchfroren bist!«

Obwohl er nicht vorgehabt hatte, etwas zu trinken, gab er nach. Er wollte sie nicht unnötig kränken, und außerdem hoffte er, daß er dann leichter mit ihr reden konnte; es war

ihm unbehaglich in ihrer Gegenwart, und er merkte, daß er nicht den richtigen Ton fand.
Sie servierte ihm das hohe Glas auf einem Silbertablett mit Deckchen, einen kleinen Teller mit Weihnachtsgebäck hatte sie daneben arrangiert, und blickte ihn erwartungsvoll an, bis er trank. »Gut?« fragte sie.
»Ja, sehr gut, Liebes. Aber wir wollen das nicht zur Gewohnheit machen.«
»Nein?«
»Ich muß schon tagsüber hin und wieder ein Glas trinken, weißt du.«
»Aber das macht doch nichts!«
»Meiner Leber schon!«
»Du bist doch nicht . . . krank?« rief sie erschrocken.
»Nein. Aber Doktor Vogel meint, ich soll auf mich aufpassen. Wenig Alkohol, keine fetten Speisen, nichts Süßes und so weiter. Mein Blutdruck gefällt ihm nicht.«
»Wann warst du beim Arzt?«
»Komm, jetzt mach kein Drama draus. Setz dich endlich!«
Sie beharrte auf ihrer Frage. »Wann warst du beim Arzt? Du hast ja gar nichts davon erzählt.«
»Irgendwann im vergangenen Jahr. Ich habe mich nicht besonders wohl gefühlt. Man soll sich ja hin und wieder untersuchen lassen. In meinem Alter läßt sich mit der Gesundheit nicht mehr spaßen.«
»Und jetzt? Fühlst du dich besser?«
Er dachte nach. »Um die Wahrheit zu sagen, ich hatte so viel um die Ohren, daß ich darauf gar nicht mehr geachtet habe.«
Erleichtert ließ sich Jessica in den Sessel ihm gegenüber fallen.
»Also, wenn du wirklich krank wärst«, behauptete sie, »hättest du es schon gemerkt.«

»Da kannst du recht haben. Hoffen wir's.«
Dann schwiegen sie beide verlegen, als hätten sie sich nichts mehr zu sagen.
»Ob du was dagegen hast, wenn ich mir einen winzigen Schluck Sherry nehme?« fragte sie endlich; sie machte sich nichts aus Alkohol, aber auch sie hoffte, daß er die Situation erleichtern würde.
»Mach nur!«
Sie stand auf, ging zur Hausbar und bediente sich, wobei sie darauf achtete, sich anmutig zu bewegen und ein schönes Bild zu bieten. Aber er sah nicht zu ihr hin. Als sie zurückkam, wollte sie sich zu ihm auf die Sessellehne schwingen, wie sie es früher oft getan hatte, aber beim Anblick seines starren Profils verlor sie den Mut und setzte sich wieder auf ihren Platz. Sie nippte an ihrem Glas und schauderte leicht, nahm dann aber einen kräftigen Schluck.
»Ich war heute beim Rechtsanwalt«, sagte er.
»Wegen der Scheidung?« fragte sie glücklich, weil er sie ins Vertrauen zu ziehen schien.
»Nein.« Nach einer kleinen Pause fügte er hinzu: »Ich denke nicht daran, mich scheiden zu lassen.«
Sie sah ihn aus großen Augen an. »Du willst nicht ...«
»Nein, und ich habe auch nicht die Absicht, mit dir darüber zu debattieren.«
Jessica schwieg, obwohl ihre Neugier keineswegs gestillt war, aber sie wollte sich keine weitere Abfuhr holen.
Auch er sagte eine Weile nichts, weil es ihn Mühe kostete, die rechten Worte zu finden; er bereute seine Härte, denn es wäre für ihn leichter gewesen, wenn er sie hätte reden und fragen lassen. »Deinetwegen!« stieß er endlich hervor.
»Ach so«, sagte sie nur, obwohl sie nichts begriff.
»Du mußt mit hin. Du mußt einen Antrag auf Feststellung der Vaterschaft stellen.«

»Warum?« fragte Jessica erstaunt.
»Die Gesetze schreiben es vor.«
»Das verstehe ich nicht.«
»Es ist nun mal so. Ich kann zwar deine Ehelichkeit anfechten ... Mein Anwalt hat dazu schon die entsprechenden Schritte unternommen. Aber einen Antrag auf Feststellung der Vaterschaft kann nur dieser Probst stellen. Oder du als sein Kind mußt das tun.«
»Aber wozu?«
»Willst du denn nicht wissen, wer dein Vater ist?«
»Ich weiß es ja!«
Als er sie mit gerunzelter Stirn ansah, fügte sie hinzu: »Wenn Mutter sagt, daß es dieser Mensch aus Essen ist, wird es ja wohl stimmen.«
»Es könnte aber auch wieder eine ihrer Lügen sein.«
»Du meinst, daß du doch mein Vater bist? Weißt du, das wäre mir trotz allem das Allerliebste ...«
»Nein«, unterbrach er sie schroff, »das glaube ich nicht.«
»Nun ja«, sagte sie gefaßt, »vielleicht hast du recht. Aber es ist doch ganz egal, von wem ich stamme.«
»Es wäre sehr, sehr unangenehm, wenn in deinen Papieren stünde: Vater unbekannt.«
Daran hatte Jessica noch nicht gedacht; sie schwieg betroffen.
»Wenn du irgendwo deine Geburtsurkunde vorlegen mußt, wenn du später mal heiraten willst«, drängte er, »das würde dir immer anhängen.«
»Wenn jemand mich wirklich liebt, wird er mich auch dann nehmen.«
»Wahrscheinlich. Aber beim ersten großen Krach wird er es dir vorhalten. Glaub mir, ich weiß, wovon ich spreche. Ich bin lange genug verheiratet.«
»Wird er mir dann nicht auch vorwerfen, daß ich kein eheli-

ches Kind bin? Denn das bin ich dann doch auch nicht mehr.«
»Dafür ist deine Mutter verantwortlich. Ich versuche jetzt, die Dinge, soweit es möglich ist, wieder ins Lot zu bringen. Ungeschehen machen kann ich sie nicht.«
»Väterchen«, sagte Jessica flehend, »ich meine: Hartmut! Können wir nicht einfach alles so lassen, wie es ist? Du bist mir böse, weil ich schon länger gewußt habe, daß du nicht mein Vater bist. Aber das schien mir eben gar nicht so wichtig. Ich habe dich genauso liebgehabt wie vorher. Im Grunde spielt es doch gar keine Rolle. Jetzt wissen wir es eben beide, und wir könnten doch einfach damit leben.«
»Mit einer Lüge?«
»Es ist ja keine mehr, weil wir die Wahrheit wissen.«
»Für mich hat sich die Welt verändert, seit ich es weiß. Ich kann nicht einfach tun, als wäre nichts passiert. Du verlangst das Unmögliche von mir.«
»Bitte, Hartmut!«
»Ich war immer so stolz auf dich.« Er räusperte sich, weil ihm die Stimme zu brechen drohte. »Und das kannst du jetzt nicht mehr sein?« fragte sie schmeichelnd.
»Es ist alles anders geworden.« Er räusperte sich wieder. »Wir dürfen die Augen nicht vor den Tatsachen verschließen. Es wäre auch ein großes Unrecht Marty gegenüber.«
»Wieso?« fragte sie naiv.
»Du hast ihr meine Liebe gestohlen. Jetzt kannst du ihr nicht auch noch ihr Erbe nehmen.«
Jessica sprang auf. »Aber ich will ja überhaupt nicht erben! Ich will, daß du noch hundert Jahre lebst! Wenn es das ist, dann laß mich auf mein Erbe verzichten! Ich gehe mit dir zum Rechtsanwalt und gebe eine Verzichtserklärung ab!«
»Du würdest immer den Anspruch auf ein Pflichtteil behalten, solange du auf dem Papier als meine Tochter giltst. Aber

ich habe dir ja schon gesagt: Ich habe erste Schritte unternommen, deine Ehelichkeit anzufechten.«

»Aber das kannst du doch rückgängig machen! Ich verspreche dir, ich werde alles unterschreiben, was du willst! Ich werde Marty alles überlassen . . .«

»Nein, Jessica. So geht es nicht. Die Dinge müssen ihre Ordnung haben.«

Jessicas Lippen zitterten, und ihre schönen Augen füllten sich mit Tränen. »Hast du mich denn kein bißchen mehr lieb?«

»Darum geht es nicht. Nimm dich bitte zusammen, und mach mir jetzt keine Szene. Du bist wirklich genau wie deine Mutter.«

Jessica schluckte. »Kein Wunder. Mit der bin ich ja wenigstens verwandt.«

»So ist's besser. Jetzt setz dich wieder. Du machst mich nervös, wenn du da so rumhampelst.«

Jessica gehorchte. Alles Leuchten war aus ihrem Gesicht gewichen.

Sie wirkte sehr jung und sehr hilflos.

»Ich kann auch nicht weiter für dich sorgen«, fuhr Hartmut Holzner fort, obwohl er sich dafür haßte, daß er so brutal sein mußte. »Alles, was ich für dich ausgebe, geht Marty ab. Deine Mutter ist nicht imstande, dich zu ernähren. Also brauchst du jemanden, der dich finanziert. Und das muß ab jetzt dein Vater tun.«

»Ich kann mir immer noch nicht vorstellen«, sagte Jessica leise, »daß jemand anderer mein Vater sein soll.«

»Du wirst dich daran gewöhnen.«

Sie hatte über seine Worte nachgedacht. »Aber das alles stimmt doch gar nicht so, wie du es sagst. Marty bekommt genug Geld von dir, das sagt sie selber. Und außerdem verdient sie ja noch bei ihrem komischen Theater. Sie gönnt mir

ganz ehrlich, daß du für mich sorgst. Du verdienst bestimmt genug, um dir das leisten zu können.«
»Es steht gar nicht zur Debatte, ob es mir leicht- oder schwerfällt. Ich sehe nicht ein, warum ich es sollte. Es ist die Pflicht deines Vaters, für dich zu zahlen, und wir werden ihn zur Kasse bitten.«
»Und ich will mit diesem Menschen nichts zu tun haben!«
»Du brauchst nichts weiter, als diesen Antrag auf Feststellung der Vaterschaft zu unterschreiben.«
»Und wenn ich mich weigere? Du hast ja selbst gesagt, daß nur ich das kann. Dieser Probst wird es ja bestimmt nicht von sich aus tun.«
»Wenn du dich weigerst, fällst du früher oder später in ein großes Loch. Was willst du denn tun, wenn das Gericht bestätigt, daß du nicht meine Tochter bist?«
»Ich könnte dir den Haushalt führen. So tüchtig wie Frau Baumann bin ich schon lange.«
»Du willst das Aschenputtel spielen, bis der schöne Prinz kommt und dich erlöst?«
»Du brauchst dich nicht auch noch lustig über mich zu machen.« Jessica schob die Unterlippe vor.
»Ausgerechnet du willst die Betten machen, schrubben, putzen und kochen? Das traust du dir zu?«
»Warum nicht?«
»Weil du seit eh und je ein verwöhntes, verhätscheltes Blag warst. Schlag dir das aus dem Kopf!«
»Warum bist du bloß so fies zu mir?«
»Weil ich dir klarmachen muß, wie die Dinge liegen. Was willst du wirklich anfangen mit deinen fünfzehn Jahren? Mit einer Mutter, die nicht einmal für sich selber sorgen kann? Und einem Vater, der sich freiwillig bestimmt nie um dich kümmern wird?«
»Irgendwer muß es ja tun.«

»Das Jugendamt und die Sozialfürsorge. Wahrscheinlich würden sie dich in ein Heim stecken.«
»Das können sie nicht, ich habe doch nichts getan!«
»Wenn du da so sicher bist, dann geh doch mal zum Jugendamt und erkundige dich! Soll ich dir sagen, was man dir dort raten wird? Das gleiche wie ich. Man wird dich unter Druck setzen, die Feststellung der Vaterschaft zu betreiben. Solange es jemanden gibt, der für dich aufkommen muß, zahlen die Behörden für dich keinen müden Pfennig. Höchstens, daß sie das Geld auslegen, bis sie deinen Vater zum Zahlen verdonnert haben. In ein Heim kommst du aber trotzdem.«
»Kann ich denn nicht bei dir bleiben?« fragte Jessica sehr kleinlaut.
»Nur, wenn du vernünftig bist. Es fällt mir schwer genug, diesen ganzen Wirrwarr jetzt zu ordnen. Du solltest doch wirklich alles tun, was in deiner Kraft liegt, um mir zu helfen ...«
»Das will ich doch auch, Vä ...« Sie verbesserte sich: »Hartmut! Ich sehe nur nicht ein ...« Sein Blick nahm ihr den Mut, ihren Satz zu vollenden. »Na gut! Ich unterschreibe dir diesen verdammten Wisch!«
»Es geschieht alles nur zu deinem Besten, Liebes!«
»Na klar, das weiß ich doch! Zu meinem Besten hat Mutter sich mit diesem Probst eingelassen, zu meinem Besten hat sie es dir gesagt ...«
»Das kannst du mir nicht vorwerfen!«
Diesmal ließ Jessica sich nicht stoppen. »... und zu meinem Besten willst du mich nicht mehr als Tochter haben!« Sie stand auf. »Ich werde mich jetzt ums Abendbrot kümmern.« Sie nahm ihm das leere Glas ab und ging zur Tür, drehte sich aber auf der Schwelle um. »Noch eine Frage: Darf ich darüber reden?«

»Mit wem?«
»Mit meinen Freundinnen?«
»Das ist eigentlich nichts, womit man sich interessant machen kann.«
»Ich will mich nicht interessant machen, ich will nur ... ach was, du verstehst mich ja doch nicht.«
»Man wäscht seine schmutzige Wäsche nicht in der Öffentlichkeit.«
»Sind Gerichte, die du mit unserer Familienangelegenheit bemühst, keine Öffentlichkeit?«
»Du hast mich um einen Rat gebeten, und ich habe ihn dir gegeben. Ich will dir keineswegs Vorschriften machen. Aber ich denke, du solltest besser abwarten, bis die Vaterschaft tatsächlich festgestellt ist. Wenn Probst es nicht war ... und ich halte das nicht für ganz ausgeschlossen ... hast du dir sonst einen Ruf wie Donnerhall verschafft.«
»Und was soll ich Mutters Freundinnen sagen, wenn sie anrufen? Diesen Bridgetanten und Lästerzungen?«
»Daß sie verreist ist.«
»Und wohin?«
»Denk dir was aus. Nein, es ist besser, wir einigen uns auf die gleiche Geschichte. Sag, sie ist zum Wintersport nach Sankt Moritz.«
»Also wieder Lügen!«
»Hältst du es für richtiger, zuzugeben, daß sie fortgelaufen ist? Es gibt Situationen, wo man zu Notlügen greifen muß, um sich und andere zu schützen.«
Jessica, in jeder Hand ein Glas, stieß die Tür zum Eßzimmer mit dem Ellbogen auf. »Und wann so 'ne Situation gegeben ist, bestimmst du, nicht wahr?« Sie drückte sich hinaus und stieß die Tür hinter sich mit einem kräftigen Fußtritt ins Schloß, froh, immerhin das letzte Wort gehabt zu haben.

Marty hatte ein heißes Bad genommen und war dann gleich in ihren Schlafanzug geschlüpft. Sie wußte nicht, wann Leberecht Kanzler kommen würde und ob er überhaupt kam. Es war durchaus möglich, daß er nach der Probe noch die Vorstellung besuchte. Möglich auch, daß er danach mit Freunden zusammenblieb. So pünktlich und genau er in seinem Beruf war, so nachlässig handhabte er sein Privatleben. Anfangs hatte diese Haltung Marty verwirrt, inzwischen aber war sie zu der Überzeugung gelangt, daß es Methode von ihm war. Er wollte keinem Menschen, weder einer Frau noch einem Freund, das Gefühl geben, daß mehr als eine ganz lose Bindung bestand, wenn man von einer Bindung denn überhaupt sprechen konnte. Er wollte unbedingt frei sein und frei bleiben und sich in keine Gewohnheiten hineinpressen lassen.
So wartete sie auch nicht mit dem Essen auf ihn. Sie hätte es auch dann nicht getan, wenn sie weniger hungrig gewesen wäre. Ihre Art, selbständig zu bleiben, bestand darin, daß sie ihn privat grundsätzlich nicht bediente. Weder stopfte sie ihm die Strümpfe, noch bügelte sie ihm ein Hemd oder nähte ihm einen Knopf an.
Er hatte es anfangs verlangt, und es hatte Kämpfe gegeben, aber sie war hart geblieben.
»Ich bin sicher«, hatte sie gesagt, »daß du es selber kannst. Du kannst das wahrscheinlich sogar besser als ich. Wenn du zu faul bist, mußt du dir jemand anderen dafür suchen.«
Natürlich wußte sie, daß sie sich nicht hätte durchsetzen können, wenn er sie nicht verstanden hätte. Aber er begriff, daß es ihr darum ging, nicht zum Mädchen für alles degradiert zu werden, und obwohl es ihn störte, respektierte er ihren Standpunkt. Im Theater dagegen war ihr kein Auftrag und keine Arbeit zu schwer. Sie machte ohne zu zögern den Laufburschen für ihn, besserte Kostüme aus, wenn es sein

mußte, und verrückte sogar Kulissen. Nur im häuslichen Bereich wollte sie nicht seine Dienerin sein.
Tatsächlich war es auch so, daß er sehr viel besser kochte als sie, die zu Hause nie die Nase in die Küche gesteckt und sich in den ersten Jahren ihres Studiums mit dem Essen in der Mensa und belegten Broten begnügt hatte. Essen war für sie eine Notwendigkeit gewesen, den Körper bei Kräften zu halten, mehr aber auch nicht.
Leberecht Kanzler dagegen war ein Genußmensch, der mit Vergnügen aß und mit viel Kenntnis und Geschmack kochte. Marty hatte sich daran gewöhnt, ihm in ihrer Küche, die Platz genug für zwei Personen zum Kochen und zum Essen bot, dabei zu assistieren. Seine Freude daran hatte sie angesteckt, und sie hatte so viel dabei gelernt, daß sie inzwischen selber imstande war, ein gutes Essen auf den Tisch zu bringen. Aber sie geriet nie in Versuchung, ihn mit einer selbst gekochten Mahlzeit zu überraschen, denn das war, so fand sie, nicht ihr Stil. Sie wollte sich nicht in die Situation bringen, mit Ungeduld auf ihn warten zu müssen. Überhaupt traf sie niemals Vorbereitungen für seinen Besuch, sondern tat immer das, was ihr gerade in den Sinn kam oder was notwendig war, sei es nun, daß sie Strümpfe wusch oder Aufzeichnungen einer Vorlesung ins reine brachte. Wenn er dann kam, unterbrach sie ihre Beschäftigung, wenn nicht, machte sie einfach weiter. So kam sie auch nie auf den Gedanken, ihm Vorhaltungen zu machen, wenn er sich verspätete oder wenn er ausblieb. Es war ein System, das sich gut bewährt hatte.
Aber es war nicht so, daß sie sich über seinen Besuch nicht gefreut hätte. Sie schätzte und bewunderte ihn sehr, und sie mochte ihn auch. Es hatte nie jemanden gegeben, mit dem sie sich so gut verstanden hatte. Daß er mit ihr schlief, empfand sie als Auszeichnung.

Sie hielt sich selber für so reizlos mit dem häßlichen Gesicht und dem gut gewachsenen, aber knabenhaft schlanken Körper, daß sie über seine ersten Annäherungsversuche ganz überrascht gewesen war. Sie hatte nicht verstanden, was er, der die Auswahl unter wirklich schönen Mädchen hatte, überhaupt an ihr fand.
Auch jetzt, da er nach fast zwei Jahren immer wieder zu ihr kam, konnte sie nicht glauben, daß er sie wirklich begehrte, obwohl sie sich im Bett verstanden und er ihre gemeinsamen Spiele sehr zu genießen schien. Sie nahm vielmehr an, daß es vor allem die Bequemlichkeit war, die ihn zu ihr zog. Bei ihr brauchte er nicht zu balzen, sondern konnte sich fallenlassen, sich ganz so geben, wie er war. Sie hatte großes Interesse an seiner Arbeit und verlangte nie, daß er abschaltete und sich anderen, seichteren oder auch höheren Themen zuwandte. So brachte ihm das Zusammensein mit ihr neue Gedanken für seine Inszenierungen, manchmal Einsichten, vielleicht nur eine Nuance.
Sehr realistisch dachte Marty auch daran, daß ihre Wohnung sehr viel näher beim Theater war, und dank Max Pfeiffers Hilfe und der Baumaterialien, die ihr Vater für den Umbau gestiftet hatte, sehr viel bequemer war als seine eigene in Köln-Riehl. Und ihr Eisschrank war darüber hinaus immer gut gefüllt. Ihr Vorrat an Nahrungsmitteln und Getränken und das Doppelbett waren die einzigen privaten Zugeständnisse an ihn, und sie erschienen ihr wichtig.
An diesem Abend vertiefte sie sich noch einmal in *Groß und klein,* doch da die Nacht zuvor lang gewesen war, ging sie schon gegen zehn Uhr ins Bett und wäre beinahe über dem Theaterstück eingeschlafen. Sie konnte es gerade noch aus der Hand legen und die Nachttischlampe ausknipsen. Ihr letzter Gedanke galt Leberecht Kanzler. Er hatte einen Schlüssel, und vielleicht wollte er einfach bei ihr schlafen,

und sie würden sich erst morgen früh lieben und miteinander sprechen.
Aber tatsächlich weckte er sie mitten in der Nacht, und da sie gerade sehr lebhaft geträumt hatte, war sie sofort hellwach.
Er saß auf ihrer Bettkante, in seinen alten Bademantel gehüllt, den er ständig in ihrer Wohnung hängen hatte, das Haar noch feucht vom Duschen, und hielt ihr ein Glas entgegen.
»Champagner!« sagte er vergnügt.
Sie richtete sich auf, stopfte sich das Kopfkissen in den Rükken und nahm das Glas entgegen. »Cheerio!«
Auf einem Beitisch, den er dicht an das Bett gezogen hatte, standen die Flasche und ein zweites, schon gefülltes Glas, aus dem er ihr zutrank.
Es war der Champagner, den sie von zu Hause mitgebracht und am Nachmittag in den Kühlschrank gestellt hatte, aber das interessierte sie nicht so sehr wie der Berg flacher kleiner Kuchen, die sich auf einem Teller türmten. »Pfannkuchen?« fragte sie erstaunt. »Du hast mitten in der Nacht Pfannkuchen gebacken?«
»Blinis!« verbesserte er. »Leider sind sie nicht ganz echt.« Vorwurfsvoll fügte er hinzu: »Du hast kein Buchweizenmehl im Haus.«
»Buchweizenmehl!« wiederholte sie und mußte so lachen, daß sie rasch noch einen großen Schluck nahm, damit der Champagner in ihrem Glas nicht überschwappte. »Was verlangst du sonst noch?«
»Immerhin hattest du Hefe da«, stellte er zufrieden fest, »sonst wäre es überhaupt nicht gegangen.«
Jetzt erst entdeckte sie die Kaviardose, die geöffnet in einer Schale mit Eiswürfeln steckte, und den Becher mit saurer Sahne.
Er tat ihr einen der Blinis auf einen Teller, einen großen Löf-

fel Kaviar darauf und einen Klecks saurer Sahne. »Ein Festmahl!« behauptete er und bediente sich selber. »Oder hast du die Sachen etwa für Silvester aufbewahren wollen?«
Das hatte sie in der Tat, und es war ihr auch durch den Kopf geschossen, als sie die Champagnerflasche und den Kaviar entdeckt hatte, aber sie hatte den Gedanken als kleinlich abgetan. »Nein«, sagte sie.
»Braves Mädchen!« lobte er mit vollem Mund. »Für Silvester fällt uns schon was anderes ein. Wenn wir überhaupt feiern. Ich hasse Silvester.«
»Da hast du Premiere!« erinnerte sie ihn und reichte ihm ihren leeren Teller. »Es schmeckt köstlich.«
Sie aßen und tranken, und er erzählte vom Verlauf der Proben, von seinem immerwährenden Kampf mit dem Schauspieler, der den Herrn de Sade darstellen sollte und seine eigene Auffassung von der Rolle durchzudrücken versuchte. Marty hörte ihm aufmerksam zu und warf hin und wieder ein Wort dazwischen.
Sie fragte ihn nicht, warum er erst so spät gekommen war, und er erwähnte es mit keinem Wort.
Als der letzte Krümel gegessen, der letzte Tropfen getrunken war, räumte er das Geschirr beiseite und streifte den Bademantel ab. Marty beobachtete ihn, den stämmigen Mann mit leichtem Bauchansatz, auf dessen Brust sich schon einige graue Haare kringelten, obwohl er noch keine vierzig war. Sie empfand, wie sehr sie ihn mochte, und empfing ihn zärtlich, als er zu ihr ins Bett stieg.
»Schön, daß du noch gekommen bist«, sagte sie.
»Ich hatte es doch versprochen!« Er knabberte an ihrem Ohrläppchen.
Sie verzichtete darauf, ihn daran zu erinnern, wie oft schon er ein Wort ihr gegenüber gebrochen hatte, sondern fuhr ihm nur sanft mit dem Zeigefinger das Rückgrat entlang,

wie er es gerne hatte. »Ich bin zu müde, um große Dummheiten zu machen«, murmelte er.

»Ich doch auch!«

Sie liebten sich wie ein Ehepaar. Ihre Körper waren einander mit jeder Faser, jeder Falte, jeder Rundung und jeder Kante vertraut.

So spielte es sich zwischen ihnen in letzter Zeit sehr häufig ab, und Marty war es recht so. Anfangs hatte er immer wieder versucht, sie im Bett zu demütigen. Aber Marty war keine Frau, die sich demütigen ließ. Sie hatte getan, was er verlangte, hatte jeden Schmerz ertragen und sich beschimpfen lassen, ohne daß es ihr Lustgewinn gebracht oder sie sich dadurch erniedrigt gefühlt hatte. Sie wußte nicht, ob es seine Masche im Bett war und ob er es mit anderen Frauen auch so trieb, oder ob dieses Verhalten speziell auf sie abgestellt gewesen war. Aber sie war froh, daß er es aufgegeben hatte. Jedenfalls schien er jetzt auch so ganz zufrieden, wenn er sich auch manchmal beschwerte, daß sie nicht ordinär genug sei. Aber ordinär zu sein, war ihr nicht gegeben. Sie konnte sich immer nur willig und hingebungsvoll zeigen, auch leidenschaftlich, aber nur in Maßen. Zu einem Orgasmus ließ sie es nie kommen. Sie wollte sich ihm nicht ausliefern und ihm nicht das Gefühl geben, daß er sie völlig in der Hand hätte. Bis heute wußte sie nicht, ob er sie durchschaute. Aber sie glaubte es nicht, denn wie sie ihn kannte, hätte er ihr sonst sicher den Vorwurf gemacht, sie sei frigid.

Als der Akt vorüber war, küßte sie ihn auf das Grübchen in seiner Schulter, rollte sich von ihm und lief ins Bad. Sie blieb nur wenige Minuten fort, aber sie fand das Schlafzimmer im Dunkeln, und er atmete schwer und gleichmäßig. Sie dachte, daß er in ihrem Bett eingeschlafen wäre, und stieg in das andere, denn er liebte es nicht, wenn sie – oder über-

haupt eine Frau – sich nachts an ihn schmiegte, und auch sie schlief lieber allein.
Marty hatte sich gerade zurechtgelegt, die Augen schon geschlossen, da sprach er sie noch einmal an.
»Was hast du gesagt?« fragte sie schlaftrunken.
»Du wolltest mir noch etwas erzählen.«
»Keine Ahnung.«
»Warum du heute so spät gekommen bist.«
»Ach so. Das ist eine lange Geschichte. Du kriegst sie morgen zu hören.«
»Nein, jetzt!«
»Alter Tyrann!«
»Ich bin ein neugieriger Mensch. Alle Künstler sind neugierig.«
Marty begriff, daß ihr keine Wahl blieb: sie raffte sich noch einmal auf und berichtete.
»Das ist ja eine tolle Geschichte!« sagte er, mehr anerkennend als schockiert, als sie geendet hatte. »Ich wußte gar nicht, daß du eine so interessante Familie hast!«
»Ich auch nicht.«
»Und wie wird es nun weitergehen?«
»Keine Ahnung. Jedenfalls werde ich mich mehr um sie kümmern müssen.«
»Warum?«
»Weil ich anscheinend als einzige noch alle Tassen im Schrank habe.«
Er lachte. »Vielleicht hast du damit sogar recht.«
»Bestimmt.«
»Wie ist denn der Kerl, mit dem deine Mutter davongerannt ist?«
»Zu ihm, nicht mit ihm!« verbesserte sie. »Ich kenne ihn nicht. Jessica nennt ihn einen Primitivling.«
»Na ja, sie kann das wohl kaum beurteilen. Jedenfalls wird

deine Mutter wohl ganz andere Verhältnisse vorfinden als beim Bauwaren-Holzner. Ob sich die Gute da zurechtfindet?«
»Wenn nicht, kommt sie reumütig wieder zurück.«
»Und du glaubst, er wird sie wieder aufnehmen?«
»Mit Kußhand.«
»Ich hätte sie längst rausgeworfen.«
»Ja, du! Du bist auch nicht wie mein Vater. Sonst würdest du mit mir nicht können. Mich hat er nie gemocht.«
Zaghaft streckte sie die Hand zu ihm hin und war überrascht, als er sie auffing und fest und beruhigend drückte; anscheinend hatte er ihre Bewegung in der Dunkelheit gespürt.
»Alter Schwachkopf!« sagte er mit Überzeugung. Dann ließ er sie los und war bald eingeschlafen.
Marty aber lag noch lange wach und hing ihren Gedanken nach.

Als Molly einige Tage später abends nach Hause kam – sie hatte sich schon angewöhnt, den Flachbau in Oberlörick, in dem sie jetzt bei Jupp Schmitz wohnte, so zu nennen –, sah sie, noch bevor sie ihr Auto geparkt hatte, daß Licht in der Küche brannte. Sie hatte gehofft, noch vor ihm da zu sein, um für sie beide das Abendessen kochen zu können, war aber nicht enttäuscht, sondern hoffte, daß er sich einmal selber an den Herd gestellt hätte. Im Kühlschrank lagen zwei schöne Steaks und ein Kopfsalat, Kartoffeln hatte sie vorgekocht.
Ihr Leben hatte sich sehr verändert, seit sie ihren Mann verlassen hatte. Das fing schon damit an, daß ihr Liebhaber morgens früh aus den Federn mußte, um rechtzeitig auf seiner Arbeitsstelle zu sein. Obwohl sechs Uhr für sie eine mörderische Zeit war, hatte sie sich anfangs doch aufraffen

wollen, ihm das Frühstück zu richten. Aber es hatte ihn keine Mühe gekostet, sie von dieser Idee abzubringen. Sie wußte, daß sie unausgeschlafen zwei linke Hände hatte. Vor allem war sie morgens nicht die strahlende Schönheit, die er in ihr zu sehen gewohnt war. Selbst wenn sie noch eine halbe Stunde vor ihm aufgestanden wäre, hätte sie sich nicht so herrichten können, daß sie die Spuren von Müdigkeit und Alter, die ihr ihr morgendliches Spiegelbild nur allzu deutlich zeigte, völlig hätte verdecken können.

So war sie ihm dankbar, weiterschlafen zu dürfen, und pflegte erst sehr viel später aufzustehen, da sie ja dann den ganzen Tag für sich hatte, trank ein paar Tassen starken Kaffee und zwang sich dann, die Betten zu machen, die Wohnung aufzuräumen, staubzuwischen und zu putzen – ungewohnte Arbeiten, die ihr sehr schwerfielen. Aber sie bemitleidete sich nicht, denn sie tat es ja für ihn, den Mann, den sie liebte. Sie fühlte sich sogar recht wohl in ihrer Rolle als Märtyrerin. Anschließend kaufte sie ein, aß mittags einen Joghurt oder einen Apfel, der schlanken Linie wegen, und widmete den Rest des Tages der Schönheitspflege, bis es Zeit war, für ihn zu kochen. Abends aßen sie warm.

Heute nun hatte sie das Kochen versäumt, wenn auch aus gutem Grund, deshalb hatte sie kein schlechtes Gewissen, fürchtete aber seine Reaktion, denn er war noch immer undurchschaubar für sie. Geschehnisse, die sie stark erregten, nahm er oft ganz gelassen hin, bei anderen, die sie für belanglos hielt, regte er sich auf.

Sie klingelte, bevor sie die Haustür aufschloß, und lief dann, ohne ihren Mantel erst auszuziehen, in die Küche.

Jupp Schmitz saß am Tisch, ein Papier mit Aufschnitt vor sich, eine Tüte mit Brötchen, eine Flasche Bier und eine aufgeschlagene Zeitung. Er stand nicht auf, als sie hereintänzelte, aber er sah hoch. Der Anblick seines gutgeschnittenen, fast römisch anmutenden Kopfes ließ sie vergessen, daß er sich nach der Arbeit nicht einmal umgezogen, sondern sich in seinem ölverschmierten Overall zu Tisch gesetzt hatte. Seine schönen kräftigen Hände waren nie ganz sauber, denn der Schmutz biß sich unerbittlich in die feinen Hautrisse und setzte sich hartnäckig unter den kurzgeschnittenen Fingernägeln fest.

»Oh, Jupp!« Sie lief zu ihm hin und wollte ihn küssen.

Er wehrte mit vollem Mund ab. »Siehst du denn nicht, daß ich esse?«

»Es tut mir so leid, daß ich nicht gekocht habe.«

»Macht doch nichts. Geht auch so.«

»Soll ich dir nicht wenigstens rasch ein Steak braten?«

Er schüttelte den Kopf und setzte die Bierflasche an den Mund.

Sie eilte zum Schrank, holte zwei Teller, ein Glas und das Brotkörbchen und wollte den Aufschnitt und die Brötchen umarrangieren.

»Zu wat dat Jedöns?« fragte er unwillig.

»Ich will es dir doch nur gemütlich machen!«

»Bevor du hier hereingekommen bist, war es auch gemütlich genug.«

Sie unterließ ihre Bemühungen und sank auf den Küchenstuhl ihm gegenüber. »Willst du denn gar nicht wissen, wo ich gewesen bin?«

Er wies mit dem Kinn auf ein Blatt Papier, auf dem sie ihm eine Nachricht hinterlassen hatte. »Bei deiner Rechtsanwältin. Ich kann doch lesen!«

»Aber warum fragst du nicht, wie es gewesen ist?«

»Gut natürlich. Sehe ich dir doch an.«

»Es ist wirklich ganz wunderbar gelaufen. Diese Rechtsanwältin, Frau Dr. Scheermann, war erst ein bißchen schokkiert, weil ich Hartmut verlassen habe. Sie kennt uns beide ganz gut, deshalb habe ich auch diesen Termin bekommen, nach ihrer offiziellen Praxis, denn sonst hätte ich noch Wochen warten müssen. Sie ist sehr beschäftigt, weil sie nämlich so tüchtig ist.« Molly hatte ihren Bericht so schnell herausgesprudelt, daß sie jetzt eine Pause einlegen mußte, um Atem zu holen.

»Na, hoffen wir's«, warf Jupp Schmitz ein.

»Bestimmt! Du kannst dich darauf verlassen. Sogar mein Mann hat immer große Stücke auf sie gehalten, obwohl er Frauen dieser Art natürlich nicht sehr mag. Er findet sie unweiblich.«

»Kann ich verstehen.«

»Deshalb waren wir mit ihr auch nie wirklich befreundet . . . Nein, nicht deshalb, sondern überhaupt, ich wußte nie, was ich mit ihr reden sollte, und sie wahrscheinlich auch nicht. Ich wußte gar nicht, daß sie so gut zuhören kann. Na, früher konnte ich ihr ja auch nie erzählen, was in meiner Ehe los war. Daher hat sie immer gedacht, bei uns wäre alles in Ordnung, und hat Hartmut für einen prima Ehemann gehalten, und das war er ja auch in gewisser Hinsicht.«

Jupp Schmitz wischte sich mit dem Handrücken über den Mund und grinste. »Aber nur in gewisser.«

Sie lächelte liebevoll zurück. »Daher mußte ich ihr die Situation erst klarmachen, aber dann hat sie rasch kapiert. Sie sagt, die Scheidung würde gar keine Schwierigkeiten machen. Wenn Hartmut einverstanden ist . . . und sie meint, daß man ihn nach Lage der Dinge dahin schon bringen könnte . . ., würde die Geschichte ganz rasch über die Bühne gehen.«

»Wann?«

»Sobald wir einen Gerichtstermin haben. In ein paar Wochen.«

»Das wär schon sehr gut.«

»Wenn er nicht einwilligt, dann kann man ihn zwingen. Dann brauchen wir nur die Trennungsfrist abzuwarten. Ein Jahr, wie ich dir ja schon gesagt habe, und inzwischen muß er natürlich Unterhalt zahlen.«

»Und wie wird das dann mit der Kleinen?«

Molly mußte einen Augenblick nachdenken, bis sie begriff, was er meinte. »Mit Jessica? Danach habe ich gar nicht gefragt. Da wird sich Hartmut schon drum kümmern.«

»Dat arm' Ding.«

»Ach was! Du kennst Jessica nicht! Die steht ganz fest auf ihren zwei Beinen. Die wirft so leicht nichts um. Mach dir wegen der nur keine Sorgen! Denk lieber an uns!«

»Das tu ich, Molly, mehr als du meinst.«

Sie reichte ihm über den Tisch hinweg die Hand. »Ist es nicht wundervoll, daß alles so wird, wie ich es mir gedacht habe? Ich bin doch gar nicht so dumm, wie mein Mann immer gemeint hat!«

Er ergriff ihre Hand mit der Linken, während er mit der Rechten die Bierflasche wieder an den Mund setzte. Nach einem tiefen Schluck sagte er: »Du bist nicht blöd, nee, das bist du nicht.«

»Soll ich dir nicht doch noch ein Steak machen? Oder wenigstens den Salat?« Molly stand auf. »Der hält nicht bis morgen.«

»Nee, laß nur!« wehrte er ab.

»Aber Salat ist gesund. Du brauchst ihn wegen der Vitamine!« Molly streifte den Mantel ab und trug ihn aus der Küche; als sie zurückkam, fuhr sie fort: »Brötchen und Wurst, das ist einfach zu wenig für einen Mann, der so hart arbeiten muß wie du!« Das sehr schlicht wirkende blaue Wollkleid war in Wahrheit raffiniert geschnitten, so daß es ihre Rundungen und die schmale Taille voll zur Geltung brachte.

Seine schwarzen Augen leuchteten auf. »Gut siehste aus!« sagte er, streckte die Hand nach ihr aus und wollte sie auf den Schoß ziehen.
Aber sie entwand sich ihm spielerisch und band sich eine Schürze um. »Erst der Salat!«
»Ich mach' mir nichts aus deinem Salat.«
Molly hatte den Kühlschrank geöffnet und den Salatkopf schon in der Hand. »Schmeckt er dir nicht?« fragte sie verletzt.
»Es fehlen Zwiebeln.«
»Ich wußte nicht, es tut mir leid . . ., ich kann keine Zwiebeln schneiden! Dabei muß ich immer gleich weinen!« Schon stiegen Tränen in ihre Augen, sei es, weil sie an die Zwiebeln dachte, sei es, weil sie sein Mitleid erwecken wollte; sie haßte den Geruch von Zwiebeln, der ihr noch nach Stunden den Duft ihrer Cremes, Parfüms und Schönheitswässerchen zu übertönen schien.
Jetzt stand er auf und nahm sie lächelnd in die Arme. »Laß es gut sein, Molly! Du bist mir mehr wert als die Zwiebeln!«
Sie schmiegte den Kopf an seine starke Brust, fühlte sich geborgen und weinte ein bißchen, nur so, weil es so schön war, getröstet zu werden und seine Nähe zu spüren.

Marty war in den nächsten Tagen sehr beansprucht.
Wie immer, kurz vor einer Premiere, wurde Leberecht Kanzler in steigendem Maße nervös, obwohl er es nicht wahrhaben wollte, und sie mußte Tag und Nacht für ihn dasein. Zudem war sein Assistent noch nicht aus den Weihnachtsferien zurückgekommen, so daß Marty die Abendregie übernehmen mußte. Das war keine sehr schwierige Aufgabe. Der *Besuch der alten Dame* war schon so lange gelaufen, daß jeder der Mitwirkenden, vom letzten Bühnenarbeiter bis zur alten Dame selber, im Traum wußte, was zu tun war. Aber

gerade aus dieser allzu großen Sicherheit heraus konnten Pannen passieren, und Marty nahm ihre Aufgabe sehr ernst. Selbst wenn sie nur halb so verantwortungsbewußt gewesen wäre, bedeutete es für sie immerhin doch, daß sie jeden Abend über vier Stunden im Theater sein mußte.
Zu allem Überfluß meldete sich die Darstellerin der Tochter krank. Marty glaubte zwar nicht recht an diese Krankheit, sondern nahm an, daß sie die Lust verloren hatte, weiterzumachen, da sie schlechte Kritiken bekommen und sich beim Ensemble unbeliebt gemacht hatte. Aber das war ihr nicht nachzuweisen. Also mußte auf die Schnelle Ersatz beschafft werden.
Marty dachte sofort an Hertha Körner und schlug es Leberecht Kanzler vor. »Was du nur immer an dieser alten Schnepfe gefressen hast«, sagte er.
»Sie ist die einzige, die ad hoc einspringen könnte. Oder wir müßten die Rolle ganz streichen, vielleicht dem Sohn ein paar Sätze übertragen.«
»Das wäre auch nicht so schlimm in diesen letzten paar Tagen.«
»Sicher nicht. Dem Publikum würde es vielleicht gar nicht auffallen. Aber für die anderen auf der Bühne wäre es eine ziemliche Umstellung, zumal die Aufführung schon so eingefahren ist.«
»Also los! Versuch dein Glück!«
Die Unterhaltung hatte in Martys Wohnung stattgefunden, wo sie und der Regisseur bei einem späten Frühstück gesessen hatten, als sie die Schreckensnachricht erreichte. Natürlich hatte Marty die Darstellerin beschworen aufzutreten, Kanzler hatte den Hörer an sich gerissen und getobt und gedroht, sie in der ganzen Branche unmöglich zu machen. Aber nichts hatte genutzt; die Fahnenflüchtige hatte sich auf ein ärztliches Attest berufen.

»Mach' ich«, sagte Marty, stand auf und holte ihre pelzgefütterten Stiefel; wie meist trug sie Hose und Pullover.
»Warum rufst du nicht an?« fragte er.
»Ich glaube, das läßt sich besser unter vier Augen besprechen.« Sie gab ihm einen liebevollen, aber durchaus nicht respektlosen kleinen Knuff. »Wir sehen uns dann später im Theater.«

Marty fuhr in die Innenstadt. Der Schnee war längst zu grau-schwarzem, unansehnlichem Matsch geworden, und flüchtig sehnte sie sich nach ihrem Elternhaus, vor dem die Wiesen bis zum Rhein hin jetzt bestimmt mit dickem weißem Schnee bedeckt waren und die Kinder die Dämme hinab Schlitten fuhren. Sie nahm sich vor, unbedingt zu Hause anzurufen.
Sie stellte ihr Auto in einer Parkgarage unter und ging dann rasch durch die Hohe Straße, in der jetzt nicht mehr das lebhafte vorweihnachtliche Treiben herrschte. Nur noch die Umtauscher waren unterwegs, die Dekorationen wurden geändert und die Tannenbäume und Girlanden, die vom Nachmittag bis in die Nacht über der Straße geleuchtet hatten, abmontiert.
Hertha Körner arbeitete als Verkäuferin in der Kosmetikabteilung eines Warenhauses, und auch hier war es verhältnismäßig leer. Drei Mädchen, alle in hellblauen kleidsamen Kitteln, standen beieinander, plauderten und kicherten. Hertha Körner hielt sich abseits. Mit unendlich gelangweilter Miene stand sie hinter einem der Verkaufstische und schien sich festhalten zu müssen, um nicht vor Müdigkeit umzufallen. Erst als Marty sie ansprach, wurde ihr Gesicht lebendig. Sie war sehr schön mit ihren großen grauen, geschickt ummalten Augen und der Mähne kastanienroten Haars, dessen Farbe wahrscheinlich echt war, jedenfalls

zeigte ihr Scheitel nie eine blonde, schwarze oder gar graue Spur.
»Marty, wie nett!« sagte sie. »Suchst du was Besonderes?«
»Ja, dich.«
»Hast du etwa . . .«
Marty schnitt ihr das Wort ab. »Kannst du dich ein paar Minuten freimachen? Ich möchte in Ruhe mit dir sprechen. In der Cafeteria.«
»Ja. Doch. Das geht schon.«
»Dann bis gleich. Ich warte dort auf dich.«
Die Cafeteria war ein heller großer ungemütlicher Raum im ersten Stock. Die rechteckigen Tische, mit Kunststoff beschichtet, standen dicht bei dicht, und die Stühle waren durchaus nicht bequem zu nennen. Dennoch machten viele der Kunden des Warenhauses hier Rast, weil die Portionen der Torten, die auf einer langen Theke hinter einem Glasschutz lockten, riesig und zudem billig waren, und der Kaffee war gut.
Auch heute war die Cafeteria gut besetzt. Marty öffnete den Reißverschluß ihres Anoraks, klemmte ihre Collegemappe unter den Arm, holte ein Tablett mit zwei Tassen Kaffee, Zucker, Sahne und Löffeln, brachte alles zu einem der Tische und nahm Platz. Sie öffnete ihre Mappe und holte ein Buch heraus, aber sie kam nicht dazu, zu lesen. Sie hatte es gerade aufgeklappt, als Hertha erschien.
Marty steckte ihr Buch wieder fort. »Kaffee ist dir doch recht?« fragte sie.
»Immer«, erwiderte Hertha und zündete sich eine Zigarette an.
»Weihnachten gut verbracht?«
»Nein«, sagte Hertha, »wie sollte ich! Aber das kann dich doch nicht ernstlich interessieren.«
»Aber doch. Natürlich.«

»Dann hättest du mich wenigstens mal angerufen.«
»Ich war bei meinen Eltern.«
»Du bist zu beneiden.«
»Wie man es nimmt.«
Hertha fragte, ohne Marty anzusehen, wobei ihr Gesicht einen leicht lauernden Ausdruck bekam: »Stimmt es, daß ihr jetzt *Groß und klein* macht?«
»Hat sich das schon rumgesprochen? Ich wollte es dir eigentlich selber sagen.«
»Warum?« fragte Hertha hoffnungsvoll.
»Nur so«, entgegnete Marty rasch, »um es dir schonend beizubringen. Kanzler hat für die Rolle Birgit Herz engagiert.«
»Das Schwein!«
»Jetzt übertreibst du aber!«
»Ich sage nur, was ich denke, und du kannst es ihm ruhig weitersagen! Die Lotte ist meine Rolle, das weißt du so gut wie ich. Wenn ich ein Flittchen wäre wie diese Herz, hätte er sie mir auch gegeben!«
»Sie ist kein Flittchen.«
»Ach, hör auf! Sie schläft mit ihm. Sie schläft mit jedem, der ihr von Nutzen sein kann.«
»So was solltest du besser nicht behaupten. Du kennst sie ja kaum.«
»Ich kenne die Sorte. Das genügt.« Hertha drückte ihre Zigarette so heftig aus, als wollte sie überflüssige Energie loswerden, und zündete sich gleich darauf eine neue an. »Mir kannst du nichts vormachen. Ich hätte die Rolle, wenn ich mich damals mit ihm eingelassen hätte.«
»Nein. Ich habe mit ihm darüber gesprochen. Er meint, du hättest persönlich zu viel von dieser Figur. Du weißt doch selber, daß du manchmal etwas verhuscht bist, und auch ein bißchen exaltiert . . .«
»Na und? Was schadet das?«

»Er möchte jemanden haben, der der Rolle nicht entspricht, sondern sie sich erarbeiten muß.«
»Das hat er dir weisgemacht?« Hertha rauchte gierig. »Du glaubst aber auch alles!«
»Warum sollte er lügen?«
»Warum? Warum?« wiederholte Hertha wütend. »Weil er nicht wahrhaben will, was für ein Schwein er ist! Nicht mal vor sich selber! Ich schwöre dir, wenn ich ihn rangelassen hätte, hätte ich jetzt die Rolle.«
»Wenn du das so genau weißt, warum hast du ihm dann nicht nachgegeben?«
»Deinetwegen!«
»Das ist doch lächerlich. Ob er es nun mit dir treibt oder mit irgendeiner anderen, das berührt mich doch gar nicht. Ich erwarte keine Treue von ihm.«
»Dann liebst du ihn nicht!«
»Eine Schlußfolgerung ohne jede Logik, aber zufällig stimmt sie. Ich habe nie behauptet, ihn zu lieben.«
»Aber du schläfst mit ihm!«
»Willst du mir etwa einen Vorwurf daraus machen? Ich mag ihn, ich schätze ihn, ich habe viel von ihm gelernt und tue das immer noch, wir kommen gut miteinander aus. Ich glaube nicht, daß ich mich mit irgend jemand besser verstehen könnte.«
»Das sind doch keine Gründe, mit ihm ins Bett zu gehen!«
»Für mich schon. Um die Wahrheit zu sagen: Ich habe anfangs gar nicht geglaubt, daß er es wirklich wollte. Sieh mich mal richtig an! Ich bin keine Frau, um die sich die Männer reißen.«
»Schönheit ist nicht das wichtigste.«
»Aber es ist sehr angenehm, sie zu besitzen. Wenn ich so aussähe wie du, würde ich mich bestimmt nicht damit zufriedengeben, Parfüm zu verkaufen.«

»Du würdest dich prostituieren?«
»Red nicht so einen Quatsch!«
»Wenn man sich einem Mann hingibt, ohne ihn zu lieben und bloß, weil man sich was davon verspricht, ist das Prostitution.«
»Jetzt will ich dir mal was sagen: An Liebe glaube ich überhaupt nicht. Das ist alles nur Einbildung und Gefühlsduselei. Und jemandem entgegenzukommen, der etwas für einen tun will und tun kann, ist nicht verwerflich, sondern nur vernünftig.«
»Du paßt ganz gut zu ihm«, sagte Hertha nicht ohne Häme, »entweder seid ihr aus dem gleichen Holz geschnitzt oder er hat dich schon verdorben.«
»Denk doch von mir, was du willst. Um mich geht's ja gar nicht, sondern um dich. An deiner Stelle würde ich versuchen, mich wieder mit Kanzler gutzustellen.«
»Soll ich ihm etwa nachlaufen? Das kannst du nicht von mir verlangen! Das werde ich nicht tun, niemals!« Leiser fügte sie hinzu: »Ich habe einen Freund.«
»Verheiratet, nicht wahr?«
»Wie kommst du darauf?«
»Sonst wärst du zu Weihnachten wohl kaum allein gewesen.«
»Er würde sich ja scheiden lassen, wenn . . .«
Marty unterbrach sie. »Jetzt, bitte, keine Seifenoper! Dein Privatleben interessiert mich nicht. Es geht um eine Rolle! Nicht um die Lotte, nein, aber in der laufenden Inszenierung ist etwas frei geworden, und wenn du da einspringen könntest . . .«
Hertha bekam glänzende Augen. »Die Frau Ill?«
»Nein. Die Tochter.«
»Die Ottilie? Das soll ja wohl ein Witz sein!«
»Sie hat einige sehr nette Auftritte.«

»Erzähl mir doch nichts. Das ist eine Wurzenrolle. Gerade gut genug für eine Anfängerin.«
»Ich weiß, daß sie nicht interessant genug für dich ist. Aber es geht auch nur um drei Abende. Du sollst uns helfen, verstehst du das denn nicht?«
»Daß du die Stirn hast, mir so einen albernen Part anzubieten!«
»Wenn du ja sagst, klappere ich sämtliche Redaktionen ab und mache auf die Umbesetzung aufmerksam. Du wirst Kritiken bekommen, Hertha!«
»Aber nur von der zweiten Garnitur. Bestenfalls. Nein, danke.«
»Kanzler würde deine Hilfsbereitschaft bestimmt anerkennen. Früher oder später würde er dir bestimmt die Rolle geben, die du dir wünschst.«
»Ich will die Lotte!«
»Birgit Herz hat schon zugesagt.«
»Dann könnt ihr mich mal!«
Marty war wütend, aber äußerlich blieb sie ganz ruhig. »Wenn ich es mir recht überlege«, sagte sie, »bist du ja auch zu alt für die Tochter.«
»Und das fällt dir jetzt erst ein?«
»Ich habe dich nie für die Idealbesetzung gehalten, sondern dich nur vorgeschlagen, um dir eine Chance zu geben.«
»Wie edel von dir! Gib doch lieber zu, daß ihr keinen anderen Trottel gefunden habt und daß ihr wißt, wie schnell ich lerne.«
»Das auch«, sagte Marty friedfertig.
»Aber nicht mit mir!« Hertha stand auf, zündete sich dann aber doch noch eine Zigarette an und setzte sich wieder. »Trotzdem bin ich dir dankbar, Marty, richtig dankbar. Es tut mir wohl, Kanzler eins auswischen zu können.«
»Ich werd's ihm ausrichten.«

Hertha erschrak. »Tu's nicht!« bat sie, um gleich darauf hinzuzufügen: »Hat ja keinen Zweck, dich darum zu bitten. Ihr steckt ja alle unter einer Decke.«
»Sehr richtig. Und ich weiß nicht, warum ich deinetwegen Geheimnisse vor ihm haben sollte.«
»Du bist abscheulich, Marty.«
»Ich habe dich immer für eine gute Schauspielerin gehalten – das tue ich übrigens auch jetzt noch, Hertha – und nie verstanden, warum du keine Rollen kriegst.« Marty stand auf und zog den Reißverschluß ihres Anoraks hoch. »Jetzt weiß ich es.« Sie nahm ihre Collegemappe und ging.
Hertha sagte noch etwas zu ihr, rief hinter ihr her, aber sie hörte nicht mehr hin. Für sie war der Fall erledigt. Leberecht Kanzler saß im Wintermantel am Schreibtisch in der Intendanz; er war allein und arbeitete an einem Textbuch. Marty blieb stumm, bis er den Kopf hob.

»Sie hat abgelehnt?« fragte er. »Hätte ich mir denken können.«
»Ich habe mit Engelszungen geredet, aber . . .«
». . . sie ist eine dumme Gans!« ergänzte er. »Macht nichts. Ich habe schon eine andere Besetzung.«
»Tatsächlich?« fragte sie erstaunt.
»Ja«, erwiderte er, »dich.«
»Ich soll auftreten?«
»Ja. Ich hätte gleich drauf kommen sollen. Du kannst den Text, kennst die Inszenierung . . .«
»Aber ich bin keine Schauspielerin!« protestierte Marty.
»Du brauchst nicht zu spielen. Es genügt schon, daß du den Text einfach sprichst. Wir werden deinen Namen auch gar nicht auf das Programm setzen, wir streichen bloß den anderen durch, dann merkt jeder, daß du nur eingesprungen bist.«

»Ich weiß nicht, Leberecht«, sagte Marty unsicher.
»Aber ich. Ich weiß, daß du das kannst. Es ist ja auch wirklich nichts dabei.«
»Ich habe noch nie auf der Bühne gestanden ... Nicht während einer Aufführung, meine ich.«
»Dann wird es eben eine neue und nützliche Erfahrung für dich sein. Vielleicht sollten wir dich nicht mal kostümieren.«
Jetzt protestierte Marty ernstlich.
»Nein, Leberecht, das geht nicht. Denk doch an die Szene, in der die Mutter im Pelzmantel kommt und die Tochter im Minikleid. Das soll ich in Hosen spielen? Also gut, nicht spielen, sondern sprechen. Ill sagt: *Schön, dein Kleid, Ottilie. Doch gewagt, findest du nicht?* und ich darauf: *Aber geh, Vater! Da solltest du erst mein Abendkleid sehen!* – Also in Hosen kann ich das wirklich nicht bringen, dazu müßte ich Schauspielerin sein.«
Er lachte. »Ich merke, du bist schon richtig drin! Also dann lauf, hol dir die Kleider und bring sie zu Frau Borg. Hilf ihr dabei, sie zu ändern. Eine langhaarige Perücke finden wir auch.«
Beinahe hätte Marty gesagt: Langes Haar steht mir nicht. Aber sie unterdrückte diese Bemerkung, weil ihr bewußt wurde, daß sie weder mit langem noch mit kurzem Haar gut aussah. »Wann machen wir eine Stellprobe?« fragte sie statt dessen.
»Stellprobe? Ich höre wohl nicht recht? Wozu brauchst du eine Stellprobe? Du warst auf unzähligen Proben, hast die Inszenierung mindestens fünfmal gesehen und hast sogar Abendregie gemacht ... Apropos, dafür müssen wir wohl jemand anderen finden.«
»Ich dachte schon, das sollte ich auch übernehmen. Die Tochter tritt ja ohnehin erst im zweiten Akt auf.«

»Nun komm mir bloß nicht sarkastisch! Ich weiß, daß ich viel von dir verlange. Aber du solltest mir dankbar dafür sein.«
»Bin ich ja auch, Leberecht«, sagte sie lächelnd, »bin ich.«

Obwohl Marty sich immer wieder sagte, daß sie gar keinen Grund hatte, nervös zu sein, weil nichts davon abhing, ob sie die Rolle packte oder nicht, litt sie doch unter sich steigerndem Lampenfieber. Sie hatte einen solchen Zustand nie gekannt und empfand ihn als quälend und doch zugleich prickelnd.
Als es dann endlich soweit war, daß sie die Bühne betrat – ein erleuchtetes Podest inmitten der zweckentfremdeten Fabrikhalle, mit der angedeuteten Dekoration einer Gemischtwarenhandlung –, zitterten ihr die Knie. Sie hatte das Gefühl, daß ihr Gesicht sich zu einem schafsähnlichen Grinsen verzog. Der Tennisschläger, den sie in der Hand halten mußte, behinderte sie, das knappe Röckchen genierte sie, und die strohblonde Perücke auf ihrem Kopf juckte. Angstvoll beobachtete sie den Darsteller des Lehrers, der jetzt auf das Fäßchen kletterte, um seine Rede zu halten. Die Kehle war ihr wie zugeschnürt, und sie fürchtete, kein Wort hervorbringen zu können, wenn das Stichwort fiel. Aber sie konnte es dann doch.
Herr Lehrer! hatte sie zu sagen, flehend.
Bei ihr klang es wie ein heiserer, erstickter Aufschrei, aber die beiden Worte waren heraus.
Danach fühlte sie sich besser, und als sie gegen Ende der Szene laut Regieanweisung mit ihrer Familie für ein Pressefoto posieren mußte, lächelte sie befreit.
Und nun bitte, strahlen vor Glück! verlangte der Pressemann I.
Strahlen, strahlen, zufrieden, innerlich, still vergnügt strahlen.
Großartig gestrahlt, lobte Pressemann II, nachdem die Auf-

nahmen sozusagen im Kasten waren, und zwinkerte Marty dabei ermunternd und anerkennend zu.
Wenig später durfte sie mit Mutter und Sohn nach rechts abgehen. Auf einem konventionellen Theater, der Kanzler so verhaßten Guckkastenbühne, hätte das bedeutet, daß sie tatsächlich die Bühne verlassen konnten. Im Fabriktheater war die Bühne nach drei Seiten offen, und im Hintergrund des Ladens konnten sie auch nicht verschwinden. Also machten sie nur ein paar Schritte zur Seite aus dem Licht der Scheinwerfer heraus, das sich jetzt auf den Vater und den Lehrer konzentrierte, so daß für die Zuschauer der Eindruck entstand, die beiden wären jetzt allein. In der Dunkelheit, in der Marty und die anderen stumm und starr standen, drückte die Mutter ihr beruhigend den Arm.
Aber das wäre gar nicht mehr nötig gewesen. Marty hatte sich inzwischen gefangen. Als es soweit war, trat sie, keck ihren Tennisschläger schwenkend, wieder ins Licht. Sie brachte, auf die Frage des Vaters, ihren nächsten Satz genau im richtigen Ton heraus, selbstbewußt, leichtfertig und schnippisch: *Habe einige Stunden genommen.*
Als der Vater meckerte: *Morgens früh, nicht wahr? Statt aufs Arbeitsamt zu gehen?* erwiderte Marty wegwerfend, wie man mit besserwisserischen Vätern spricht.
Danach gab es keine Schwierigkeiten. Marty war in ihrer Rolle, sie wußte, daß sie gut war, und fühlte sich in ihrem Element.
Der Beifall zum Schluß der Aufführung bedeutete ihr allerdings nichts. Sie täuschte sich nicht darüber hinweg, daß sie nur ein winziges Steinchen in dieser Inszenierung war.
Nachher, als sie in der Garderobe saß und sich abschminkte – die blonde Perücke hatte sie schon über den Ständer gestülpt –, kam Leberecht Kanzler herein.
»Du warst in der Vorstellung?« fragte sie überrascht.

»Mußte doch sehn, wie du dich machst.«
»Gut, daß ich das nicht gewußt habe. Dann hätte ich womöglich noch mehr Lampenfieber gehabt.«
»Und jetzt willst du hören, wie ich dich gefunden habe?«
Marty nahm sich die falschen Wimpern ab. »Gar nicht schlecht, nicht wahr?«
»Sogar ausgezeichnet. Du hast Talent.«
Marty spürte eine ganz unsinnige Welle der Freude.
»Schade«, fügte er hinzu, »daß du dir keinen anderen Kopf aufschrauben kannst.«
In diesem Augenblick haßte sie ihn. Dieser heftige Gefühlsausbruch überraschte sie. Im Spiegel sah sie, wie ihr Gesicht sich verzerrte und ihre Augen wütend funkelten.
Aber sie wollte ihm nicht die Freude machen, ihm zu zeigen, wie sehr er sie verletzt hatte; sie rieb an ihrem Gesicht herum, damit er ihren Ausdruck nicht erkannte, und ihre Stimme klang beherrscht, als sie sagte: »Das täte ich nicht einmal, wenn ich es könnte. Mein Kopf ist mir mehr wert als eine hübsche Larve.«
»Kluges Mädchen.«
»Du hattest ganz recht, es war eine Erfahrung für mich. Jeder, der beim Theater arbeitet, sollte sie mal machen. Es ist ganz wichtig, daß man weiß, wie es ist, wenn man selber im Scheinwerferlicht steht.«
Als er gegangen war, ließ sie die Hände sinken und startte ihr Spiegelbild an. Sie war bestürzt über den wilden, zügellosen Haß, den sie empfunden hatte. Niemals hätte sie sich ein so starkes, so intensives Gefühl zugetraut. Und dabei – welch nichtiger Anlaß hatte genügt, sie so zu entflammen!
Es stimmte ja, er hatte sie verletzt, aber damit hätte sie doch rechnen müssen. Das lag ganz auf ihrer Linie. Er hatte sie verletzt, um sie zu ernüchtern. Wäre sie schlecht gewesen, hätte er sie aufgemuntert. So aber wollte er verhindern, daß

sie sich Illusionen machte. Beinahe hatte sie sich wahrhaftig schon als Schauspielerin gesehen.
Dabei hatte er unrecht, erkannte sie jetzt. Es gab auch Rollen für häßliche Frauen, meist waren die dann auch noch böse, denn diese beiden Eigenschaften paßten in der Meinung der Leute und merkwürdigerweise auch der Stückeschreiber, die es besser hätten wissen sollen, zusammen. Aber was machte es schon aus, schlechte, ränkesüchtige, gemeine Charaktere zu spielen! Das waren meist die interessantesten und auch effektvollsten Rollen.
Was immer Kanzler ihr sagte – und es war noch fraglich, ob er es wirklich dachte –, sie hätte Schauspielerin werden können, sagte Marty sich. Aber sie wollte es gar nicht. Ihre Arbeit im Umfeld der Bühne erfüllte sie mehr. Vielleicht würde sie eines Tages selber Regie führen oder ein Stück schreiben. Das waren ihre eigentlichen Ziele.
Sie hätte sowieso zu ihnen zurückgefunden, sobald die erste Freude an ihrem gelungenen Auftreten verklungen wäre. Kanzlers Grausamkeit war unnötig gewesen. Fast konnte sie jetzt schon wieder darüber lachen.

Am Morgen des Silvestertages kam Marty endlich dazu, ihre Schwester Jessica anzurufen. »Ach, du bist's!« sagte das Mädchen, und es klang fast enttäuscht.
»Mit wem hattest du denn gerechnet?«
»Ach, weißt du, hier ist ein großes Hin und Her! Ich bin auf eine Party eingeladen, aber Hartmut verbietet es mir, das heißt, er wäre schon einverstanden, aber ich müßte um zehn zu Hause sein! Aber um zehn fängt eine richtige Party doch an Silvester überhaupt erst an!«
»Ich verstehe schon, daß dich das ärgert«, sagte Marty und fühlte selber, daß es lahm klang, aber diese Sorgen schienen ihr unwichtig.

»Er ist richtig kleinkariert«, schmollte Jessica, »und irgendwie unverschämt dazu! Wenn er doch nicht mein Vater ist, hat er mir auch nichts zu sagen!«
»Das sehe ich nicht so, Jessica. Immerhin trägt er die Verantwortung für dich.«
»Du redest genau wie er! Verantwortung, daß ich nicht lache! Es ist eine ganz harmlose Party. Meine Freundin Yvonne gibt sie, und ihre Eltern sind den ganzen Abend dabei. Als wenn dabei etwas passieren könnte!«
»Er ist eben in Sorge um dich.«
»Warum und weshalb? Kannst du mir das erklären?«
»Vielleicht hängt er trotz allem immer noch an dir.«
Am anderen Ende der Leitung blieb es eine kurze Weile still, dann sagte Jessica zögernd: »Könnte schon sein.«
»Na, siehst du! Wie kommst du denn sonst mit ihm zurecht?«
»Geht so. Jetzt hör mal, Marty, ich habe eine Idee! Hilf mir, bitte! Ruf du ihn an und sag ihm . . .«
»Nein, das möchte ich nicht.«
»Du hast versprochen, mir zu helfen!«
»Aber doch nicht so! Bitte lieber Yvonnes Vater, daß er mit ihm redet. Wenn der die Verantwortung übernimmt . . .«
»Yvonnes Vater ist ein hohes Tier! Das kann ich dem doch nicht zumuten!«
»Ihrer Mutter?«
»Auch nicht! Sie würde mich für verrückt erklären! Überhaupt, wie stehe ich jetzt da? Alle müssen mich für ein richtiges Baby halten!« Jessicas Stimme klang tränenerstickt.
»Nimm's nicht tragisch, Kleine! Du wirst noch so oft in deinem Leben Silvester feiern können, bis es dir zum Hals heraushängt. Was hat er denn heute abend vor?«
»Er bleibt zu Hause.«
»Dann wird er dich wahrscheinlich bei sich haben wollen.

Das ist doch verständlich, wo Mutter ihn verlassen hat. Versetz dich mal in seine Lage.«
»Er sollte sich lieber mal in meine versetzen!«
»Wie kommst du denn sonst mit ihm zurecht?«
»Es geht so.«
»Er ist nicht nett zu dir?«
»Ich weiß nicht. Er ist schwierig. Sehr schwierig.«
»Er würde es bestimmt anerkennen, wenn du heute bei ihm bliebst. Freiwillig, ohne zu murren und zu motzen.«
Jessica seufzte tief. »Es wird mir wohl nichts anderes übrigbleiben.«
»Trag's mit Fassung!«
»Ich werde so tun, als hätte ich es mir anders überlegt . . ., als würde ich doch lieber mit ihm zusammen das Fernsehprogramm sehen.«
»Das fände ich nun wieder übertrieben. Eine Komödie brauchst du ihm nicht gerade vorzuspielen.«
»Was glaubst du, was ich die ganze Zeit tue?«
»Ist es so schlimm?«
»Ziemlich. Aber mach dir keine Sorgen! Ich krieg' ihn schon noch herum. Wenn dieser Streit mit Mutter nicht wäre . . .«
»Wieso Streit?«
»Ihre Rechtsanwältin hat ihm eine Klage ins Haus geschickt!«
»Die Scheidungsklage? Das war doch vorauszusehen.«
»Eigentlich ja. Aber er war trotzdem stocksauer. Außerdem klagt sie auf Unterhalt.«
»Von irgendwas muß sie schließlich leben.«
»Er findet, ihr Juppijuh sollte für sie aufkommen. Das nehme ich jedenfalls an. So richtig spricht er nicht mit mir darüber.«
»Das ist schon eine schwierige Situation für dich«, sagte Marty voller Mitgefühl.

»Du sagst es! Wenn es nur um uns beide ginge, um Hartmut und mich, kämen wir schon miteinander aus. Aber ich habe das Gefühl, jedesmal, wenn er sich über Molly ärgert, läßt er es an mir aus.«

»Das wäre möglich. Wie geht es ihr denn?«

»Wem?«

»Mutter natürlich.«

»Keine Ahnung.«

»Sie kümmert sich überhaupt nicht um dich?«

»Nein. Wahrscheinlich ist sie viel zu glücklich mit ihrem Juppijuh! Wie man immer so schön in den Romanen liest: Um die Liebenden versank die Welt.«

Marty lachte. »Mir scheint, du liest die falschen Romane! Ruf sie doch mal an!«

»Wozu? Ich habe nicht mal ihre Nummer.«

»Du kannst sie aus dem Telefonbuch suchen.«

»Ich denke ja nicht daran! Wenn sie sich nicht um mich schert, schere ich mich auch nicht um sie.«

»Wie du meinst. Dann muß ich mich wohl mal um sie kümmern. Allerdings habe ich im Augenblick schrecklich viel um die Ohren. Also, Jessica . . .«

»Halt! Leg noch nicht auf!«

»Ja?«

»Ich muß dir noch was erzählen! Ich war beim Rechtsanwalt und habe das Dingsda unterschrieben, diesen . . .« Mit sehr wichtiger Stimme fügte sie hinzu: ». . . Antrag auf Feststellung der Vaterschaft.« Wieder ganz natürlich fuhr sie fort: »Ich halte es zwar nach wie vor für Blödsinn, aber Hartmut hat darauf bestanden.«

»War es schlimm?«

»Überhaupt nicht! Dieser Rechtsanwalt war richtig nett. Er hat mich nicht wie ein dummes Blag behandelt, sondern wie eine . . . wie eine . . .«

»Junge Dame!« ergänzte Marty.
»Du lachst mich aus! Das ist gemein!«
»Nein, tue ich gar nicht. So komisch kann ich die ganze Geschichte wirklich nicht finden.«
»Irgendwann mal müssen wir dann auch zum Gesundheitsamt, sobald wir einen Termin haben. Da werden unsere Blutgruppen bestimmt. Molly muß auch hin ... und natürlich auch dieser Knacker aus Essen!«
»Ziemlich aufregend.«
»Das kannst du laut sagen! Von mir aus hätte ja alles so bleiben können, wie es war. Aber jetzt bin ich allmählich doch gespannt, wer nun wirklich mein sogenannter Erzeuger ist!«
Als Marty den Hörer auflegte, war sie ein wenig beruhigt. Jessica schien so munter zu sein wie immer. Ihr Ärger darüber, daß sie nicht an der Silvesterparty teilnehmen durfte, zeigte, wie kindlich und unbefangen sie noch war. Erst nachträglich fiel es ihr auf, daß Jessica ihr keine einzige Frage gestellt hatte. Dabei hätte sie ihr doch einiges zu erzählen gehabt. Von ihrem ersten Bühnenauftritt, von der Premiere, die heute abend stattfinden sollte, und der anschließenden Feier in der Fabrikhalle.
Aber Jessica hatte sich nicht dafür interessiert. Das hat sie von Mutter, dachte Marty, die war auch immer nur mit sich selber beschäftigt und hatte für nichts anderes Sinn!
Dann sagte sie sich, daß sie ihr vielleicht unrecht tat. Die Schwester war ja noch so jung, daß sie das Recht auf einen gesunden Egoismus hatte.

Die Premiere von *Jean Paul Marat wurde* ein Erfolg, die anschließende Silvesterfeier war mehr als ausgelassen.
Schon zwei Tage später begannen die Proben für *Groß und klein.*

Marty hatte die Schauspieler einzuteilen, die Probenzettel auszuschreiben, war dafür verantwortlich, daß die jeweiligen Schauspieler pünktlich erschienen und notfalls, wenn einer sich wegen Unpäßlichkeit entschuldigen ließ, für eine Umstellung der Probe zu sorgen.
Da Leberecht Kanzler nicht nur zu ihr oft kränkend war, sondern auch zu seinen anderen Mitarbeitern, mußte sie immer wieder trösten, beruhigend oder ermunternd eingreifen, Tränen trocknen und Konflikte lösen. Zudem hatte auch die Universität ihren Betrieb wiederaufgenommen, und obwohl Marty sich schon eine ausreichende Zahl an Seminarscheinen erarbeitet hatte, besuchte sie doch weiterhin alle Vorlesungen, die sie interessierten. Sie schrieb das Wichtigste mit, obwohl sie oft nicht die Zeit fand, ihre Notizen ins reine zu bringen. Sie war so sehr beschäftigt, daß sie nur selten an ihre Familie dachte.
Birgit Herz, die aus München angereist war, machte ihr und allen anderen das Leben schwer. Obwohl sie in der großen Theaterwelt so gut wie unbekannt war, spielte sie sich als Star auf, hatte Allüren und Sonderwünsche und sah auf ihre Kollegen herab.
Es bekam ihr nicht, daß der Regisseur ein privates Interesse an ihr nahm. Alle wußten das, aber keiner wagte es ihm zu sagen. Marty am wenigsten, denn sie hätte sich wieder den Vorwurf der Eifersucht gefallen lassen müssen. Dabei war sie es tatsächlich nicht, sondern nahm die ganze Affäre sehr gelassen. Nur fand sie, daß durch Birgits Arroganz die Atmosphäre im Theater belastet wurde.
Einmal saß sie, einige Stühle von Birgit entfernt, unter den Zuschauern und sah einer Probe zu. Als Birgit Martys Namen zischte, rührte sie sich nicht.
Birgit versuchte es noch einmal. »Marty! Meinen Mantel, bitte!«

Marty tat, als wäre sie taub.
Birgit erhöhte ihre Stimme. »Marty! Mir ist kalt!«
Damit erregte sie zwar nicht Martys, aber Leberecht Kanzlers Aufmerksamkeit; er fuhr herum. »Was ist los?«
»Ich friere«, erklärte Birgit Herz, »und Marty will mir meinen Mantel nicht holen!«
Marty machte keine Anstalten aufzustehen oder sich zu entschuldigen; hatte das eckige Kinn vorgeschoben und die schmalen Lippen fest zusammengepreßt, bereit, es zu einem Krach kommen zu lassen.
Aber Kanzler ging nicht auf sie, sondern auf Birgit Herz los. »Verdammt noch mal!« brüllte er. »Warum holst du ihn dir nicht selber?«
»Weil ich erschöpft bin!«
»Schon jetzt? Dann ist die Rolle doch zu groß für dich!«
»Das ist nicht wahr! Aber ich muß doch meine Kräfte schonen.«
Kanzler wandte ihr abrupt den Rücken zu. »Dann legst du dich am besten ins Bett!«
»Das wird ihr ohne dich wenig Spaß machen«, platzte einer der Schauspieler heraus.
Die anderen feixten, und auch Marty hatte Mühe, ernst zu bleiben.
Birgit sprang auf. »Leberecht!« schrie sie. »Muß ich mir das gefallen lassen!«
Der Kopf des Regisseurs war rot angelaufen. »Du hast es herausgefordert!«
»Nein, du! Wie kannst ausgerechnet du mir raten, mich ins Bett zu legen?«
»Ich wollte damit nur sagen, daß du bei Proben, in denen du nicht gefordert wirst, nicht anwesend sein mußt.« Versöhnlich fügte er hinzu: »Es sind ja wenig genug.«
»Das hatten wir auch alle so aufgefaßt«, sagte Marty.

»Warum grinst du dann so blöd?«
Marty blieb ganz ruhig. »Das bildest du dir nur ein.«
»Wird hier nun geprobt oder nicht?« fragte jemand auf der Bühne.
Birgit gab nicht nach. »Erst will ich wissen, ob ich mir eure schmutzigen Bemerkungen gefallen lassen muß!« Sie wandte sich an den Regisseur. »Leberecht, tu endlich was! Verbiete ihnen, in diesem Ton mit mir zu sprechen!«
»Reiß dich am Riemen«, erwiderte der ungehalten, »wir werden uns später darüber unterhalten.«
Birgit stampfte mit dem Fuß auf. »Nein, jetzt!«
»Wenn du dauernd mit deinen ganz speziellen Beziehungen zu Kanzler angibst«, bemerkte eine Kollegin, »dann mußt du uns schon erlauben, daß wir hie und da mal einen Witz darüber reißen.«
»Du unverschämte Kuh! Du bist ja bloß wütend, daß er sich nicht für dich interessiert!«
»Jetzt ist es aber genug!« donnerte der Regisseur. »Streitet euch von mir aus, wenn ihr es nicht lassen könnt, aber nicht während der Arbeit!«
»Ihr seid gemein zu mir! Alle seid ihr gegen mich! Und statt daß du mich in Schutz nimmst, Leberecht . . .«
»Verschwinde endlich!«
Birgit erhob sich in der Haltung einer beleidigten Königin. »Wenn ich das geahnt hätte, wäre ich gar nicht nach Köln gekommen!«
»Du kannst wieder abreisen, wenn es dir nicht paßt! Ich verzichte auf eine Konventionalstrafe. Noch ist es Zeit, deine Rolle umzubesetzen.«
»Danke. Gut, daß ich das weiß. Ich werde dich meinen Entschluß wissen lassen.« Birgit rauschte ab, und die Probe konnte endlich weitergehen. Aber niemand war mehr recht bei der Sache, und Kanzler brach vorzeitig ab.

Später, als sie nebeneinander über den Hof zu Martys Auto gingen, machte Leberecht Kanzler ihr doch noch einen Vorwurf.
»Du hättest Birgit den Mantel ruhig holen können«, sagte er, »du bist doch sonst nicht so.«
»Sie nimmt sich ein bißchen viel heraus«, erwiderte sie, »das ist nicht nur meine Ansicht.«
»Wenn ich gewußt hätte, daß sie sich so aufführen würde, hätte ich sie nie geholt«, gab er zu.
Marty verkniff sich die Bemerkung, daß es eben doch nicht so gut war, wenn der Regisseur eine seiner Schauspielerinnen so deutlich bevorzugte.
»Auch bei der Arbeit gefällt sie mir nicht«, fuhr er fort, »sie macht mir zu viele Schwierigkeiten.«
»Sie ist nicht schlecht. Ich glaube, du wirst sie hinkriegen.«
»Vielleicht wäre es wirklich besser, sie umzubesetzen. Meinst du, daß Hertha Körner greifbar wäre?«
Marty mußte innerlich lächeln. Sie begriff, daß Birgit ihm als Schauspielerin und als Geliebte lästig zu werden begann und daß er sie gerne durch eine Frau, mit der ihn nichts verband, ersetzt hätte. »Das sicher«, sagte sie, »aber es wäre nicht gut.«
»Du warst doch immer so für die Körner.«
»Schon lange nicht mehr.« Marty hatte mit Kanzler nie über ihr letztes Gespräch mit Hertha Körner gesprochen, und auch jetzt sagte sie nur: »Sie ist zickig.«
»Na, vielleicht hast du recht.«
»Aus Birgit läßt sich was machen. Du mußt sie nur mal richtig zusammenstauchen. Nicht vor versammelter Mannschaft wie heute. Dann braust sie auf, und ich kann das verstehen. Nein, versuch es mal, wenn ihr privat zusammen seid.« Sie konnte sich nicht enthalten hinzuzufügen: »Das seid ihr ja oft genug.«

»Vernachlässige ich dich etwa?«
»Nein. Das hatte ich nicht sagen wollen.«
»Es klang aber so.«
»Entschuldige. Möglicherweise habe ich den falschen Ton erwischt. Jedenfalls fände ich es notwendig, daß du ihr deinen Standpunkt klarmachst.«
»Meinst du, das hätte ich noch nicht versucht?«
»Und?«
»Sie entwickelt dann einen solchen ... äh ... Charme ... Sie entwaffnet mich.«
Marty dachte:
Dich scheint es ja toll erwischt zu haben! Laut sagte sie nur: »Oh!«
»Ich habe sie privat nicht in der Hand, und deshalb komme ich auch im Theater mit ihr nicht weiter.«
Sie bewunderte ihn für dies Geständnis. »Wird schon werden«, sagte sie, »ihr seid erst so kurz wieder zusammen. Das wird sich alles einspielen.«
»Sicher. Auf die Dauer wird mir das kleine Biest nicht auf der Nase tanzen. Das hat noch keine Frau geschafft. Aber bis dahin wird sie das ganze Ensemble gegen sich aufgebracht haben.«
»Sieht so aus«, sagte Marty trocken.
Leberecht Kanzler blieb stehen. »Könntest du nicht mal mit ihr reden?«
»Ausgerechnet!«
»Du könntest ihr ein paar gute Ratschläge geben ... von Frau zu Frau.«
»Ich bin bestimmt der letzte Mensch, an dessen Ratschlägen ihr gelegen ist.«
»Bitte, versuch's! Nicht um meinetwillen ... nein, natürlich auch um meinetwillen. Aber es geht viel mehr ... um uns alle ... um das Theater!«

Marty überlegte. »Ich werde tun, was ich kann«, versprach sie dann.
Er packte sie bei den Schultern. »Du bist doch die Beste! Ich wußte, daß ich mich auf dich verlassen kann!«
»Spar dir deinen Enthusiasmus. Es ist ja noch gar nicht raus, ob ich wirklich was erreiche.«

Noch am Abend des gleichen Tages machte sich Marty, nachdem sie vorher angerufen hatte, auf den Weg zu Birgit Herz; sie hatte sogar Blumen erstanden, die sie ihr als Zeichen der Versöhnung überreichen wollte.
Birgit Herz war in einer alten, äußerlich ziemlich verkommenen Villa in Köln-Ehrenfeld untergebracht, die nach dem Krieg in viele Einzelwohnungen aufgeteilt worden war. Frau Kremer, die sie bei sich aufgenommen hatte, war eigentlich nicht darauf angewiesen, Zimmer zu vermieten, denn sie lebte von einer guten Pension; ihr verstorbener Mann war ein hoher Richter gewesen. Aber sie hatte gern Gesellschaft von jungen Leuten, besonders vom Theater, weil sie selber in ihrer Jugend eine Bühnenlaufbahn hatte einschlagen wollen, wie sie immer wieder erzählte. Lieber als eine junge Frau hätte sie zwar einen Mann bei sich aufgenommen. Obwohl sie nicht die geringsten erotischen Absichten hatte, mißtraute sie Frauen, weil sie ihnen unterstellte, ständig Strümpfe, Höschen und Büstenhalter zu waschen und im Bad herumhängen zu lassen. Marty hatte ihre ganze Überredungsgabe aufbringen müssen, um ihr Birgit schmackhaft zu machen.
Die junge Schauspielerin hinwiederum hatte gemault, weil ihr nur ein großes Zimmer zur Verfügung stehen sollte, kein eigenes Bad und keine Küche. Marty hatte sich Mühe geben müssen, um sie von den Vorzügen dieses Arrangements zu überzeugen; das Zimmer war bequem, warm und billig, und

es war vom Fabriktheater aus zu Fuß zu erreichen. Frau Kremer war eine liebenswürdige Frau, und Birgit würde sich bestimmt, was die Benutzung von Bad und Küche und Telefon betraf, mit ihr einigen können.
Schon bei der ersten Unterhaltung, als Marty die Schauspielerin vom Hauptbahnhof abgeholt hatte, wäre es beinahe zu einer harten Auseinandersetzung gekommen, und es war Marty schwergefallen, friedlich zu bleiben.
»Zieh erst mal ein!« hatte sie endlich gesagt. »Wenn es dir wirklich nicht paßt, kannst du dich immer noch nach was Besserem umsehen. Ich glaube nicht, daß du dir ein Hotel leisten kannst.«
Das war nur zu wahr, und Birgit Herz hatte wohl oder übel nachgegeben.
»Und laß dir bloß nicht anmerken, daß dir deine neue Bleibe zu schäbig ist. Frau Kremer ist empfindlich, und wir werden sie auch nach dir immer mal wieder brauchen.«
Mit einigem Bangen hatte sie die Entwicklung der Beziehungen zwischen Frau Kremer und ihrer Untermieterin abgewartet. Aber da sie weder von der einen noch der anderen Seite Klagen gehört hatte, schien das wenigstens gutgegangen zu sein.
Diese Erinnerungen schossen Marty durch den Kopf, als sie die ausgetretenen Stufen der breiten hölzernen Treppe zum dritten Stock hinaufstieg. Das Türschild von Frau Kremer war aus Messing und blank poliert, dahinter steckte eine Visitenkarte von Birgit Herz.
Sie klingelte, und einige Minuten später wurde von Frau Kremer geöffnet. Die alte Dame strahlte, als sie Marty erkannte, und streckte ihr beide Hände entgegen. »Mein liebes Kind! Wie nett, das Sie sich wieder einmal blicken lassen!«
Marty riß das Papier von einem ihrer Sträuße und reichte ihn

Frau Kremer. »Sie sollen ein bißchen Sonne in einen grauen Tag bringen.«
»Gelbe Rosen!« Frau Kremer steckte ihre Nase in den Strauß. »Und sie duften sogar!«
»Stimmt!« sagte Marty lächelnd. »Ich habe Probe gerochen.«
»Kommen Sie doch herein! Wir sitzen gerade vor einem spannenden Krimi.«
Marty zog ihren Anorak aus und hängte ihn an den Garderobenständer. »Ich möchte lieber gleich ein paar Worte mit Birgit Herz sprechen.«
»Ach ja, richtig . . . sie sagte mir . . . gehen Sie schon in ihr Zimmer. Sie kennen sich hier ja aus.«
Trotz dieser gutgemeinten Aufforderung zog Marty es vor, in der kleinen Diele zu warten; sie fürchtete, daß Birgit es übelnehmen könnte, wenn sie zu selbstherrlich vorging. Sie entfernte die Umhüllung von ihrem zweiten Strauß und steckte, da sie keinen Papierkorb fand, das zusammengeknüllte Papier in die Tasche ihres Anoraks.
Endlich erschien die Schauspielerin, sehr elegant in einem schilfgrünen Hausanzug, der das frappante Grün ihrer Augen noch betonte und ihre hübschen Kurven voll zur Geltung brachte. Ihre Wimpern waren tiefschwarz gefärbt – und noch dazu getuscht, nahm Marty an – und bildeten einen effektvollen Gegensatz zu ihrem silberblonden Haar. Sie hatte Make-up aufgelegt.
Marty fragte sich, ob die andere sich ihr zuliebe schöngemacht hatte, oder ob sie auch in ihren eigenen vier Wänden immer in großer Aufmachung herumzulaufen pflegte.
Sie lächelte so breit, daß sie selber fühlte, wie unecht es wirken mußte, und nahm ein wenig zurück. »Hoffentlich störe ich nicht zu sehr!« sagte sie. »Ich habe gar nicht daran gedacht, daß heute abend ein Krimi läuft.«

»Was soll's.« Birgit Herz zuckte die Achseln. »Immer derselbe Schmarrn.« Mit einem Blick auf die Rosen fragte sie erstaunt: »Sind die etwa für mich?«
»Na ja, ich habe mir gedacht . . .« Marty zitierte: *»Ohne Blumen fehlt dir was!«*
»Nett von dir«, sagte Birgit Herz und nahm die Rosen so zögernd entgegen, als könnte ein Knallfrosch zwischen den Blüten versteckt sein.
»Außerdem wollte ich mich entschuldigen«, fuhr Marty fort, »ich hätte dir den Mantel heute nachmittag wirklich holen können. Ich weiß gar nicht, was in mich gefahren war.«
»Du wolltest einen Krach inszenieren.«
»Wenn du das wußtest, hättest du anders reagieren sollen.«
»Es ist mir erst nachträglich klargeworden.«
»Wir sollten das lieber in deinem Zimmer besprechen«, schlug Marty vor, »sonst findet es Frau Kremer vielleicht doch noch spannender als den Krimi.«
»Recht hast du. Ich hole nur noch schnell eine Vase aus der Küche. Geh du schon vor.«
Das Zimmer war groß und hell, mit einer breiten Bettcouch ausgestattet, die mit einer Menge bunter Kissen bedeckt war. Dazu kamen zwei Stoffpuppen, die wohl aus dem persönlichen Besitz der Schauspielerin stammten. Der Teppich war ein echter – wenn auch schon abgewetzter – Perser, die schweren Vorhänge gut darauf abgestimmt. Ein Mahagonischrank – England, Ende des letzten Jahrhunderts –, ein Butlertisch, eine Biedermeierkommode und ein paar bequeme kleine Sessel ergänzten das Mobiliar. An den Wänden hingen einige alte englische Kupferstiche auf einer glücklicherweise verblaßten Tapete, die einstmals von einem ziemlich fatalen Rot gewesen sein mußte. Alles in allem war es ein Raum, in dem man es sich bequem machen

konnte. Birgit Herz hatte das anscheinend auch getan, denn die Kissen auf der Couch waren zerwühlt, auf dem Tisch stand eine geöffnete Schachtel mit Dörrobst, und über einen der Sessel waren einige Kleidungsstücke geworfen.
Die junge Schauspielerin kam herein, stellte die Vase mit den Rosen auf den Tisch und begann die einzelnen Stengel zu arrangieren. Marty schloß die Tür hinter ihr, wartete ab, bis sie sich auf der Couch niederließ, und nahm dann selber auf einem der Sessel Platz. »Kanzler schickt dich, nicht wahr?« eröffnete Birgit Herz das Gespräch.
»Du solltest inzwischen gemerkt haben, daß ich niemand bin, der sich schicken läßt«, erwiderte Marty unverfroren.
»Ach geh! Mir kannst du doch nichts vormachen. Dieser Schmäh mit den Rosen . . .«
». . . war meine eigene Idee!« fiel Marty ihr ins Wort, froh, bei der Wahrheit bleiben zu können. »Ich hoffte, du würdest dich darüber freuen.«
»Bestell Kanzler einen schönen Gruß von mir. Wenn er was von mir will, soll er es mir selber sagen.«
Marty blickte ihr herausfordernd in die Augen. »Ich bin sicher, daß er das tut.«
»Na ja, da hast du natürlich recht. Er redet über alles mit mir. Deshalb begreife ich nicht, warum er dich jetzt schickt.«
»Warum trennst du dich nicht einfach mal von dieser Version? Nimm an, ich bin aus freien Stücken zu dir gekommen. Dann brauchst du dir über Kanzler nicht den Kopf zu zerbrechen. Lassen wir ihn ganz aus dem Spiel. Es geht nicht um Kanzler. Auch nicht um dein Verhältnis zu ihm. Das geht nur euch beide etwas an.«
»Auch dich nicht?« fragte Birgit Herz, und ihre grünen Augen verengten sich.
»Nein«, entgegnete Marty gelassen.
»Sehr klug von dir, nicht um ihn zu kämpfen«, bemerkte Bir-

git Herz herablassend. »Wenn das Stück abgespielt ist, kannst du ihn wiederhaben.«
»Für mich ist ein Mann kein Besitz, den man sich aneignen oder ausleihen und zurückgeben kann.«
»Wie siehst du es denn?«
»Das werde ich dir ein anderes Mal erklären. Ich bin nicht wegen privater Dinge zu dir gekommen.«
»Ich möchte es aber wissen. Jetzt. Sofort.«
»Dann sei versichert, daß deine Existenz meine Beziehungen zu Kanzler nicht stört. Da hat es immer auch andere Frauen gegeben.«
Birgit Herz fuhr auf. »Willst du damit behaupten, daß ich ihm nichts bedeute?«
»Wie könnte ich das? Ich stecke nicht in deiner und nicht in seiner Haut. Ich habe nur versucht, dir klarzumachen, wie ich die Angelegenheit von meiner Warte aus sehe. Willst du jetzt nicht endlich hören, warum ich gekommen bin? Um was es mir geht?«
»Na, bitte!« Birgit Herz nahm sich mit spitzen Fingern eine Aprikose, steckte sie in den Mund und bot die Schachtel an.
Marty schüttelte den Kopf. »Ich möchte über das Ensemble mit dir sprechen.«
»Über die?« rief die Schauspielerin mit vollem Mund und verschluckte sich beinahe. »Diese Bande! Die sind doch alle gegen mich.«
»Natürlicherweise. Was hattest du denn erwartet?«
»Ein bißchen Anerkennung und Entgegenkommen.«
»Wieso?«
»Weil ich die Hauptrolle spiele.«
»Deshalb sollen sie dich bewundern? Du hast vielleicht Begriffe. Sie hassen und beneiden dich.«
»Ich habe niemandem was getan.«

»Deine Kolleginnen haben das Gefühl, daß du ihnen die Rolle weggeschnappt hast. Wir haben ja kein Ensemble mit einer festgelegten Rangordnung. Kanzler hat sich die besten Schauspielerinnen ausgesucht, die augenblicklich ohne Engagement sind. Es ist keineswegs nur Einbildung, wenn die meisten von ihnen sicher sind, sie könnten die Lotte auch spielen.«

»Das ist doch Wahnsinn!«

»Nein, eine Tatsache. Auch wenn du glaubst, daß du die einzig richtige Besetzung bist, mußt du begreifen, daß die anderen das anders sehen. Deshalb hassen sie dich. Außerdem unterstellen sie, daß du die Rolle nur durch Protektion bekommen hast.«

»Sollen sie doch! Kanzler weiß, warum er mich genommen hat.« Sie leckte ihre klebrigen Fingerspitzen genußvoll wie ein Kätzchen ab.

»Bestimmt weiß er das«, bestätigte Marty mit leichtem Sarkasmus, »aber das macht es für mich nicht besser. Ich warne dich.«

»Schmarrn! Keiner von denen kann mir etwas anhaben.«

»O doch! Selbst wenn du die Größte wärst! Es gibt keine Schauspielerin, die man nicht auf der Bühne aus dem Konzept bringen kann. Falsche Stichworte und alberne Streiche können gehörige Verwirrung stiften.«

»Sie würden die Inszenierung schmeißen. Das würde Kanzler nie zulassen.«

»Nicht, falls er es verhindern kann.«

Birgit Herz riß die Augen auf. »Du meinst, er könnte es nicht?«

»Nicht in jedem Fall. Du solltest auch nicht zu sicher sein, daß er sich in jedem Fall auf deine Seite stellt. Das hast du ja heute nachmittag erlebt.«

»Du willst mich bange machen.«

»Ich versuche, dir den Ernst der Situation vor Augen zu führen. Auch die Herren sind ja gegen dich. Sie finden es ärgerlich, daß sie mit dir nicht mal einen Flirt oder einen Spaß haben können, wenn sie Kanzler nicht gegen sich aufbringen wollen. Du hast dich da wirklich in eine vertrackte Situation manövriert.«
Birgit Herz war ein wenig blasser unter ihrem Make-up geworden, trotzdem behauptete sie: »Ach was, die können mich mal!«
»Sag das nicht! Ich könnte dir mindestens drei deiner Kolleginnen namentlich nennen, die die Rolle heimlich mitstudieren.«
»Und was versprechen sie sich davon?«
»Kommst du wirklich nicht von selber drauf?«
»Damit eine von ihnen einspringen kann, wenn ich ausfalle?«
»Bravo, Birgit! Du hast das Quiz gewonnen!«
Die Schauspielerin sprang auf. »Das ist infam!«
»Du hast recht. Fein ist es nicht.«
»Ich werde mit Kanzler sprechen ... Ich werde ihm sagen ...«
»Vergiß das! Du würdest dich nur lächerlich machen. Was für einen Beweis kannst du denn vorbringen?«
»Du bist mein Zeuge!«
»Nein. Auf mich kannst du dich nicht berufen. Ich habe dir das erzählt, damit du Bescheid weißt und dich danach richtest, und nicht, damit du zu Kanzler läufst und dich beschwerst und einen noch größeren Krawall heraufbeschwörst.«
Birgit Herz sank wieder auf die Couch. »Was soll ich denn tun? Was verlangst du von mir?«
»Mit mir zusammen in Ruhe überlegen, was zu machen ist. Dir liegt doch viel an der Rolle?«

»Sie ist meine erste wirkliche Chance. Ich will sie mir von niemandem verpatzen lassen.«
»Auch nicht von dir selber, nehme ich an.«
»Natürlich nicht.«
»Könntest du dann nicht versuchen, dich den anderen gegenüber anders zu verhalten? Nicht länger so aufzutreten, als wenn niemand auch nur wert wäre, dein Badewasser zu trinken? Ihnen die bittere Medizin zu versüßen, daß du am Anfang einer großen Karriere stehst und sie nicht?«
»Ich soll heucheln?«
»Kannst du denn nicht begreifen, daß sie die gleichen Hoffnungen und Erwartungen haben wie du? Daß manche von ihnen genauso begabt sind wie du?«
»Nein«, sagte die Schauspielerin entschieden, »ich bin besser.«
»Dann beweise es. Spiel die Lotte auch hinter der Bühne. Versuch Anschluß zu suchen wie sie, sei genauso hilflos und idealistisch, immer verzweifelt bemüht, zu allen nett zu sein und irgendwo deinen Platz zu finden.«
»Das nehmen die mir doch nicht ab.«
»Wir müssen es nur gut inszenieren. Zuerst einmal schlage ich vor, daß du dich krank meldest.«
»Soll das ein Witz sein?«
»Nein, gar nicht. Wir werden so tun, als ob du, schon seit du in Köln bist, unter schrecklichen Schmerzen gelitten hättest, aber es nicht zugeben wolltest. Damit erregst du Mitleid und Bewunderung. Endlich wurde dein Zustand so unerträglich, daß Frau Kremer den Notarzt alarmiert hat. Du wurdest im Krankenwagen mit Blaulicht in eine Klinik gefahren. Dort stellte man eine akute Blinddarmentzündung fest.«
»Das glaubt doch niemand.«
»O doch. Laß mich nur machen.«

»Aber ich kann mich doch nicht ins Krankenhaus legen! Und ich brauche ein Attest!«
»Weder noch. Du bleibst einfach mal für fünf Tage ganz fest zu Hause. Da ich es bin, die die Krankmeldung und die ärztlichen Bescheinigungen entgegennimmt, brauchst du auch kein Attest. Frau Kremer müssen wir natürlich einweihen, und der wird es Spaß machen.«
»Und was soll das Ganze?«
»Deine Blinddarmentzündung bietet eine Erklärung für dein Benehmen in den ersten Wochen in Köln. Dein Fehlen ist eine Zäsur, ein Einschnitt, der es dir leichter machen wird, ein ganz anderes Verhalten an den Tag zu legen. Während du dich rar machst, werde ich schon heftig die Werbetrommel für dich rühren, so daß dir bei deinem Auftauchen sofort ein bißchen Sympathie entgegenschlägt. Am besten spendierst du zur Feier deiner Genesung gleich einen Kasten Bier oder zwei.«
»Und wenn mich jemand im Krankenhaus besuchen will?«
»Paß auf, ich habe mir das folgendermaßen vorgestellt: Morgen verkündige ich bei der Probe erst mal, daß Frau Kremer mich ganz aufgeregt angerufen hätte. Ich wüßte nicht, in welche Klinik du gebracht worden wärst. Natürlich wird Kanzler mich sofort beauftragen, das herauszufinden. Ich werde es dann spannend machen und ein paar Tage dafür brauchen, weil du versehentlich unter dem Namen Kremer eingeliefert worden bist. Ich entdecke dich angeblich erst einen Tag bevor du nach Hause entlassen wirst. Ich werd's schon so einrichten, daß niemand seine Nase in die Klinik steckt.«
Birgit Herz schüttelte den Kopf. »Vielleicht meinst du es wirklich gut, Marty ... falls keine Intrige dahintersteckt. Aber ich kann Kanzler doch nicht so belügen!«
»Das würde ich dir doch niemals zumuten! Ihm sagen wir

natürlich Bescheid. Du kannst ihn selber nachher anrufen. Aber ich meine, wir sollten uns jetzt erst mal zu Frau Kremer und ihrem Krimi gesellen. Sonst könnte sie beleidigt sein, daß wir sie so lange allein lassen.« Marty stand auf.
Auch Birgit Herz erhob sich. »Wenn Kanzler es für richtig hält«, sagte sie, »bin ich mit allem einverstanden.«

Es wurde zehn Uhr, ehe Marty sich von Birgit Herz und Frau Kremer losreißen konnte.
Die alte Dame war ganz aufgekratzt bei der Aussicht auf die große Rolle, die sie in der geplanten Intrige spielen sollte. Sie hatte eine Flasche Kirschlikör geöffnet und hätte am liebsten bis nach Mitternacht gefeiert. Auch die Schauspielerin war sehr angetan von der Idee, durch eine dramatische Erkrankung in den Mittelpunkt des allgemeinen Interesses zu rücken. Beide hätten Marty gern noch länger festgehalten. Aber die hatte keine Lust, dieselbe Geschichte wieder und wieder durchzukauen, und es lag ihr daran, Kanzler als erste in den Coup einzuweihen.
Sie fand ihn im Theater, wo er bei den Garderoben stand und den Schauspielern letzte Anweisungen für ihre Auftritte gab. Nach der Premiere von *Jean Paul Marat* hatte er noch einige Änderungen vorgenommen, und er wollte sicher sein, daß sie auch ausgeführt wurden. Außerdem war er der Meinung, daß die Darsteller, wenn ein Stück erst einmal lief, zu einem gewissen Schlendrian neigten, und es gab nichts, was er mehr haßte.
»Was willst du?« fragte er nicht eben freundlich, als Marty ihn auf sich aufmerksam machte.
Sie erzählte ihm kurz, was sie mit Birgit Herz ausgemacht hatte.
»Hm, hm.« Er dachte darüber nach. »Sie mal für ein paar Tage aus dem Betrieb zu ziehen, ist vielleicht gar nicht

schlecht. Aber daß du sie dann auch privat die Lotte spielen lassen willst . . .«

»Es ist die einzige Möglichkeit«, sagte Marty rasch, »die Herz ist ohne jede Einsicht, glaubt, daß sie ein Recht hat, sich als Star aufzuspielen. Nur bei ihrer Eitelkeit war sie zu packen. Wenn ich ihr Vorwürfe gemacht oder weise Lehren erteilt hätte, wäre sie ausgeflippt.«

»Wahrscheinlich hast du recht!« Er nahm sie in die Arme und küßte sie kurz auf den Mund. »Bleibst du bis zum Ende?«

»Ich möchte lieber schon nach Hause.«

»Gut. Dann komme ich nach.«

»Es wäre besser, du würdest dich um Birgit kümmern.«

Er zögerte kurz, dann sagte er: »Stimmt. Kluges Mädchen.« Er gab ihr einen Klaps auf den Po. »Dann lauf!«

Als Marty in ihrer Wohnung ankam, sich den Anorak und die Stiefel ausgezogen und ein Glas Wein eingeschenkt hatte, war es eigentlich schon zu spät, um zu telefonieren, und sie hatte auch keine Lust dazu. Aber sie hatte es jetzt schon so lange immer wieder vor sich hergeschoben, daß sie sich doch überwand und die Nummer in Düsseldorf-Oberkassel wählte.

Jessica meldete sich sofort. »Bei Holzner!«

Marty fiel auf, daß sie nicht mehr wie früher Vor- und Nachnamen nannte, anscheinend hatte sie sich völlig damit abgefunden, nicht mehr die Tochter des Hauses zu sein. »Wieso bist du noch auf?« fragte sie.

»Wieso denn nicht?«

»Ich finde, es ist reichlich spät für ein kleines Mädchen, das morgen früh in die Schule muß.«

»Erstens bin ich nicht klein, und zweitens fällt die Schule morgen flach!«

»Ach ja?«
»Morgen ist die erste Verhandlung vor dem Familienrichter«, erklärte Jessica, und ihre Stimme klang fast triumphierend, »und ich muß auch dabei sein.«
»Wegen der Vaterschaftsfeststellung?«
»Nein. Es geht um die Scheidung! Und wenn du es genau wissen willst: Hartmut ist dagegen. Er will, daß sie zu ihm zurückkommt. Begreifst du so was?«
»Kann ich ihn mal sprechen?«
»Nö. Er ist noch gar nicht zu Hause. Er hat einen Termin bei seinem Rechtsanwalt.«
»Um die Zeit?«
»Vielleicht heben sie ja auch einen miteinander. Hartmut trinkt ziemlich viel in letzter Zeit, zwar erst abends, wenn ich schon im Bett bin, aber Frau Baumann findet dann doch die Flaschen. Dabei gibt er zu, daß der Arzt es ihm verboten hat.«
»Die ganze Geschichte muß ihm ja ziemlich an die Nieren gehen.«
»Eher an die Leber«, sagte Jessica.
Marty mußte lachen, und Jessica kicherte mit.
»Ruf mich morgen an, wenn alles vorbei ist!« bat Marty und verbesserte sich gleich. »Nein, das geht nicht. Ich weiß nicht, wo du mich erreichen kannst. Ich melde mich bei dir, ja?«
»Okay.«
»Und halt die Ohren steif!«
»Aber immer.«

Die erste Verhandlung »Holzner gegen Holzner« fand auf dem Amtsgericht vor einer Familienrichterin statt. Molly Holzner war mit ihrer Anwältin, ihr Mann mit seinem Rechtsbeistand erschienen. Zeugen gab es nicht, und Jessica mußte auf dem Gang warten.

Nachdem Frau Dr. Scheermann für ihre Mandantin die Scheidung verlangt, der Anwalt dagegen erklärt hatte, daß sein Mandant die Ehe nicht als zerstört betrachte, bekamen beide Eheleute Gelegenheit, ihren Standpunkt zu erklären.
Molly tat es mit viel Elan. Sie hatte ihren Nerz lässig über einen Stuhl geworfen. Darunter kam ein sehr schickes kleines Kostüm im Stil Coco Chanel zum Vorschein, auf den glänzenden Locken ein dazu passendes Hütchen. Ihr Gesicht war so sorgfältig zurechtgemacht, als wäre sie darauf gefaßt, nach der Verhandlung von Fotoreportern umringt zu werden. Sie stellte sich als eine nach Liebe, Geborgenheit und Zärtlichkeit suchende Frau dar, die von ihrem harten und verständnislosen Mann immer enttäuscht worden war. Ihr einziger Fehler bestünde darin, erklärte sie, daß sie bisher zu schwach gewesen wäre, ihn zu verlassen. Sie hätte das längst tun müssen, eigentlich schon an jenem Tag vor beinahe 16 Jahren, als sie erkannte, daß sie das Kind eines anderen, ihre Tochter Jessica, unter dem Herzen trug. Sie hätte jetzt nur den einen Wunsch, sofort und für immer von diesem Mann loszukommen, mit dem sie niemals glücklich gewesen wäre.
Obwohl sie sich mehr und mehr erregte, war sie bemüht, ihre Stimme in der Gewalt zu behalten, aber ihre Wangen röteten sich, und ihre Augen füllten sich mit Tränen.
»Ich habe nicht viel zu sagen«, erklärte Hartmut Holzner, »meine Frau ist labil, leichtsinnig, neigt zu Eskapaden. Das war mir immer bekannt. Gerade deshalb braucht sie einen Mann, der ihrem Leben einen Halt geben kann. Ich habe das immer getan, und ich will es auch in Zukunft tun. Ich bin sicher, daß die Verbindung zu diesem um so viele Jahre jüngeren Mann nicht von Dauer sein kann, und ich will nicht, daß sie, wenn es aus ist, ganz allein dasteht.«
»Sie halten also an der Ehe fest?«

»Ja.«
»Dann bestimmt das Gericht, daß erst wenn die Eheleute ein Jahr getrennt voneinander gelebt haben, eine Scheidung möglich ist. Falls in dieser Zeit keine Versöhnung stattgefunden hat, wird die Scheidungsklage erneut verhandelt.«
Jetzt meldete sich Frau Dr. Scheermann zu Wort. »Dann erhebt sich die Frage der Unterhaltszahlung für meine Mandantin! Sie hat das Haus des Beklagten völlig mittellos verlassen . . .«
Der Rechtsanwalt sprang auf: »Bei Nacht und Nebel. Um zu ihrem Geliebten zu ziehen!«
»Das ist unerheblich!«
»Im Gegenteil, wir sind der Ansicht . . .«
Die Richterin griff ein. »Moment mal. Bitte, alles der Reihe nach! Frau Anwalt, Sie haben das Wort!«
»Meine Mandantin klagt für die Zeit der Trennung auf Unterhalt, da sie keinen Beruf erlernt hat und nicht imstande ist, für sich selbst zu sorgen.«
»Stimmt das?«
Molly nickte stumm, weil sie Angst hatte, ihre Stimme würde versagen. Sie war wunderschön, wirkte sehr hilflos und hätte jeden Mann gerührt und beeindruckt. Ihr Pech war nur, daß es eine Frau war, die über sie zu richten hatte.
»Herr Rechtsanwalt?«
»Mein Mandant macht geltend, daß die Klägerin sich nach der letzten Auseinandersetzung auf direktem Weg zu ihrem Geliebten begeben hat, bei dem sie wohnt und lebt. Nicht er hat sie aus dem Haus gewiesen. Er fühlt sich durch dieses Verhalten in seiner Ehre verletzt und empfindet es als sittenwidrig. Darüber hinaus kann es seinem Ansehen als solidem Geschäftsmann Abbruch tun. Er fordert sie auf, wieder zu ihm zu kommen. Außerdem ist der Geliebte der Anklägerin, der Installateur Josef Schmitz, durchaus imstande, für

sie zu sorgen. Er verdient ausreichend, und das Haus, in dem sie jetzt mit ihm zusammen lebt, ist in seinem Besitz.«
Die Richterin wandte sich der klagenden Partei zu. »Was haben Sie dazu zu sagen?«
»Aber er hat nicht genügend Geld!« rief Molly. »Er will seinen Meister machen. Wenn er zum Meisterkursus zugelassen wird, muß er mit der Arbeit ein ganzes Jahr aussetzen und verdient gar nichts!«
»Dann muß er sich wohl überlegen, was ihm wichtiger ist«, sagte die Richterin sarkastisch, »Meister zu werden oder eine teure Geliebte zu erhalten.«
»Darf ich einen Augenblick mit meiner Mandantin sprechen?« fragte Frau Dr. Scheermann und begann, als ihr die Erlaubnis erteilt worden war, eifrig auf Molly einzureden. Dann erklärte sie: »Meine Mandantin wird sich von ihrem Freund trennen und versuchen, in einer Pension unterzukommen. Damit dürfte dem äußeren Anstand Genüge getan sein!«
»Es ist bezeichnend«, rief der Anwalt, »daß meine Kollegin von äußerem Anstand spricht! Eine solche Erklärung genügt meinem Mandanten nicht! Sie bedeutet ja nichts anderes, als daß seine Frau pro forma umzieht. Pro forma, sage ich nachdrücklich, denn ihre Tage und Nächte wird sie nach Lage der Dinge dennoch mit ihrem Geliebten verbringen!«
»Der Einwand ist berechtigt!« entschied die Richterin und wandte sich der Klägerin zu: »Frau Holzner, Sie können uns wohl nicht versprechen, das Verhältnis tatsächlich abzubrechen oder ... sagen wir ... Ihren Freund nur noch gelegentlich zu sehen?«
»Ein solches Versprechen«, rief der Anwalt, »könnte mein Mandant nicht akzeptieren, weil es nicht glaubhaft wäre!«
»Nun lassen Sie die Klägerin doch auch mal zu Wort kommen! Ob ihre Antwort glaubhaft ist oder nicht, entscheidet

das Gericht. Also, Frau Holzner, ich habe Sie etwas gefragt!«
»Was soll das alles? Meine Ehe ist kaputt. Ich werde nicht zu meinem Mann zurückkehren, also kann ich jetzt tun und lassen, was ich will. Mein Privatleben geht niemanden etwas an.«
»Noch sind Sie aber verheiratet, Frau Holzner, und das bedeutet, daß Sie auf die Gefühle und den Ruf Ihres Mannes Rücksicht nehmen müssen.«
»Warum willigt er nicht in die Scheidung ein?«
»Ich denke, dieser Punkt ist bereits geklärt.« Die Richterin blätterte zögernd in ihren Akten.
Der Rechtsanwalt meldete sich zu Wort. »Mein Mandant ist bereit, voll und ganz für den Unterhalt der Klägerin aufzukommen, falls sie für das Jahr der Trennung zu ihm zurückkehrt. Er würde nicht versuchen, die eheliche Gemeinschaft wiederaufzunehmen. Das Haus ist groß genug, um nebeneinander leben zu können. Die Eheleute haben seit Jahren getrennte Schlafzimmer, und es gibt eine Angestellte, die meinen Mandanten betreut.«
»Nun, Frau Holzner«, fragte die Richterin, »was halten Sie von diesem Vorschlag?«
»Ich verstehe ihn nicht. Ich begreife nicht, warum ich in dieses Haus zurückgehen soll. Es käme doch nichts als eine Quälerei dabei heraus.«
»Wie kannst du so etwas behaupten?« rief Hartmut Holzner. »Ich habe dich noch nie gequält. Du hast immer tun und lassen können, was du wolltest. Denkst du denn gar nicht an Jessica?«
»Ach ja, die Tochter«, sagte die Richterin.
»Das Kind ist fünfzehn Jahre«, erklärte der Anwalt – überflüssigerweise, da die Richterin die Daten kennen mußte –, »in einem Alter also, wo ein Mädchen die Mutter noch drin-

gend braucht. Es ist unvertretbar, sie allein im Haus eines Mannes zurückzulassen, von dem sie weiß, daß er nicht ihr Vater ist.«

»Sie weiß das also?«

»Ja.«

»Dann wollen wir das Mädchen doch mal anhören.« Sie gab dem Schreiber, der eifrig mitstenographiert hatte, einen Wink.

Der Justizangestellte stand auf, öffnete die Tür und rief Jessica herein. Zögernd, nachdem sie sich nach Hartmut Holzner umgesehen hatte, trat sie vor den Richtertisch. Auf seine Anweisung hin hatte sie sich nicht angemalt, nicht einmal die Wimpern getuscht, und wirkte sehr reizend und sehr unschuldig, wenn auch ihre Aufmachung einigermaßen sexy war: sehr enge Hosen steckten in Stiefeln aus weichem Leder, die bis über die Knie reichten, und ein hellblauer Angorapullover betonte ihren sprießenden kleinen Busen. Ihren gefütterten Regenmantel trug sie über dem Arm.

»Also, Jessica«, sagte die Richterin freundlich, »du weißt ja, um was es geht. Deine Mutter will sich von ihrem Mann scheiden lassen.« Jessica nickte. »Da dein Vater ... ich meine, der Beklagte ... nicht mit der Scheidung einverstanden ist, hat das Gericht ein Jahr der Trennung angeordnet. Verstehst du, was das bedeutet?«

»Daß sie ein Jahr getrennt leben müssen, bevor sie geschieden werden können.«

»Ja, aber man kann auch im gleichen Haus getrennt leben. Deine Mutter könnte auch in das Haus ihres Mannes zurückkehren. Wenn sie, wie man früher sagte, nicht mehr Tisch und Bett mit ihm teilt, gilt das auch als Trennung.«

Jessica schwieg.

»Würdest du diese Lösung für gut halten?«

»Das will sie bestimmt nicht.«

»Du hast recht. Aber was soll jetzt aus dir werden?«
»Ich kann bei . . .« Jessica stockte. ». . . bei meinem früheren Vater bleiben.«
»Ob das wirklich so gut ist?«
»Zu ihr will ich bestimmt nicht!« Jessica wurde bewußt, daß diese Ablehnung zu hart geklungen hatte, und sie fügte hinzu: »Ich meine, ich habe nichts gegen sie. Schließlich ist sie ja meine Mutter. Ich würde auch schon mit ihr auskommen. Früher haben wir uns immer vertragen, nur . . . na ja, Sie wissen schon . . . ich kann ihren . . . ich kann den Kerl nun mal nicht verknusen!«
»Du willst nicht mit deiner Mutter und ihrem Freund zusammenleben? Das ist verständlich. Wie wäre es dann aber mit einem Internat?«
»Lieber nicht.«
»Und warum nicht? Es gibt sehr gute Internate.«
»Ja, ich weiß. Aber ich habe doch in Oberkassel meine Freundinnen und so.«
»Danke, Jessica. Das war alles, was ich von dir wissen wollte. Du darfst jetzt gehen.«
Jessica stakste aus dem Raum.
»Ich glaube«, sagte die Richterin, als sich die Tür hinter dem Mädchen geschlossen hatte, »Jessica hat uns einen ganz guten Vorschlag gemacht. Wie wäre es, Frau Holzner, wenn Sie mit Ihrer Tochter zusammenziehen würden? Dann müßten Sie natürlich die volle Verantwortung für das Kind übernehmen. Sie dürfen sie zum Beispiel nachts nicht allein lassen. Denken Sie darüber nach!«
Molly biß sich auf die Lippen. »Ich weiß nicht!« Ihr kam ein Gedanke, und lebhaft setzte sie hinzu: »Das würde meinem Mann doch unnötige Kosten machen! Wir müßten eine richtige Wohnung haben, sie einrichten . . . und wozu das alles?‹

»Herr Rechtsanwalt?«

»Mein Mandant meint, daß Mutter und Tochter sich diese Wohnung durchaus auch in seinem Haus einrichten könnten. Notfalls aber wäre er auch bereit, eine Wohnung zu beschaffen, allerdings nicht in Oberkassel und noch weniger in Oberlörick.«

Die Richterin wandte sich wieder Molly zu. »Frau Holzner, Sie haben die Stellungnahme Ihres Mannes gehört. Wäre es nicht das Praktischste und Vernünftigste, Sie richten sich mit Ihrer Tochter in seinem Haus ein?«

»Ich will nicht zurück!«

»Dann nehmen Sie also das Angebot Ihres Mannes an, Ihnen anderweitig eine Wohnung zu beschaffen? Denken Sie dabei auch an Ihre Tochter. Sie braucht Sie!«

»Nein, das ist nicht wahr. Jessica kann ganz gut allein zurechtkommen. Sie ist sehr selbständig für ihr Alter, und sie hat ein ganz besonders gutes Verhältnis zu ihrem Vater.«

»Der aber gar nicht ihr Vater ist. Haben Sie das vergessen?«

»Das Ganze läuft doch nur darauf hinaus, daß man mich bevormunden will. Aber das lasse ich mir nicht gefallen. Ich will mich nicht von meinem Freund trennen, auch nicht für ein Jahr. Ich liebe ihn, und ich bin nicht mehr so jung, um . . .« Die Stimme versagte ihr.

»Danke«, sagte die Richterin kühl, »ich habe Sie schon verstanden.« Sie schlug die Akte zu. »In der Klage auf Unterhalt wird folgendermaßen entschieden: Da das Verhalten der Klägerin nicht anders als absolut verantwortungslos und sittenwidrig zu bezeichnen ist, ist ihre Forderung auf Unterhalt als unbillig zu bezeichnen. Die Klage wird abgewiesen.«

»Was?« rief Molly völlig entgeistert. »Das kann doch nicht wahr sein? Wovon soll ich denn jetzt leben?«

»Die Sitzung ist geschlossen«, erklärte die Richterin.

Frau Dr. Scheermann war aufgestanden und nahm Molly

beim Arm. »Kommen Sie, kommen Sie! So machen Sie alles nur noch schlimmer.« Sie führte Molly auf den Gang hinaus.
»Aber ich muß doch Unterhalt kriegen!« protestierte Molly weiter. »Er kann mich doch nicht einfach ohne einen Pfennig stehenlassen!«
»Ich fürchte, Sie haben sich das selber zuzuschreiben.« Hartmut Holzner trat auf sie zu. »Es tut mir leid, Molly. Ich habe versucht, dir goldene Brücken zu bauen.«
»Du verdammter Heuchler! Gib doch wenigstens zu, daß du dich freust! Du und dein feiner Anwalt, ihr habt mich drangekriegt!«
»Komm zu mir zurück, Molly! Ich werde mich im Erdgeschoß einrichten, und ihr . . .«
»Das könnte dir so passen! Nein, du kriegst mich nicht klein! Dies eine Jahr halte ich schon durch! Was ist schon ein Jahr? Und dann wirst du zahlen, bis du schwarz wirst!«
Ohne sich zu verabschieden, ließ Molly die anderen stehen und lief auf klappernden Absätzen davon. In ihrer Aufregung vergaß sie sogar, sich von Jessica zu verabschieden, die auf dem Gang gewartet hatte. Vor der Verhandlung hatte sie nur einige wenige Worte mit ihr gewechselt. Frau Dr. Scheermann nickte allen zu und folgte ihr langsamer.
»Einen Augenblick noch, Jessica«, sagte Hartmut Holzner, »wir gehen gleich.«
»Gratuliere, Herr Holzner!« rief der Rechtsanwalt. »Die Sache ist ja prächtig gelaufen! Sieg auf der ganzen Ebene!«
»Ich wollte erreichen, daß meine Frau zu mir zurückkommt.«
»Das wird sie schon noch, das wird sie! Eine verwöhnte Frau wie sie . . . Sie werden sehen, Herr Holzner, lange hält sie es ohne Geld nicht aus.«
»Wollen wir's hoffen!«

»Entschuldigen Sie mich jetzt bitte, ich habe noch eine andere Sitzung! Aber denken Sie an meine Worte: Besser hätte es gar nicht laufen können!« Der Rechtsanwalt enteilte mit wehendem Talar.
Jessica hängte sich bei Hartmut Holzner ein, und nebeneinander gingen sie auf die Treppe zu.
»Ich finde es viel schöner so . . . ohne Mutter!« sagte Jessica, und ein wenig kokett fügte sie hinzu: »Du nicht auch?«
»Nein«, entgegnete er schroff.
Tief verletzt zog Jessica ihren Arm zurück. »Wenn ich dir zur Last falle . . .«
»Das habe ich nicht gesagt!«
»Aber es hat sich ganz so angehört. Du mußt mich nicht um dich dulden. Marty hat mir angeboten, daß ich zu ihr nach Köln ziehen kann.« Jessica erwartete Widerspruch und sah zu ihm auf.
Er war in Gedanken versunken und reagierte gar nicht.
»Aber dann wirst du sicher nicht zahlen wollen«, fuhr sie fort, »weil du für Mutter ja auch nicht zahlst, und sie ist ja noch immer deine Frau, und ich bin nicht einmal deine Tochter.«
»Rede keinen Unsinn!«
»Aber es ist doch wahr! Ich möchte wirklich wissen . . .«
»Meinst du nicht, daß ich Sorgen genug habe?« fuhr er ihr über den Mund. »Mußt du mich unbedingt auch noch ärgern?«
»Das wollte ich nicht, wirklich nicht!« Sie zauberte sich große Tränen in die Augen, aber sie verfehlten ihre Wirkung.
Er sah sie nicht einmal an. »Dann hör auf mit diesem Geschwätz!« befahl er. »Reiß dich zusammen! Ich will nichts mehr davon hören!«

Als Marty in ihrem Elternhaus anrief, erfuhr sie von Frau Baumann, daß ihr Vater und ihre Schwester sich zum Essen in der Altstadt verabredet hätten. Die Haushälterin schien nichts von dem Scheidungstermin zu wissen, aber einiges zu ahnen, und nutzte die Gelegenheit, neugierige Fragen zu stellen. Marty gab nichtssagende Antworten, verfluchte dabei innerlich die ganze – wie sie fand – völlig unnötige Geheimnistuerei und erkundigte sich, wann sie die Schwester denn zurückerwartete.
»Zu Mittag jedenfalls nicht. Herr Holzner hat mir ausdrücklich gesagt, daß ich nichts zu kochen brauche. Es ist doch komisch, daß die beiden auswärts essen wollen, was? An einem ganz gewöhnlichen Tag! Und Jessica ist heute noch nicht einmal in die Schule gegangen, sondern hat lange geschlafen! Ich weiß gar nicht, wie ich mir das erklären soll.«
»Ich auch nicht, Frau Baumann!«
»Soll ich was ausrichten? Ich meine bloß, wenn ich noch hier bin, wenn sie zurückkommen.«
»Nein, danke, Frau Baumann! Ich versuch' es dann später noch einmal!« Rasch legte Marty auf.
Sie zog ihre Stiefel an, schlüpfte – wie immer ohne in den Spiegel zu sehen – in ihren Anorak und fuhr ins Theater, wo sie in die eben begonnene Probe hineinplatzte und die Nachricht von der dramatischen Erkrankung Birgit Herz' verkündete. Sie erzielte die erwünschte Wirkung und konnte wieder einmal mehr feststellen, daß sie gar keine schlechte Schauspielerin war. Leberecht Kanzler mimte sehr gekonnt Bestürzung.
Daraufhin suchte sie Birgit Herz und Frau Kremer auf und teilte den beiden mit, daß der Plan bisher funktioniert und Birgits angeblicher Zusammenbruch Bestürzung und Mitleid bei den Kolleginnen ausgelöst hatte. Die junge Schauspielerin war bester Laune und genoß die Situation. Marty

beschwor sie noch einmal, das Haus nur ja nicht zu verlassen, trichterte Frau Kremer noch einmal ein, wie sie sich zu verhalten hatte, falls Neugierige auftauchen und Fragen stellen sollten, und machte sich dann wieder davon.
Inzwischen war es halb vier geworden, Zeit, um in Düsseldorf-Oberkassel anzurufen. Da Marty nicht das Telefon des Fabriktheaters für ein privates Ferngespräch benutzen wollte und es umständlich fand, dafür in ihre Wohnung zu fahren, telefonierte sie von einer öffentlichen Zelle aus. Diesmal erreichte sie Jessica, und die Schwester berichtete, ziemlich kalt, wie Marty fand, wie die Gerichtsverhandlung ausgegangen war. Jessica schien sehr viel mehr von der abweisenden Haltung Hartmut Holzners ihr gegenüber betroffen als vom Schicksal ihrer Mutter.
»Ich dachte, er würde doch endlich mal gut gelaunt sein, wo doch alles für ihn so prima gelaufen ist! Aber denkste! Angeblafft hat er mich, dabei habe ich ihm doch gar nichts getan! Was kann ich denn dafür, daß Mutter nicht zurück will? Wenn er so weitermacht, laufe ich ihm auch noch davon! Ein richtiges Patentekel ist er! Ich verstehe nicht . . .«
Marty unterbrach sie. »Du, mein Geld ist gleich alle, wir müssen Schluß machen. Aber ich komme nach Hause, und dann kannst du mir alles ausführlich erzählen.«
»Wann?«
»Heute! Ich werde . . .«
Es blieb ihr keine Zeit, den Satz zu beenden, denn das Telefon war tot.
Marty stieg in ihr Auto, vergewisserte sich, daß genügend Benzin im Tank war, und fuhr los. Sie nahm sich weder die Zeit, Wäsche zum Wechseln aus ihrer Wohnung zu holen, noch Leberecht Kanzler zu verständigen. Das alles erschien ihr im Augenblick als ganz unwichtig.
Es war inzwischen Mitte Februar, ein grauer Tag. Die Wol-

ken hingen so tief, daß es zwischen ihnen und dem Dunst der Städte keine Grenze gab. Aber wenigstens regnete es nicht, und die Fahrbahnen waren trocken. Es herrschte der übliche lebhafte Berufsverkehr, aber Marty kam zügig voran und klingelte eine knappe Dreiviertelstunde nach ihrem Anruf an der Tür ihres Elternhauses.

Frau Baumann öffnete ihr. »Das Fräulein Marty!« rief sie. »Aber das ist mal eine Überraschung! Warten Sie, ich mach' Ihnen die Garage auf! Wo die Frau Holzner nicht mehr da ist, können Sie doch . . .«

»Nein, danke! Ich muß gleich wieder weg.«

»Wo brennt's denn?«

»Nirgends!« Marty zwang sich zu einem freundlichen Lächeln und schob die Haushälterin beiseite. »Aber wenn Sie mir einen Gefallen tun wollen, dann gießen Sie uns eine Kanne Tee auf.«

»Dann kommt der Herr Holzner wohl auch gleich nach Hause?«

»Keine Ahnung.« Marty zog ihren Anorak aus und hängte ihn an den Garderobenständer. »Der Tee ist für mich, und ich denke, Jessica wird mir dabei Gesellschaft leisten.«

Jessica saß vor dem Fernseher und sah sich eine Kindersendung an. »Du bist aber schnell!« sagte sie, ohne den Kopf zu wenden, als Marty sie begrüßt hatte.

»Komm, mach aus! Ich möchte mit dir reden!«

Jessica seufzte. »Schade! Es ist gerade so lustig.«

»Sehr! Für die Fünf- bis Sechsjährigen.«

»Sei doch nicht immer so überheblich! Molly hat sich *Captain Future* auch immer angesehen . . . wenn sie zufällig zu Hause war.«

»Ja, Molly!« Marty nahm Jessica die Fernbedienung aus der Hand und stellte den Apparat ab. »Gehn wir nach oben.«

»Warum?«

»Weil hier die Wände Ohren haben könnten.« Sie nahm ihre Schwester bei der Hand. »Du mußt mir alles ganz ausführlich erzählen!« Vom Treppenabsatz her rief sie in Richtung Küche: »Wir sind in Jessicas Zimmer! Wenn der Tee fertig ist, kommen wir runter!«

»Wieso Tee?« fragte Jessica.

»Weil sie damit mindestens eine Viertelstunde beschäftigt ist.« Die Teezubereitung war im Hause Holzner eine umständliche Angelegenheit, zu der nie Beutel benutzt wurden, sondern Darjeeling aus der Dose und zwei vorgewärmte Kannen. In der einen ließ man die Teeblätter in abgekochtem Wasser ziehen, in die andere wurde das Getränk dann abgegossen.

Wie immer, wenn Marty das Zimmer ihrer Schwester betrat, wurde ihr bewußt, daß Jessica außerordentlich verwöhnt war. Es fehlte an nichts, was sich ein junger Mensch nur wünschen konnte. Sie besaß einen Stereoturm, eine Lichtorgel und sogar einen kleinen Fernsehapparat, der so aufgestellt war, daß sie vom Bett aus gucken konnte. Der Kleiderschrank war dreimal so breit wie ihr eigener in Köln, und natürlich hatte sie ein eigenes Bad. All dieser Luxus war für Jessica ganz selbstverständlich.

»Bei mir«, sagte Marty und setzte sich in einen der kleinen Ledersessel, »würdest du es natürlich nicht halb so elegant haben.«

»Wieso bei dir?«

»Ich dachte, du hättest es dir vielleicht doch überlegt, zu mir zu ziehen, ich meine, wo Hartmut sich so aufführt.«

»Ich weiß nicht ... ja, das tut er.« Jessica sah ihre Schwester aus großen Augen an. »Möchtest du mich denn wirklich bei dir haben?«

Marty mußte sich gestehen, daß sie die Vorstellung, sich mit der kleinen Schwester beschäftigen und auf sie aufpassen

zu müssen, ziemlich entsetzlich fand, aber sie sagte: »Es könnte doch sehr lustig werden. Jetzt, wo du anfängst, erwachsen zu werden, würden wir uns bestimmt besser verstehen.«
»Du mich? Oder ich dich?«
»Wir uns beide. Der Altersunterschied schrumpft ja mit zunehmenden Jahren immer mehr zusammen. Also wie ist es? Willst du?«
Jessica hatte sich auf die Couch geworfen und rollte sich nun zusammen wie ein Embryo. »Wenn ich nur wüßte, wie es weitergehen soll.«
»Versuch doch, dich zu entscheiden!«
»Ich kann nicht, Marty, ich kann es wirklich nicht. Ich habe immer hier gelebt. Ich gehöre doch hierher! Und nun soll ich weggehen, einfach so? Aber natürlich ist es nicht mehr dasselbe wie früher. Alles ist anders geworden. Ich fühle mich manchmal wie ein Kuckucksei.«
»Dann schon eher wie ein junger Kuckuck. Aus dem Ei bist du glücklich heraus. Also erzähl mal!«
Jessica tat es mit großer Ausführlichkeit, aber natürlich konnte sie nur berichten, was sie selber miterlebt hatte.
»Das verstehe ich nicht«, sagte Marty, »wieso muß er keinen Unterhalt zahlen?«
»Weiß ich auch nicht. Jedenfalls hat sie sich schrecklich darüber aufgeregt.«
»Muß ein harter Schlag für sie gewesen sein.«
»Ach was, ihr Juppijuh verdient doch ganz anständig, und wenn's nicht reicht, muß er sich eben 'ne Schwarzarbeit nehmen. So 'ne Typen haben dazu ja immer Gelegenheit.«
»Ich glaube«, sagte Marty nachdenklich, »ich muß sie besuchen. Vielleicht kann ich etwas für sie tun.«
»Du hast ja einen Stich! Wieso willst du immer für alle Leute was tun?«

»Sie ist unsere Mutter. Hast du wenigstens ihre Adresse?«
»Nö.«
»Dann suchen wir sie uns aus dem Telefonbuch.« Marty sprang auf. »Komm mit!«
Sie liefen ins Arbeitszimmer von Hartmut Holzner hinüber, suchten die Adresse von Jupp Schmitz heraus, und Marty schrieb sie sich in ihr Notizbuch. Dann tranken sie, um Frau Baumann nicht zu beleidigen, den Tee, und Marty verschmähte auch die dünnen Schnitten mit Schinken und Käse nicht, die die Hausangestellte auf einer Platte angerichtet hatte. Aber sie beeilte sich damit, so sehr sie konnte, denn es drängte sie fort.
Kaum hatte sie den letzten Bissen mit einem Schluck Tee hinuntergespült, stand sie auf.
»Also los! Fahren wir!«
»Fahr du, wenn du willst! Ich bleibe hier.«
»Jessica, mein Engel, sei doch nicht so!«
»Sie hat mich heute morgen nicht mal beachtet. Bloß ganz flüchtig begrüßt vor der Verhandlung, und nachher war ich überhaupt Luft für sie.«
»Sie war aufgeregt.«
»Das ist für mich keine Entschuldigung.«
»Jessica, ich bitte dich! Soll denn alles immer noch schlimmer werden? Jetzt liegst du schon bei Hartmut schief, wer bleibt dir dann noch, wenn du dich auch mit Molly nicht mehr vertragen willst?«
»Du«, erwiderte Jessica.
»Ist das nicht ein bißchen wenig? Was hast du schon davon, wenn du Molly vor den Kopf stößt?«
»Sie hat mich vor den Kopf gestoßen, nicht umgekehrt.«
Marty seufzte. »Wir sprechen noch darüber, Jessica. Jetzt habe ich es eilig.«

Marty brauchte etwa zwanzig Minuten, bis sie zu dem Flachbau in der Kreutzerstraße gefunden hatte. Sie war kein Snob und konnte sich vorstellen, selber in dieser Gegend nahe dem Wasserwerk leben zu können. Aber sie begriff, daß es für ihre Mutter eine gewaltige Umstellung sein mußte.

Jetzt bereute sie, ihren Besuch nicht angekündigt zu haben. Das war ihr – merkwürdigerweise, wie sie selber fand – nicht eingefallen. Es hatte sie gedrängt, Molly zu sehen.

Sie stellte ihr Auto ab, lief über die sauber gelegten Platten auf das kleine Haus zu und klingelte.

Jupp Schmitz öffnete ihr.

Sie wußte sofort, daß er es war, wenn sie sich ihn auch nicht so vorgestellt hatte, nicht so jung und nicht so gutaussehend mit diesem schönen Römerkopf. Er schien sich gerade ein sauberes Hemd angezogen zu haben, denn er war noch dabei, es zuzuknöpfen.

»Wir kaufen nichts«, sagte er und wollte ihr die Tür vor der Nase zuschlagen.

Rasch schob sie den Fuß dazwischen. »Ich bin Mollys Tochter!«

»Wat?« fragte er und musterte sie mit jenem Blick, den sie nur zu gut kannte, voller Unbehagen, daß ein Mädchen so häßlich sein konnte.

Sie lächelte. »Es ist nicht so erstaunlich, wenn Sie bedenken, daß der Bauwaren-Holzner mein Vater ist.«

»Dann kommen Sie man rein«, sagte er, sehr verlegen, weil er sich durchschaut fühlte.

Sie reichte ihm die Hand. »Wer Sie sind, weiß ich. Sie brauchen sich nicht vorzustellen.«

»Wollen Sie die Mutter nach Haus holen?« fragte er.

Sie hatte den Eindruck, daß leise Hoffnung in seiner Stimme schwang.

»Wenn ich Sie so ansehe, würde mir das kaum gelingen, fürchte ich. Wie geht es ihr denn?«
»Sie ist noch ganz kaputt von heute morgen.«
»Ja, davon habe ich gehört.«
Er ging ihr voraus in die Küche, wo Molly am Herd stand; sie trug einen Hauskittel und darunter nichts. Marty hatte den Eindruck, daß sie kurz zuvor mit Jupp Schmitz im Bett gewesen war und danach nicht mehr die Zeit gefunden hatte, sich ordentlich anzuziehen, weil er Hunger bekommen hatte. Ihre Wangen waren gerötet, ihre Augen verweint und ihr blondes Haar zerzaust, aber sie wirkte jünger, als sie sie in Erinnerung hatte.
Bei Martys Eintritt hatte sie sich umgedreht. »Du?« fragte sie erstaunt.
»Tag, Mutter!« Marty hätte sie gerne schützend und tröstend in die Arme genommen, unterließ es aber, weil Zärtlichkeiten zwischen ihnen nicht üblich waren.
Molly blickte an sich herunter und dann auf den zum Essen gedeckten Tisch mit dem einfachen Porzellan und der schon geöffneten Flasche Bier. »Was willst du?«
»Mal nach dir sehen.«
»Aber ich versteh' nicht, wieso . . .«
»Mutter, ich weiß, was heute morgen passiert ist!«
»Setzen Sie sich doch, Frollein!«
»Ich heiße Marty«, sagte sie und folgte der Aufforderung.
»Bitte, bring Marty doch ins Wohnzimmer, Jupp! Ich bin in ein paar Minuten hier fertig und kann das Essen warm stellen.«
»Aber das ist doch nicht nötig, Mutter. Ich will euch nicht stören. Ihr habt bestimmt Hunger. Wir können genausogut hier reden.«
»Was gibt's da noch zu reden?«
»Vielleicht kann ich etwas für dich tun.«

»Du? Du hast doch nur gerade so viel Geld, daß du damit auskommen kannst.«
»Also Geld ist dein Hauptproblem?«
»Was denn sonst?«
Marty blickte ihre schöne Mutter an, die so wenig in dieses Milieu paßte, jung genug, ein neues Leben anzufangen, aber gewiß nicht jung genug für den robusten Mann an ihrer Seite. Sie schien ihr zu verwöhnt, zu labil und wahrscheinlich niemals wirklich erwachsen geworden. Am liebsten hätte sie sie bei den Schultern gepackt und geschüttelt, um sie so zur Besinnung zu bringen. Aber eine solche Behandlung verbot sich von selbst und hätte auch kaum etwas genutzt. »Da ist doch auch noch Jessica«, sagte sie nur.
»Die ist doch gut versorgt.«
»Nein, das finde ich nicht. Es ist nicht richtig, daß sie mit einem Mann zusammenlebt, der nicht ihr Vater ist.«
»Willst du damit etwa andeuten, er könnte zudringlich werden? Lachhaft!«
»So komisch wäre das nun auch wieder nicht. Aber daran hatte ich gar nicht gedacht, im Gegenteil: Ich fürchte, daß er seine ... nun, sagen wir ... Verärgerung über dich an ihr ausläßt.«
»Ach, Jessica wird leicht damit fertig.«
»Nein, Mutter, sie braucht dich.«
Molly trat, den Kochlöffel in der Hand, auf Marty zu. »Dich schickt also dein Vater! Bestell ihm einen schönen Gruß von mir ...«
»Aber nein, Mutter, du irrst dich! Ich habe ihn seit Wochen nicht mehr gesehen, noch mit ihm gesprochen!«
»Wie willst du dann erklären, daß du mir mit seinen Vorschlägen kommst?«
»Tue ich das? Dann wahrscheinlich, weil sie vernünftig sind.«

»Zum Teufel mit deiner Vernunft!« schrie Molly. »Zum Teufel mit deinem Vater, zum Teufel mit dieser selbstgerechten verspießten alten Glucke, die sich Richterin nennt! Ihr könnt mir allesamt beim Mondschein begegnen!«
»Ich wollte dir helfen, Mutter.«
»Ach, laß mich in Frieden!«
»Und wovon willst du jetzt leben?«
»Ich werde meinen Schmuck verkaufen, höchst einfach.«
»Und für wie lange wird das reichen?«
»Es sind einige sehr gute Stücke darunter. Kleinlich war dein Vater ja nie. Sieh mich nicht so an!«
»Ich mache mir Sorgen. Wenn man Schmuck verkauft, kriegt man niemals auch nur den halben Wert heraus, und noch weniger, wenn der Käufer merkt, daß man das Geld nötig hat.«
»Als wenn du was davon verstündest! Gib doch lieber zu, daß du immer schon ein Auge auf meinen Schmuck hattest ...«
»Mutter!«
»Ich mache dir ja keinen Vorwurf daraus, ich sage es nur so, wie es ist. Du hast damit gerechnet, eines Tages deinen Teil davon zu kriegen, und jetzt ...«
»Mutter, hör auf damit! Das ist einfach nicht wahr! Dein Schmuck kann mir gestohlen bleiben! Mir geht es nur um dich und um Jessica und um Vater, und ich finde es entsetzlich, daß ihr so einen Schlamassel aus eurem Leben macht! Es müßte doch eine vernünftige Lösung geben.«
»Na klar, die gibt es! In einem Jahr habe ich meine Scheidung und mein Geld, und dann kann ich Jessica auf ein Internat schicken, und der Fall ist erledigt.«
»Ein Jahr kann sehr lang sein«, gab Marty zu bedenken.
Jetzt mischte sich Jupp Schmitz ein, der die Auseinandersetzung der beiden Frauen bisher schweigend hatte über sich

ergehen lassen. »Das meine ich auch! Und ob dem alten Bosnickel bis dahin nicht was Neues einfällt?«

»Nach einem Jahr kriege ich meine Scheidung, Jupp, bestimmt! Da kann gar nichts schiefgehen! Die Scheermann hat mir gesagt . . .‹

»Die kann dir viel erzählen, wenn der Tag lang ist! Hat die nicht auch versprochen, daß du schon heut frei wärst?«

»Aber da konnte sie doch nicht wissen . . .«

»Was in einem Jahr ist, weiß sie erst recht nicht!«

Marty wandte sich ihm zu.

»Herr Schmitz, und Sie? Können Sie denn vorläufig für meine Mutter aufkommen?«

»Das kann ich wohl nicht so, wie sie's gewöhnt ist. Und das hab' ich auch nie versprochen!« Er runzelte die Stirn, und seine schwarzen Augen funkelten sie böse an. »Ich hab' sie schließlich nicht gebeten, von ihrem Alten abzuhaun.«

»Das ist richtig, und ich verstehe Ihre Einstellung . . .«

»Jupp will seinen Meister machen«, verteidigte Molly ihren Geliebten hitzig, »und dafür braucht er sein Geld!«

»Ich mache ihm ja gar keinen Vorwurf, Mutter, aber wir könnten doch zusammen überlegen, ob sich die Vorbereitungen für die Prüfungen nicht um ein Jahr verschieben ließen.«

»Ein Jahr und noch 'n Jahr und noch 'n Jahr! Wissen Sie, wie alt ich bin, Frollein?«

»Marty«, verbesserte sie automatisch.

»Achtundzwanzig! Da sollte ein Mann schon sein eigener Meister sein!«

»Vielleicht haben Sie da recht, aber andererseits . . . Wenn meine Mutter erst ihr Geld hat – und früher oder später wird sie es bestimmt bekommen –, wird das für Sie doch auch von Vorteil sein!«

»Früher oder später, Sie sagen es ja so wahr! Aber wer weiß, was später ist. Vielleicht wird sie mir dann auch davonlaufen, weil ich ihr nicht mehr gut genug bin . . .«

»Niemals, Jupp, nie!« rief Molly. »Ich werde dich nie verlassen! Wie kannst du so etwas denken?« Sie fuhr zu Marty herum. »Da siehst du, was du anrichtest! Du bringst es fertig, daß wir uns zanken! Zwischen mir und Jupp hat es bisher nie ein böses Wort gegeben, und da kommst du und verlangst, daß er alle seine Pläne für mich aufgibt . . .«

»Aufschiebt«, stellte Marty richtig.

»Aber ich will das nicht! Ich habe es nie gewollt! Ich will nur, daß er mich liebt . . . Und wie kann er das, wenn ich ihm zur Last falle?«

»Ich glaube, wenn man sich liebt«, sagte Marty, »muß man auch Verantwortung füreinander übernehmen.«

»Was verstehst du denn schon von Liebe?« schrie Molly außer sich. »Sieh dich doch nur mal im Spiegel an! Nie wird jemand dich lieben können! Und du selber bist viel zu vernünftig und engstirnig und kleinkariert, um je eines großen Gefühls fähig zu sein! Du bist genau wie dein Vater!«

»Aber er liebt dich doch sehr«, sagte Marty.

»Er will mich besitzen, mich vorzeigen können, sich mit mir schmücken! Von Liebe hat er so wenig Ahnung wie du.«

»Na dann«, sagte Marty, »sollte ich wohl besser gehen, bevor wir uns mit harten Gegenständen bewerfen. Ich werde mir aber trotz allem erlauben, hin und wieder bei dir hereinzusehen. Am besten, wenn Herr Schmitz nicht da ist. Meinetwegen sollst du wirklich keinen Ärger mit ihm bekommen.«

»Tu, was du für richtig hältst.« Molly wandte sich wieder dem Herd zu, und ihre Schultern zuckten. »Du hast ja immer schon deinen Kopf durchgesetzt.«

»Bis bald!«

Jupp Schmitz brachte Marty zur Haustür. »Sie dürfen ihr das

nicht für ungut nehmen«, sagte er, »sie hat sich bestimmt gefreut, daß Sie gekommen sind.«
Marty mußte lächeln. »Das habe ich gemerkt.«
»Doch, doch! Immer wieder hat sie geklagt: ›Keiner kümmert sich um mich!‹ Und daß Sie nun doch gekommen sind, das war 'ne Riesenfreud für sie.«
»Die sie aber sehr gut hat verbergen können.«
»Sie ist momentan ziemlich durchgedreht, man darf gar nicht ernst nehmen, was sie so redet, und dann ... Sie kennen doch Ihre Mutter. Die ist nicht so wie Sie. Wie soll ich das sagen ... Sie steht nicht so mit beiden Beinen im Leben.«
Marty fand sich selber ein wenig lächerlich, weil sie sich über das Kompliment des jungen Mannes freute. »Sie müssen versuchen, ihr einen Halt zu geben!«
»Das ist leichter gesagt als getan.«
»Sie können es, wenn Sie nur wollen! Jedenfalls ...« Sie reichte ihm die Hand. »... es hat mich gefreut, Sie kennenzulernen.«
Er packte kräftig zu. »Ganz meinerseits.«
Marty lief fast über den Gartenweg, so eilig hatte sie es plötzlich fortzukommen.
Eigentlich hatte sie vorgehabt, die Nacht in Düsseldorf zu bleiben, aber als sie in ihr Auto stieg, stellte sie fest, daß sie für diesmal restlos genug von ihrer Familie hatte. Wie konnten Menschen, die bisher in so ruhigen, gesicherten Verhältnissen gelebt hatten, einen solchen Wirrwarr aus ihren Beziehungen machen.
Den Vater, der den Zusammenbruch seiner Ehe nicht hinnehmen wollte und sich wider alle Vernunft dagegen sträubte, konnte sie zur Not noch verstehen, auch die Schwester, die sich an einen Mann klammerte, von dem sie wußte, daß er nicht ihr Vater war, und die die Annehmlich-

keiten der gewohnten Umgebung nicht verlieren wollte. Aber das Verhalten der Mutter war ihr ein wirkliches Rätsel. Zugegeben, Jupp Schmitz war ein ansehnlicher Mann, ein richtiger Kerl, und es schien Marty begreiflich, daß die Mutter sich, trotz des Altersunterschiedes – vielleicht auch gerade deswegen –, Hals über Kopf in ihn verliebt hatte. Aber sie hätte doch trotzdem, dachte Marty, Rücksicht auf ihren Mann und ihre Tochter nehmen müssen, anstatt alles kaputtzuschlagen. Molly war nie sehr klug gewesen, aber jetzt schien sie förmlich von Blindheit und Dummheit geschlagen. Für jeden Außenstehenden war doch klar ersichtlich, daß er es gar nicht ernst mit ihr meinte. Vielleicht war er ja auch verliebt, vielleicht schmeichelte es ihn, diese elegante, anspruchsvolle Frau erobert zu haben. Womöglich stärkte ihre bedingungslose Hingabe sein Selbstgefühl. Aber offensichtlich war er doch nicht bereit, sich für sie einzusetzen. Marty begriff nicht, wie ihre Mutter unter diesen Umständen ihren Mann, ihre Kinder, ihr Heim, ihre Freundinnen und den gesellschaftlichen Rahmen, in dem sie zu leben gewohnt war, hatte aufgeben können. Selbst im besten Fall würde sie eine geschiedene Frau mit einem zu jungen Liebhaber sein, und wenn er sie dann verließ – und Marty war sicher, daß das geschehen mußte –, würde sie allein und ohne Lebensinhalt sein.
Es bedrückte Marty, das ganz klar zu sehen, ohne warnen, raten und retten zu können.

Die nächsten Tage und Wochen verliefen für Marty in gewohnter Weise zwischen Arbeit und Studium. Sie gewöhnte sich an, mit Mutter und Schwester regelmäßig zu telefonieren, ohne sich dabei ihre Besorgnis allzusehr anmerken zu lassen. Aber sie erfuhr nichts Neues.
Birgit Herz war, wie abgemacht, wieder von den Toten auf-

erstanden und, da sie die Tage ohne Arbeit für eine Diät genutzt hatte, ein wenig schmaler als zuvor. Das hatte auf die Kollegen gewirkt, der Kasten Bier, den sie spendiert hatte, noch mehr. Sie war mit einiger Sympathie wieder aufgenommen worden, die vor allem dem schlechten Gewissen entsprang. Da sie eine gute Schauspielerin war, gelang es ihr auch, ihren privaten Ton zu ändern. Scheinbar war alle Arroganz verflogen, sie gab sich bescheiden und nur hie und da auf eine nette Art überkandidelt. Wenn sie sich auch keine Freundschaften errang, so gab sie ihren Neidern doch keine Handhabe mehr, gegen sie zu hetzen. Das Probenklima war wesentlich entspannter geworden.
Leberecht Kanzler dankte es Marty, indem er ihr sein Regiebuch zur Einsicht überließ und mit ihr über seine Anweisungen, Streichungen und Hervorhebungen diskutierte. Wenn er sich auch in keinem Punkt nach ihrer Meinung richtete, war das doch sehr viel mehr, als sie zu hoffen gewagt hatte.
Sie feierten ihr gutes Einvernehmen gerade bei Bier und überbackenem Graubrot mit Schinken und Käse in ihrer Wohnung, als es an der Haustür klingelte. Es war elf Uhr abends.
»Auch das noch!« sagte Marty mit vollem Mund.
»Hör nicht hin, dann geben sie auf!« riet Leberecht Kanzler.
Beide dachten, daß es nur Leute vom Theater sein könnten, die sie zu dieser Stunde unangemeldet und mehr oder weniger angeheitert überfallen wollten.
»Vielleicht hat sich ja auch nur jemand vertan«, meinte Marty.
Eine Weile blieb es still, dann klingelte es wieder, diesmal noch anhaltender und dringlicher.
Marty wollte aufstehen. »Es könnte etwas Wichtiges sein!«
»Nein«, entschied er, »dann hätten sie telefoniert.«
Marty gehorchte und blieb sitzen, aber sie war beunruhigt,

denn sie gehörte nicht zu den Menschen, die das Läuten eines Telefons oder einer Türglocke ignorieren können. Das alte Haus, in dem sie lebte, war tagsüber meistens und nachts immer abgeschlossen, und eine Gegensprechanlage gab es auch nicht.

Es klingelte noch einmal.

»Ich möchte doch wissen, wer das ist«, sagte Marty.

»Dann sieh doch endlich nach!«

Marty stand auf.

»Sie sind sowieso weg!« behauptete Leberecht Kanzler. »Eine sehr gute Lehre für dich: Manchmal erreicht man, was man will, indem man sich still verhält wie ein Mäuschen in seinem Loch und einfach abwartet.«

»Ich weiß nicht . . .«, sagte Marty zögernd.

»Du verfügst über ein bemerkenswertes Talent, die Atmosphäre zu vergiften«, knurrte er unzufrieden.

Sie beugte sich zu ihm und drückte ihm einen Kuß auf die runde Stirn. »Ich gehe trotzdem runter!«

»Wozu? Es ist niemand mehr da!«

»Ich will es aber genau wissen«, Marty war schon bei der Tür.

Den Hausschlüssel in der Hand, lief sie die Treppen hinunter. Sie hatte die Beleuchtung angeknipst, aber die Birnen waren aus Sparsamkeitsgründen so schwach, daß man sich schon sehr gut auskennen mußte, um nicht zu stolpern. Als sie die Haustür öffnete, sah sie zuerst niemanden.

Trotzdem rief sie: »Hallo! Ist da jemand?«

Eine zierliche Gestalt, nur als schattenhafter Umriß zu erkennen, löste sich von dem Laternenpfahl wenige Meter vor dem kleinen Vorgarten.

»Ich bin's, Marty!« sagte ein klägliches Stimmchen.

»Jessica!« Mary stürmte der Schwester entgegen. »Was ist passiert?«

»Er war ... er war so gemein!« Jessica schluchzte auf. »Marty, du hast doch gesagt, ich könnte zu dir kommen?«
»Ja, sicher. Hier bist du, und hier bleibst du.«
»Warum hast du mir dann nicht aufgemacht?«
»Weil ich nicht wußte, daß du es bist. Es wäre klüger gewesen, du hättest vorher angerufen.«
»Ich konnte nicht länger bleiben, Marty ... keine Minute mehr! Da bin ich einfach auf und davon! Ist das sehr schlimm?«
»Nein. Immerhin bist du ja zu mir gekommen. Das war das Vernünftigste, was du tun konntest. Jetzt hör mal zu, Jessica, ich habe Besuch.«
»Deshalb wolltest du mich nicht reinlassen?«
»Ich habe dir schon einmal gesagt: Ich konnte nicht wissen, daß du es warst! Nimm dich jetzt ein bißchen zusammen, heul nicht und mach keine Szene. Ich bring' dich nach oben, und dann schicke ich ihn weg.«
»Meinetwegen?«
»Natürlich deinetwegen. Aber mach dir keine Gedanken! Wir waren gerade mit dem Essen fertig.« Marty zog ihre Schwester ins Haus und betrachtete sie im ungewissen Licht der Treppenbeleuchtung. »Wie ich dich kenne, hast du doch einen Kamm bei dir?«
Jessica nickte.
»Dann fahr dir mal durchs Haar. Ja, so siehst du schon besser aus.« Marty wollte die Haustür abschließen, besann sich dann aber eines Besseren. »Also, komm!«
»Wer ist es?« fragte Jessica, als sie nebeneinander hinaufstiegen. »Dein Freund?«
»Ein Regisseur.«
»Von einem richtigen Theater?«
»Unser Fabriktheater ist auch richtig. Du wirst schon sehen.«

Marty hatte die Tür zu ihrer Mansardenwohnung offen gelassen. Oben angekommen, erklärte sie energisch: »Ich gehe vor!«
Sie war durchaus nicht sicher, Leberecht Kanzer dort vorzufinden, wo sie ihn verlassen hatte. Es war ihm zuzutrauen, daß er sich inzwischen zu Bett begeben hatte, und sie überlegte schon, was sie in einem solchen Fall tun sollte. Aber ihre Angst erwies sich als unbegründet. Er war zwar nicht mehr in der Küche, aber er hatte es sich im Wohnzimmer mit einem Buch bequem gemacht.
»Es war doch jemand an der Haustür«, sagte Marty.
»Aber du hast ihn weggeschickt«, entgegnete Kanzler, ohne seine Augen von dem Buch zu heben, in das er sich vertieft hatte.
»Wie kommst du darauf?«
»Sonst hätte es doch nicht so lange gedauert.«
Marty entschied, daß sie nun schon lange um den heißen Brei herumgeredet hatte. »Meine Schwester ist zu Besuch gekommen.«
Jetzt endlich sah er auf, und seine Augen suchten Jessica, die sich halb hinter Martys Rücken verborgen hielt. »Da sieh mal einer an!«
»Jessica, das ist Leberecht Kanzler. Ich habe dir von ihm erzählt.«
Jessica verhielt sich ungewöhnlich schüchtern und blieb stumm. Trotz ihrer verschwollenen und tränengeröteten Augen sah sie reizend aus.
»Ein hübsches Persönchen!« sagte Kanzler anerkennend. »Na, was ist, Jessica? Willst du zum Theater?«
»Bitte, setz ihr keine Flausen in den Kopf, Leberecht! Sie ist erst fünfzehn.«
»Steht also noch unter Naturschutz. Sehr schade.«
Jessica kicherte, aber es klang eher nervös als heiter.

Marty ging zum Telefon. »Ich lass' dir jetzt ein Taxi kommen, Leberecht!«
»Soll das heißen, du wirfst mich raus?« Mit einem kleinen Knall klappte er das Buch zu.
»Das würde ich niemals wagen, Leberecht!« Marty lächelte. »Ich bemühe mich nur, wie immer, deinen Wünschen zuvorzukommen.« Sie nahm den Hörer ab, wählte die Nummer der Taxizentrale und gab ihre Adresse an. »Für einen Herrn«, sagte sie, »danke! Nein, er wartet vor der Haustür.«
Kanzler erhob sich brummend und ein wenig schwerfällig.
»Wegen mir brauchen Sie nicht zu gehen«, erklärte Jessica.
»Lieb von dir, Kleines! Aber ich sehne mich schon nach meiner Heia.«
»Jessica, zieh endlich deinen Mantel aus«, drängte Marty, »es ist warm genug hier drinnen. Und du, Leberecht, zieh dich an und mach, daß du runterkommst.« Sie begleitete ihn in den Vorraum.
»Schöne Bescherung, was?« sagte er leise, als er allein mit ihr war.
»Nimm's nicht tragisch. Irgendwie werden wir das schon managen. Gute Nacht, Leberecht! Sei mir nicht böse!«
»Das kommt davon, wenn man Verwandtschaft hat.«
»Wer hat die nicht?«
»Du hättest dich rechtzeitig abnabeln sollen.«
Marty hatte keine Lust, diese unsinnige Diskussion weiterzuführen, zumal sie fürchten mußte, daß Jessica mithören konnte. So sagte sie noch einmal energisch »Gute Nacht!« und schob ihn ins Treppenhaus hinaus.
Als sie ins Wohnzimer zurückkam, stand Jessica immer noch an der gleichen Stelle und immer noch im Mantel. »So, den sind wir los«, sagte Marty, fröhlicher als ihr zumute war.
»Ich friere«, klagte das Mädchen.

»Dann nimmst du zuerst mal ein heißes Bad, und inzwischen mache ich dir was zu essen. Du hast doch Hunger?«
»Nein.«
»Na, ein paar Löffel Suppe können dir nicht schaden.« Marty nahm die Schwester bei der Hand und zog sie mit sich. »Hier ist das Bad!« Sie beugte sich über die Wanne, drehte den Hahn auf und prüfte die Temperatur. »Ich hole dir jetzt ein frisches Badetuch. Du kannst den Frottiermantel nehmen, der hinter der Tür hängt. Warte mal, ich glaube, ich habe auch noch einen Badezusatz. Du kannst dich schon ausziehen. Es dauert nicht lange, bis die Wanne voll ist.« Sie öffnete den Einbauschrank und schüttete aus einer kleinen Flasche eine gelbe Flüssigkeit unter den Wasserstrahl, die sofort aufzuschäumen begann. »Riecht ziemlich toll, was? Hat mir jemand zu Weihnachten geschenkt.«
Jessica blieb stumm, nestelte an ihren Knöpfen, schien aber nicht damit zurechtzukommen.
»Warte, ich helfe dir!« Marty half der Schwester, sich auszuziehen.
Jessica ließ es wie eine Puppe mit sich geschehen. Marty prüfte noch einmal die Temperatur des Wassers, bevor sie ihr in die Wanne half. Dann raffte sie die abgelegten Kleidungsstücke zusammen, trug sie in ihr Schlafzimmer, suchte ein frisches Badetuch und ein Nachthemd für die Schwester heraus und ein Paar Pantoffeln.
»Geht's schon besser?« fragte sie, als sie wieder ins Bad kam.
Jessicas kleines Gesicht wirkte schon entspannter. »Jedenfalls friere ich nicht mehr.«
»Das ist doch schon etwas.« Marty legte das Nachthemd über den Hocker, stellte die Pantoffeln davor und hing das Badetuch über die Heizung. »Ich kümmere mich jetzt um deine Suppe.«

»Bleib bei mir!«
»Wenn dir das lieber ist!« Marty setzte sich auf den Badewannenrand und blickte lächelnd auf ihre kleine Schwester, die bis zum Hals in weißem Schaum lag.
»Du, dein Bad gefällt mir!« sagte Jessica.
»Mir auch.«
»Alles Holz! Toll! Hat Hartmut dir das gestiftet?«
»Das Material, ja. Getäfelt habe ich es selber. Mit ein paar Freunden.«
»Totschick! So was habe ich mir immer schon gewünscht!«
»Jetzt hast du es ja.«
»Aber ich kann doch nicht einfach hier bleiben!«
»Wer bleibt schon dauernd in der Badewanne?«
Jessica schob schmollend ihre hübsch geschwungene kleine Unterlippe vor.
»Mach dich nicht lustig! Du weißt genau, wie ich es meine! Bei dir! In deiner Wohnung!«
»Vorläufig schon.«
»Wie lange?«
»Wir werden sehen. Bis sich die Wogen geglättet haben, nehme ich an.«
»Es wird nie wieder gut werden.«
»Aber sicher. Das Leben geht ja weiter. Das ist so wie mit dem Wetter. Mal ist es so schlecht, daß man glaubt, es nicht mehr aushalten zu können, und dann wird es doch wieder heiter.«
»Du hast leicht reden.«
»Stimmt. Über etwas zu reden ist immer leichter, als etwas durchzumachen. Aber du wirst schon drüber wegkommen, da bin ich sicher. Du bist doch sehr stabil, und wenn dir schon nichts hilft, dann dein gesunder Egoismus!«
Jessica spritzte ihr eine Handvoll Wasser und Schaum ins Gesicht.

Marty wischte sich lachend ab. »Da siehst du! Du wirst schon wieder!«
Sie drehte den Hahn zu.
»Deinem Typen eben hat es gar nicht gepaßt.«
»Auf den können wir keine Rücksicht nehmen.«
»Aber irgendwie . . . Du magst ihn doch?«
»Er bedeutet mir 'ne Menge.«
»Dann verstehe ich nicht, wieso du ihn einfach weggeschickt hast.«
»Zu dritt können wir hier wirklich nicht hausen, und er hat ja selber eine Wohnung.«
»Trotzdem . . .«
»Nun hör auf, dir über mich den Kopf zu zerbrechen! Du hast genügend eigene Probleme.«
»Ich will nur wissen, warum du so nett zu mir bist. Früher habe ich dich immer mehr oder weniger geärgert. Ich an deiner Stelle würde mir ins Fäustchen lachen und denken: Ätsch fit fit! Recht geschieht's ihr!«
»Nein, das würdest du nicht. Wenn du wirklich so wärst, würde es dir ja auch gar nichts ausmachen, mir auf die Bude zu rücken. Du würdest nicht darüber nachdenken, ob es mir nicht lästig sein könnte, und warum ich es tue.«
»Dann, bitte, sag mir endlich, warum!«
»Weil ich annehme, daß es mit Vater nicht mehr auszuhalten war. Sonst wärst du ja nicht gekommen.«
»Aber das ist doch kein Grund für dich . . .«
Marty fiel ihr ins Wort. »Wo hättest du dich sonst hinwenden können?«
Jessica schwieg.
»Nirgends«, gab sich Marty selbst die Antwort. »Zu Molly doch bestimmt nicht, die ist momentan nicht zurechnungsfähig, und Verwandtschaft haben wir sonst ja nur von Vaters Seite.«

»Er ist nicht mein Vater.«
»Na eben. Deshalb kannst du dich an diese Tanten und Cousinen nicht wenden, mal ganz davon abgesehen, daß sie auch unter normalen Umständen nicht besonders nett sind.«
»Er ist wirklich nicht mein Vater.«
Irgend etwas in Jessicas Stimme ließ Marty aufhorchen, trotzdem sagte sie gleichmütig, denn sie wollte die Schwester beruhigen und nicht aufregen: »Das ist nicht mehr neu.«
»Aber jetzt erst ist es heraus! Ach, Marty, es war so schlimm . . .«
»Du mußt mir jetzt nichts erzählen, versuch lieber, dich zu entspannen.«
»Ach, Marty, mit wem soll ich denn darüber sprechen?« Schon flossen Jessicas Tränen, diese Tränen, die ihr so lokker saßen.
Marty beneidete sie um die Gabe, sich jeden Schmerz von der Seele weinen zu können. »Dummchen, natürlich kannst du mir alles erzählen!« sagte sie rasch. »Nur dachte ich, du solltest erst mal dein Bad genießen. Aber wenn du jetzt dein Wasser versalzt! Weißt du, daß ich noch nie einen Menschen in der Badewanne habe weinen sehen?«
»Ich doch auch nicht«, sagte Jessica unter Tränen lächelnd und wollte sich mit der Hand ins Gesicht fahren.
»Nur nicht!« Marty fing ihre Hand auf halbem Weg ab. »Der Schaum brennt.« Sie nahm einen Waschlappen und trocknete ihr Gesicht. »Also los! Erzähl, wenn du dein Talent nicht länger halten kannst.«
»Er kam nach Hause, und ich bin ihm ganz lieb um den Hals gefallen!« Jessica schniefte, um die Tränen zurückzuhalten. »Er war so schlecht gelaunt in letzter Zeit . . . nein, schlecht gelaunt ist gar kein Ausdruck! Deprimiert? Ja, ich glaube, er

war deprimiert, und böse dazu und hart. Ich dachte immer noch, ich könnte ihn auftauen, sozusagen. Wenn ich ihm nur begreiflich machen könnte, daß ich ihn liebhabe, dann ... dann müßte es ihm wie Schuppen von den Augen fallen. Dann müßte er einsehen, daß es ganz egal ist, ob ich seine Tochter bin oder nicht. Ich habe ja schon lange gewußt, daß ich es nicht bin. Erst war es mir ziemlich komisch, aber dann ... dann habe ich mir gedacht: Was macht das schon!«
»Ja«, sagte Marty geduldig.
»Immer hab' ich mir gedacht: Es wird schon wieder werden! Und manchmal war er ja auch wieder ganz nett. Aber heute hat er mich von sich gestoßen ... regelrecht gestoßen, so daß ich fast gegen den Kamin geflogen wäre. Und es hat ihm nicht mal leid getan! Er hat mich angeschrien, daß ich eine Hure wäre, genauso eine Hure wie meine Mutter ...«
»Das kann er nicht ernst gemeint haben!«
»Aber er hat's gesagt! So böse, Marty, so böse! Und dann hat er mir den Bescheid gezeigt ...«
Jetzt begann Jessica doch wieder zu weinen, und diesmal dauerte es lange, bis sie sich so weit beruhigt hatte, daß sie weitersprechen konnte.
»Was für einen Bescheid?« fragte Marty.
»Vom Gesundheitsamt! Es stand was von Blutgruppen drin, du weißt schon ... jedenfalls steht nach den Blutgruppen fest, daß ich nicht seine Tochter sein kann!«
»Dann«, sagte Marty, »hat er wahrscheinlich immer noch ein Fünkchen Hoffnung gehabt, daß es anders sein könnte! Er war wahnsinnig enttäuscht. Deshalb ist er so auf dich losgegangen.«
»Aber es ist doch nicht meine Schuld!«
»Natürlich nicht, Liebes! Darin sind wir doch längst einer Meinung. Weißt du was? Ich finde es ganz gut so. Jetzt bist

du doch einen Schritt weiter. Der Nebel lichtet sich. Bald wirst du wissen, wer du wirklich bist.«
»Ich war ganz zufrieden, als ich es noch nicht wußte.«
»Sicher. Wenn Mutter den Mund gehalten hätte, hätte alles so bleiben können, wie es war. Aber das hat sie nun mal nicht. Vielleicht ist es ganz gut, daß Hartmut darauf bestanden hat, die Sachlage zu klären. Für dich gibt es jetzt nur noch ein Vorwärts und kein Zurück. Übrigens . . .« Marty zögerte, weiter zu sprechen.
»Ja?« fragte Jessica erwartungsvoll.
»In dem Bescheid vom Gesundheitsamt stand nichts über deinen . . . mutmaßlichen Vater?«
»Manfred Probst? Nein. Er ist bestimmt noch gar nicht zu einer Untersuchung gegangen. Hartmut behauptet, der würde versuchen, sich zu drücken.«
»Aber das kann er doch gar nicht!«
»Das sagt Väterchen . . .« Sie verbesserte sich rasch.
». . . Hartmut auch! Nur, daß er es versuchen würde.«
»Na, dann müssen wir was dagegen unternehmen.«
»Aber wenn er mich nun gar nicht will?«
»Das ist keine Sache des Wollens. Falls er wirklich dein Erzeuger ist, muß er sich auch um dich kümmern. Zumindest zahlen.«
»Ach, Marty, ich finde das alles grausig!«
»Es ist aber doch auch interessant. Denk mal, was du deinen Enkelkindern dereinst erzählen kannst! Oder du schreibst vielleicht einmal eine Geschichte darüber: Wie ich mit fünfzehn meinen wahren Vater fand!«
»Du nimmst mich nicht ernst«, beschwerte sich Jessica, mußte aber doch auch lachen.
»Das solltest du auch versuchen. Sieh die Dinge von der komischen Seite, dann wird dir bestimmt leichter. Aber jetzt raus aus der Wanne! Du hast ja schon Waschfrauenhände!«

Sie stand auf und nahm das Badetuch von der Heizung. Jessica stieg aus der Wanne, weiß und rosig, mit ganz schmaler Taille und weichen, sprießenden Rundungen. »Du bist wirklich zum Anbeißen hübsch!« sagte Marty, bevor sie sie in das Badetuch hüllte. »Weißt du, wie du mir vorkommst? Wie ein Marzipanschweinchen.«
»Wenn das ein Kompliment sein soll!«
»Wie ein Glücksschweinchen, meine ich!« Marty rubbelte die kleine Schwester ab. »Paß auf! Es wird sich alles für dich zum Guten wenden!«

Marty fuhr gleich in der Frühe des nächsten Morgens nach Düsseldorf, so daß sie ihren Vater, wie sie berechnet hatte, noch beim Frühstück antraf.
»Schön, daß du dich endlich meldest«, sagte er säuerlich.
Marty stellte sich dumm. »Wieso?«
»Ich nehme an, Jessica ist bei dir.«
»Ich hatte mir gedacht, daß du das annehmen würdest.«
»Du hättest mich trotzdem verständigen können.«
»Warum hast du mich nicht angerufen? Du hättest das tun sollen, gleich nachdem sie weggelaufen war. Dann wäre ich auf ihren Besuch gefaßt gewesen.«
Frau Baumann kam herein und legte ein zweites Gedeck auf.
»Für mich nur Kaffee, bitte!« sagte Marty.
Frau Baumann schenkte ihr ein und stellte fest, daß die Kanne leer war. »Soll ich noch welchen kochen?«
»Ja, bitte! Ich trinke sicher noch zwei Tassen!«
Frau Baumann ging.
»Es hilft nicht weiter, Vater«, sagte Marty versöhnlich, »wenn wir uns jetzt gegenseitig Vorwürfe machen. Nur die Tatsachen zählen.«
»Sie will nicht zurück?«

»Wundert dich das?«
»Ich glaube, es ist besser so.« Er wirkte verbittert und stark gealtert.
»Dann bist du ganz allein«, sagte Marty mit einem Anflug von Mitleid.
»Im Grunde war ich das immer.«
»Nicht nur du, Vater! Letztlich ist jeder Mensch allein, wenn er keinen starken Glauben hat oder sich Illusionen macht, was wohl auf das gleiche hinauskommt.« Marty nahm einen Schluck Kaffee.
»Es erleichtert auch die finanzielle Situation«, erklärte er. Marty sah ihn fragend an.
»Solange sie bei mir lebte, war schwer zu sagen, wieviel sie mich wirklich kostete. So kann ich ihr einen fixen monatlichen Betrag geben.«
Jetzt verstand Marty. »Den du dann ihrem Vater berechnen kannst?«
»Ja.«
Marty hätte ihm beinahe gesagt, daß sie seine Einstellung mehr als kleinlich fand, verbiß sich aber rechtzeitig diese Bemerkung, weil die Situation schon ohnedies gespannt genug war.
»An wieviel hast du gedacht?« fragte sie statt dessen.
»Dreihundert.«
»Du weißt sehr gut, daß Jessica damit nicht auskommen kann, wenn sie sich an der Miete, der Heizung und an den Mahlzeiten beteiligt. Sie ist es gewohnt, sich hin und wieder was Hübsches zu kaufen.«
»Das muß sie sich eben abgewöhnen. Mehr als dreihundert monatlich werde ich diesem Probst kaum abverlangen können.«
»Vielleicht ist er großzügiger«, sagte Marty und verschluckte, ». . . als du.«

»Es ist eine Ermessensfrage des Gerichtes, und man muß davon ausgehen . . .«
»Schon gut«, sagte Marty, »sparen wir uns das. Jessica und ich werden uns eben einschränken. Das wird schon gehen. Es wäre nur, psychologisch gesehen, angenehmer für sie, wenn sie nicht auch noch das Gefühl haben müßte, mir finanziell zur Last zu fallen.«
Hartmut Holzner ging nicht darauf ein.
»Na, das ist dir wohl egal«, stellte Marty fest.
Frau Baumann kam mit einer frischen Kanne Kaffee ins Eßzimmer. Marty trank ihre Tasse rasch leer und ließ sich neu einschenken. »Niemand macht einen besseren Kaffee als Sie!« sagte sie freundlich.
Auch ihr Vater ließ sich noch eine Tasse voll geben.
Danach zog Frau Baumann sich zurück, ließ aber die Tür halb angelehnt.
Marty stand auf und schloß sie.
»Du solltest ihr endlich die Wahrheit sagen«, schlug sie vor, als sie wieder zum Tisch zurückkam, »die Wahrheit oder wenigstens eine glaubhafte Darstellung. Es muß ihr doch merkwürdig vorkommen, daß jetzt auch Jessica verschwunden ist.«
»Das kann ihr nur angenehmer sein. Je weniger Personen im Haus sind, desto weniger hat sie zu tun.«
Marty setzte sich wieder. »So kann man es natürlich auch sehen. Aber du mußt mir schon erlauben, ihr zu erklären, daß Jessica jetzt bei mir ist. Ich möchte nämlich ihre Sachen abholen. Übrigens . . . der Fernseher, die Stereoanlage und so . . . die gehören doch ihr? Das waren doch alles Geschenke?«
»Willst du die etwa mit nach Köln schleppen?«
»Nein, ich hätte gar keinen Platz dafür. Ich möchte es nur wissen.«

»Von mir aus.«
»Danke, Vater. Darüber wird sie sich freuen.«
Marty rührte in ihrer Kaffeetasse, obwohl sie weder Sahne noch Zucker genommen hatte. »Mutter will ihren Schmuck verkaufen.«
Ärgerlich stieß er seinen Stuhl zurück. »Sie besitzt wirklich kein Fünkchen Verantwortungsgefühl!«
»Wie meinst du das?« fragte Marty erstaunt.
»Den Schmuck hättest du später bekommen sollen! Wie kann sie ihn jetzt verschleudern?«
»Weil sie es muß. Übrigens hast du bei dem Schmuck sicher nicht an mich gedacht, sondern eher an Jessica. Oder sagen wir: an uns beide. Aber inzwischen hat sich die Situation geändert, und Molly hat sich ihr angepaßt.«
»Das alles ist so unnötig!«
»Ja, es ist ein schlechtes Geschäft! Wenn du ihr Unterhalt zahlen würdest . . .«
»Ich habe mich bereit erklärt, ihr und Jessica eine eigene Wohnung einzurichten, und mehr kann sie doch wohl wirklich nicht verlangen.«
»Sie vermutet dahinter wohl die Absicht, sie von ihrem Freund zu trennen.«
»Na und? Ist das nicht mein gutes Recht! Sie ist meine Frau, und solange sie noch mit mir verheiratet ist, kann ich auch verlangen, daß sie einen gewissen Anstand wahrt!«
»Vater«, sagte Marty, »wenn du jetzt für sie zahlst, kannst du das sicher bei der Scheidung abziehen.«
»Davon verstehst du nichts«, entgegnete er schroff.
»Ich bin in Sorge um sie.«
»Ich auch. Je eher sie wieder zur Vernunft kommt, desto besser für uns alle. Ich bin viel zu lange großzügig gewesen. Jetzt muß sie einmal meine Härte kennenlernen.«
»Du verrennst dich, Vater.«

»Meine Türen stehen für sie offen. Sie braucht bloß anzuklopfen, und ich werde sie bei mir aufnehmen.«

»Wenn du ihr wenigstens einen kleinen Zuschuß geben würdest! So viel wie Jessica . . .«

»Nein. Es würde die Zeit der Trennung nur verlängern.«

Marty begriff, daß er nicht umzustimmen war, und wechselte das Thema. »Wie hat übrigens Manfred Probst bisher reagiert?«

»Wie zu erwarten. Mit einem Brief von seinem Rechtsanwalt. Er streitet die Vaterschaft ab.«

»Und wie wird es jetzt weitergehen?«

»Es wird zu einem Verfahren kommen. Sobald der Termin feststeht, rufe ich dich an.«

»Muß Jessica auch vor Gericht erscheinen?«

»Ganz sicher nicht. Sie kann ja keine Aussage zu den Vorgängen vor jetzt fast sechzehn Jahren machen.«

Marty atmete auf. »Dann bleibt ihr wenigstens das erspart!«

»Das soll doch, so hoffe ich wenigstens, kein Vorwurf mir gegenüber sein.«

Marty hätte einiges dazu sagen mögen, aber sie verbiß es sich, weil es sinnlos gewesen wäre. »Da die Dinge nun einmal so weit gediehen sind«, erklärte sie statt dessen, »ich meine, da sich jetzt herausgestellt hat, daß du tatsächlich nicht ihr Erzeuger bist, scheint es mir das Wichtigste, daß wir diesen Probst dahin kriegen, daß er die Vaterschaft anerkennt.«

»Damit hast du unzweifelhaft recht.«

»Was kann man da tun?«

»Das Gericht wird ihn dazu zwingen! Es wird ein erbbiologisches Gutachten anfordern . . .«

»Ja, ja, ich weiß«, fiel Marty ihrem Vater ins Wort, »aber gerade das gefällt mir nicht! Sieh mal, wenn jemand gezwungen wird, die Vaterschaft für ein ihm völlig fremdes Kind zu übernehmen . . .«

»Davon kann keine Rede sein! Ich nehme nicht an, daß Molly in diesem Punkt gelogen hat. Es ist ja wirklich keine Ehre für sie, daß sie sich diesem Burschen an den Hals geworfen hat.«

»So meine ich es nicht! Ich gehe, wie du, davon aus, daß er tatsächlich ihr Vater ist. Wenn er es nicht wäre, wäre Jessica ja ganz schön angeschmiert. Das wäre wirklich das Schlimmste, was ihr noch passieren könnte. Daran mag ich gar nicht denken!«

»Molly muß es doch wissen. Sie hat ihm seinerzeit deswegen sogar geschrieben.«

»Und?«

Er zuckte die Achseln. »Das weiß ich nicht genau. Entweder er hat negativ reagiert oder überhaupt nicht.«

»Siehst du, genau das ist es, worüber ich mir Gedanken mache. Er hat sie also von Anfang an nicht haben wollen. Er hat sich vor der Verantwortung gedrückt, und jetzt wird er es bestimmt wieder versuchen.«

»Das kann er nicht! Die Medizin kennt heutzutage Mittel und Wege, festzustellen . . .«

»Ja, aber du wirst zugeben, daß das dauern kann! Wenn er die Vaterschaft nicht anerkennen will, wird er einen Termin nach dem anderen platzen lassen. So was ist doch möglich, oder etwa nicht?«

»Ja«, gab Hartmut Holzner zu.

»Da hast du es!«

»Aber letztendlich wird es ihm nichts nützen!«

»Gut gesagt, Vater! Letztendlich! Und bis dahin hängt Jessica in der Luft, denn die Aberkennung deiner Vaterschaft wird ja bestimmt viel schneller über die Bühne gehen. Ganz davon abgesehen, jetzt ist sie ihm noch gleichgültig, aber bis

es so weit ist, wird er eine regelrechte Wut auf sie haben. Natürlich ist das ungerecht, aber die Menschen sind nun einmal so. Niemand läßt sich gern unter Druck setzen. Selbst wenn er sich mit dem Verstand sagt, daß Jessica nur das Opfer ist, wird er sie gefühlsmäßig ablehnen, ja hassen.«
Er lächelte dünn. »Lernst du so etwas auf der Universität?«
»Jetzt tu doch nicht so, Vater, als wenn du das nicht genau begreifen würdest!«
»Was also schlägst du vor?« Er warf einen Blick auf seine Armbanduhr.
»Eigentlich hatte ich eine Idee von dir erwartet.«
»Ich habe Aufregungen genug wegen dieser Sache gehabt. Jetzt soll mein Rechtsanwalt sich kümmern.«
»Könntest du nicht einen privaten Brief an Herrn Probst schreiben?«
»Ich möchte mit ihm nichts zu tun haben.«
»Einen Brief in einem persönlichen Ton! Das kostet dich doch nichts.«
»Damit würde ich mir nur eine Blöße geben. Er würde es als Schwäche auslegen. Er ist es, der mich mit meiner Frau betrogen hat, also ist er es auch, der sich entschuldigen müßte.«
»An eine Entschuldigung hatte ich nicht gedacht.«
Hartmut Holzner warf seine Serviette auf den Teller und stand auf. Marty hielt ihn am Ärmel fest. »Bitte, Vater, gib mir wenigstens seine Adresse!«
»Wozu? Ich möchte nicht, daß du dich da einmischst.«
»Gib sie mir!«
»Vielleicht liegt sie auf meinem Schreibtisch.«
Sie ließ ihn los. »Danke, Vater.«
Grußlos verließ er das Zimmer. Marty nahm es ihm nicht übel. Sie wußte, daß sein Zorn nicht gegen sie gerichtet war.

Nach einigem Blättern in den Papieren ihres Vaters, die, noch ungeordnet, in seiner großen ledernen Briefmappe lagen – ein Geschenk Mollys, das sie natürlich mit seinem Geld bezahlt hatte –, fand Marty die Adresse von Manfred Probst. Essen-Hohensyburg. Sie kannte sich ein wenig in Essen aus und wußte, daß Hohensyburg, über dem Baldeneysee gelegen, eine gute Wohngegend war.
Wenigstens etwas, dachte sie, also Geld scheint er zu haben. Sie erinnerte sich, daß Molly ihn auf einem Kongreß junger Unternehmer kennengelernt hatte.
Lange saß sie da und dachte nach. Dann kam sie zu einem Entschluß, nahm einen Briefbogen ihres Vaters, strich seinen Vornamen aus, ersetzte ihn durch ihren und schrieb: »Lieber Herr Probst, Sie kennen mich nicht und haben wahrscheinlich noch nie von mir gehört, deshalb möchte ich mich zuerst einmal vorstellen. Ich bin die ältere Schwester oder, um genauer zu sein, die Halbschwester von Jessica Holzner, in deren Namen jetzt eine Klage zur Feststellung der Vaterschaft gegen Sie erhoben worden ist.
Ich kann mir sehr gut vorstellen, daß es ein gewaltiger Schock für Sie gewesen sein muß, als Sie davon erfuhren. Wir haben bei der unerwarteten Eröffnung meiner Mutter ja alle etwas Ähnliches durchgemacht: mein Vater und ich und besonders Jessica. Sie hat es am allerhärtesten getroffen, weil mein Vater ihr von einem Tag zum anderen seine Liebe entzogen hat. Ihre Welt ist zusammengebrochen. Sie hat sich bemüht, wieder mit ihm, dessen Liebling sie immer gewesen ist – wenn Sie sie erst kennengelernt haben, werden Sie wissen, warum –, ins reine zu kommen. Aber nachdem eine Blutgruppenuntersuchung ergeben hat, daß er nicht ihr Vater sein kann, will er nichts mehr von ihr wissen.
Lieber Herr Probst, ich nehme an, daß Sie Kaufmann sind wie mein Vater, und ich habe von kleinauf erlebt, daß unter

Geschäftsleuten das Geld eine übermäßig große Rolle spielt. Trotzdem wage ich es, Sie zu bitten, diesen Gesichtspunkt einmal beiseite zu lassen und sich vor Augen zu führen, daß meine Schwester Jessica nicht eine lästige fremde Person ist, für die Sie nun aufkommen sollen, sondern tatsächlich Ihr Kind, Ihr Fleisch und Blut! Natürlich soll es eine erbbiologische Untersuchung geben, die das erweisen muß – aber, bitte, stellen Sie es sich vor! Ich glaube, daß es Ihnen dann nicht mehr darauf ankommen kann, sich, wie auch immer, aus der Verantwortung herauszudrücken, sondern daß Sie dann um jeden Preis wissen möchten, ob Sie der Vater sind. Denn nur das ist ja wichtig.

Falls es stimmt, können Sie stolz auf sie sein, denn meine Schwester ist ein sehr liebenswertes und sehr reizendes junges Mädchen, das noch nie irgend jemandem Kummer gemacht hat und das es gewiß nicht verdient, herumgestoßen zu werden.

Ich halte es für sehr wichtig, daß Sie Jessica kennenlernen, und deshalb würde ich sie gern zu Ihnen bringen – nur zu einem Besuch, versteht sich, nur, damit Sie sie einmal anschauen und sich selber ein Bild machen können. Paßt es diesen Sonntag? Gegen halb vier?

Wenn ich nichts von Ihnen höre, werden wir kommen!

Mit freundlichen Grüßen

Ihre Marty Holzner.«

Als sie den Brief beendet hatte, waren drei Bögen mit ihrer kräftigen klaren Schrift vollgeschrieben. Sie faltete sie, steckte sie in einen Umschlag, adressierte ihn, klebte ihn zu und frankierte ihn. Dabei hatte sie ein gutes Gefühl. Auch wenn dieser Appell an Manfred Probsts Verantwortungsbewußtsein nichts nutzen sollte, schaden konnte er bestimmt nicht.

Manfred Probst erhielt Martys Brief am Abend des nächsten Tages, als er nach Hause kam; seine Frau hatte ihn zusammen mit anderen Postsachen auf seinen Schreibtisch gelegt. Ohne böse Vorahnung nahm er ihn auf und drehte ihn um. Der Name Holzner bereitete ihm ein Unbehagen, das an Übelkeit grenzte. Selbst der Magenbitter, den er sich einschenkte, half ihm nicht darüber weg. Er riß das Fenster auf und holte tief Luft. Aus der Küche drangen die fröhlichen Stimmen seiner Frau und seines Sohnes herüber. Gleich würden sie ihn zum Abendessen rufen.
Er schloß das Fenster wieder, starrte auf den Brief und wagte nicht, ihn zu öffnen. Als ihn vor etwa zwei Monaten die Klage zur Feststellung der Vaterschaft erreicht hatte, war er sofort zu seinem Rechtsanwalt gegangen. Aber er hatte nichts Tröstliches erfahren. Der Rechtsanwalt hatte ihm geraten, sofort mit seiner Frau zu sprechen, da es keine Rechtsmittel gäbe, sich der Klage zu entziehen.
Bisher hatte er es nicht über sich gebracht, Irene einzuweihen. Die Klage hatte ihn wie ein Blitz aus heiterem Himmel getroffen, und entgegen aller Vernunft hatte er sich an die Hoffnung geklammert, daß sie zurückgezogen werden würde. Es war ihm unvorstellbar, daß jene für ihn ganz belanglose Episode nach all den Jahren plötzlich in sein Leben einbrechen konnte. Selbst damals, als Molly ihm mitgeteilt hatte, er sei Vater geworden, hatte ihn das kaum beunruhigt. Sie war ja gut verheiratet gewesen und hatte allen Grund, an dieser Ehe festzuhalten. Wenn er sich nur totstellte – was er dann auch tat –, würde sie schon keinen Wirbel machen. Was hätte es ihr nützen können, ihn als Verführer hinzustellen? Wenn die Initiative auch nicht von ihr ausgegangen war, und nicht einmal dessen war er sich ganz sicher, so hatte sie doch gerne mitgemacht. Sie hatten beide Spaß gehabt. Was konnte er dafür, daß das kleine Abenteuer Folgen

gehabt hatte? Es war allein ihre Schuld. Sie war eine erwachsene Frau, und sie hätte wissen müssen, daß es gefährlich werden könnte.
Allerdings hatte ihm dieses Erlebnis einen heilsamen Schrecken eingejagt, und er war bei späteren Seitensprüngen sehr viel vorsichtiger gewesen. Er liebte seine Frau – als er Molly getroffen hatte, war er noch mit ihr verlobt gewesen –, aber sie war sehr zurückhaltend, kühl, fast gänzlich leidenschaftslos. Auch das liebte er an ihr. Sie stellte keine Forderungen an seine Männlichkeit, und er konnte bei ihr ganz sicher sein, daß aus einem Flirt mit einem anderen Mann nie etwas anderes werden würde als ein Flirt. Wenn einige seiner Freunde mutmaßten, daß er sie nur ihres Vermögens wegen geheiratet hätte, so irrten sie. Ihre Strenge, die seine Freunde, ohne daß sie es gefordert hätte, dazu zwang, sich in ihrer Gegenwart anständig und manierlich zu benehmen, tat ihm wohl. Er empfand sie als erholsam.
Aber er konnte nicht immer in der Stille ihrer Gegenwart leben, sondern er mußte hin und wieder ausbrechen, mit seinen Freunden trinken, kegeln, pokern und »männliche« Gespräche führen. Ob Irene das ahnte, wußte er nicht. Jedenfalls erwähnte sie es mit keiner Silbe, und auch das schätzte er an ihr. Solche Zusammenkünfte fingierten im Hause Probst als »geschäftliche Besprechungen« und »Arbeitsessen«. Daß es ihn oft zu leichtsinnigen, ja, lasterhaften Frauen trieb, würde sie niemals erfahren, denn diese Seite seines Wesens hielt er ihr sorgsam verborgen, nicht so sehr, weil er sich seiner Neigungen schämte, sondern weil er seine Frau nicht verletzen wollte.
Und jetzt diese Klage zur Feststellung der Vaterschaft! Es war ihm, als würde er sie beschmutzen, wenn er sie in diese Geschichte hineinzog, und dennoch würde er es tun müssen. Falls Molly Holzner nicht gelogen und sich nicht geirrt

hatte, würden erhebliche Kosten für ihn entstehen, die er nicht vor ihr geheimhalten konnte.
Aber war es nicht besser, erst abzuwarten, ob es tatsächlich zu einem Gerichtstermin kommen würde? Abzuwarten, bis feststand, ob er wirklich der Vater war? Aber dann hätte Irene ihm mit Recht vorwerfen können, daß er kein Vertrauen zu ihr gehabt hätte.
Manfred Probst seufzte schwer. Er wußte nicht, was er tun sollte. Als Florian, zwölf Jahre alt und sehr wohlerzogen, wie es bei dieser Mutter nicht anders sein konnte, an die Tür klopfte, hielt sein Vater den Brief immer noch ungeöffnet in der Hand.
Jetzt steckte er ihn in die Innentasche seines Jacketts und sagte laut: »Ja, ich komme!«
Die Mahlzeit verlief sehr ruhig. Irene hatte ausgezeichnet und kalorienbewußt gekocht. Sie selber war sehr schlank und fühlte sich auch für die Figur ihres Mannes verantwortlich. Deftige Speisen kamen bei ihr nicht auf den Tisch. Vater und Sohn waren es gewohnt und hielten sich anderweitig schadlos, Manfred Probst in seiner Stammkneipe und Florian bei Mac Donalds.
Irene pflegte ihm nie von ihrem Tagesablauf zu erzählen, wenn er nicht danach fragte; sie wollte ihn nicht mit Banalitäten belästigen. Genausowenig drängte sie ihn dazu, von seinen Erlebnissen zu berichten, sondern wartete darauf, daß er von sich aus erzählte. Aber heute hatte er weder zu dem einen noch dem anderen Lust. Florian hatte gelernt, sich nach dem andernorts längst vergessenen Wahlspruch zu richten: »Kinder haben nur zu reden, wenn sie gefragt werden.« So war es heute ganz besonders still bei Tisch in dem kleinen Eßzimmer.
Einmal fing Manfred Probst einen sehr besorgten Blick seiner Frau auf, und er war ihr dankbar, daß sie es nur bei einem

Blick beließ, statt eine Bemerkung über sein schlechtes Aussehen fallenzulassen. Er wußte, daß er blaß war, und hatte das Gefühl, daß sie den Brief durch seine Jackentasche sehen konnte, obwohl er sich sagte, daß das unmöglich war.
Er räusperte sich. »Na, Flori, wie war es in der Schule?«
»Wir haben 'ne Mathearbeit geschrieben!« platzte Florian heraus, und es war ihm anzumerken, wie wohl es ihm tat, endlich erzählen zu können.
»Und wie war sie?«
»Total leicht.«
»Hoffentlich vertust du dich da nicht.«
»Aber, Papi, du weißt doch, daß ich Mathe kann!«
»Mit der Zeit wird es immer schwerer.«
»Das macht nichts, wenn man die nötigen Grundlagen hat«, erklärte der Junge altklug.
Manfred Probst betrachtete seinen Sohn. Er war schlank und weißhäutig wie Irene, die auch im Sommer nicht recht braun wurde, weil sie die Sonne mied, und hatte das gleiche glatte, sehr hellblonde Haar. Aber er hatte auch etwas von ihm: die breiten Jochbögen und die schräg stehenden braunen Augen, die so abenteuerlustig funkeln konnten, daß sie nicht zu seiner tugendhaften Miene passen wollten. Florian war nicht das, was seine Mutter in ihm sah, und er würde es auch nicht aus sich machen lassen. Es würde Schwierigkeiten zwischen den beiden geben, schmerzliche Kämpfe, und Manfred konnte nur hoffen, daß sie einander nicht zu sehr verletzen würden.
Das waren Gedanken, die ihm schon unzählige Male durch den Kopf geschossen waren. Er wunderte sich, daß sie ihm auch heute in den Sinn kamen, da er doch wahrhaftig eine sehr viel größere Sorge hatte. Unwillkürlich seufzte er tief.
Der Ausdruck der Besorgnis in Irenes Augen verstärkte sich.

Florian glaubte sich verteidigen zu müssen. »Ich bin kein Angeber, Papi«, sagte er rasch, »das mußt du mir glauben! Aber warum soll ich denn Angst vor der Schule haben?« Mit einem beifallheischenden Blick zu seiner Mutter fügte er hinzu:

»Man muß bloß immer aufpassen und tüchtig lernen, dann kann einem gar nichts passieren.«

»Die Lehrer sind sehr mit ihm zufrieden«, sagte Irene mit einem Lächeln, das ihre Augen nicht erreichte.

Aber Manfred hörte ihnen schon nicht mehr zu. Am liebsten hätte er seine Serviette zusammengefaltet und wäre aufgestanden. Aber er wußte, daß Irene es haßte, wenn er vom Tisch aufstand, bevor die anderen fertig waren. Also blieb er und tat, als schmeckte es ihm, obwohl er gar nicht wußte, was er aß.

Endlich war es vorüber.

Manfred mußte einen gewaltigen inneren Anlauf nehmen, bevor er den Satz hervorbrachte: »Ich muß mit dir reden, Irene!« Er wandte sich seinem Arbeitszimmer zu, um deutlich zu machen, daß er ein Gespräch unter vier Augen wünschte.

»Ja, natürlich, ich . . .« Irene unterbrach sich. »Flori, räum du heute ausnahmsweise mal allein den Tisch ab und stell das Geschirr in die Spülmaschine, ja?«

»Klar, Mami, wird gemacht!« sagte Florian mit Pfadfindereifer, wobei er sich aber sofort vornahm, mindestens ein Glas zu zerschlagen, um zu verhindern, daß diese Arbeit womöglich für immer an ihm hängenblieb.

Sie folgte ihrem Mann. In seinem Zimmer standen sie einander einen Augenblick so steif und befangen gegenüber, als wären sie Fremde. »Ich bin da in eine sehr unangenehme Geschichte geraten«, sagte er endlich und stockte, weil ihm die Worte fehlten.

»Hängt es mit dem Brief zusammen?« fragte sie, um ihm zu helfen.
»Ja . . . oder nein, umgekehrt, der Brief hängt wohl mit der Sache zusammen.«
»Was schreibt sie?«
»Ich weiß es doch selber nicht. Ich habe ihn noch gar nicht gelesen.«
»Warum bist du dann so verstört?«
Er zuckte die Achseln.
Sie ließ sich in einen der Clubsessel sinken, in makellos damenhafter Haltung wie immer. »Erpressung?« fragte sie, und ihr Ton war kaum anders, als hätte sie sich nach einer Hausnummer erkundigt.
»Du bist wunderbar, Irene!« sagte er impulsiv. »Daß du so gelassen bleiben kannst!«
»Verrückt zu spielen würde in dieser Situation sicher nichts nützen, nicht wahr? Also gib mir den Brief!« Sie streckte die Hand aus.
»Nein, nein!« Unwillkürlich wich er einen Schritt zurück. »Laß mich dir erst erklären . . .«
»Gib mir den Brief!«
Er tat es, und während sie ihn aufriß, begann er zu erzählen . . .
»Nach mehr als fünfzehn Jahren!« Sie hob die farblosen Augenbrauen. »Da kann doch jede kommen!«
»So aus der Luft gegriffen ist es nicht!« gestand er unbehaglich. »Tatsächlich habe ich mich damals mit dieser Frau eingelassen.«
»Mit einem Flittchen!«
»Nein, nein, ein Flittchen war sie nicht! Eine bezaubernde Frau, von der Ehe gelangweilt . . .«
Irene hob ihre Augen von Martys Brief. »Welchen Grund hast du, sie zu verteidigen?«

»Es war nicht nur ihre Schuld.«
»Dessen bin ich sicher. Du warst damals wenigstens noch nicht verheiratet.«
»Es wäre nicht passiert, wenn du mich nicht so hingehalten hättest! Erinnerst du dich? Wir waren schon verlobt, aber du wolltest nicht. Immer wieder hast du mich zurückgewiesen!«
»So haben wir also die wahrhaft Schuldige gefunden«, sagte sie mit sanfter und dennoch bitterer Ironie.
»Es war ein unglückseliges Zusammentreffen!« verteidigte er sich. »Und es ist nur ein einziges Mal passiert ... ein einziges Mal in einer einzigen Nacht!«
»Erspar mir die Einzelheiten!«
»Ich weiß, was du jetzt empfindest, Irene! Aber du mußt mir verzeihen!«
»Es geht nicht um meine Gefühle. Was sagt denn Doktor Bruckner zu dieser Sache? Ich nehme doch an, du hast ihn konsultiert?«
»Ja.«
»Also?«
»Daß ich mich einer Klage auf Feststellung der Vaterschaft nicht entziehen kann.«
»Und was heißt das im Klartext?«
»Falls ich der Vater bin, werde ich zahlen müssen.«
»Wieviel?«
»Das liegt im Ermessen des Gerichts.«
»Wieviel?« fragte sie noch einmal. »Du wirst es dir doch ausgerechnet haben.«
»Wenn wir Glück haben ...«
»Wir?« fiel sie ihm ins Wort.
»Es betrifft ja ebenso dich und Florian. Für wen arbeite ich denn und verdiene Geld? Bei einem monatlichen Satz von dreihundert Mark wären es vierundfünfzigtausend in fünf-

zehn Jahren. Dazu kämen natürlich noch die Gerichtskosten.«
»Und wenn wir Pech haben?«
»Wenn der Scheinvater wesentlich höhere Auslagen glaubhaft machen kann, und in Anbetracht meines Einkommens könnte das Gericht womöglich auf einen Satz von fünfhundert kommen.«
»Ganz davon abgesehen, daß du nicht nur fünfzehn, sondern bald schon sechzehn Jahre zahlen und bis zum achtzehnten Lebensjahr für das Kind sorgen müßtest!«
»Bis zum Abschluß einer Ausbildung«, verbesserte er sie, weil er ihr keine Illusionen lassen wollte.
»Das ist ja noch viel schlimmer«, sagte sie, »als ich es erwartet hatte.«
»Es ist ein harter Brocken«, bestätigte er.
»Ich möchte nur wissen, wo dieses Mädchen die Unverschämtheit hernimmt . . .«
»Du tust ihr unrecht, Irene! Wie käme denn ein Kind auf so was? Da steckt ihr Vater dahinter . . . ihr Scheinvater, meine ich . . . der Bauwaren-Holzner!«
»Hat er das nötig?«
»Er will sich rächen.«
»Das kann ich sogar verstehen!« sagte sie nachdenklich. »Wie würdest du reagieren, wenn ich dir eröffnete, daß Florian . . .«
»Bitte nicht, Irene! Das hilft uns doch nicht weiter!«
Sie ließ Martys Brief in den Schoß sinken, ohne ihn weiterzulesen. »Wenn du dich mit ihm aussprächest?«
»Was würde das helfen?«
»Vielleicht könntest du ihn milder stimmen.«
»Milder? Er würde darin ein Eingeständnis meiner Schuld sehen.«
»Aber du hast doch tatsächlich mit dieser Frau . . .«

»Ja, aber das bedeutet nicht, daß ich der einzige gewesen sein muß.«
»Also doch ein Flittchen!«
Diesmal verzichtete er darauf, Molly zu verteidigen. »Es könnte auch ihr Mann gewesen sein.«
»Dieses Mädchen . . .« Irene klopfte auf die beschriebenen Bogen, ». . . scheint anderer Ansicht. Da, lies selber!«
Zögernd nahm er den Brief entgegen. »Ihre Schwester!« sagte er, während er die Zeilen überflog. »Was kann die schon wissen!«
»Ein Appell an dein Vaterherz!«
»Ich werde ihr selbstverständlich abschreiben.«
»Bist du denn gar nicht neugierig?«
»Nein.« Er warf den Brief auf seinen Schreibtisch.
»Wenn wir beweisen könnten, daß diese Frau es auch mit anderen Männern . . .«
»Nein, das glaube ich nicht!«
»Sei nicht so naiv! Wer seinen Mann einmal betrügt, der tut es auch immer wieder. Es ist auf dem Kongreß passiert, sagst du? Dann mußt du dich doch erinnern, wer außer dir und diesem Holzner dort war.«
»Schlägst du vor, ich soll rumlaufen und mich erkundigen, wer noch bei ihr Glück gehabt hat?«
»Du hast doch so gute Freunde, Manfred! Ich kenne niemand außer dir, der so gute Freunde hat. Bestimmt wirst du den einen oder anderen finden, der bereit ist, dir einen Gefallen zu tun.«
»Irene!«
»Was entsetzt dich daran so? Gewiß, es wäre nicht ehrenhaft. Aber mit Ehre, Anstand und Gewissen hat dieser Fall ohnehin nichts zu tun. Man betrügt nicht seinen Mann und versucht dann Jahre später noch dafür zu kassieren!«
»Aber sie würde das Geld doch gar nicht bekommen!«

»Bist du sicher? Er hat es nicht nötig, also wird er es wahrscheinlich diesem ...« Ihr Gesicht verzog sich angeekelt. »... diesem Kind überlassen, und somit wird sie es schon kassieren.«

»Ich kann deinen Gedankengängen nicht mehr folgen.«

»Deine Einstellung ist völlig falsch. Daß du in diese Geschichte hineingeschlittert bist, ist schlimm genug. Aber, bitte, ich will dir zugute halten, daß du damals noch sehr jung warst und den Reizen dieser Person ... ich nehme an, daß sie gewisse Reize hatte ... nicht widerstehen konntest. Aber jetzt bist du erwachsen, Manfred, ein Familienvater. Jetzt mußt du kämpfen!«

»Wie stellst du dir das vor?«

»Ich habe es schon angedeutet! Es nutzt nichts, wenn du versuchst, diese Leute zu verstehen und sie sogar noch in Schutz zu nehmen. Sie sind deine Feinde!«

Er schwieg, weil er sich nicht mit ihr streiten wollte.

»Denk doch an Florian! Du darfst dieses Kind nicht anerkennen! Es wäre ja nicht damit getan, daß du jetzt zahlst. Es würde später miterben, nicht wahr?«

»Nur einen Pflichtteil.«

»Auch das wäre schon zuviel! Du mußt dich auf die Hinterbeine stellen, Manfred!«

»Ich kann nicht abstreiten, daß ich mit ihr zusammen war!«

»Aber du warst nicht der einzige! Das hast du selber gesagt! Laß deine Freunde als Zeugen aufmarschieren. Du hast so viel für sie getan, daß sie auch einmal für dich lügen können, zumal es im Grunde genommen doch die Wahrheit ist. Du warst nicht der einzige bei dieser Frau. Wer die anderen waren und wieviel es waren, kannst du jetzt nicht mehr beweisen. Das ist ja das Raffinierte an ihrem Plan. Nach so langer Zeit mit einer solchen Behauptung zu kommen!«

»Sie hat es mir damals schon geschrieben«, sagte er müde.

»Was?«
»Ja, Irene.«
»Und wie hast du darauf reagiert?«
»Gar nicht. Es war mir ziemlich egal. Sie war ja verheiratet, und das Kind hatte in jedem Fall einen Vater.«
»Du hättest sofort prozessieren müssen!«
»Ihre Ehe zerstören?«
»Ihr wenigstens mit einem Prozeß drohen sollen, dann hätte sie es niemals gewagt . . .«
»Was soll das alles, Irene?« unterbrach er sie. »Die Sache ist schiefgelaufen, das gebe ich ja zu. Aber es läßt sich heute nicht mehr ändern. Wir können die Tatsachen nicht aus der Welt schaffen.«
»Du hältst es also für eine Tatsache, daß sie deine Tochter ist?«
»Ich habe es erst mal abgestritten.«
»Aber das allein genügt nicht! Du mußt Zeugen beibringen!«
Er straffte die Schultern. »Nein, Irene, so geht das nicht. Auch von meinem besten Freund kann ich keinen Meineid verlangen. Zudem würde es ja nichts nutzen, auch wenn drei Männer behaupten würden, daß sie auch mit ihr geschlafen hätten, sogar in der gleichen Nacht. Schon bei der Blutgruppenuntersuchung würde der eine oder andere als potentieller Vater ausfallen. Die erbbiologische Untersuchung würde dann mit Sicherheit ergeben, daß keiner von ihnen dafür in Frage kommt.«
»Laß es darauf ankommen, Manfred!«
»Bist du dir klar, daß ich auch dafür zahlen muß?«
»Du?«
»Ja, ich, und selbst in einem einfachen Fall kostet eine Feststellung der Vaterschaft an die dreitausend Mark, sagt Doktor Bruckner.«

»Aber wenn sich nun herausstellt, daß du es gar nicht bist?«
»Bin ich aus dem Schneider. Aber dazu brauche ich keine falschen Zeugen.«
»Ich bin ganz sicher, du bist nicht der Vater.«
»Wozu regen wir uns dann auf?«
»Weil man versuchen will, dir diesen Bankert unterzuschieben. Es ist genau das, was ich von Anfang an gefühlt habe: eine Erpressung. Die Leute wissen, daß du gut verdienst. Sie versuchen Geld aus dir herauszuschlagen. Vielleicht hat dieser Holzner es doch nötig.«
»Bauwaren-Holzner ist ein solides Unternehmen.«
»Wie kannst du da so sicher sein? Heutzutage wackeln eine Menge Firmen. Dieses Mädchen . . .« Sie wies mit einer Bewegung ihres spitzen Kinns auf den Brief. ». . . ist gut. ›Denken Sie nicht an das Geld!‹ oder so ähnlich schreibt sie. Wie kann man in einem solchen Fall an etwas anderes denken?«
»Für das Kind muß es wirklich ein Schock gewesen sein.«
»So? Muß es das? Vielleicht findet sie es auch höchst aufregend und interessant.«
»Hast du denn nicht gelesen? Sie war der Liebling ihres vermeintlichen Vaters.«
»Dann wird sie es auch bleiben. Nur daß sie noch einen Dummen gefunden haben, der zahlt!«
»Und wenn sie nun wirklich meine Tochter ist?«
»Hör zu, Manfred, wenn es sich nur um eine Klage auf Feststellung der Vaterschaft handeln würde, ließe ich es mir gefallen. Schön, das Mädchen will wissen, wer ihr Vater ist. Das ist ihr gutes Recht, und damit würden ja schon genug Unkosten auf dich zukommen, falls der Holzner nicht weiter für sie sorgen will, wie es sich ja eigentlich gehörte. Aber daß sie dann auch noch alle Auslagen zurückerstattet haben will . . .«

»Nicht sie, sondern Holzner!«
»Egal wer! Das ist in jedem Fall eine grobe Unverschämtheit!«
»Ich könnte mir vorstellen, daß auch die Kleine darunter leidet.«
»So? Könntest du das?«
»Ja.«
»Es ist fantastisch, wie du dich immer in alle anderen Leute hineinversetzen kannst, nur nicht in mich!«
»Doch, Irene, ich begreife sehr gut, wie dir zumute ist. Warum, glaubst du, habe ich so lange gebraucht, dich ins Vertrauen zu ziehen? Am liebsten hätte ich den Fall allein ausgestanden. Aber das ist ja leider unmöglich, weil ihr beide, du und Florian, mitbetroffen seid. Mach es mir, bitte, nicht noch schwerer!«
»Ich versuche dir zu helfen!«
»Das kannst du nicht, indem du die anderen als Gauner und Ganoven hinstellst. Das sind sie nämlich nicht. Die Holzners sind eine genauso bürgerliche Familie wie wir . . .«
»Einmal ganz abgesehen davon, daß sie schließlich ihren Mann betrügt!«
»Ja, davon einmal abgesehen. Molly mag leichtsinnig sein . . .«
»Mag?«
»Na schön. Sie ist es. Sie ist leichtsinnig. Aber er ist ein Ehrenmann.«
»Der sich auf schäbige Weise an dir rächen will!«
»Selbst wenn ich dir darin recht gäbe, das Kind kann auf keinen Fall etwas dafür!«
»Das Kind dieser Leute!«
»Vielleicht ist es ja mein Kind, Irene. Ich habe das schon seinerzeit nicht ausgeschlossen, und heute kann ich es noch weniger. Warum sollte sie es ihrem Mann gegenüber be-

haupten, wenn sie es nicht selber glaubt? Das ergäbe doch keinen Sinn.«

»O doch! Sie hat es vielleicht im Streit zu ihm gesagt, um ihm eins auszuwischen. Wenn du jetzt zahlst, kommt alles wieder in Ordnung. Dann gibt es weder einen Prozeß noch eine erbbiologische Untersuchung.«

»Soll ich ihnen das etwa vorschlagen?«

»Den Teufel sollst du! Das würde nach einem Eingeständnis aussehen. Du hast es mit raffinierten Leuten zu tun. Lies diesen Brief! Dann merkst du, wie raffiniert die sind! Die große Schwester auf dich loshetzen mit ihren süßen Worten! Wirklich sehr gerissen.«

»Selbst wenn du recht hättest, Irene, ich muß vor Gericht die Wahrheit sagen. Ich muß es drauf ankommen lassen, Lügen und Meineide können da nicht weiterhelfen. Wir müssen jetzt der Wahrheit wegen feststellen, ob sie meine Tochter ist oder nicht.«

»Du würdest doch nie eine echte Beziehung zu ihr haben.«

»Darauf kommt es nicht an. Falls ich ihr Vater bin, muß ich für sie sorgen, auch wenn mich das Opfer kostet.«

»Dann müssen wir also herausfinden, ob sie mit dir verwandt ist oder nicht«, sagte sie mit gesenkten Lidern.

»Die erbbiologische Untersuchung . . .«

»Ach, hör mir auf damit! Wissenschaftler können sich auch irren, das ist schon allzuoft passiert. Du mußt selber feststellen, ob sie deine Tochter ist oder nicht.«

»Wie kann ich das?«

»Lassen wir sie kommen! Sehen wir sie uns an!«

»Und du denkst, das bringt uns weiter?«

»Ganz bestimmt! Ich glaube zwar nicht unbedingt an die sogenannte Stimme des Blutes, aber falls sie dein Kind ist, wird sie schon irgend etwas von dir haben, nicht wahr? Sieh dir Florian an! Stell dir vor, er wäre uns nach der Geburt ver-

tauscht worden. Wir würden ihn trotzdem aus hundert gleichaltrigen Jungen herausfinden ... oder meinst du nicht?«
»Ich weiß nicht recht.«
»Aber ich. Falls sie dein Kind ist, wirst du sie erkennen.«
»Ich werde es versuchen.«
»Aber eines mußt du mir versprechen ...« Sie zögerte.
»Ja?«
»Das Ganze ist eine sehr unangenehme Prozedur für mich, Manfred. Es fällt mir nicht leicht, dieses ... nun sagen wir ... Mädchen mit zweifelhafter Herkunft in meinem Haus zu empfangen ...«
»Du brauchst es nicht«, unterbrach er sie rasch.
»Wir müssen alles tun, um so schnell wie möglich und ungeschoren aus dieser Geschichte herauszukommen. Dafür ist mir kein Opfer zu groß.«
»Danke, Irene.«
»Aber wenn wir merken, daß es sich um einen aufgelegten Schwindel handelt, dann mußt du kämpfen, Manfred! Mit dem Rücken zur Wand und mit allen verfügbaren Mitteln.«
»Wie stellst du dir das vor?«
»Höchst einfach: Du leugnest, daß du je mit ihrer Mutter geschlafen hast!«
»Das wäre Meineid!«
»Und wer will dir das nachweisen? Dein Wort würde gegen ihres stehen. Es gibt keine Zeugen.«
Er begann unruhig auf und ab zu gehen. »Du verlangst sehr viel von mir, Irene!«
»Nichts anderes, als daß du Florian und mich vor einer Schwindelei schützt!«
»Ich habe aber meinem Rechtsanwalt gegenüber zugegeben, daß ich mit Molly zusammen war.«
»Schön dumm von dir. Wärst du zuerst zu mir gekommen,

wäre dir das nicht passiert. Aber es ist halb so schlimm. Es gibt ja so etwas wie ein Berufsgeheimnis. Doktor Bruckner muß schweigen.«

»Aber was wird er von mir halten?«

»Du lieber Himmel, laß dir darüber keine grauen Haare wachsen!«

»Ich könnte ihm nicht mehr in die Augen sehen.«

»Dann wechselst du den Anwalt. Nichts leichter als das.«

»Ich fürchte, Irene ...« Er blieb vor ihr stehen und blickte auf sie nieder, »... ich könnte nicht einmal mehr meinen eigenen Anblick im Spiegel ertragen.«

»Jetzt verstehe ich dich wirklich nicht mehr!«

»Könntest du mich denn noch lieben, wenn ich einer solchen Schlechtigkeit fähig wäre?«

»Was heißt hier Schlechtigkeit? Man will dir ans Leder, und du schlägst zurück!«

»Du verlangst zuviel von mir.«

»Doch nur für den Fall, daß wir klar erkennen, daß sie nicht dein Kind ist, dann leugnest du alles. Warum noch die Unkosten für eine erbbiologische Untersuchung auf uns nehmen, bei der doch nichts herauskommen kann?«

»Wieso nicht?« fragte er verdutzt. »Ich meine, wieso bist du so sicher, daß nichts dabei herauskommen würde?«

»Wenn du nicht der Vater bist, dann können wir davon ausgehen, daß Holzner es auch nicht ist, denn einfach von ungefähr hat sie ihm das ganz bestimmt nicht an den Kopf geworfen. Sie hat ihm das Kind gewiß untergeschoben. Nur den Namen des wirklichen Vaters verschweigt sie. Entweder schämt sie sich seiner, oder sie will ihm Unannehmlichkeiten ersparen, oder aber er ist ein armer Schlucker, bei dem nichts zu holen ist.«

»Ich habe nie geahnt«, sagte er, »daß du über eine so blühende Fantasie verfügst.«

»Daß ich fähig bin, so logisch zu denken, meinst du wohl. Du hast dich ins Bockshorn jagen lassen, weil die Geschichte all die Jahre dein Gewissen belastet hat. Das spricht für deinen guten Charakter, und ich mache dir gar keinen Vorwurf daraus. Aber ich sehe die Tatsachen und Zusammenhänge ganz klar: Man will dich hereinlegen.«
Er schwieg, weil er nichts darauf zu sagen wußte. Wieder überfiel ihn Übelkeit, und ihm war, als müßte er das Abendessen, das er so lustlos in sich hineingestopft hatte, sogleich wieder ausspeien. Wie wenig kannte Irene ihn und, schlimmer noch, wie wenig hatte er sie in all den Jahren gekannt! Er wäre nicht überrascht gewesen, wenn sie sein Abenteuer mit Molly für unverzeihlich gehalten hätte. In seinen Augen war sie immer eine prüde und selbstgerechte Moralistin gewesen. Nie hätte er ihr zugetraut, daß sie so leichten Herzens bereit war, alle Skrupel über Bord zu werfen und sich die Dinge zu ihren Gunsten zurechtzubiegen.
Irene deutete sein Schweigen anders. »Nun sag mir bloß nicht, daß du ihr keine solche Gemeinheit zutraust! Gut möglich, daß ihr Mann sie bedrängt hat, den Vater des Kindes zu benennen, und sie wußte sich nicht anders zu helfen. Du siehst, ich bin nicht ungerecht.«
Er wandte sich zum Bücherschrank, öffnete die Tür, hinter der er Flaschen und Gläser aufbewahrte, wollte zum Magenbitter greifen, nahm aber dann doch den Cognac heraus. »Du auch?« fragte er.
Sie schüttelte den Kopf. »Aber trink du ruhig. Ich verstehe, daß du eine Stärkung brauchst.«
Er füllte den Schwenker zur Hälfte, stellte die Flasche wieder fort und nahm einen kräftigen Schluck. »Ich bin froh, daß ich jetzt endlich mit dir darüber gesprochen habe. Das war das Schlimmste für mich, dir das antun zu müssen.«
»Ich bin stärker, als du glaubst.«

»Ja, das bist du wohl. Trotzdem solltest du dir nicht zuviel zumuten. Schreiben wir dem Mädchen ab, ja?«
»Hast du mich immer noch nicht verstanden?«
»Ich weiß, du meinst es nur gut. Aber ich muß es allein durchstehen.«
»Nein, denn es ist nicht nur dein Problem. Ich will dieses Mädchen sehen, das sich als deine Tochter ausgibt. Vielleicht ist sie dir ja aus dem Gesicht geschnitten, und dann wäre ich gern bereit, alle Waffen zu strecken. Aber wenn nicht, dann wirst du tun, was ich dir gesagt habe. Ich werde es zu verhüten wissen, daß man uns ein Kuckucksei ins Nest legt, verlaß dich drauf!« Sie erhob sich federnd und schenkte ihm ein Lächeln, das zu gezwungen war, um ihre Züge zu entspannen. »Trink nicht zuviel!« Dann glitt sie aus dem Zimmer.
Wie aus Trotz leerte er den Schwenker und schenkte sich noch ein zweites Mal ein. Dann ließ er sich in den Sessel hinter seinem Schreibtisch sinken und nahm den Brief zur Hand. Die Tatsache, daß er das Gespräch mit seiner Frau, wie auch immer, endlich hinter sich gebracht hatte, erleichterte ihn, und der Cognac tat seine Wirkung.
Nein, dachte er, nachdem er den Brief endlich gelesen hatte, Irene irrt sich. Das ist nicht raffiniert, sondern sehr impulsiv und offen geschrieben. Das Mädchen ist wirklich in Sorge um ihre kleine Schwester und, was immer auch hier gespielt wird, das Kind ist schuldlos daran. Jessica, ein ausgefallener Name! Typisch für Molly, ihre Tochter so zu nennen.
Plötzlich wurde ihm bewußt, daß Irene den Namen nicht ein einziges Mal erwähnt hatte, so als wäre dieses Mädchen keine Persönlichkeit, sondern nur ein lästiges Etwas.
Und was war Jessica für ihn? Er konnte nicht behaupten, sich darüber zu freuen, daß sein Schicksal ihn eingeholt hatte. Aber er würde dem Mädchen nicht die Chance nehmen, sei-

nen Vater zu finden. Ein solcher Schweinehund war er denn doch nicht, auch wenn Irene ihn dazu zu machen suchte! Was für eine Frau! Beinhart. Aber diese Erkenntnis erleichterte ihn. Sie würde nicht zusammenbrechen, wenn sie eines Tages erfahren sollte, daß er nicht der solide Familienvater war, den sie in ihm sah. Davor hatte er sich seine ganze Ehe hindurch gefürchtet.

Jetzt wußte er, daß sie auch damit fertig würde. Sie würde sich die Dinge so zurechtbiegen, wie sie sie haben wollte. Das hatte sie schon immer getan.

Merkwürdig, daß ihm das bisher nie aufgefallen war!

Jessica scheute davor zurück, ihren potentiellen Vater aufzusuchen. Marty brauchte ihre ganze Beredsamkeit, um sie davon zu überzeugen, daß dieser Schritt notwendig war. Dann aber traf sie ihre Vorbereitungen mit größtem Eifer. Schon am frühen Sonntagvormittag beschlagnahmte sie das Bad, und als sie wieder zum Vorschein kam, war sie zwar noch in ihren Frottiermantel gehüllt, aber das Haar war gewaschen und geföntund ihr Gesicht kunstvoll zurechtgemacht.

Marty lag noch im Bett und hatte sich die Zeit mit Lesen vertrieben. Als die kleine Schwester eintrat, blickte sie auf.

»Nun, wie sehe ich aus?« fragte Jessica, strahlend, aber doch ein wenig unsicher.

»Wie ein Bild aus Himmelshöhen!«

»Wie findest du meinen neuen Lippenstift? Ich meine, ist er nicht ein bißchen grell?«

»Er steht dir.«

Jessica ließ sich auf die Bettkante sinken. »Du sagst das so ...«

»Wie ich es meine, Liebes. Du bist ein wunderschönes Mädchen, und du weißt es. Ich bin richtig stolz auf dich.«

»Aber?«
»Hast du dir auch überlegt, was wir heute vorhaben?«
»Für was, denkst du, habe ich mir solche Mühe gegeben?
»Das weiß ich nicht.«
»Ich möchte ihm gefallen. Du hast mir doch erklärt, wie wichtig das ist.«
»Eben drum.« Marty ergriff Jessicas Hand. »Was würde Hartmut wohl zu deiner Aufmachung sagen?«
»Der versteht von so was doch nichts. Außerdem habe ich mich extra früh angemalt, das muß man nämlich, habe ich neulich gelesen, damit es später natürlicher aussieht.«
»Mir brauchst du keine Vorträge über die Kunst des Schminkens zu halten, Jessica, ich habe das nämlich am Theater gelernt. Ich finde ganz ehrlich, daß du das sehr hübsch gemacht hast, sehr gekonnt. Ich würde mich überall gern mit dir sehen lassen, außer bei dem Mann, der wahrscheinlich dein Vater ist.«
»Aber warum denn nicht?«
»Denk doch nur mal daran, wie Hartmut es gehaßt hat, wenn du ein bißchen Farbe aufgelegt hast! In Düsseldorf durftest du es nur heimlich tun.«
»Aber jetzt bin ich nicht mehr in Düsseldorf, sondern bei dir!«
»Ich habe ja auch gar nichts dagegen. Ich verstehe es sehr gut, wenn ein hübsches Mädchen sich so hübsch wie nur irgend möglich machen will. Außerdem ist eine solche Kriegsbemalung ja auch ein Schutz, eine Art Maske, hinter der man sich verstecken kann.«
»Das weißt du?«
»Ja, Liebes. Wenn man jung und unsicher ist, möchte man sich manchmal gern verstecken.«
»Deshalb schminkst du dich also nie?«
Marty lachte. »Weil ich nicht mehr jung bin, meinst du?«

»Nein, weil du so schrecklich selbstsicher bist.«
»Ich habe es auch versucht, als ich so alt war wie du, Jessica, mit wahrer Begeisterung. Aber bei mir hilft es nicht. Ich bin nun mal ein häßliches Mädchen, und wenn ich mich anmale, werde ich nicht hübscher davon, sondern sehe eben nur aus wie ein geschminktes häßliches Mädchen.«
»Wenn man dich gut kennt, Marty, merkt man es gar nicht. Du bist für mich wie mein guter alter Teddybär, den du mitgebracht hast von zu Hause. Der ist auch keine Schönheit mehr, und Molly hat immer verlangt, daß ich ihn wegwerfe. Aber ich bin einfach an ihn gewöhnt.«
Marty drückte Jessicas Hand. »Du bist so erfrischend!«
»Habe ich was Falsches gesagt?«
»Nein. Ich habe dich sehr gut verstanden.« Marty klappte ihr Buch zu und legte es auf den Nachttisch. »Aber wir sind vom Thema abgekommen.«
»Du meinst, ich soll mich abschminken? Also wirklich, Marty, das kann ich nicht einsehen!«
»Denk an Hartmut!«
»Ja, der! Aber bestimmt ist Manfred Probst ganz anders!«
»Die Erfahrung lehrt, daß alle Väter sich in gewissen Punkten gleichen. Außerdem macht dich das Make-up älter, als du bist. Es wäre wirklich besser, Liebes, wenn er dich bei eurer ersten Begegnung ganz natürlich erleben würde. Das nächste Mal kannst du dich dann von mir aus aufdonnern wie ein Fotomodell!«
»Du verdirbst mir den ganzen Spaß«, schmollte Jessica und erhob sich seufzend.
Marty unterdrückte die Bemerkung, daß von diesem Kennenlernen ohnedies kaum Spaß zu erwarten wäre, denn sie wollte die Schwester nicht entmutigen. Ihr selber war gar nicht wohl bei dem Gedanken an den bevorstehenden Besuch.

Etwa zur gleichen Zeit sahen die Eheleute Probst der Begegnung mit ebenso großem, womöglich noch stärkerem Unbehagen entgegen.
Florian wunderte sich über die Nervosität seiner Eltern, verzichtete aber darauf, nach der Ursache zu forschen, weil er wußte, daß er doch keine Antwort erhalten würde. Aber er beobachtete sie unablässig, wobei er sich bemühte, die Blicke seiner flinken braunen Augen hinter den langen Wimpern zu verbergen. Endlich richtete der Vater das Wort an ihn. »Hast du nicht Lust, heute nachmittag mal ins Kino zu gehen?« fragte er.
Florian, der diesen Vorschlag erstaunlich fand – sonst mußte er um jeden Kinobesuch kämpfen –, reagierte prompt mit einer Ablehnung. »Nö, eigentlich nicht! Im Fernsehen . . .«
Der Vater schnitt ihm das Wort ab. »Das ewige Fernsehen wird dich noch total verdummen!«
Florian sah ihn mit einem Blick voll blanker Unschuld an. »Dann werde ich eben lesen.«
»Auf einmal?«
»Ich lese oft, Papi, bloß merkst du das nicht, weil es keinen Krach macht.«
»Freut mich, Flori, dann kannst du heute ja wirklich mal ins Kino gehen.«
»Mein Geld ist alle.«
»Ich zahle dir die Eintrittskarte!« Nach kurzem Zögern fügte er hinzu: »Und noch zwei Mark für Süßigkeiten.« Er drückte seinem Sohn zehn Mark in die Hand. »Du brauchst mir nichts zurückzugeben.«
»Danke, Papi! Das kann ich brauchen!« Florian steckte das Geld in seine Hosentasche. »Aber ich bewahr's mir auf. Am Freitag kommt ein neuer Film mit Belmondo, den ich unbedingt . . .«

Jetzt mischte sich Irene ein. »Florian!« sagte sie scharf. »Spiel bitte nicht den Trottel! Du hast doch längst gemerkt, daß Papi und ich heute allein sein möchten.«
»Warum?«
»Wir erwarten Besuch.«
»Das macht doch nichts.«
»Uns macht es schon etwas. Es sind Leute, die . . . die kleine Jungen nicht ausstehen können.«
»Warum?«
Manfred Probst versuchte seiner Frau zu helfen. »Weil ihnen einer einen bösen Streich gespielt hat.«
Florians Augen funkelten vor Interesse. »Was für einen Streich? Erzählt doch mal!«
»So schlimm, daß man gar nicht darüber reden kann.«
»Hm. Aber dann wäre es doch ganz gut für sie, wenn sie auch mal einen braven Jungen kennenlernen würden.«
»Florian! Jetzt ist aber Schluß damit!« sagte Irene energisch. »Dein Vater wünscht, daß du ins Kino gehst, und damit basta.«
»Wenn ihr mich unbedingt loshaben wollt . . .«
»Jawohl«, bestätigte Manfred, »das wollen wir.«
Florian trollte sich, war aber schon fest entschlossen, nicht ins Kino zu gehen, sondern das Haus zu beobachten. Einer seiner Freunde, Konrad Hermann, wohnte schräg gegenüber, und von dessen Zimmer in der ausgebauten Mansarde ließ sich das ohne weiteres machen.
»Was willst du ihnen denn anbieten?« fragte Manfred Probst, als er mit seiner Frau allein war.
»Anbieten?« wiederholte sie, als wäre das ein für sie unverständliches Fremdwort.
»Es ist Sonntagnachmittag«, erinnerte er sie.
»Du erwartest doch nicht, daß ich ihnen Kaffee und Kuchen auftische?«

»Warum nicht? Es wäre eine nette Geste.«
»Viel zu nett. Die könnten sich leicht einbilden, daß sie dich schon in der Tasche hätten!«
»Wie oft soll ich dir noch erklären . . .«
»Ja, ja, ich weiß, die beiden sind ganz unschuldige Opfer. Aber das glaubst auch nur du! Die Ältere ist es jedenfalls nicht. Sie steckt ganz dick mit in der Intrige, wenn sie sie nicht sogar eingefädelt hat.«
»Warum sollte sie?«
»Was weiß ich! Es gibt tausend mögliche Gründe. Auf alle Fälle sind sie auf dein Geld aus, daran besteht ja wohl kein Zweifel.«
»Was willst du ihnen also vorsetzen?«
»Nichts. Ich habe sie nicht eingeladen, und ich betrachte sie nicht als Gäste, sondern als Eindringlinge.«

Florian verhielt sich ganz still auf seinem Zimmer, ausnahmsweise, ohne das Radio oder den Kassettenrecorder anzustellen, die Nase in ein Buch gesteckt. Er hoffte, daß die Eltern ihn vergessen würden. Aber das taten sie nicht.
Viertel vor drei erschien die Mutter. »Du bist ja immer noch nicht angezogen? Los, beeil dich! Sonst kommst du noch zu spät!«
Aus Erfahrung wußte er, daß jeder Widerstand sinnlos war. »Wie lange muß ich denn wegbleiben?« fragte er. »Ich meine, ich könnte nachher doch auch noch zu Mac Donalds gehn.«
»Du kommst nach Hause, sobald das Kino aus ist.«
»Und wenn mir mittendrin schlecht wird?«
»Was soll nun das schon wieder?« Irene legte ihm die Hand auf die Stirn und fragte besorgt: »Fühlst du dich nicht gut?«
Blitzschnell überlegte Florian, ob er die Chance nützen und sich krank stellen sollte, verwarf die Idee aber wieder, wei

die Ausführung ihm zu mühsam schien. »Nö«, sagte er, »das nicht! Aber es könnte doch sein ...«
»Ich halte das für ziemlich unwahrscheinlich. Aber falls es doch passieren sollte, gehst du an die frische Luft und wartest ab, bis dir wieder besser wird. Auf keinen Fall möchte ich, daß du vor fünf zu Hause auftauchst.«
»Aber wenn sie dann noch gar nicht weg sind?«
»Sie werden weg sein, verlaß dich drauf!«
Irene achtete darauf, daß er sich seine rote Wollmütze aufsetzte, einen Schal umband, brachte ihn selber zur Haustür. Sie sah ihm nach, wie er mit den Händen in den Taschen die Straße entlangtrabte, klein und schutzbedürftig. Ihr Herz krampfte sich zusammen, so sehr liebte sie ihn.
Florian spürte den Blick seiner Mutter im Rücken. An der Ecke drehte er sich um und winkte ihr zu. Auch sie hob die Hand. Er ging ein paar Schritte rückwärts, denn das hatte sie ihm schon mehrmals verboten, weil sie es für gefährlich hielt. Befriedigt stellte er fest, daß er seinen Zweck erreichte. Sie zog sich ins Haus zurück. Erst als er ganz sicher war, daß sie ihn nicht mehr beobachtete, überquerte er die Fahrbahn, bog in eine Nebenstraße ein und kehrte um.
Die Häuser in dieser Wohngegend lagen alle inmitten kleiner Gärten, die sie voneinander trennten und auf der Rückseite fast gegeneinander stießen, wenn nicht ein Fußweg hindurchführte. Solch einen Fußgängerweg lief Florian jetzt entlang. Die Pforte, die in den Garten von Hermanns führte und die im Sommer tagsüber offenstand, war jetzt verschlossen. Er kletterte darüber, lief auf das Haus zu und klopfte an die Fensterscheiben. Eine Zeit, die ihm endlos schien, meldete sich niemand. Er fürchtete schon, daß Hermanns nicht zu Hause wären, und überlegte, wie er trotzdem eindringen könnte. Aber es war ein kühler Tag, und er fand kein angelehntes Fenster. Eine Scheibe einzuschlagen

fehlte ihm denn doch der Mut. Also klopfte er weiter und versuchte es mit Rufen.
Frau Hermann öffnete schließlich die Küchentür. »Nanu?« fragte sie statt einer Begrüßung.
Florian riß sich die Mütze vom Kopf und machte seinen besten Diener. »Entschuldigen Sie vielmals, Frau Hermann! Darf ich zu Konrad!«
»Warum hast du nicht vorn geklingelt?«
»Weil ... hm ... Ich bin von der anderen Seite gekommen«, sagte er und grinste entschuldigend, »und da war es näher!«
»Ihr kriegt das Türchen noch kaputt, wenn ihr dauernd rüberklettert.«
»Ich dachte, es wäre offen.«
»Na, komm schon rein. Konrad ist oben.«
»Danke, vielen Dank, Frau Hermann! Ich mach' es auch nie wieder!«
Kaum daß Frau Hermann die Tür freigab, stürmte er ins Haus, durch die Küche, die Diele und die Treppen hinauf und ohne anzuklopfen in Konrads Zimmer. Wie er erwartet hatte, lag der Freund bäuchlings auf dem Boden, Kopfhörer aufgestülpt, und bewegte die Füße rhythmisch zur Musik. Florian riß den Schal herunter, warf ihn und seine Mütze auf Konrads Bett und seinen Anorak hinterher. Dann nahm er Aufstellung neben dem kleinen Fenster zur Straße.
Es dauerte eine Weile, bis der Freund Notiz von ihm nahm.
»Daß die dich sonntags rausgelassen haben«, sagte er träge, »es geschehen noch Zeichen und Wunder.«
Florian verzichtete auf eine Erwiderung, da Konrad ihn ohnehin nicht hören konnte, und nickte nur.
»Momentchen! Ich hab's gleich!«
Mit einer Geste versuchte Florian anzudeuten, daß Konrad sich nicht von ihm stören lassen sollte.

Endlich nahm Konrad die Kopfhörer ab und stellte seinen Recorder aus. »Wollen wir Carrera spielen?« fragte er und sprang auf.
»Kann nicht. Muß Ausschau halten.«
»Wonach?«
»Wir kriegen Besuch.«
»Wen?«
»Leute, die keine Jungens leiden können.«
Konrad trat zu ihm. »Gibt's denn so was?«
»Meine Eltern haben es gesagt.«
»Und das glaubst du?«
»Bin ich denn blöd? Natürlich nicht! Deshalb stehe ich ja hier. Ich will wissen, wer wirklich kommt.«
»Ach so! Wer denn?«
»Keine Ahnung. Jedenfalls jemand, den ich nicht sehen soll. Oder der mich nicht sehen soll.«
»Verstehe ich nicht.«
»Warten wir's einfach ab. Es wird sich schon herausstellen.«
Auch Konrad war jetzt neugierig geworden; er witterte, wie Florian, ein Geheimnis, dem es sich lohnte, auf die Spur zu kommen. Die beiden Jungen warteten mit einer für sie sehr ungewöhnlichen Geduld.

»Mir ist so komisch«, klagte Jessica.
Marty warf ihrer Schwester einen raschen Seitenblick zu. Ganz ohne Schminke wirkte Jessica sehr blaß und sehr kindlich. Ihre Finger spielten nervös mit dem Stadtplan von Essen, der auf ihrem Schoß lag.
»Nur noch ein paar Minuten«, tröstete Marty, »wir müssen gleich da sein.«
Sie fuhren die gewundene Straße nach Hohensyburg hinauf. Immer wieder tauchte der Baldeneysee unter ihnen auf,

eine glatte graue Fläche, die wie ein Spiegel zwischen den kahlen Bäumen lag, an denen sich gerade erst winzige grüne Spitzen zeigten. Man konnte nur ahnen, daß die fahlen Wiesen bald grün werden würden. Auch in den Gärten war nur ein Hauch von Frühling zu spüren. »Im Sommer muß es hier sehr schön sein«, sagte Marty. »Stell dir das alles nur mal voller Ausflügler vor! Boote auf dem See und . . .«

»Müssen wir wirklich hin?« fiel Jessica ihr ins Wort.

»Ich möchte das nicht noch einmal mit dir durchkauen.«

»Aber es hat doch keinen Sinn! Jemandem so ins Haus zu platzen! Mir ist das einfach unangenehm, Marty!«

»Du mußt dir vorstellen, es wäre ein Theaterstück . . . oder ein Fernsehspiel, das kennst du vielleicht besser . . . und du spieltest eine Rolle darin. Aber das Textbuch hast du noch nicht zu Ende gelesen, und du weißt nicht, wie es weitergehen wird. Aber du weißt, daß du das Ganze nicht tragisch zu nehmen brauchst, denn es ist nur ein Spiel.«

»Wie kann ich mir so was vorstellen, wenn es doch gar nicht stimmt? Es ist kein Spiel, Marty!«

»Aber es könnte eins sein! Es hängt doch gar nichts davon ab, Liebes. Vielleicht ist er ja sehr nett . . . netter als Hartmut. Dann wirst du froh sein, ihn zum Vater zu haben. Wenn er aber ein Miesling ist, was ich eigentlich nicht glaube, dann wissen wir, daß es ihm nur recht geschieht, wenn Hartmut ihn zur Kasse bittet.«

»Wenn er mich aber nun nicht leiden kann?«

»Dich muß jeder liebhaben«, sagte Marty mit Überzeugung.

»Hartmut nicht!«

»Doch, Jessica. Das habe ich dir nun auch schon dutzendmal zu erklären versucht. Gerade weil er dich liebhat, ist er so wütend. Wärst du ihm nur ein bißchen gleichgültiger, würde er sich nicht so aufführen.«

»Ach, Marty!«
»Nimm mal den Stadtplan! Ich glaube, die nächste Straße links muß es sein. Stimmt's?«
Statt einer Antwort sagte Jessica: »Könntest du nicht zuerst allein hingehen?«
»Und dich im Auto sitzen lassen? Das sähe doch mehr als blöd aus.«
»Da vorn ist eine Wirtschaft, da könnte ich warten.«
Marty nahm der Schwester den Stadtplan ab und orientierte sich, während sie langsam weiterfuhr. »Jetzt links«, sagte sie, »wie ich es mir gedacht habe!« Sie betätigte den Blinker. Ein Autofahrer hinter ihr hupte ungeduldig.
Marty kümmerte sich nicht darum und bog ab. »Rechts haben wir die ungeraden Nummern . . . drei, fünf, sieben, neun . . . das da vorne ist es! Sieht recht anständig aus, was meinst du?«
Jessica gab keine Antwort.
Marty bremste und stellte den Motor ab. »Komm, steig aus!«
Nur sehr zögernd und sehr widerwillig öffnete Jessica den Sicherheitsgurt und kletterte aus dem Auto.
Marty wartete, bis sie bei ihr war, dann erst ging sie voraus und klingelte an der Haustür. Es wurde sofort geöffnet, und ein schlanker, gutaussehender Mann erschien auf der Schwelle.
Was Marty sofort auffiel, war, daß er keinerlei Ähnlichkeit mit Jessica hatte. Sein kurzgeschnittenes Haar war braun und leicht gelockt, und auch die Augen, von kleinen Lachfältchen umgeben, waren braun.
»Herr Probst?« fragte sie irritiert.
Er nickte, während er sie durchdringend anblickte.
»Ich bin Marty Holzner . . .« Sie trat einen Schritt zur Seite, »und das ist meine Schwester Jessica.«

Jessica errötete unter seinem Blick. Sie preßte die Lippen zusammen, um zu verhindern, daß sie zitterten.
Er machte keine Anstalten, den Mädchen die Hand zu reichen. »Kommen Sie herein«, sagte er kurz angebunden, drehte ihnen den Rücken zu und ging ins Haus.
Sie folgten ihm durch eine kleine Diele, von der aus eine Treppe nach oben führte, durch eine halb geöffnete Tür in einen Wohnraum, durch dessen Panoramafenster man einen Ausblick hatte, der den See zumindest ahnen ließ. Marty sah sich aufmerksam um und stellte fest, daß das Haus peinlich gepflegt und geschmackvoll eingerichtet war, wenn es auch nicht den großzügigen Schnitt ihres Elternhauses besaß.
Auf Tischchen und Konsolen standen sehr viel zerbrechliche Dinge, Vasen, Schalen und Figuren aus Porzellan, jedes einzelne gewiß sehr hübsch, aber Martys Ansicht nach wirkte das Zimmer dadurch überladen. Nichts lud dazu ein, es sich hier gemütlich zu machen.
In einem Sessel am Couchtisch saß eine überschlanke, fast magere Frau – wie hingegossen, war Martys innerer Kommentar –, das seidige blonde Haar in der Mitte gescheitelt und schulterlang. Sie blickte ihnen aus kühlen grauen Augen aufmerksam entgegen.
Manfred Probst räusperte sich. »Marty und Jessica Holzner«, sagte er, »meine Frau . . .«
»Leider kann ich nicht sagen, daß es mich freut, Ihre Bekanntschaft zu machen«, erklärte Irene Probst mit klarer Stimme.
Jessica machte eine Bewegung, als wollte sie die Flucht ergreifen, und Marty packte sie rasch beim Arm.
»Aber, Irene!« sagte Manfred Probst peinlich berührt.
»Erwartest du von mir, daß ich heuchle?«
Es war ihm anzusehen, daß er sie gern zurechtgewiesen

hätte, aber er beherrschte sich. »Natürlich nicht«, murmelte er.
»Setzen Sie sich!« sagte Irene, und es klang wie ein Befehl.
»Wir haben zwar nicht vor, länger als nötig zu bleiben, aber es ist sehr warm hier drinnen . . .« Marty öffnete zögernd ihren Anorak.
Manfred Probst machte einen Schritt auf sie zu und hatte schon die Hand gehoben, um ihr zu helfen.
»Die Garderobe ist gleich neben der Haustür«, sagte seine Frau scharf.
Er ließ die Arme sinken.
Marty zog ihren Anorak aus und half Jessica aus dem Mantel. Da sie Jessica mit den Kleidungsstücken nicht hinausschicken noch sie mit den Probsts allein lassen wollte, legte sie Anorak und Mantel nach kurzem Überlegen auf den Boden.
Irene Probst machte ein Gesicht, als hätte jemand seine Notdurft in ihrem gepflegten Wohnraum verrichtet. »Manfred, bitte!«
Er nahm Anorak und Mantel und brachte sie hinaus.
Wie ein dressierter Pudel, dachte Marty. Sie drückte Jessica, die noch nicht einmal den Blick gehoben hatte, in den Sessel, der durch die Längsseite des Tisches von Irene Probst getrennt war, und nahm sich selber den, der zwischen den beiden stand. »Ich nehme an, Ihr Mann hat Ihnen erzählt, um was es geht . . .«
»Eine schmutzige Geschichte!«
»Wenn Sie die Angelegenheit so bezeichnen wollen, dann sollten Sie aber auch nicht vergessen, daß Ihr Mann mindestens ebenso darin verwickelt ist wie unsere Mutter. Die Einstellung, daß dem Mann in moralischer Hinsicht alles erlaubt ist, der Frau hingegen nichts, haben wir ja zum Glück inzwischen längst überwunden.«

»Mein Mann hat damit nichts zu tun!«
»Ach ja?« fragte Marty überrascht.
Manfred Probst war, ohne daß sie es bemerkt hatten, wieder hereingekommen.
»Irene, bitte!« sagte er.
Doch Irene war nicht zu bremsen. »Er wird das auch vor Gericht beeiden!« trumpfte sie auf.
Marty sah zu ihm hoch. »Das würde ich Ihnen aber nicht raten!«
»Mein Mann verzichtet auf Ihre Ratschläge!« sagte Irene, nahe daran, ihre Beherrschung zu verlieren.
»Dann stünde nämlich sein Wort gegen das unserer Mutter, und wenn das erbbiologische Gutachten zugunsten von Jessica ausfällt«, fuhr Marty unerschüttert fort, »ist er auch noch wegen Meineids dran.«
»Ihre Mutter lügt!«
»Ich glaube, das können weder Sie noch ich beurteilen, und deshalb sind wir auch nicht hergekommen.« Marty wandte sich wieder Manfred Probst zu. »Ich wollte nichts weiter, als daß Sie sich Jessica einmal ansehen.«
»Na ja«, sagte er und setzte sich, da ihm kein anderer Platz übrigblieb, auf die Couch, wobei er Schwierigkeiten hatte, seine langen Beine unterzubringen.
Marty fiel es auf, daß Manfred und Irene Probst sehr verschieden waren. Die Situation war natürlich peinlich, aber er wirkte gehemmter, als nötig gewesen wäre. Sie konnte sich vorstellen, daß er sich ohne ihr Dabeisein wesentlich anders verhalten hätte. Seine Augen verrieten ihr, daß er Humor besaß, der aber bisher nicht auch nur für eine Sekunde spürbar gewesen war. Auch äußerlich paßten sie nicht recht zusammen. Während sein Haar leicht verwuschelt war, hatte sie sich mit großer Sorgfalt frisiert. Er trug eine beige Flanellhose mit passendem Hemd, keine Krawatte, sondern ein

geknotetes Tuch um den Hals, und eine sehr männlich wirkende braune Strickjacke. Sie hatte ein graues Seidenkleid an, das eine Spur zu elegant für diese Gelegenheit war.
Jetzt gab er sich einen sichtbaren Ruck und wandte sich an Jessica. »Ich nehme an, Sie gehen noch zur Schule?«
Jessica schluckte. »Ja ... das heißt ... nein«, brachte sie mühsam hervor.
»Wie soll ich das verstehen?«
»Bis vor kurzem bin ich zur Schule gegangen. Als ich noch in Düsseldorf war. Aber jetzt wohne ich ja bei meiner Schwester. In Köln.«
»Und da gibt es keine Schulen?« fragte er mit einem Anflug des Lächelns um die Augen. »Doch«, gab Jessica zu.
»Dann sollten Sie sich schleunigst anmelden, sonst verlieren Sie noch den Anschluß!«
Jessica hatte bisher die Lider mit den dichten, seidigen Wimpern gesenkt gehalten; jetzt sah sie ihn an, mit einem herzzerreißenden Blick ihrer schönen Augen. »Ach, das hat doch alles keinen Zweck!«
»Lernen ist immer wichtig. Ganz egal, wer Ihr Vater ist ...«
Jessica unterbrach ihn mit überraschender Wildheit. »Mir ist das nicht egal!«
»Natürlich nicht! So hatte ich es auch nicht gemeint. Entschuldigen Sie, ich habe mich wohl falsch ausgedrückt.«
Jessica sank wieder in sich zusammen. »Macht ja nichts. Vielleicht habe ich es auch nur in den falschen Hals gekriegt. Das passiert mir in letzter Zeit dauernd.«
»Tut mir leid.«
»Braucht es nicht. Übrigens können Sie ruhig ›du‹ zu mir sagen, auch wenn Sie nicht glauben, daß ich Ihre Tochter bin.«
»Glaubst du denn, daß ich dein Vater bin?«
Sie zuckte die Achseln. »Mutter hat es gesagt.«

»Aber da war sie wohl sehr aufgeregt.«

»Nein, viel früher schon, als Väterchen ... ich meine, als Hartmut es noch gar nicht wußte.«

»Da hat sie es dir gesagt?«

»Ja.«

»Aber warum denn?«

»Sie meinte, daß ich es wissen sollte. Und sie hat damals auch vorgeschlagen, daß wir uns mit Ihnen treffen. Aber ich wollte nicht.«

»Warst du denn gar nicht neugierig?«

»Doch. Schon. Aber nicht so sehr. Ich wollte, daß alles so bleiben sollte, wie es war, mit ... mit Hartmut und Mutter und mir.« Ihre Augen füllten sich mit Tränen.

»Ich denke, das genügt.« Irene erhob sich geschmeidig. »Jedenfalls weißt du jetzt, Manfred, daß sie nicht die geringste Ähnlichkeit mit dir hat.«

»Was besagt das schon?« Marty folgte ihrem Beispiel. »Jessica ähnelt ihrer Mutter, und ich komme ganz nach meinem Vater. Niemand, der es nicht weiß, würde mich für eine Tochter meiner Mutter halten.«

Auch Manfred Probst stand auf. »Ja, das stimmt«, sagte er.

Marty funkelte ihn an. »Sie werden lachen, aber ich nehme das als Kompliment.« Sie legte Jessica die Hand auf die Schulter. »Komm, Liebes, wir gehen.« Sie konnte sich nicht enthalten hinzuzufügen: »Du hast es überstanden.«

»Na, so schlimm war es doch wohl nicht«, sagte Manfred Probst unbehaglich.

»Das sollte kein Vorwurf sein. Wir danken Ihnen, daß Sie uns empfangen haben.« Sie nickte den Probsts kurz zu und wandte sich, Jessica im Schlepptau, zur Tür.

»Warten Sie, ich begleite Sie hinaus!« erbot er sich.

»Manfred!« protestierte Irene.

Doch diesmal hörte er nicht auf seine Frau, sondern folgte

ihnen in die Garderobe. Marty war angezogen, ehe er zugreifen konnte, aber Jessica ließ sich von ihm in den Mantel helfen.
»Wenn irgend etwas sein sollte«, sagte er und zog eine Visitenkarte aus der Jackentasche, »hier haben Sie meine Geschäftsadresse.«
Marty überflog die Karte, die er ihr in die Hand gedrückt hatte. »Probst & Sonderlich, Computer-Hard- und Software« stand darauf.
»Rufen Sie mich einfach an!« sagte er.
»Danke«, sagte Marty.
»Und du . . .« Er legte Jessica kurz zwei Finger unter das Kinn. ». . . sieh schleunigst zu, daß du wieder in die Schule kommst!«
»Ich will aber nicht!« entgegnete Jessica trotzig.
»Wir werden schon sehen!« meinte Marty. »Auf Wiedersehen, Herr Probst!« Sie stupste ihre Schwester in die Seite. »Na?«
»Auf Wiedersehn«, sagte Jessica leise.

Durch Jessicas Anwesenheit in Köln hatte sich Martys Leben zwangsläufig völlig geändert. Es war ja nicht so, daß die kleine Schwester auf Besuch bei ihr weilte, sondern sie war zu ihr geflohen. Selbst wenn sie sich ganz vergnügt gab, war sie im Inneren doch noch verstört, und Marty war in ständiger Sorge um sie. Die erste Begegnung mit ihrem mutmaßlichen Vater hatte auch nicht dazu beigetragen, Jessica die alte Sicherheit wiederzugeben.
Zum Glück konnte Marty es einrichten, viel Zeit zu Hause zu sein. Sie war in ihrem Studium schon so weit gediehen, daß sie die nötigen Scheine und die Bestätigungen für Mitarbeiten in Seminaren beisammen hatte. So brauchte sie praktisch keine Vorlesungen mehr zu besuchen und hatte

sich nur noch für solche eingeschrieben, die sie persönlich interessierten, wie »Deutsche Opernlibretti« und »Die Geschichte des europäischen Möbels vom Empire bis zur Art Nouveau«. Um Jessica nicht allein zu lassen, hatte sie sie anfangs mit in die Universität genommen. Aber die Schwester konnte weder das geringste Interesse für die Libretti noch für die Möbel aufbringen, sondern langweilte sich dermaßen, daß Marty es aufgab, und auch ihrerseits auf die Vorlesungen verzichtete. Sehr viel wichtiger als die eigene Bildung erschien es ihr, dem Mädchen über die schwere Zeit hinwegzuhelfen.
Auch zu Hause waren die ruhigen Stunden selten, in denen sie sich auf ihr Rigorosum vorbereiten konnte. Da sie schon ihr Thema für die Doktorarbeit hatte – »Das Kind auf dem deutschen Theater« –, aber noch nicht für die Prüfungen angemeldet war, entschloß sie sich, den Termin aufzuschieben. Im Grunde genommen wollte sie den Doktortitel mehr für den Vater als für sich selber, und so schien es ihr nur gerecht, daß er noch warten mußte, bis er von ihr als »Fräulein Doktor« sprechen konnte. Jessica liebte es, laute Musik zu hören, und Marty, die dabei keinen klaren Gedanken fassen konnte, mochte es ihr nicht verwehren, auch nicht, daß sie oft Stunde um Stunde vor dem Fernseher saß. Nur ihre Arbeit für das Fabriktheater erledigte Marty so diszipliniert wie eh und je, weil sie ihr am Herzen lag und sie den Posten als Dramaturgin auf keinen Fall verlieren wollte.
Natürlich empfand es Leberecht Kanzler als ungemein störend, daß er nicht mehr unangemeldet bei ihr ein- und ausgehen konnte. Da er ein großer Egoist war – was er auch selber immer wieder betonte –, empfand er Jessicas Existenz fast als persönliche Beleidigung. Aber er war auch intelligent genug einzusehen – wenn auch sehr widerwillig –, daß Marty sich der Verantwortung für ihre Schwester nicht ent-

ziehen konnte. Er kannte sie gut genug, um zu wissen, daß das mit ihrem Charakter nicht vereinbar gewesen wäre. So fand er sich denn ab und tröstete sich damit, daß das Zusammenleben der beiden Schwestern ja kein Dauerzustand und keine endgültige Lösung darstellte. Außerdem war er jetzt sehr mit der neuen Inszenierung und auch mit Birgit Herz beschäftigt. Was ihm fehlte, glaubte Marty, war nicht so sehr ihre bereitwillige Hingabe oder ein gutes Gespräch, sondern die Bequemlichkeit ihrer Wohnung. Trotzdem tat er ihr leid, aber sie konnte ihm nicht helfen.

Wenn er jetzt zu ihr kam, fast immer am späten Nachmittag nach Beendigung der Proben, durften weder der Fernseher noch die Stereoanlage laufen, das verlangte er kategorisch, und Jessica fügte sich, wenn auch schmollend. Martys und Kanzlers Gespräche über das Theater und immer wieder das Theater langweilten sie, und da sie sonst nichts mit sich anzufangen wußte, verließ sie, zur Erleichterung der beiden, meist die Wohnung. Aber natürlich war es nicht mehr das gleiche wie früher.

»Wie lange soll das noch so weitergehen?« pflegte er dann zu stöhnen. »Nicht mehr sehr lange«, erwiderte sie, »wenigstens im Vergleich zur Ewigkeit.«

»Du hast vielleicht Nerven!«

»Immerhin, es ist doch absehbar! Höchstens ein paar Monate, schlimmstenfalls bis zum Herbst. Glaubst du, es wäre für mich angenehm?«

Tatsächlich war es für Marty, die gewohnt gewesen war, ganz frei und ungebunden zu leben, oft qualvoll, nun von früh bis spät auf die Schwester Rücksicht nehmen zu müssen. Am meisten peinigten sie die endlosen Wiederholungen dessen, was geschehen war und wie es dazu hatte kommen können, in die Jessica sie immer wieder verwickelte. Nur zu gern hätte Marty gesagt: Schluß damit! Jetzt habe ich

endgültig genug davon! Aber sie tat es nicht, weil sie glaubte, daß Jessica ihr Schicksal so am besten verarbeiten könnte. So mußte sie sich denn immer wieder bereitfinden, die Fragen zu erörtern: Wie konnte Molly nur? Warum ist Hartmut so? Ob Manfred Probst wirklich mein Vater ist?
Über ihre Zukunft, die Marty viel wichtiger erschien, machte sich Jessica weit weniger Gedanken. Sie war fest entschlossen, nicht mehr in die Schule zu gehen, bis sich ihre Situation geklärt hatte. Lernen war für sie nie anregend, sondern immer nur eine Pflicht gewesen. In diesem Punkt versagte Martys Einfluß völlig.
»Was soll ich noch in der blöden Schule?« pflegte Jessica zu sagen. »Ich muß ja doch bald Geld verdienen, und dann kommt es nicht darauf an, ob ich länger oder kürzer auf der Penne gewesen bin. Bis zur Mittleren Reife reicht's ja doch nicht.«
»Was redest du denn da? Hartmut wird dich doch niemals ganz fallenlassen, und mit seinen dreihundert Mark ziehe ich dich bis zum Abschluß schon mit durch.«
»Noch zwei Jahre? Du mußt verrückt sein, wenn du so etwas vorschlägst. Gib zu: Ich falle dir doch jetzt schon auf den Wecker.«
Marty war zu ehrlich, um ihr zu widersprechen. »Das würdest du nicht tun, wenn du etwas mit dir anzufangen wüßtest. Wir würden sehr viel besser miteinander auskommen, wenn wir nicht dauernd zusammenhocken würden.«
»Dazu zwingt dich niemand! Ich kann mich sehr gut allein beschäftigen.«
»Aber nicht nützlich! Es wäre viel besser, wenn du wieder zur Schule gehen, wenn du lernen würdest . . .«
»Wozu? Es hat doch keinen Sinn! Als Beschäftigungstherapie ist mir das wirklich zu anstrengend.«
So drehten sich auch diese Unterhaltungen immer nur im

Kreis. Marty verstand schon, daß Jessica in der ungeklärten Situation Mühe gehabt hätte, sich zu konzentrieren, aber sie hatte sie doch auch im Verdacht, den schlimmen Anlaß auszunutzen, sich vor der Schule zu drücken. Aber da war nichts zu machen.
Schließlich brachte sie sie wenigstens dahin, sich zu einem Kurs in Stenographie, Schreibmaschine und kaufmännischem Rechnen in einer privaten Handelsschule, dem »Hörmannschen Institut«, einzuschreiben. Martys Argument, daß sie sich in irgendeiner Form auf das möglicherweise bald bevorstehende Berufsleben vorbereiten müßte, hatte sie nichts entgegenzusetzen.
Allerdings träumte Jessica inzwischen von einer anderen Zukunft. Falls Manfred Probst für sie zahlen mußte oder Molly es nach erfolgter Scheidung können würde, wollte sie auf ein Internat, und sie wußte auch schon genau, wohin. Ihre Freundin Bettina war im vergangenen Herbst auf ein Schloßinternat nach Oberbayern gekommen, und sie hatte in den Weihnachtsferien so begeistert davon erzählt, daß sie ihre früheren Klassenkameradinnen damit angesteckt hatte. So verlockend das Internatsleben Jessica auch erschienen war, hatte sie damals allerdings doch nicht ernstlich daran gedacht, ihr Elternhaus zu verlassen. Inzwischen aber war alles anders geworden, und sie sehnte sich danach, fortzukommen. Außerdem war das Internat Bettinas Erzählungen nach sehr teuer und sehr exklusiv, und gerade das hielt Jessica für durchaus angemessen. Die Vorstellung, daß die Erwachsenen, die sie in diesen Schlamassel hineingerissen hatten, finanzielle Opfer für sie bringen sollten, gefiel ihr ganz besonders.
Marty hätte es liebend gern gesehen, wenn Jessica weniger hohe Ansprüche gestellt hätte, aber sie wagte nicht, ihr Vernunft zu predigen, weil sie verstand, daß das Mädchen ei-

nen Traum brauchte, an den sie sich klammern konnte. Um sie abzulenken und vom Fernseher loszureißen, fuhr sie oft mit ihr in die Innenstadt, lief mit ihr über die Hohe Straße, zeigte ihr die Altstadt, führte sie ins Wallraf-Richartz-Museum und in Kunstgalerien, ging auch mit ihr ins Kino oder ins Theater.

Aber Jessica zeigte für alles, was nicht sie selber betraf, nur mäßiges Interesse. Immerhin fing sie allmählich an, sich in Köln auszukennen.

Als ihre Kurse in der Handelsschule begannen, wurde es etwas besser. Zwar lernte sie dort keine gleichaltrigen jungen Leute kennen, denn diese Kurse waren vornehmlich für Berufstätige gedacht und fanden erst in den Abendstunden statt, aber der sehr straff geführte Unterricht zwang sie, sich anzustrengen, und das tat ihr gut. Da sie Zeit und Gelegenheit hatte, tagsüber zu lernen und zu üben, war sie eine der Besten, und das stärkte ihr Selbstgefühl. Dazu kam, daß es Frühling geworden war, nicht nur die Natur, sondern auch die Stadt schien aufzuleben.

Jessica wurde spürbar selbständiger. Morgens kam sie mit mehr Schwung aus dem Bett und verbrachte den Vormittag damit, sich mit Steno und Schreibmaschine zu beschäftigen, was ihr einen Vorwand bot, die Hausarbeit links liegenzulassen. Marty drängte sie nicht weiter dazu, denn sie war auch vorher keine große Hilfe gewesen. Sie war froh, daß die Schwester beschäftigt war und ihre Studien ernst zu nehmen schien. Obwohl die Abendkurse erst um achtzehn Uhr anfingen, verließ Jessica die Wohnung jetzt oft schon am frühen Nachmittag, um vorher durch die Stadt zu bummeln. Eine ihrer Lieblingsbeschäftigungen bestand darin, in den großen Kaufhäusern die neueste Mode aus- und anzuprobieren. Das machte ihr Spaß, wie sie Marty erzählte, wenn es ihr auch an Mitteln fehlte, sich etwas zu kaufen. Die sparsame Marty steckte ihr, wann immer es ihr möglich war, ein bißchen Geld zu, damit sie wenigstens ein T-Shirt, einen Rock, Strümpfe oder Sandalen erstehen konnte.

Eines Abends, als sie vom Unterricht nach Hause kam, eröffnete sie Marty: »Eigentlich gefällt es mir ganz gut hier in Köln.«

»Das freut mich.«

»Ich lebe richtig gern hier.«

Dazu äußerte Marty sich nicht, sondern wartete ab, denn sie kannte ihre Schwester gut genug, um zu wissen, daß sie noch etwas in petto hatte.

»Ich finde es direkt gut, daß alles so gekommen ist«, fuhr Jessica denn auch unaufgefordert fort, »sonst wäre ich bestimmt noch lange das dumme kleine Baby geblieben. Es ist ein Glück, daß ich mein Leben jetzt selber gestalten kann!«

Als Marty weiter schwieg und sie nur aufmerksam ansah, fragte sie herausfordernd: »Warum sagst du denn nichts?«

»Ich warte ab, worauf du hinauswillst.«

»Es ist einfach so ...« Jessica setzte sich neben Marty auf das Sofa und legte den Arm um sie, »... ich finde es falsch, alles davon abhängig zu machen, wie das nun mit der Vaterschaftsfeststellung und mit der Scheidung ausgeht.«

»Aber du bist ziemlich abhängig davon, scheint mir.«

Jessica zog ihren Arm zurück. »Nicht, wenn man es genau betrachtet. Weißt du, ich habe mich entschlossen, in Köln zu bleiben.«

Marty hatte Mühe, ihren Schrecken zu verbergen.

»Nicht bei dir natürlich!« fügte Jessica rasch hinzu. »Ich werde schon irgendwo eine Unterkunft finden.«

»Du kannst nicht allein leben, bevor du achtzehn bist.«

»Es gibt ja Mädchenwohnheime, ich habe mich erkundigt, und vielleicht finde ich auch einen Arbeitgeber, der mir eine Wohngelegenheit bieten kann. Ich will mich nämlich, so-

bald ich meine Kurse absolviert habe, voll ins Berufsleben stürzen. Was sagst du dazu?«
»Es kommt etwas überraschend.«
»Aber es ist doch gut, nicht wahr? Warum soll ich zurück auf das blöde Gymnasium? Steno und Maschine liegen mir viel mehr, und sogar mit dem kaufmännischen Rechnen werde ich besser fertig als mit Mathe.«
»Man braucht eine gewisse Grundbildung, um im Beruf vorwärtszukommen, wenn schon nicht Abitur, dann doch wenigstens Mittlere Reife. Ganz davon abgesehen, daß es schwer für dich werden wird, überhaupt eine Stellung zu finden, wirst du kaum genug verdienen, um davon leben zu können.«
»Vielleicht habe ich ja Glück, und Molly oder Manfred Probst werden zahlen!«
»Also doch!«
Jessica sprang auf. »Du bringst einen immer dahin, wo du einen haben willst! Gräßlich!«
»Ich finde es nun mal dumm, sich so früh wie möglich ins Berufsleben zu stürzen, wenn man die Chance zu einer gründlichen Ausbildung hat. Du würdest das später noch schwer bereuen. Wie steht es eigentlich mit deinem Deutsch? Es nützt dir gar nichts, wenn du so flink wie ein Wiesel stenographieren kannst, und es hapert mit der Grammatik und Orthographie.«
»Ich wußte ja, du würdest mich nicht verstehen!« Jessica stampfte mit dem Fuß auf.
»Das ist auch kaum möglich, wenn du nicht ehrlich bist.«
»Willst du behaupten, daß ich lüge?«
»Dein plötzlicher Entschluß, in Köln zu bleiben . . .«
»So plötzlich kommt der gar nicht, ich habe lange darüber nachgedacht.«
»Das glaube ich dir sogar. Aber du verschweigst mir den

Anlaß. Komm, setz dich wieder, hol dir ein Glas und trink einen Schluck Wein mit mir. Dann werden wir miteinander reden wie zwei erwachsene Menschen.«

Jessica gehorchte widerwillig und mit einer Miene, die deutlich zeigte, daß sie sich für eine Märtyrerin hielt, die nirgends auf Verständnis hoffen konnte.

»Wie heißt er?« fragte Marty sanft.

Jessica fuhr zusammen. »Wieso? Wie kommst du darauf?«

»Ach, Liebes, du brauchst mir doch nichts vorzumachen. Du hast jemanden kennengelernt. Wie lange läuft das schon?«

»Laufen tut gar nichts.«

Marty lächelte sie ermutigend an. »Los, erzähl! Ich bin neugierig.«

»Er ist so toll, er ist so fabelhaft, so wunderbar«, platzte Jessica heraus, »daß ich ihn dir gar nicht schildern kann!«

»Versuch's wenigstens!«

»Ich kann ihn nicht beschreiben.«

»Wie heißt er denn?«

»Philipp.«

»Und weiter?«

Jessica zuckte hilflos die Achseln. »Weiß ich nicht.«

»Wie sieht er aus?«

»Groß und schlank und blond! Er hat das Haar so zu einem Schwänzchen zusammengebunden, und er hat die tollsten Augen, die du dir vorstellen kannst, ganz tief dunkelblau, und wenn er mich anguckt, wird mir ganz anders.«

»Und was treibt er so? Wovon lebt er? Oder ist er noch Student?«

»Er ist Pflastermaler.«

»Pflastermaler?« wiederholte Marty entgeistert.

»Nicht nur!« stellte Jessica rasch richtig. »Als Pflastermaler nimmt er jedenfalls Geld ein, und dabei habe ich ihn auch kennengelernt. Aber er macht auch andere Sachen, sonst

brauchte er ja kein Atelier, und er hat mir gesagt, daß er eins hat, und er hat auch versprochen, es mir zu zeigen.«
Marty spürte zum ersten Mal in ihrem Leben, wie es einer Mutter zumute sein mußte. Sie kämpfte gegen den heftigen und ganz unvernünftigen Wunsch, Jessica kategorisch zu verbieten, diesen Pflastermaler je aufzusuchen, ja, auch nur wiederzusehen.
»Das klingt interessant«, sagte sie statt dessen mit schwacher Stimme.
»Er ist interessant! Ein ganz toller Typ! Gegen den kann keiner deiner Theater-Heinis auch nur anstinken!«
»Würdest du es mir übelnehmen, wenn ich ihn auch kennenlernen möchte?«
»Aber warum denn? Dir wird er bestimmt auch gefallen. Komm einfach morgen mit! Ich zeige ihn dir.«
»Ich würde ihn mir lieber erst mal allein ansehen.«
»Aber das kannst du doch. Ich bin sicher, er ist auch vormittags auf der Straße. In der Fußgängerzone, weißt du. Da ist jetzt im Frühling überhaupt was los.«
»Ja, so machen wir es!« Marty stellte mit Erstaunen fest, daß sie erschöpft war wie nach einer schweren körperlichen Anstrengung. »Ich sehe ihn mir morgen an.«
»Aber glaub nur nicht, daß du ihn mir ausreden kannst! Ich gebe ihn nicht auf! Niemals!«

Als Marty sich durch den Kreis der Neugierigen gedrängt hatte, erkannte sie ihn sofort. Er kniete auf der Straße, und in dieser Haltung war nicht auszumachen, ob er wirklich so groß war, wie Jessica ihn beschrieben hatte, aber sie wußte einfach, daß er es sein mußte. Sein langes blondes Haar war im Nacken zusammengebunden und schimmerte in der Frühlingssonne, die zwischen den hohen Häusern hindurch gerade auf jenen Platz fiel, auf den er mit dicken Stiften

große bunte Figuren auf das Pflaster malte. Er zog die Linien sehr genau und mit erstaunlicher Schnelligkeit, und die Gaffer, die ihn umringten, schienen ihn nicht zu stören.
Für Marty war dieser Anblick noch schlimmer, als sie erwartet hatte. Der Mann trug abgewetzte Jeans, auf deren Knie dicke Flicken gesetzt waren, und dazu einen vielfach durchlöcherten grauen Pullover. Neben ihm lag eine Mütze, in die hin und wieder – sogar erstaunlich oft, fand Marty – ein Geldstück fiel.
Sie war entsetzt. Wenn Kanzler sie ab und zu mit ihren bürgerlichen Vorurteilen – wie er es nannte – aufgezogen hatte, hatte sie es hingenommen, ohne sich gekränkt zu fühlen, denn sie war ganz sicher gewesen, daß dieser Vorwurf nicht zutraf. Jetzt aber sträubte sich alles in ihr gegen diese erniedrigende Art, sein Leben zu fristen. Zudem konnte der Mann gar nicht einmal sehr jung sein, sicher ging er schon auf die Dreißig zu und kniete da auf der Straße und machte sich zum Gespött.
»Wie der das macht!« sagte ein junges Mädchen neben ihr.
»Das ist aber auch alles, was der kann!« dämpfte der Freund ihre Bewunderung.
»Sicher! Aber hübsch ist es trotzdem!«
»Der sollte auch lieber was Nützliches tun«, bemerkte eine dicke Frau mit Einkaufstasche.
»So was wie der gehört verboten«, stimmte eine andere zu.
Dennoch wurde jeder, der sich aus der Gruppe löste, gleich durch einen neuen Zuschauer ersetzt, und selbst die, die schimpften, zahlten meist, wenn auch mit verächtlicher Geste.
Marty konnte sich nicht losreißen. Jetzt hatte sie ihn also gesehen, aber dabei konnte sie es nicht bewenden lassen. Sie wußte, daß jeder Versuch, Jessica zu warnen, ihr klarzumachen, daß dieser Mann unmöglich war und in keiner Weise

zu ihr paßte, zum Scheitern verurteilt war. Also mußte sie sich an ihn wenden. Aber sie wußte nicht, wie sie das anfangen sollte. Noch nie war sie sich so hilflos vorgekommen.
Schließlich sagte sie: »Philipp!«
Er blickte auf, und seine Augen wirkten fast schwarz im Gegenlicht; er musterte sie sehr aufmerksam, mit einem kleinen, wie es Marty schien, sehr ironischen Lächeln.
»Ich möchte Sie sprechen!«
Er hatte sich schon wieder seinen Zeichnungen zugewandt.
»Leg los!«
Obwohl sie es vom Theater her so gewohnt war, ärgerte es sie, daß er sie so ohne weiteres duzte. »Nicht hier«, sagte sie.
»Um zwölf mach' ich Mittag.«
Es war gerade erst elf vorbei, und Martys Ärger wuchs; wütend öffnete sie ihr Portemonnaie, holte einen Geldschein heraus und warf ihn in seine Mütze. »Dafür wirst du wohl jetzt schon eine Pause machen können!« Gleichzeitig wurde ihr bewußt, daß sie es so schlecht wie nur möglich anfing, denn wenn sie auch einen Bettler in ihm sah, so war *sie* es doch, die etwas von ihm wollte und nicht umgekehrt. Sie hätte sich nicht gewundert, wenn er jetzt gar nicht mehr mit ihr geredet hätte.
Aber er sah erst in seine Mütze, dann auf sie, sein Lächeln vertiefte sich, und er sprang auf die Füße. »Wenn dir soviel daran liegt!« Mit geübten Griffen sackte er das Geld ein, stülpte sich die Mütze auf den blonden Kopf und verstaute seine Stifte in einer alten Zigarrendose. »Zu Ihren Diensten, Madame!«
Jetzt, da er vor ihr stand, stellte sie fest, daß er wirklich sehr groß war, einen guten Kopf größer als sie selber mit ihren 1,68, und seine Augen waren so blau, wie Jessica sie beschrieben hatte, kobaltblau. Er hatte ein gut geschnittenes

Gesicht mit einer von Wind und Wetter gegerbten Haut, die jetzt schon, da der Frühling gerade erst begonnen hatte, leicht gebräunt war.
Plötzlich wurde ihr bewußt, daß er sie genauso aufmerksam und mit unverhohlener Neugier ansah wie sie ihn, und dann geschah ihr etwas Merkwürdiges: Sie wurde von einem nie gekannten Gefühl gepackt, das wie ein Sturm war, sie aus sich selber herausriß und alles um sie her unwirklich erscheinen ließ bis auf ihn, diesen seltsamen Mann, durch dessen durchlöcherten Pullover die nackte Haut schimmerte. »Hoppla!« sagte er besorgt. »Du kippst mir doch nicht um?«
Sie spürte selber, daß sie nahe einer Ohnmacht war, und brauchte all ihre Willenskraft, um sich zusammenzureißen.
»Nein«, sagte sie mühsam und zwang sich, tief durchzuatmen, »es geht schon wieder.«
»Was ist denn los mit dir?« fragte er und schob ganz selbstverständlich seine Hand unter ihren Ellenbogen.
Seine Berührung machte es noch schlimmer. Sie machte sich los, kam sich kindisch vor, wußte aber, daß sie es nicht hätte aushalten können. »Nichts«, sagte sie und merkte zu ihrem Entsetzen, daß ihre Stimme flehend klang, »gar nichts.«
»Ich glaube, was du brauchst, ist ein Schnaps.«
»Kann schon sein.«
Er setzte sich in Bewegung, und sie folgte ihm, sorgsam darauf bedacht, einen Schritt hinter ihm zu bleiben, in der Hoffnung, ihr inneres Gleichgewicht wiederzufinden, wenn er sie nur nicht mehr ansah. Er bog in eine Nebenstraße ein, noch einmal um eine Ecke und noch einmal. Sie achtete gar nicht auf den Weg. Es war ihr gleichgültig, wohin er sie führte. Ihr Verstand war vollauf damit beschäftigt, sich gegen ihn zu wappnen und ihr in Aufruhr geratenes Gefühl in den Griff zu bekommen.

Als er stehenblieb, unvermittelt, wie ihr schien, wäre sie fast gegen ihn geprallt und mußte an sich halten, nicht mit einem Satz zurückzuspringen, um sich in Sicherheit zu bringen. Sie war dankbar, daß er selber einen Schritt von ihr weg und eine Stufe hinaufging.

»So, da wären wir«, sagte er mit einer knappen Handbewegung. Marty erkannte, daß sie vor einer Kneipe angekommen waren. Ein mit Schmiedeeisen verziertes Wirtshausschild verkündete: »Zum Fäßchen«, und auf einer Schiefertafel stand: »Heute frische Miesmuscheln«. Alles wirkte sauber und einladend, und Marty wunderte sich, daß Philipp sich traute, in seiner zerlumpten Kleidung einzutreten. Er tat es mit der ihm eigenen Selbstverständlichkeit und hielt ihr die Eingangstür auf.

Drinnen war es dunkel und kühl, und Marty brauchte einige Sekunden, um sich an die veränderten Lichtverhältnisse zu gewöhnen. Der Raum war trotz der frühen Stunde schon gut besucht. Die Gäste waren einfach, aber doch durchaus bürgerlich gekleidet. Niemand nahm an Philipps Aufmachung Anstoß. Offenbar war er hier bekannt. Inzwischen hatte er schon den Wirt begrüßt, einen stämmigen, rotgesichtigen Mann, der hinter der Theke stand und aus einem Hahn Bier in ein Glas einlaufen ließ. Jetzt steuerte er auf einen leeren Tisch zu, stellte die Zigarrenkiste mit den Kreiden auf einen Stuhl, legte seine Mütze daneben und blieb stehen, wohl eher aus Besorgnis als aus Höflichkeit, bis Marty näher gekommen war. Dann setzte er sich. Nach kurzem Überlegen wählte Marty den Stuhl, der seinem gegenüberstand.

Inzwischen war ein schmaler behender Junge an ihren Tisch gekommen, der »Köbes«, der die für seine Stellung als Kellner bezeichnende grüne Schürze umgebunden hatte. »Tag, Philipp«, sagte er, »was darf's denn heute sein?«

Philipp lächelte freundlich zu ihm hoch. »Zwei Kölsch und zwei Steinhäger!« Dann richtete er den Blick auf Marty. »Oder möchtest du erst was essen?«
Marty schüttelte den Kopf.
»Vielleicht ein Solei?« fragte er und fügte offen hinzu: »Du siehst ziemlich verhungert aus, weißt du.«
»Ich . . . ich habe ganz gut gefrühstückt«, krächzte Marty.
»Dann bleibt's beim Flüssigen«, entschied er.
Während sie auf die Getränke warteten, schwiegen sie. Marty, weil sie nicht die Kraft hatte, ein überflüssiges Wort hervorzubringen, er, weil er ihr Zeit lassen wollte. Aber er beobachtete sie, nicht so offen wie bei ihrer ersten Begegnung, sondern unter halb gesenkten Lidern. Seine blonden Wimpern waren sehr dicht und für einen Mann ungewöhnlich lang. Sein Blick war nicht dazu angetan, ihr die gewohnte Sicherheit zurückzugeben, nach der es sie so sehr verlangte.
»Was siehst du mich so an?« platzte sie wütend heraus.
»Keine böse Absicht«, erwiderte er friedfertig, »nur eine dumme Gewohnheit.«
»Die Leute in Verwirrung bringen?«
»Nein, absolut nicht! Es ist mir nur in Fleisch und Blut übergegangen, mir das Bild von Dingen und Menschen fest einzuprägen. Hängt mit meinem Beruf zusammen.«
»Mit deiner Pflastermalerei?« fragte sie verächtlich und wußte selber nicht, warum sie den heftigen Wunsch hatte, ihn zu verletzen.
Er lächelte nur, und sie hätte ihm ins Gesicht schlagen mögen.
»Wo nimmst du das Recht her, so gottverdammt erhaben zu tun?« fuhr sie ihn an.
»Das kommt dir nur so vor, weil du ein bißchen durcheinander bist.«

»Du bist es wohl gewohnt, die Leute durcheinanderzubringen!«
»Nein.«
»Meine Schwester jedenfalls . . .« Sie unterbrach sich.
Der Köbes kam mit einem Tablett und stellte die Gläser vor sie hin. »Zum Wohl!«
»Danke!« Philipp hob sein Schnapsglas, wartete, bis Marty einen Schluck genommen hatte, und trank erst dann. »Besser?«
»Ja«, sagte Marty und kippte den Rest; Wärme und eine leichte Beruhigung breiteten sich in ihrem Inneren aus.
»Noch einen?« fragte er.
»Lieber nicht.« Sie rang sich ein Lächeln ab. »Ich muß dir wohl sehr dumm vorkommen?«
»Nein«, erwiderte er ernsthaft, »eher ein bißchen verrückt.«
»Ich bin in großer Sorge . . .« begann Marty und wußte nicht weiter.
»Du wolltest mir etwas von deiner Schwester erzählen«, half er ihr.
»Ich bin in großer Sorge wegen meiner Schwester«, sagte Marty und konnte sich nicht erinnern, jemals die Worte so mühsam zusammengesucht zu haben, »sie ist nämlich erst fünfzehn und . . .« Sie stockte und nahm einen neuen Anlauf: »Du kennst sie!«
»Schon möglich. Ich komme mit vielen Leuten zusammen. Das ergibt sich so.«
»Du hast sie in dein Atelier eingeladen.«
Jetzt war er überrascht. »Ernsthaft?«
»Jedenfalls nimmt sie es sehr ernst.«
»Ach so! Und du fürchtest, ich könnte sie vernaschen?«
»Mach dich nicht lustig, bitte nicht!«
»Ich finde es wirklich komisch. Sehe ich so aus, als würde ich mich an kleine Mädchen heranmachen?«

»Vielleicht hat sie dir ja weisgemacht, daß sie schon über achtzehn ist. Wenn sie sich zurechtmacht, wirkt sie älter.«

»Vielleicht sollten wir uns erst mal darauf einigen, von wem wir reden.« Er nahm einen Schluck Bier. »Wer ist deine Schwester?«

»Sie heißt Jessica.« Als er ein verständnisloses Gesicht machte, fügte sie hinzu: »Sie hat keine Ähnlichkeit mit mir. Sie ist sehr hübsch ... eine Schönheit. Große blaue Augen, blonde Locken, ein reizendes Mädchen. Du mußt dich doch an sie erinnern.«

»Die also!« sagte er. »Ja, ich weiß. Sie kommt fast täglich.«

»Ich kann ihr das nicht ausreden, und ich kann es ihr auch nicht verbieten, und das macht mich ganz verrückt. Sie wohnt bei mir, ich bin für sie verantwortlich.«

»Keine Eltern?«

»Doch, aber ... das ist eine schlimme Geschichte, ich möchte dich nicht damit langweilen.«

»Das tust du gar nicht.«

Voller Staunen merkte Marty, daß es ihr nichts ausgemacht hätte, diesem wildfremden Mann alles zu erzählen; es fiel ihr geradezu schwer, sich zu bremsen. »Du darfst nicht glauben, daß ich eine Glucke bin«, verteidigte sie sich statt dessen, »ich weiß, die Mädchen fangen heute früher an mit ... na, du weißt schon ...«

»Mit der Liebe?«

»Sex meine ich.« Marty trank, weil ihr der Mund trocken geworden war. »Wenn sie noch zu Hause lebte, wenn alles in Ordnung wäre, würde ich mich darum überhaupt nicht kümmern. Es wäre mir egal, selbst wenn sie an einen wie dich geriete.«

»Danke«, sagte er stillvergnügt.

»Das soll keine Beleidigung sein, bloß ... du bist zu alt und ... ach was, warum erkläre ich dir das, du weißt es doch selber. Was ich eigentlich sagen wollte: Sie hat sehr viel durchgemacht in den letzten Monaten. Man hat ihr sozusagen den Boden unter den Füßen weggezogen. Auch wenn sie dir ganz vergnügt vorgekommen ist, sie ist verstört.«

»Ja«, sagte er überraschend, »das habe ich gemerkt.«

»Tatsächlich?« fragte sie erstaunt.

»Wundert dich das? Für mich war es offensichtlich, und deshalb habe ich mich auch ein bißchen mit ihr befaßt ... mit ihr gequatscht und so. Es schien mir, daß sie das nötig hatte.«

»Nein«, sagte Marty steif, »sie braucht keinen Fremden, der sich um sie kümmert. Ich bin ja immer für sie da.«

»Das genügt wohl nicht«, entgegnete er ruhig. »Es heißt zwar, in diesem Alter braucht ein Mädchen eine Mutter. Diese Rolle hast du übernommen und sicher mit Erfolg. Ich meine aber, daß ein junges Mädchen genausosehr den Vater braucht.«

»Willst du behaupten, du bringst ihr väterliche Gefühle entgegen?«

»Überhaupt keine. Nur ein bißchen Mitleid und Menschenliebe.«

»Dann wird es dir auch nicht schwerfallen, sie in Ruhe zu lassen.«

»Ich habe sie nie belästigt, und ... ich weiß schon, was du jetzt sagen willst ... sie mich auch nie. Sie schaut mir nur zu wie alle anderen auch, wir wechseln ein paar Worte miteinander, machen Witze ... Einmal habe ich sie zu einem Eis eingeladen. Das ist auch schon alles.«

»Sie verrennt sich in eine Schwärmerei!«

»Das ist üblich in diesem Alter, habe ich mir sagen lassen.«

»Du hast selber zugegeben, daß sie verstört ist. Noch eine Enttäuschung mehr könnte sie nicht verkraften.«

»Ich werde sie nicht enttäuschen.«

Marty begriff, daß sie einen Punkt erreicht hatte, von dem aus es nicht mehr weiterging. Sie war erschöpft und zugleich immer noch seltsam erregt. Ihr war nicht bewußt, wie flehend sie ihn ansah.

»Du mußt dir keine Sorgen machen«, sagte er, »ich arbeite ja nicht dauernd auf der Straße. Nur sechs Wochen. Man braucht dafür eine Lizenz. Im Sommer setze ich aus. Vielleicht noch einmal dann im Herbst.«

Das hätte Marty beruhigen können, aber zu ihrer eigenen Überraschung fragte sie: »Was machst du, wenn du nicht malst?«

»Wenn ich nicht pflastermale, meinst du? Malen tue ich immer.«

»Ja. Wovon lebst du?«

»Ich schlage mich so durch, mache, was gerade anfällt.«

»Findest du denn so leicht einen Job?«

»Ich habe da meine Beziehungen. Gewisse Drecksarbeiten gehen immer.«

»Drecksarbeiten?« Marty erschauerte bei dem Wort.

»Na, zum Beispiel Töpfe und Pfannen schrubben in einer Wirtshausküche. Lange macht das niemand, und die wechseln auch gern alle paar Wochen das Personal, weil sie dadurch Steuern und Sozialabgaben sparen.«

Marty war nahe daran zu fragen: Und so ein Leben gefällt dir? Aber sie verkniff es sich, weil sie einsah, daß es sie nichts anging.

Er sah sie an, mit jenem Blick, der sie ins Herz traf, und sagte lächelnd:

»Deine Zurückhaltung ehrt dich.«

Sie fuhr zusammen. »Wie meinst du das?«

»Du hast mir doch gerade Vorhaltungen machen wollen, daß das kein Leben für einen Mann von achtundzwanzig Jahren ist.«

»Nein«, log sie, »überhaupt nicht. Du mußt selber wissen, was du tust.«
»Die Mißbilligung stand dir im Gesicht geschrieben. Du brauchst dich nicht zu entschuldigen. Du bist eben der Typ, der sich über andere Leute Gedanken macht.«
»Nur über meine Schwester.«
»Was mich betrifft, kannst du ganz unbesorgt sein. Ich rühre sie nicht an, bevor sie sechzehn ist.«
Marty zuckte zusammen; Jessicas Geburtstag war im Juni.
»Das war ein Scherz«, sagte er heiter.
»Wahnsinnig komisch. Ha, ha, ha.«
Sie saßen vor leeren Gläsern.
»Willst du noch was trinken?«
»Nein, danke. Aber vielleicht winkst du dem Köbes, daß ich zahlen kann.«
Sie wußte selber nicht, warum sie hoffte, daß er sich gegen ihre Einladung wehren würde. Aber er tat es nicht, sondern nahm sie an und ließ es zu, daß sie die kleine Zeche beglich.
»Danke«, sagte er nur, »es war nett mit dir.« Er stand auf. »Ich muß jetzt wieder an die Arbeit.« Er setzte seine Mütze – sie war aus schottisch kariertem Stoff – keck auf das blonde Haar und klemmte sich die Zigarrenkiste unter den Arm. »Du begleitest mich doch ein Stück?«
Sie war ebenfalls aufgestanden und sagte unnötig patzig, wobei sie sich selber kindisch vorkam: »Es wird mir wohl nichts anderes übrigbleiben!« Es wäre ihr schwergefallen, sich allein aus dem Gewirr der Gassen herauszufinden.
Er lachte und verließ, nach allen Seiten grüßend, das Lokal. Draußen blieb er stehen, um auf sie zu warten. »Wie heißt du eigentlich?« fragte er.
»Warum?«
»Na hör mal! Jetzt haben wir über 'ne Stunde miteinander

geredet, und du willst mir nicht mal deinen Namen nennen.«

»Marty.«

»Wie weiter?«

»Das tut doch nichts zur Sache.«

»Vielleicht möchte ich dich mal anrufen.«

Martys Herz tat einen Sprung, aber sie rief sich sofort zur Raison. »Nein!« sagte sie heftig, wurde sich bewußt, daß sie unhöflich gewesen war, und fügte hinzu: »Ich habe keine Zeit. Ich muß arbeiten.«

»Da sieh mal an! Ich hatte dich für eine Studentin gehalten.«

Sie gingen jetzt, anders als auf dem Hinweg, nebeneinander her.

»Bin ich auch«, gab sie zu, »aber ich arbeite außerdem noch als Dramaturgin beim Fabriktheater.«

Er schien nicht beeindruckt. »Wenn ihr mal eine Hilfskraft fur den Umbau braucht oder so«, sagte er, »dann denk an mich!«

»Das würde dir nichts nutzen. Die zahlen minimal, und die Hilfskräfte arbeiten meist umsonst, aus Spaß an der Freud.«

»Aber du finanzierst dir doch auf diese Weise dein Studium.«

»Nein, das bezahlt mein Vater. Ich verdiene mir nur etwas nebenbei. Aber nicht deshalb mache ich es, sondern um praktische Erfahrungen zu sammeln. Ich verbessere damit meine Chancen, später eine richtige Stellung zu bekommen.« Sie fand, daß sie zu redselig war, und verstummte.

»Warum erzählst du nicht weiter?«

»Es kann dich ja nicht interessieren.«

»Doch. Ich erfahre immer gern was Neues.« Er schob seine freie Hand unter ihren Ellenbogen.

Sie spürte die unheimliche Anziehungskraft, die von ihm ausging. Sie durchströmte ihren Körper stärker als ein elektrischer Impuls und erfüllte sie vom Schoß bis zum Hirn mit berstender Erregung. Es war ein ungeheures Gefühl, und sie wußte, daß sie es nicht sehr lange aushalten würde. Mit großer Kraftanstrengung riß sie sich von ihm los und sagte tonlos: »Ich habe dich ja auch nicht ausgefragt.«

»Was willst du wissen?«

»Warum du dich so durchschlägst, wie du es tust. Was soll das für einen Sinn haben? Du könntest doch sicher auch einen ordentlichen Job finden, wenn du nur wolltest.«

»Gebrauchsgraphik oder so etwas? Jetzt redest du wie meine Mutter.«

»Versteh mich richtig, ich will dir nicht reinreden. Ich will nur wissen, warum du es dir so schwer machst.«

»Weil ich keine Wahl habe. Ich habe Talent, aber ich bin nicht sicher, ob es für etwas wirklich Großes ausreicht. Ich muß es erst herausfinden. Wenn ich eines Tages feststellen sollte, daß ich mich geirrt habe und es doch nur ein kleines Talent ist, werde ich versuchen, es nutzbringend zu vermarkten. Jetzt bin ich noch nicht soweit. Solange ich noch hoffen kann, mein Ziel zu erreichen, will ich mein Talent nicht prostituieren. Ich weiß, es würde Schaden nehmen. Verstehst du das?«

»Ja.«

»Ich wünschte, du würdest dir meine Sachen ansehen. Besuch mich in meinem Atelier.«

»Mit Jessica?«

»Mit Jessica oder ohne sie.«

»Nein.«

»Und warum nicht, Marty?«

»Weil ich es nicht will. Ich kann es dir nicht erklären, Philipp. Aber ich will dich nicht wiedersehen.«

»Schade«, sagte er nur.
Sie blickte sich wie hilfesuchend um und entdeckte ein Straßenschild. »Jetzt weiß ich wieder, wo ich bin!« rief sie nervös. »Leb wohl, Philipp! Mach's gut!« Sie lief davon, und es war ihr ganz gleichgültig, daß es wie eine Flucht aussehen mußte. Es war eine Flucht.

Außerstande, sich hinter das Steuer ihres Autos zu setzen, lief Marty, den Kopf gesenkt, die Hände tief in die Taschen ihrer Windjacke vergraben, durch die Straßen. Es war ihr etwas geschehen, was sie nie für möglich gehalten hätte: Sie hatte sich wild und hemmungslos verliebt. Es war ein vorher nie auch nur geahntes Gefühl, berauschend und doch demütigend und quälend zugleich.
Hätte Philipp sie aufgefordert, ihm auf eine einsame Insel zu folgen, sie hätte alles aufgegeben, das Theater, ihr Studium, die Verantwortung für die Schwester, Vater und Mutter ohnehin. Aber auch nur auf einer einsamen Insel, gab sie sich zu, auf der sie weit und breit die einzige Frau war, hätte sie auf eine Chance rechnen können, ihm zu gefallen. Wahrscheinlich mochte er sie, wie die meisten Männer sie mochten, als das häßliche Mädchen, das keinen Anspruch darauf erhob, begehrt oder gar umworben zu werden, mit dem man umgehen konnte, als wäre es ein Mann, bei dem man sich gehenlassen durfte. Für ihn war sie ein Neutrum. Das einzige, was sie hoffen konnte, war, daß er nicht gespürt hatte, wie es um sie stand, und nicht einmal dessen war sie sich sicher. Er kannte sich mit Frauen aus, dessen war sie gewiß. Und er mußte die Erfahrung gemacht haben, daß er Erfolg bei ihnen hatte. Nicht nur sie, sondern vor ihr schon Jessica war ja fasziniert von ihm gewesen, und es war nicht anzunehmen, daß sie beide die einzigen waren. Zweifellos hätte er sogar eine reiche Frau finden können, die bereit war, ihn

auszuhalten, und es hätte ihm nicht einmal etwas ausgemacht. Wie selbstverständlich er ihr Geld kassiert und sich von ihr die Zeche hatte zahlen lassen! Daß er lieber arbeitete, hatte wohl nur den Grund – so weit glaubte Marty ihn schon zu kennen –, daß er seine Unabhängigkeit wahren wollte.
Marty war dankbar, daß sie allmählich immerhin wieder klar denken konnte. Sie hatte sich zum ersten Mal in ihrem Leben verliebt, und dieses Gefühl war Gift für sie. Sie war fest entschlossen, Philipp zu meiden, auch wenn es – das spürte sie jetzt schon – ihre ganze Kraft kosten sollte, denn es war ein verführerisches und berauschendes Gift. Sie würde ihm nicht nachlaufen, wie es die anderen Frauen taten. Oder irrte sie sich? Fanden andere ihn vielleicht sogar abstoßend mit seinen gepolsterten Knien und dem zerlöcherten Pullover? War er ein Typ, der nur auf die Holzner-Töchter wirkte?
Aber das waren müßige Fragen. Selbst wenn sie die einzige Frau der Welt wäre, die er je fasziniert hätte, sie hatte bei ihm nicht die geringste Chance. Sie durfte sich nicht lächerlich machen, sie mußte ihn vergessen. Diese Erkenntnis hatte sie schon in der Sekunde gehabt, als sie sich zum ersten Mal angesehen hatten, und das war es, was sie gleichzeitig mit dem Aufflammen ihrer Leidenschaft einer Ohnmacht nahe gebracht hatte.
Hoffnungslos, hämmerte es in ihr, hoffnungslos! Wie weh das tut!
Plötzlich glaubte sie ihre Mutter zu verstehen. Wenn Molly etwas Ähnliches für ihren Geliebten empfunden hatte, dann hatte sie geradezu zwangsläufig alles andere aufgeben müssen, um bei ihm sein zu können. Nur die Mutter war schön, sie war noch jung, sie hatte ein Recht auf Liebe. Und sie hatte sie sich genommen.
Aber war es überhaupt möglich, daß je ein anderer Mensch

von einer solchen Leidenschaft überwältigt worden war wie sie selber, die sich bisher für so unangreifbar, nüchtern und realistisch gehalten hatte? Sie konnte es sich nicht vorstellen, doch ihr Verstand sagte ihr, daß es so sein mußte. Es war das, was die Menschen entflammte und zueinander trieb, das sie in ungeahnte Höhen hob und in Abgründe der Verzweiflung stürzte. Es war das, was sie bisher verleugnet hatte: die Liebe.

Nur um Philipp nahe zu sein, hätte sie alles getan. Sie hätte für ihn gewaschen, gekocht, seinen Pullover gestopft und die Böden geschrubbt, selbst wenn er sie nicht einmal beachtet hätte. Sie wäre glücklich gewesen, für ihn schuften und sparen zu dürfen. Entsetzlich! Entsetzlich und entwürdigend! Sie schauderte bei diesem Blick in ihre Seele und fand zu sich selber zurück.

Glück war nicht wichtig. Sie hatte immer gewußt, daß es nicht darauf ankam, glücklich zu sein. Man mußte seine Fähigkeiten entwickeln, Leistungen erbringen, seine Pflicht tun und Verantwortung auf sich nehmen. Diese Prinzipien hatte sie als richtig empfunden, nach ihnen hatte sie gelebt, und sie würde es auch weiterhin tun. Sie war nicht wie ihre Mutter, und sie wollte nicht wie sie sein.

Dennoch war Molly ihr mit einem Mal so viel näher gerückt, daß sie das Bedürfnis hatte, sie zu sehen. Ihr wurde bewußt, daß sie sie in letzter Zeit vernachlässigt hatte. Hin und wieder hatte sie mit ihr telefoniert, das war aber auch alles gewesen.

Von einer Telefonzelle am Hauptbahnhof aus rief sie Jessica an und sagte ihr, daß sie nach Oberlörick fahren wollte.

Aber Jessica ging nicht darauf ein. Vielleicht hatte sie es nicht einmal zur Kenntnis genommen: »Hast du Philipp gesehen?« fragte sie atemlos. »Ist er nicht fantastisch?«

»Darüber sprechen wir später. Ich will Mutter besuchen.

Wenn du mitkommen willst, hole ich dich ab. Sie würde sich sicher freuen.«
»Was soll ich da?«
»Frag nicht so dämlich, sondern mach dich fertig. In zwanzig Minuten bin ich vor dem Haus.«
»Nein, Marty, wirklich nicht. Ich muß noch üben. Grüß sie von mir, ja?«
»Ganz wie du willst.«
»Das nächste Mal werde ich dich begleiten! Sag ehrlich: Wie hat er dir gefallen?«
Marty hängte ein.
Während sie zu ihrem Auto ging, das sie in einem Parkhaus nahe dem Hauptbahnhof eingestellt hatte, wurde ihr bewußt, daß das Problem Jessica durch ihre Liebe zu Philipp nicht einfacher geworden war.
Würde es klug sein, ihr zu berichten, daß sie mit ihm geredet hatte? Würde Jessica das nicht möglicherweise als Einmischung auffassen? Und würde sie nicht versuchen, jeden Satz, jedes Wort aus ihr herauszuholen?
Aber andererseits – war es nicht unfair, ihr das Gespräch zu verschweigen?
Auf keinen Fall durfte sie versuchen, Jessica klarzumachen, wie unmöglich sie diese Schwärmerei fand. Marty verstand genug von Psychologie, um zu wissen, daß ihr Widerstand Jessica nur noch tiefer in diese Verstrickung getrieben hätte. Nur, wenn sie sehr, sehr vorsichtig war und viel Geduld aufbrachte, konnte sie hoffen, daß diese gefährliche Schwärmerei allmählich von selber abflauen würde.
Doch wie konnte sie überhaupt sicher sein, daß Jessicas Gefühl nicht echt war? War es nicht hochmütig von ihr, es als Schwärmerei abzutun, während sie es bei sich selber als Liebe ansah?
Der Himmel bewahre uns! dachte sie. Wenn Jessica ähnlich

empfindet wie ich, wird sie sich kopfüber in ihr Unglück stürzen, und nichts auf der Welt wird sie davon abhalten können!

Auf der Fahrt nach Oberlörick fiel Marty ein, daß es vielleicht angebracht wäre, der Mutter etwas mitzubringen. Zuerst dachte sie an Blumen, dann aber entschied sie, daß Blumen nicht das richtige wären. Da der Vater nicht zahlte, mußte Molly in beengten finanziellen Verhältnissen leben. Über etwas Handfestes, das sie sich zur Zeit nicht leisten konnte, würde sie sich wohl mehr freuen, eine Delikatesse etwa oder ein paar Flaschen Wein.
Sie hatte die Autobahn schon verlassen und fuhr auf der Gladbacher Straße, als ihr an der Ecke Heerdter Landstraße ein Supermarkt ins Auge fiel. Dort würde sie sicher etwas finden. Der große Parkplatz war halb leer, so daß sie nicht in die Tiefgarage fahren mußte. Sie stellte ihr Auto ab und betrat durch die breite Glastür die Verkaufshalle. Sofort schlug ihr eine Welle von Gerüchen entgegen, von denen sie nur wenige definieren konnte: Bohnenkaffee, Käse und der angenehme Geruch von warmem Brot. Am Eingang nahm sie sich eines der Drahtkörbchen. Nach links und rechts blikkend, schlenderte sie durch die Gänge zwischen den mit Päckchen und Kartons vollgepackten Regalen, die vom Zementboden bis fast zur hohen Decke reichten. Sie tat drei Flaschen Beaujolais in ihren Korb und in der Gemüseabteilung auch noch einen Strauß Tulpen. An Lebensmitteln gab es alles, was man sich nur wünschen konnte, aber Marty entdeckte nichts, über das sich die verwöhnte Molly wirklich freuen würde. Sie wandte sich der Abteilung mit der Gefrierkost zu. Vom Supermarkt bis zum Haus von Jupp Schmitz waren es nur noch knappe zwanzig Minuten, so daß der Transport keine Schwierigkeiten machen würde.

An einer der eckigen gläsernen Gefriertruhen stand eine schlanke Frau im blauen Kittel der Angestellten. Sie hatte einen Wagen neben sich, auf dem Kartons aufgestapelt waren. Die Frau entnahm ihnen Päckchen mit gefrorenem Gemüse, zeichnete sie flink mit einem kleinen Apparat aus und ordnete sie in die Truhe. Fest um den Kopf geschlungen trug sie ein blaues Kopftuch.
Marty trat auf die Frau zu. »Entschuldigen Sie, können Sie mir sagen, wo ich die Pizzas finde?« fragte sie. Die Frau, die leicht gebückt und von ihr abgewandt gestanden hatte, richtete sich auf. Marty erkannte ihre Mutter. Einen Augenblick lang standen sich die beiden sprachlos gegenüber.
»Marty!« sagte Molly endlich. »Was willst du hier?«
Marty lächelte schief und schob den Drahtkorb vor. »Ein bißchen für dich einkaufen! Ich wollte dich besuchen.«
»Du spionierst mir nach!«
»Nein, überhaupt nicht. Ich habe rein zufällig hier gehalten. Woher sollte ich denn wissen, daß du hier arbeitest?«
Molly wandte sich wieder ihrer Beschäftigung zu.
»Weshalb sollte ich dir nachspionieren?« fragte Marty eindringlich.
»Stimmt«, gab Molly zu, »du hast recht. Ich fürchte, ich fange an, unter Verfolgungswahn zu leiden. Alles hat sich gegen mich verschworen.«
»Seit wann machst du das schon?«
»Seit dem Ersten. Mir blieb nichts anderes übrig.«
»Dann wird's wohl nichts mit der Pizza. Ich dachte, wir könnten uns bei dir eine in den Ofen stecken. Was ist mit dem Wein?«
»Bring ihn zurück, wenn du ihn nicht selber trinken willst. Die sind sehr genau hier. Kontrollen über Kontrollen, und ich habe keine Lust, denen zu erklären, daß meine Tochter ihn mir geschenkt hat.«

»Aber die Tulpen?«
»Die sind längst welk, bis ich Feierabend habe.«
»Mutter«, sagte Marty, »können wir denn nicht irgendwo wenigstens ein paar Minuten miteinander sprechen?«
»Wenn ich hiermit fertig bin, mache ich Mittag.«
»Und wo?«
»In der Kantine. Da dürfen auch Besucher rein. Das heißt, wenn du dir nicht zu fein dafür bist.«
»So ein Quatsch! Du weißt genau, daß ich jahrelang in der Mensa gegessen habe.«
»Das ist nicht dasselbe.«
»Sicher nicht. Ich könnte wetten, daß das Essen hier besser ist. Ich bring' nur schnell die Sachen zurück, dann komme ich wieder.«
»Warte lieber auf mich in der Kantine. Die sehen's nicht gern, wenn man während der Arbeitszeit mit jemandem quatscht.«
Marty lächelte Molly ermutigend zu, obwohl es sinnlos war, da die Mutter sie gar nicht mehr ansah. »Bis gleich dann!«
Kaum, daß sie sich abgewandt hatte, erlosch Martys Lächeln. Sie war erschüttert. Nie hätte sie es für möglich gehalten, daß ihre Mutter, die schöne, lebenslustige Molly, sich in so kurzer Zeit so sehr hätte verändern können. Dabei hatte sie nicht einmal genau zu sagen gewußt, worin diese Veränderung lag. Mollys Gesicht war noch immer so sorgfältig zurechtgemacht wie eh und je, ihre Fingernägel waren nicht mehr ganz so lang wie früher, aber doch noch lackiert. Trotz des Kopftuches und des blauen Kittels wirkte sie nicht wie eine Hilfsarbeiterin. Aber, nicht mehr von blonden Lokken umschmeichelt, zeigte ihr Gesicht einen Ausdruck von Härte, den es früher nicht gehabt hatte, oder der nicht aufgefallen war.

Wohin die Liebe einen Menschen bringen kann, dachte Marty erschrocken, auch um ihrer selbst willen.
Als Molly dann später in die Kantine kam, einem großen schmucklosen Raum mit einfachen Stühlen und Tischen ohne Decken, hatte sie das Kopftuch abgenommen, und mit dem schimmernden, gepflegten Haar sah sie etwas besser aus. Aber die Härte in ihren Augen und der Zug von Verbitterung um ihre leicht gesenkten Mundwinkel waren dennoch nicht zu übersehen. Sie stellte sich an der Theke an, und Marty folgte ihrem Beispiel, so daß sie gleich nach ihr an die Reihe kam, nahm sich ein Tablett, Besteck und eine Papierserviette.
»Warum hast du noch nicht angefangen?« fragte Molly. »Du hast wohl gedacht, du würdest bedient?«
»So weltfremd bin ich nicht, Mutter. Ich wollte auf dich warten. Was schmeckt hier am besten?«
»Die Tagessuppe ist immer gut. Auch der Kartoffelsalat.« Sie belud sich ihr Tablett außerdem noch mit einer Nachspeise.
Marty ließ es bei Kartoffelsalat mit Würstchen bewenden. Sie mußte zahlen, während Molly eine Essensmarke abgab. Dann stellten sie ihre Tabletts auf einen der Tische und setzten sich einander gegenüber.
»Einmal am Tag muß man sich satt essen«, erklärte Molly.
»Na klar. Du wärst schön dumm, wenn du denen was schenken würdest«, stimmte Marty zu und mußte lächeln.
»Was gibt's da zu grinsen?«
»Hast du nicht gemerkt? Ich rede schon genauso wie du.«
Marty aß langsam und erzählte von Jessica und ihrem Schwarm, schilderte auch noch einmal in Einzelheiten den Besuch bei Manfred Probst, über den sie bisher nur am Telefon gesprochen hatten, während Molly schweigend aß. So kam es, daß sie ziemlich gleichzeitig mit ihrem Essen fertig

waren. »So, jetzt erzähl du mal«, sagte Marty und wischte sich den Mund ab, »wie geht es dir?«
»Das siehst du doch.« Molly zündete sich eine Zigarette an.
»Komm, komm! Jetzt sei nicht so. Ich hatte gedacht, du wolltest deinen Schmuck verkaufen?«
»Das hat nicht weit gereicht.«
»Du hast ihn für 'nen Appel und 'n Ei hergeben müssen, was?«
»Diese Schufte.«
Marty verzichtete darauf, sie daran zu erinnern, daß sie sie gleich gewarnt hatte.
»Und was ist mit deinem Auto?«
»Auch verkauft. Es blieb mir nichts anderes übrig. Woher hätte ich das Geld für die Steuern und die Versicherung nehmen sollen.«
»Kann dein Freund denn gar nichts für dich tun?«
»Ich will nicht, daß er etwas für mich tut!« entgegnete die Mutter wild, und etwas von der alten Molly kam zum Vorschein. »Geld und Liebe haben nichts miteinander zu tun! Man muß sie auseinanderhalten!«
»Ich verstehe«, sagte Marty, obwohl sie nicht dieser Meinung war.
»Ach, tu bloß nicht so! Du hast doch keine Ahnung! Du warst immer schon kalt wie ein Fisch.«
Marty preßte die Lippen zusammen und warf, ohne es selbst zu merken, ihrer Mutter aus den engstehenden grauen Augen einen flammenden Blick zu.
»Was guckst du denn so?« fragte Molly irritiert.
»Gucke ich komisch? Nicht, daß ich wüßte.«
»Es kam mir aber so vor.«
Marty zwang sich zur Sachlichkeit. »Und etwas Besseres als den Job hier hast du nicht gefunden?«
»Ich muß froh sein, daß ich ihn überhaupt bekommen habe!

Du hast vielleicht Begriffe! Man merkt, daß du noch nie hast Geld verdienen müssen.«

»Ich verdiene Geld.«

»Aber du bist nicht darauf angewiesen. Das ist ein Unterschied.«

»Da hast du natürlich recht«, lenkte Marty ein, »es ist nur ... Ich meine, wäre es dir nicht unangenehm, wenn eine deiner Freundinnen dich hier treffen würde?«

»Die eingebildeten Puten!« zischte Molly, errötete bei der Vorstellung aber doch. »Die können mich mal ... kreuzweise.«

»Du hast keinen Kontakt mehr mit ihnen?«

Molly zuckte die Achseln. »Wozu? Ich lebe mein eigenes Leben.«

»Ob ich nicht doch noch mal mit Vater sprechen soll?«

»Sinnlos. Übrigens sehe ich ihn nächste Woche. Da ist der Termin wegen der Vaterschaft.«

»Wann?«

»Donnerstag um halb elf. Ich weiß noch gar nicht, wie ich das denen hier klarmachen soll.«

»Zeig ihnen die Vorladung!«

»Ich werde wohl lieber so tun, als ob ich zum Zahnarzt müßte. Die verlorenen Stunden kann ich ja nacharbeiten.«

»Jedenfalls rufe ich dich Donnerstagabend an.«

»Wenn du willst.«

»Ich würde dir so gerne helfen, Mutter!«

»Das steh' ich schon durch.«

»Und mit Jessica? Was soll ich da tun?«

»Laß sie laufen. Man soll niemanden an seinem Glück hindern.«

»Aber sie ist ja noch ein Kind!«

»Ich glaube nicht, daß sie so harmlos ist, wie du denkst. Sie hat's faustdick hinter den Ohren.« Molly drückte ihre Ziga-

rette aus. »Jetzt muß ich aber wieder! War schön, daß du vorbeigeschaut hast.«
»Wann kann ich dich mal wieder treffen? Ich meine, wann bist du frei? Wann bist du zu Hause?«
»Immer nach sieben Uhr abends. Aber dann würdest du Jupp stören. Er hat viel zu lernen, weißt du, und wenn was im Fernsehen ist, will er auch seine Ruhe haben.«
»Und Samstagnachmittag? Oder Sonntag?«
»Sonntag schon eher. Sonntagmorgen, aber nicht zu früh.« Molly stand auf.
»Das sowieso nicht. Nächsten Sonntag also. Ich bringe Jessica mit.«
»Wenn du dir was davon versprichst!« Ohne ein Lächeln verabschiedete sie sich.
Marty sah ihr nach, wie sie davoneilte, noch immer sehr schlank, aber der Schwung ihrer Hüften wirkte gewollt und hatte an Anmut verloren.
Heftiges Mitleid überfiel Marty. Obwohl sie grundsätzlich der Meinung war, daß Arbeit keinem Menschen schadete, und sie sich früher oft gewundert hatte, wie Molly mit ihrem inhaltlosen Leben zufrieden sein konnte, schien ihr dieser Umbruch denn doch zu hart.
Das konnte doch auch Hartmut nicht gewollt haben! Sie entschloß sich, ihn aufzusuchen und einen erneuten Vorstoß auf seinen Geldbeutel zu unternehmen.

Aber Marty erreichte nichts.
Hartmut Holzner, den sie in seinem Büro aufsuchte, nahm die Nachricht, daß seine Frau als Hilfskraft in einem Supermarkt arbeiten mußte, geradezu mit Genugtuung auf. Er sagte nicht offen: »Das geschieht ihr recht!«, aber es war ihm anzumerken, daß er so dachte. »Natürlich ist das bedauerlich«, erklärte er, »aber sie will es ja nun mal nicht anders. Sie

braucht nur zu mir zurückzukommen, mein Haus steht nach wie vor für sie offen.«
»Dazu ist sie zu stolz.«
»Stolz? Daß ich nicht lache! Eine Frau, die sich den Männern an den Hals wirft, hat keinen Stolz.«
»Es kostet dich doch keinen Pfennig, wenn du sie jetzt unterstützt. Bei der Aufteilung des Vermögens . . .«
Er ließ sie nicht aussprechen. »Ich habe einmal nein gesagt, und dabei bleibt es.«
»Und wenn nun einer deiner Kunden sie in dem Supermarkt trifft? Das müßte dir doch peinlich sein, möglicherweise wäre es sogar geschäftsschädigend.«
Einen Moment lang schien er unsicher zu werden, aber dann sagte er sehr entschieden: »Das ist nicht wichtig.«
Auch er war seit der Trennung sehr gealtert, stellte Marty fest.
»Wenn ihr euch doch wieder versöhnen könntet«, sagte sie.
»Genau das ist es, was ich will. Ich habe ihr immer zuviel durchgehen lassen, das habe ich leider zu spät bemerkt. Aber diesmal muß ich hart sein und sie zur Vernunft zwingen.« Abrupt wechselte er das Thema. »Wie geht es Jessica?«
»Es freut mich, daß dich das noch interessiert.«
»Schließlich hat sie mehr als fünfzehn Jahre unter meinem Dach verbracht.«
Marty überlegte, daß es keinen Zweck hatte, ihm von Jessicas Schwärmerei zu erzählen. Sie berichtete nur, daß sie eine private Handelsschule besuchte und dort sehr erfolgreich mitarbeitete.
»Eine private Schule? Aber das kostet doch Geld.«
»Ja«, sagte Marty nur.
»Aber hätte es nicht andere Möglichkeiten gegeben?«

»Ich konnte sie nicht einfach weiter rumbummeln lassen. Sie brauchte etwas zu tun, und zwar schnell. Da war das Hörmannsche Institut besonders günstig. Der Kurs hat am ersten April begonnen.«
»Und wieviel kostet er?«
»Zwölfhundert Mark.«
»Du scheinst finanziell sehr gut dazustehen.«
»Das tue ich nicht, Vater. Ich zahle es in Raten. Aber es mußte einfach sein. Jessica war schon viel zu lange nur mit sich selbst beschäftigt.«
Er holte sein Scheckbuch aus der Schreibtischschublade. »Ich übernehme das. Natürlich gegen Quittung. Laß sie dir vom Institut geben, und schick sie mir zu.«
Am liebsten hätte Marty gesagt: »Behalte dein Geld!« Gerade noch rechtzeitig wurde ihr klar, daß sie sich keine großen Sprüche erlauben konnte. Jessica und sie konnten den Zuschuß tatsächlich nur allzugut gebrauchen. »Danke, Vater!« sagte sie deshalb beherrscht, konnte sich aber der leicht ironischen Frage nicht enthalten: »Du hoffst, es von Manfred Probst wiederzukriegen?«
»Das laß nur meine Sorge sein. Ich werde es schon erstattet bekommen, entweder von ihm oder von deiner Mutter.‹
»Trotzdem danke.«
Er sah sie an. »Es tut mir leid, daß du Jessica jetzt auf dem Hals hast. Aber ich sehe keine Möglichkeit, das zu ändern.«
»Ich habe sie lieb, Vater.«
»Und wie kommst du mit deinem Studium voran?«
»Nicht ganz so rasch, wie ich gehofft hatte.«
»Das habe ich mir gedacht.«
»Mach dir keine Sorgen, Vater! Du wirst meine Promotion schon noch erleben.«
»Hoffentlich, kann ich da nur sagen.«

»Was soll das heißen? Setzt du nicht mehr auf mich? Oder . . . fühlst du dich nicht wohl?«
»Weißt du, mein Kind, manchmal hängt mir der ganze Zirkus zum Hals raus.«
»Es müßte kein Zirkus sein! Ihr könnt euch gütlich einigen und . . .«
Das Telefon schrillte, und er griff sofort, wie erleichtert, zum Hörer. »Was gibt's, Frau Knechtlein? Ja, bitte, stellen Sie durch!« Die Hand auf der Sprechmuschel, sagte er zu Marty: »Tut mir leid, du siehst, ich habe zu tun.«
Sie stand auf. »Bis bald dann, Vater!«
Er nickte ihr nur zu, während er ins Telefon sagte: »Hier Holzner! Tag, Herr Zimmermann! Ja, ich bin im Bilde. Selbstverständlich erfolgt die Lieferung termingerecht. Ihre Bedenken sind . . .«
Mehr hörte Marty nicht, denn da hatte sie die Tür schon hinter sich zugezogen.

Jessica empfing Marty aufgeregt. »Na endlich!« rief sie. »Ich hatte schon Angst, ich würde dich verpassen! Wo hast du denn den ganzen Tag gesteckt?«
»Ich war bei Molly, das habe ich dir doch gesagt.« Marty zog ihre Windjacke aus.
»So lange?«
»Ich habe Hartmut noch besucht.« Marty lächelte gezwungen. »Du, Liebes, es gibt eine Menge zu erzählen.«
»Wie findest du ihn?«
Marty wußte sofort, wen ihre Schwester meinte, trotzdem sagte sie: »Ziemlich abgespannt.«
»Abgespannt? Philipp? Das kann ich nicht glauben.«
»Ich spreche von Hartmut.«
»Ach so. Nein, ich meine Philipp. Was hältst du von ihm?«
»Er sieht gut aus«, sagte Marty zögernd.

»Nicht wahr?«
»Und er ist auch sehr interessant.«
»Ich wußte, er würde dir gefallen!«
»Aber er ist doch eine recht merkwürdige Existenz.«
»Merkwürdig«, wiederholte Jessica verächtlich, »merkwürdig, was soll das heißen? Er ist kein Nullachtfünfzehntyp! Wenn du das sagen willst, hast du recht. Er ist einmalig.«
»Ich bin ziemlich kaputt, Jessica«, behauptete Marty und warf sich in einen Sessel. »Gönn mir erst mal eine kleine Pause. Wir können dann heute abend über alles reden . . ., oder besser doch nicht. Ich finde, daß Philipp kein Thema ist.« Es fiel ihr unendlich schwer, die Gelassene zu spielen, während ihr Herz brannte.
»Was soll denn das nun wieder heißen?«
»Er lebt in einer anderen Welt, Liebes.«
»So ein Blödsinn! Er wohnt in Köln, genau wie wir.«
»Du verstehst nicht, was ich meine.«
»Dann mußt du es mir, bitte, näher erklären.«
»Er hat keine Existenz.«
»Na und? Was ist so schlimm daran?«
»Stell dir nur mal vor, du müßtest ihn Hartmut vorstellen . . . oder auch nur Molly.«
»Denkst du etwa, es würde mir was ausmachen, wenn die die Nase rümpfen? So gut wie die ist Philipp schon lange!«
»Fein, jetzt weiß ich also deine Meinung, und du kennst meine. Damit ist alles gesagt. Ich möchte nicht mehr darüber reden.«
»Du machst es dir höchst einfach.«
»Es ist einfach. Dir gefällt er, und mir ist er suspekt. Thema Papierkorb.«
»Na, wenn das so ist«, sagte Jessica beleidigt, »dann weiß ich ja Bescheid. Aber ich hätte dich niemals für so kleinkariert gehalten. Auf Ehre nicht!« Sie griff nach ihrer Schultasche,

schritt davon wie eine Königin und warf die Wohnungstür hinter sich zu.
Marty atmete auf. Das war einigermaßen gut gelaufen. Wenigstens hatte Jessica keine Einzelheiten ihrer Begegnung mit Philipp wissen wollen. Daß Jessica sie jetzt für borniert hielt, war nicht weiter schlimm. Oder machte sie sich da etwas vor? Jessica war imstande, sich völlig von ihr abzukapseln, und dann würde sie jede Kontrolle über den Verlauf der Dinge verlieren, und sie war doch für die kleine Schwester verantwortlich. Sie hatte eine Aufgabe übernommen, die sie nicht einfach hinwerfen konnte.
Zum ersten Mal in ihrem Leben spürte Marty, daß ihr eine Aufgabe zu schwer wurde. Sie konnte Jessica nicht beeinflussen, nicht, solange sie selbst unter dem Eindruck dieses seltsamen Menschen stand, sie konnte ihr nicht verbieten, ihn zu sehen, und sie konnte es auch nicht verhindern. Vor allem aber war sie außerstande, wieder und wieder über ihn zu reden, wie es Jessicas Art war. Dazu brachte sie die Kraft nicht auf. Sie mußte ihn vergessen, das war ihre einzige Rettung, aber das war nur möglich, wenn sie nicht mehr an ihn erinnert wurde.

An diesem Abend schmollte Jessica, und auch am nächsten Tag und am übernächsten. Sie gab deutlich zu verstehen, daß sie sich weder für Molly noch für Hartmut oder für den festgesetzten Gerichtstermin interessierte, hörte nicht zu, wenn Marty etwas zu ihr sagte, und sprach selber nur das Notwendigste.
Marty redete sich ein, daß ihr das nur recht wäre. Tatsächlich aber erinnerte sie Jessicas Verbocktheit genauso stark an Philipp, als würde sie von ihm sprechen. Der Zustand wurde immer unerträglicher. Es war Marty, die es nicht länger aushalten konnte.

Jessica saß ihr wieder einmal stumm beim Mittagessen in der kleinen Küche gegenüber – das heißt, sie war nicht gänzlich stumm, sondern ihr Anteil an der Konversation beschränkte sich auf »Ja, bitte« und »Nein, danke« –, als Marty die Beherrschung verlor.
»Jessica«, mahnte sie, »so geht es doch nicht weiter!«
Die Schwester schwieg verbissen.
»So können wir doch nicht miteinander umgehen«, fuhr Marty eindringlich fort.
Jessica blieb stumm.
»Ich habe dich aus Gnade und Barmherzigkeit bei mir aufgenommen, weil du nicht wußtest, wohin. Das scheinst du ganz vergessen zu haben. Wenn es dir jetzt nicht bei mir paßt, dann mußt du dir eine andere Bleibe suchen!«
Jessica stieß ihren Teller so heftig zurück, daß die Soße über das Tischtuch schwappte. »Du bist gemein! Oh, wie gemein du bist!«
Marty hatte sich wieder gefangen. »Entschuldige, das war wirklich nicht fein von mir, aber wenigstens redest du wieder!«
»Du, du Zicke!« Jessica sprang auf.
»Ich habe mich schon entschuldigt. Mehr kann ich doch nicht tun.«
»Ich hasse dich!« Die Schwester stürzte aus der Küche.
Marty lief ihr nach und fand sie, von Schluchzen geschüttelt, quer über dem großen Bett. »Jessica, Liebes«, sagte sie und wagte nicht, sie zu berühren, »nun wein doch nicht so, es wird ja alles wieder gut. Du wirst doch zugeben, daß du es mir sehr, sehr schwer gemacht hast. Es ist entsetzlich, mit jemandem zu leben, der einen dauernd abblockt. Ist es denn wirklich so ein Verbrechen, daß ich nicht von . . .« Sie zögerte, denn es schmerzte sie, den Namen auszusprechen. ». . . von Philipp reden mag?«

»Das ist es ja nicht«, schluchzte Jessica in die Kissen.

»Nein?« fragte Marty verwundert. »Und ich hatte gedacht . . . aber, Jessica, was hast du denn dann gegen mich? Ich habe dir doch nichts getan!«

Jessica warf sich auf den Rücken, und ihr gänzlich verheultes Gesicht war nicht mehr so sehr hübsch anzusehen. »Du hast mit ihm gesprochen!«

»Stimmt. Wir haben ein paar Worte gewechselt. Nichts von Bedeutung. Ich wollte ihn doch kennenlernen.«

»Warum ist er dann so anders zu mir?«

»Ist er das? Wie denn?«

»So von oben herab! Und er will mir auch nicht mehr sein Atelier zeigen.«

»Ich habe das nie für eine so gute Idee gehalten«, gab Marty zu.

»Und das hast du ihm gesagt!«

»Glaubst du im Ernst, daß er sich davon beeinflussen lassen würde?«

»Wer weiß, was du ihm eingeredet hast!«

»Jessica, bitte beruhige dich! Laß mich nachdenken . . .«

Jessicas Tränen versiegten, während sie Marty gespannt anblickte. Marty kam sich schlecht und verlogen vor. »Ich habe ihm gesagt, daß du erst fünfzehn bist.«

»Also doch!«

»Findest du nicht, daß er das wissen sollte?«

»Nein, ganz und gar nicht. Es kommt doch nicht auf die Jahre an!«

»Vielleicht hast du da sogar recht. Aber ihm scheint es doch wichtig zu sein.« Sie streichelte behutsam Jessicas Schulter.

Plötzlich warf sich die Schwester ihr in die Arme. »Ach, Marty, ich bin ja so unglücklich!«

»Mein armer, armer Schatz!«

»Glaubst du wirklich, daß er nur deshalb so anders ist?«

»Dann wäre es ja nicht weiter schlimm. In ein paar Monaten bist du sechzehn.«
»Es tut so weh!«
»Ja, ja, es tut sehr weh. Ich weiß.«
»Woher willst du das wissen?«
»Ich war schließlich auch schon mal ganz wild nach einem Mann.«
»Ja, wirklich?«
Marty reichte ihr ein Taschentuch.
»Wenn er wirklich so ist«, sagte Jessica undeutlich hinter dem Tuch und schnaufte, »dann ist er ... ziemlich berechnend.«
»Ich weiß nicht.«
»Doch. Er hat Angst, es könnte was passieren ... und dann ... dann hätte er sich strafbar gemacht.«
»Das scheint mir eine ziemlich vernünftige Überlegung.«
»Marty, sag mal ganz ehrlich: Glaubst du, daß es eine Menge Frauen in seinem Leben gibt?«
»Ja.«
»Woher willst du das wissen?«
»Ich weiß es nicht, ich nehme es nur an. Er sieht nicht nur gut aus, er hat auch so eine Ausstrahlung ...«
Jessicas Augen leuchteten auf. »Das hast du auch gemerkt?«
»Ich fürchte, jede Frau spürt es ... Oder doch fast jede. Deshalb habe ich versucht, dich vor ihm zu warnen.«
»Aber wieso denn? Ich will doch nichts von ihm.«
»Nur daß er dir sein Atelier zeigt!«
Jessica wurde blutrot. »Jetzt machst du dich über mich lustig. Das ist ganz fies von dir.«
»Hast du es nicht ein bißchen verdient? Nun nimm doch mal Vernunft an, Liebes! Du schwärmst für ihn, vielleicht bildest du dir sogar ein, daß du ihn liebst. Es stimmt auch, daß du

sein Interesse erregt hast. Aber bildest du dir ernsthaft ein, du könntest ihn halten?«

»Warum nicht? Schließlich bin ich hübsch.«

»Das wird wohl kaum genügen.«

»Und ich bin unschuldig!«

»So lange ich die Verantwortung für dich trage, solltest du das auch bleiben.«

»Ach, Marty, du bist so altmodisch!«

»Ich will nicht, daß du unglücklich wirst. Das ist alles. Hör auf, um ihn herumzuscharwenzeln. Das ist alles, um was ich dich bitte.«

»Was? Ich soll nie mehr ein Wort mit ihm reden? Marty, das kann ich nicht!«

Marty seufzte tief. »Womit wir wieder am Anfang wären.«

Tatsächlich war dies genau der Beginn dessen, was Marty zu verhindern versucht hatte: eine Reihe nicht enden wollender Gespräche über den Mann namens Philipp. Jessica konnte nicht aufhören, über ihn zu reden, und gab Marty keine Möglichkeit, ihn zu vergessen. Aber Marty war ehrlich genug, sich einzugestehen, daß sie das ohnehin nicht vermocht hätte. Seine Augen, seine Stimme, sein Lächeln verfolgten sie bis in ihre Träume.

Am Donnerstagnachmittag rief Marty, wie sie versprochen hatte, ihre Mutter an.

Molly wirkte durchaus nicht erfreut. »Ach, du bist's! Ich bin eben erst nach Hause gekommen und zieh' mich nur rasch um . . .«

»Ja, ich weiß. Du mußt wieder in den Supermarkt. Trotzdem kannst du mir doch rasch erzählen, wie es ausgegangen ist.«

»Genau, wie Hartmut vorausgesagt hat. Das Gericht hat eine erbbiologische Untersuchung angeordnet.«

»Von euch allen?«
»Von Manfred und Jessica und mir. Manfred wird zum Schluß auch das noch zahlen müssen.«
»Du bist also ganz sicher, daß er der Vater ist?«
»Natürlich! Für was hältst du mich? Ich habe es immer gewußt, höchstens, daß noch dein Vater in Frage gekommen wäre. Aber der ist ja inzwischen aus dem Schneider. Es war ganz schön peinlich, kann ich dir sagen.«
»Was?«
»Immerhin mußte ich zugeben, daß ich in der entsprechenden Zeit . . . ich weiß nicht genau, wie sie das nennen . . . mit beiden zusammen war. Der Vorsitzende . . . zum Glück war's diesmal wenigstens keine Frau . . . hat mir ganz schön zugesetzt.«
»Arme Molly!«
»Wenn ich doch damals bloß den Mund gehalten hätte!«
»Wer weiß, wozu es gut war! Vielleicht ist es für uns alle besser, mit der Wahrheit zu leben.«
»Deine dummen Sprüche kannst du dir sparen.«
»Wie hat Manfred Probst es aufgenommen?«
»Keine Miene verzogen. Dem braucht ja auch nichts peinlich zu sein. Für ihn war's ja bloß ein Kavaliersdelikt. Der kann jetzt noch am Stammtisch mit unserem Schäferstündchen angeben.«
»Eine Stunde mit dir im Paradies, zu teuer mit dem Tode nicht bezahlt!« zitierte Marty.
»Was soll das?«
»Nur ein Zitat von Schiller. Ich wollte damit ausdrücken, daß es ein teures Schäferstündchen war.«
»Geschieht ihm recht. Das ist der einzige Grund, warum ich froh bin, daß es doch noch heraus ist. Er wäre sonst verdammt billig davongekommen. Du, ich habe aber jetzt wirklich keine Zeit mehr. Ich muß . . .«

»Dann bis Sonntag!«
»Ja, gut . . . tschüß!« Schon hatte sie aufgelegt.
Marty dachte nach. Sie war allein in der Wohnung. Jessica hatte sich schon auf den Weg zur Handelsschule gemacht, sehr frühzeitig und sicher in der Absicht, sich bei Philipp aufzuhalten. Marty hatte kein Wort darüber verloren, denn sie war der sinnlosen Streitereien müde.
Jetzt hatte sie eine Idee. Sie nahm die Visitenkarte von Manfred Probst, die er ihr bei ihrem Besuch im Hausflur zugesteckt hatte, wählte die Essener Nummer der Firma »Probst & Sonderlich« und verlangte Herrn Probst zu sprechen. Eine Telefonistin verband sie mit seinem Sekretariat. Seine Sekretärin meldete sich.
»Marty Holzner. Ich nehme an, daß Herr Probst nicht im Hause ist?«
»Stimmt!« sagte die Sekretärin überrascht.
»Richten Sie ihm doch bitte aus, daß er mich anrufen möchte, sobald er zurück ist. Er kommt doch wohl heute noch in die Firma?«
»Das ist anzunehmen. Wie war bitte der Name?«
»Marty Holzner.«
»Mit i oder ypsilon?«
»Ypsilon, aber das spielt keine Rolle.« Sie nannte ihre Telefonnummer und ließ sie sich wiederholen. »Es ist wichtig!« fügte sie noch hinzu.
Dann konnte sie nur noch warten. Sie hatte sich schon ausgerechnet, daß Probst noch nicht zurück in Essen sein konnte, wenn Molly gerade erst nach Hause gekommen war, und das war ihr ganz recht so. Wenn er tatsächlich zurückrief, konnte sie das schon als ein Zeichen seines guten Willens nehmen. Sie war dann von vornherein in der stärkeren Position.
Aber wenn er es nicht tat? Marty zwang sich, nicht nervös zu

werden. Dann mußte sie es eben noch einmal versuchen, notfalls wieder und wieder. Es gab für sie keinen Zweifel mehr, daß er Jessicas Vater war, also hatte sie auch das Recht, ihm auf die Nerven zu gehen.

Sie vertiefte sich in ein Kapitel ihrer Dissertation.

Als das Telefon klingelte, zählte sie langsam bis zehn, bevor sie abnahm. Probst sollte nicht den Eindruck haben, daß sie neben dem Apparat wartete.

Er war es tatsächlich. »Ist etwas mit Jessica?« fragte er, und seine Stimme klang ungeduldig, aber dennoch besorgt.

»Ja«, sagte Marty und berichtete in kurzen Worten von den Schwierigkeiten, die sie mit Jessica hatte, von ihren Befürchtungen wegen der Schwärmerei für den Pflastermaler. »Ich glaube«, endete sie, »so etwas geschieht den meisten Mädchen in diesem Alter in der einen oder anderen Form. Aber Jessica ist besonders gefährdet, weil ihr jede normale männliche Bezugsperson fehlt. Mein Vater hat sie sozusagen verstoßen, das wissen Sie ja.«

»Ich kann es immer noch nicht verstehen.«

»Aber gerade Sie sollten das doch, Herr Probst. Er will nichts mehr von ihr wissen, weil sie nicht seine Tochter ist. Sie haben sich nie um sie gekümmert, obwohl sie Ihre Tochter ist. Was ist nun unverständlicher?«

»Es ist noch gar nicht heraus . . .«

Marty fiel ihm ins Wort. »Ach, machen Sie sich doch nichts vor, Herr Probst! Ich habe gerade noch vorhin mit meiner Mutter gesprochen. Für sie besteht kein Zweifel.«

»Ja, für sie, das will ich glauben! Aber ich . . .«

»Sie wissen es doch auch. Sie haben es seit Jahren gewußt, wenn Sie es sich vielleicht auch nicht zugegeben haben.«

Eine Pause entstand, die Marty bestätigte, daß sie ins Schwarze getroffen hatte.

»Was verlangen Sie von mir?« fragte er dann.

»Ich verlange nichts, ich bitte Sie nur sehr, sehr herzlich, sich um Ihre Tochter zu kümmern.«

»Wie stellen Sie sich das vor?«

»Ich möchte, daß Sie versuchen, Kontakt mit ihr anzuknüpfen, einfach so, ohne ihr zu sagen, daß ich Sie darum gebeten habe. Sie besucht Abendkurse im Hörmannschen Institut am Roncalli-Platz. Sie könnten sie dort nach dem Unterricht abpassen oder auch vorher. Es ist ja nicht so wichtig, wenn sie ihn einmal versäumt. Warten Sie, ich gebe Ihnen die Zeiten durch . . .«

»Ich werde sehen, was sich machen läßt«, sagte er unbehaglich.

»Das ist mir zu wenig! Jessica ist Ihr Kind, Herr Probst! Falls etwas mit ihr schieflaufen sollte, müßten Sie sich später schwere Vorwürfe machen, weil Sie sich nicht um sie gekümmert haben.«

»Ich habe einen Sohn . . .«

»Das weiß ich, und ich verstehe durchaus, daß er Ihnen mehr am Herzen liegt. Aber, Herr Probst, Sie haben auch eine Tochter!«

»Es scheint so.«

»Es ist so, Herr Probst. Für Ihren Sohn sind Sie immer da, nehme ich an, sofern es Ihre Zeit erlaubt. Also können Sie sich doch endlich auch mal ein oder zwei Stunden um Ihre Tochter kümmern. Ich könnte mir vorstellen, daß sie auf Sie hören würde, wenn Sie sich als Vater zu ihr bekennen!«

»Dann muß ich ja wohl!«

»Das ist nicht die richtige Einstellung! Wenn Sie Jessica nicht das Gefühl geben können, daß Sie sie gernhaben, daß es trotz allem doch eine freudige Überraschung für Sie gewesen ist, ihr Vater zu sein, dann hat es gar keinen Zweck, sich mit ihr zu treffen. Dann wäre es besser, Sie würden sich darauf beschränken, Ihren finanziellen Verpflichtungen nachzukommen, egal, ob Ihre Tochter dabei seelisch vor die Hunde geht.«

Wieder gab es eine Pause. »Sie sind sehr hart«, sagte er endlich.

»Ihnen gegenüber muß man das wohl sein. Begreifen Sie denn nicht, Herr Probst, Sie haben jetzt zwei Möglichkeiten. Das Gericht wird Sie zur Anerkennung der Vaterschaft verdonnern, das wissen Sie so gut wie ich. Sie können das als einen Schicksalsschlag betrachten und sich über die Zahlungen, die Sie zu leisten haben, immer wieder grün und blau ärgern. Sie können aber auch was viel Besseres daraus machen, sich über Ihre wohlgeratene Tochter freuen und versuchen, ihre Liebe zu gewinnen. Die Entscheidung liegt ganz bei Ihnen.«

»Vielleicht haben Sie recht. Sie ist ja wirklich . . . ich muß zugeben, sie hat mir sehr gut gefallen.«

»Sie ist ein Schatz, Herr Probst, das werden Sie noch feststellen. Also, versprechen Sie es mir?«

»Ja.«

»Und wann?«

»Sobald ich es einrichten kann.«

Dabei ließ Marty es bewenden, weil sie den Bogen nicht überspannen wollte, nach kurzer Verabschiedung legte sie auf.

An diesem Abend fuhr Manfred Probst früher als gewöhnlich nach Hause. Er wußte, daß er außerstande war, sich auf geschäftliche Probleme zu konzentrieren. Deshalb hielt er es für besser aufzuhören, anstatt unüberlegte oder sogar fehlerhafte Entscheidungen zu treffen.

Es war ein schwerer Tag für ihn gewesen. Die Gerichtsverhandlung hatte ihm zugesetzt und, anders, als Molly dachte, war er sich dabei wie ein Idiot vorgekommen. Dann hatte ihn auch noch Marty bearbeitet, wobei er sich zugeben mußte, daß sie mit ihrem Appell an sein Vaterherz recht hatte. Das Schlimmste aber stand ihm noch bevor: die Auseinandersetzung mit seiner Frau, die immer noch glaubte, daß es für ihn eine Möglichkeit geben müßte, sich seiner Verantwortung zu entziehen. Am liebsten wäre er irgendwo eingekehrt und hätte sich Mut angetrunken. Er unterließ es, weil er aus Erfahrung wußte, daß er Irene selbst in nüchternem Zustand kaum gewachsen war.

Als er in der Garage aus dem Auto stieg, hörte er Musik – Pop, Rock oder Soul, er verstand nicht genug davon, um sie einordnen zu können –, die, als er in die Diele trat, ohrenbetäubend wurde. Der Lärm drang aus Florians Zimmer. Probst wunderte sich einen Augenblick darüber, daß Irene das duldete, begriff dann aber rasch, daß sie nicht zu Hause sein konnte.

Er stieg die Treppe hinauf und riß die Tür auf. »Was soll das?« brüllte er. »Bist du wahnsinnig geworden?«

Florian schnellte hoch, blickte seinen Vater erschrocken an und stellte seine Stereoanlage leiser.

»Kannst du nicht deine Kopfhörer nehmen?« donnerte Manfred Probst.

»Immer die ollen Dinger! Ich wollte mal auf volle Pulle drehn.«

»Wieso ist Mami nicht da?«

»Tante Bettina hat angerufen. Ich weiß auch nicht, warum. Jedenfalls hat sie gesagt, daß sie zum Abendessen wieder da sein wird. Wir sollen auf alle Fälle warten.«

»Na schön.« Der Vater wollte sich zurückziehen.

»Papi, hast du 'nen Moment Zeit?«

»Was gibt's?«

»Nichts Besonderes. Ich wollte dich nur was fragen.«

»Dann schieß los.«

»Neulich sonntags, als ihr mich ins Kino geschickt habt ... du weißt doch, als die Leute kamen, die nichts mit Jungens zu tun haben wollten ...« druckste Florian verlegen herum.
»Ja?« half der Vater ihm nach.
»Konrad sagt«, platzte Florian heraus, »es wären Mädchen gewesen?«
»Woher will er das denn wissen?« fragte der Vater, um Zeit zu gewinnen.
»Er hat aus dem Fenster gesehen. Rein zufällig natürlich.«
»Ja, und?«
»Stimmt das? Oder kohlt er mich an?«
Der Vater stand schon im Begriff, den Freund seines Sohnes als Schwindler hinzustellen, weil ihm das die einfachste Lösung schien. Gerade noch rechtzeitig fiel ihm das verräterische Glitzern in Florians Augen auf, und er fürchtete, daß er aufs Glatteis geführt werden sollte. Möglicherweise wollte der Junge prüfen, wie weit sich der Vater an die Wahrheit hielt.
»Ja, es stimmt«, sagte er ruhiger, als ihm zumute war, »sonst noch was?«
»Ich muß jetzt immer darüber nachdenken, was sie hier wollten und warum sie kleine Jungens hassen. Vielleicht waren es doch nicht so kleine Jungens.«
»Was meinst du damit?«
»Na, wenn die Jungens wirklich hassen, dann muß es doch ganz was Schlimmes gewesen sein. Du weißt, was ich meine.«
Der Vater schloß die Tür, schob ein paar Schallplatten beiseite und setzte sich auf das Bett. »Nein. Das mußt du mir schon näher erklären.«
»Was Frauen manchmal passiert. Die Blonde war sehr hübsch ...« Hastig fügte er hinzu: »... sagt Konrad. Da

habe ich mir gedacht ... Mami sagt auch manchmal, wenn uns ein Mädchen entgegenkommt, an der alles wippt: ›Wenn man so herumläuft, muß man sich nicht wundern, wenn etwas passiert.‹ Das meine ich, Papi.«

»Was meinst du? Etwa Vergewaltigung?« fragte der Vater ungläubig.

»Ja, so was ... oder so ...«

»Kannst du dir überhaupt etwas darunter vorstellen?«

»Das ist doch nicht schwer. Wenn man ein Mädchen mit Gewalt zwingt.«

»Zu was?«

»Daß es einen ranläßt.« Als fürchtete er, sich nicht verständlich genug gemacht zu haben, fügte er hinzu: »Zum Geschlechtsverkehr.«

»Sag mal, seit wann weißt du denn über diese Dinge Bescheid?«

»Ach, schon lange. Man kann es doch überall lesen, und wir reden auch darüber.«

»Und Mami? Was sagt die dazu?«

»Du glaubst doch nicht, daß ich das Mami erzähle? Da käme ich schön mit an. Aber wir beide, wir sind doch Männer.«

»Du willst doch wohl erst noch einer werden.«

»Dauert bestimmt nicht mehr lange. Also ... Ist sie vielleicht vergewaltigt worden, Papi?«

»Nein.«

Florian verzog enttäuscht das Gesicht.

»Jetzt fehlt nur noch, daß du ›schade‹ sagst«, meinte sein Vater.

»Na ja, wenn man glaubt, man ist einem Geheimnis auf der Spur«, verteidigte sich der Junge, »und hinterher ist es dann gar keins ...« Er ließ den Satz unausgesprochen. »Warum durfte ich die Mädchen dann nicht kennenlernen? Und was wollten sie hier?«

»Florian, kannst du den Mund halten?«
»Sicher das, Papi!«
»Auch deiner Mutter gegenüber? Sie weiß Bescheid, aber sie hat es vielleicht nicht so gerne, wenn ich es dir erzähle.«
»Also doch ein Geheimnis?« erkundigte sich der Junge, und seine Augen leuchteten auf.
»Jedenfalls etwas, das man nicht an die große Glocke hängen sollte. Das betrifft auch Konrad und deine anderen Freunde.«
»Schon kapiert, Papi. Ich werde schweigen wie ein Grab. Großes Ehrenwort. Schieß schon los!«
Manfred Probst zögerte noch und überlegte, ob es wirklich richtig war, den Jungen einzuweihen. Aber über kurz oder lang mußte er es ja doch erfahren, und wer wußte denn, wann die Gelegenheit wieder so günstig sein würde. Es fiel ihm auf, daß er nur selten Gelegenheit hatte, mit seinem Sohn unter vier Augen zu sprechen.
Also erzählte er die ganze Geschichte, sehr behutsam, dem Denkvermögen eines Zwölfjährigen angepaßt.
Florian lauschte begierig. »Also dann habe ich eine Schwester?« fragte er, als der Vater geendet hatte. »Ist es die Dunkle oder die Blonde?«
»Die Blonde.«
»Oh!« machte er angenehm überrascht. »Warum habt ihr mir das nicht gleich gesagt?«
»Weil Mami noch nicht überzeugt ist, daß es wirklich stimmt.«
»Aber du bist ganz sicher?«
»Sagen wir: ziemlich sicher. Ganz sicher kann ich erst sein, wenn das Ergebnis der Untersuchung vorliegt.«
»Bloß eins verstehe ich nicht«, sagte Florian, »diese Frau ... warum hat sie denn nicht die Pille genommen?«
»Weil sie eine verheiratete Frau war. So angenehm ist das

Pillenschlucken übrigens auch nicht. Jede Frau ist froh, wenn sie das nicht nötig hat.«

»Ach ja? Ich dachte, alle täten es.«

»Ich freue mich, daß ich deine Vorstellungen über Sex wenigstens in diesem Punkt korrigieren kann. Man darf nie davon ausgehen, daß eine Frau die Pille nimmt. Selbst wenn sie es behauptet, muß es nicht unbedingt wahr sein.«

»Und warum hast du selber damals nicht daran gedacht?«

»Wenn man verliebt ist, vergißt man das Denken. Das wirst du selber noch erleben. Aber vielleicht kannst du aus meinem Fehler was lernen, wenn du soweit bist. Sex ist nicht zum Spaß da, sondern damit Kinder erzeugt werden. Das vergißt man leicht, wenn man jung und dumm ist.«

»Daß so was so schnell passieren kann«, sagte Florian nachdenklich.

»Ja. Noch schneller. Und mancher verdirbt sich damit sein ganzes Leben.«

»Wieso?«

»Wenn er glaubt, das Mädchen heiraten zu müssen, obwohl es gar nicht zu ihm paßt oder der Zeitpunkt falsch ist. Manchmal muß man ein Mädchen auch wirklich heiraten, wenn man vor sich selber nicht wie ein Schweinehund dastehen will. Man rennt sozusagen mit offenen Augen in sein Unglück.«

»Dann«, sagte Florian, »ist aber nur das Heiraten gefährlich und nicht das ...« Es war ihm anzusehen, daß er einen sehr ordinären Ausdruck schon auf der Zunge hatte, er unterdrückte ihn aber und sagte statt dessen: »Na, du weißt schon.«

»›Na du weißt schon‹ ist immer mit Verantwortung verbunden. Ob du dich nun bindest oder nicht, für das Kind bleibst du dein ganzes Leben verantwortlich, finanziell und moralisch.«

»Aber für das Mädchen . . . meine Schwester, meine ich . . . wie heißt sie eigentlich?«
»Jessica.«
»Für Jessica hast du dich doch gar nicht verantwortlich gefühlt.«
»Weil ich geglaubt habe, daß sie in einer intakten Familie aufwüchse. Daß ich nur stören würde, wenn ich mich da einmische. Außerdem, wenn ich damals darauf bestanden hätte, daß Molly ihrem Mann die Wahrheit sagte, hätte er sich wahrscheinlich scheiden lassen. Jedenfalls fürchtete ich das. Dann hätte ich Molly und das Kind am Hals gehabt, und wer weiß, ob deine Mutter mich dann überhaupt noch genommen hätte.«
»Klingt alles ziemlich kompliziert.«
»Es ist kompliziert, mein Sohn. Es wäre besser, du würdest in Zukunft nicht mehr so kaltschnäuzig über Sex denken und reden, wie es zwischen dir und deinen Freunden üblich zu sein scheint. Die paar nackten Tatsachen, die ihr wißt, werden euch wohl kaum helfen, die wirklichen Probleme zu lösen.«

Einige Tage später – es war ein Freitag, an dem Jessicas Kurs früher als gewöhnlich beendet worden war – kam sie höchst vergnügt nach Hause. In der einen Hand hatte sie einen Strauß Rosen, in der anderen trug sie eine schwere Plastiktüte, die Schulmappe hatte sie sich unter den Arm geklemmt.
»Hi!« rief sie. »Da bin ich wieder. Ich hab' mich furchtbar beeilen müssen. Rat mal, was passiert ist!«
Marty dachte nichts anderes, als daß sie ihren Vater getroffen hätte. »Kann ich nicht!« sagte sie lächelnd. »Aber ich nehme an, du wirst es mir gleich erzählen.«
»Philipp kommt!«

Martys Lächeln erlosch; ihr war, als setzte ihr Herz einen Schlag lang aus. »Nein!« sagte sie töricht.
»Doch! Wenn ich es dir sage! Ich habe ihn zum Abendessen eingeladen, und er hat mir versprochen zu kommen.«
»Das war sicher nur ein Witz.«
»So gemein ist er nicht! Er würde mich nie Einkäufe machen und Vorbereitungen treffen lassen und mich dann versetzen!«
Jessica hatte ihre Schulmappe und die anderen Sachen abgesetzt, den Mantel ausgezogen und achtlos über einen Stuhl geworfen. Jetzt nahm sie die Blumen und den Plastiksack und stürzte in die Küche. Marty folgte ihr benommen. »Ja, wenn er nur gesagt hätte, er käme gelegentlich mal vorbei«, plapperte Jessica weiter, »dann könnte es sein, daß er nur Spaß gemacht hätte. Aber nicht, wenn er sagt, er kommt heute abend, Punkt acht Uhr.«
»Das ist unmöglich!« protestierte Marty, aber ihre Stimme klang kraftlos. »Du hättest ihn nicht einladen dürfen! Das hier ist immer noch meine Wohnung. Du hättest mich mindestens um Erlaubnis fragen müssen.«
Jessica lachte. »Du bist gut! Dich erst fragen, wo du jetzt noch so ein Theater machst?«
»Bitte, Jessica, bitte! Ich weiß, es ist unangenehm für dich, aber ... Lade ihn wieder aus! Ich ... ich kann dir nicht erklären, aber ich ...«
»Ausladen? Wie stellst du dir das vor? Ich wüßte ja nicht mal, wie ich ihn jetzt erreichen könnte!«
»Ich ... ich ertrage es nicht!«
»Mein Gott, du tust, als wäre er der erste Mann, der den Boden deiner jüngferlichen Wohnung betritt. Stell dich nicht so an! Was ist schon dabei, wenn er hier mit uns ißt? Das tut doch keinem von uns weh.«
»Ich will es einfach nicht haben!«

»Dann mußt du ihm das schon selber sagen. Ich bin mal gespannt, wie du das fertigbringst, wenn er hier vor dir in der Tür steht.«
»Du weißt genau, daß man das nicht machen kann.«
»Na also. Dann mußt du eben in den sauren Apfel beißen!«
Jessica hatte eine Vase mit Wasser gefüllt und die Rosen hineingetan; jetzt drückte sie sie Marty in die Hand. »Da, stell sie ins Wohnzimmer. Du kannst sie vielleicht noch ein bißchen hübscher arrangieren. Ich muß mich jetzt ums Essen kümmern.«
Martys Finger umklammerten die Vase, als könnte das zerbrechliche Gefäß ihr Halt geben. »Wie kannst du mir das antun?«
Jessica schaltete den Backofen ein.
»Was denn schon? Einen netten Mann zum Essen einladen. Ich verstehe nicht, wie du eine solche Tragödie daraus machen kannst.«
»Ich mag ihn nicht. Er ist für mich ein Alptraum.«
»Auf einmal? Ich dachte, du fändest ihn attraktiv?« Jessica packte ein Stück Rinderlende aus.
»Auch der Teufel kann in gewisser Weise attraktiv sein. Ich finde ihn entsetzlich.«
»Wen?« Jessica lachte unbekümmert. »Den Teufel oder Philipp?« Sie wusch das Fleisch unter fließendem Wasser und trocknete es ab.
»Für mich ist er gräßlicher als der Teufel.«
»Jetzt spinnst du aber! Los, bring die Rosen weg. Am besten deckst du auch schon den Tisch!«
»Ich will nicht, Jessica! Begreifst du nicht? Ich lasse mich nicht einfach von dir manipulieren!«
Jessica sah die Schwester an und merkte, daß sie weiß wie die Wand war. »Geht es dir nicht gut?« fragte sie, jetzt doch besorgt.

»Mir ist speiübel!«
»Dann gehst du am besten an die frische Luft! Das ist überhaupt die Idee. Ich hatte zwar mit deiner Hilfe gerechnet, aber, na wennschon! Das Essen bringe ich auch allein zustande. Du ziehst dir jetzt deine Jacke an und verschwindest hier. Am besten gehst du ins Kino. Dann brauchst du ihn gar nicht zu sehen. Um Punkt elf werfe ich ihn raus. Einverstanden?«
Marty spürte, daß die Knie unter ihr nachgaben, und sie ließ sich, die Vase mit den Rosen immer noch in den Händen, auf einen Küchenstuhl sinken. »Du weißt sehr gut, daß ich dich nicht mit ihm allein lassen kann«, sagte sie verzweifelt.
»Ach was! Das bildest du dir auch nur ein! Er ist viel harmloser, als du glaubst.«
»Aber du bist es nicht!«
»Das ist gut!« Jessica lachte. »Jetzt kannst du schon wieder Witze reißen!«
Jessicas Heiterkeitsausbruch gab Marty die Möglichkeit, ihr Elend zu überspielen. Sie begriff, daß sie sich nicht so hätte gehenlassen dürfen. Etwas Ähnliches war ihr nie zuvor passiert. Jessica war nicht dumm. Sie war durchaus imstande zu durchschauen, daß sich hinter der vorgetäuschten Abneigung gegen Philipp etwas anderes verbergen konnte. Zum Glück war sie zu oberflächlich und zu sehr mit sich selbst beschäftigt, um ihren Ausbruch zu analysieren. Marty begriff, daß sie in der Falle saß und daß ihr nichts anderes übrigblieb, als gute Miene zum bösen Spiel zu machen.
Sie brauchte all ihre Kraft, um sich ein Lächeln abzuringen.
»Du bist mir wirklich eine!«
»Nun gib schon zu, daß du dich freust! Es ist doch nett, mal Besuch zu haben ... Richtigen Besuch, meine ich, nicht nur von diesen dämlichen Theaterfritzen!«

»Sie sind nicht dämlich!« protestierte Marty schwach.
»Sind sie doch! Sie können über nichts anderes quatschen als über das Theater, und wen interessiert das schon?«
»Mich.«
»Aber mich nicht. Ich möchte endlich mal wieder mit einem richtigen Menschen zusammen sein, und nicht immer nur mit Figuren aus Pappmaché!«
Jetzt gelang Martys Lächeln schon leichter. »Das sollte Kanzler hören!«
»Kannst du ihm ruhig bestellen! Ich finde es unwürdig, wenn ein erwachsener Mann sich nur mit solchem Käse befaßt.«
»Jetzt hast du es mir aber mal gegeben!«
»Dich habe ich nicht gemeint, Marty, wirklich nicht. Du bist noch die Vernünftigste von den allen. Aber ich habe mich schon oft gefragt, wie du es in diesem Haufen von Verrückten aushältst.« Jessica hatte sich darangemacht, aus Kräutern, Senf und Öl eine dicke Paste zu bereiten. »Jetzt stell aber endlich die Vase weg. Du mußt mir helfen!«
»Was soll das eigentlich werden, wenn es fertig ist?«
»Ein Roastbeef mit Kräuterkruste. Zerdrück du mir, bitte, zwei Knoblauchzehen und misch sie drunter.«
»Und warum machst du das nicht selber?«
»Dumme Frage! Meinst du, ich will nach Knoblauch riechen? Bestimmt nicht, wenn es sich vermeiden läßt.«
Marty wunderte sich nicht über den Egoismus ihrer Schwester, denn der war ihr nur zu bekannt. »Dann soll ich wahrscheinlich auch die Pommes frites machen, weil dein Haar sonst nach Fett riechen könnte?«
Jessica strahlte sie an. »Gut, daß du von selbst drauf kommst, Marty! Ich hätte nicht gewagt, dich darum zu bitten!« Sie nahm Marty die Vase mit den Rosen aus den Händen. »Aber jetzt Beeilung, bitte! Du kannst in der Küche wei-

termachen. Ich werde den Tisch decken. Und schau auf die Uhr, wenn du das Fleisch in den Ofen schiebst!«
Marty kam sich ein wenig wie Aschenputtel vor, als sie aufstand und sich an die Arbeit machte. Aber sie wies sich sofort zurecht. Es war doch völlig gleichgültig, wie und wonach sie roch. Auch wenn sie von allen Wohlgerüchen Arabiens umschwebt wäre, würde das keinen Unterschied machen. Sie mußte die Begegnung mit Philipp durchstehen, wie auch immer, und es würde sie eiserne Beherrschung kosten, sich keine Blöße zu geben. Sie durfte ihn weder anhimmeln noch angreifen, sondern mußte sich völlig neutral verhalten. Das war eine Technik, die sie oft geübt und angewandt hatte. Sie mußte ihr doch auch in diesem Fall gelingen.

Pünktlich um acht waren die Pommes frites das erste Mal gebacken und das Roastbeef so weit, daß der Ofen abgeschaltet werden konnte.
»Um Himmels willen!« rief Jessica. »Ich bin ja noch nicht umgezogen!«
Marty sah auf die Uhr. »Brauchst du auch nicht. Du siehst sehr süß aus.«
»In diesem Fetzen? Du hast Begriffe!« Sie wirbelte ins Schlafzimmer.
Es klingelte an der Wohnungstür.
»Jessica!«
»Mach du auf! Ich bin halb nackt!«
Wenn es eine Hintertür gegeben hätte, wäre Marty geflohen. Mach kein Theater, redete sie sich selber zu, reiß dich zusammen. Du mußt die Situation meistern. Du hast keine Wahl. Sie durchquerte das Wohnzimmer, spürte den Wunsch, in den Garderobenspiegel zu blicken, versagte ihn sich aber, weil es sinnlos war; sie wußte, wie sie aussah. Mit

einem Ruck öffnete sie die Tür. Wenn sie sich bis jetzt noch an die schwache Hoffnung geklammert hatte, daß Philipp beim zweiten Mal nicht mehr so überwältigend wirken würde, wurde sie enttäuscht. Er war so groß, so schlank, so selbstsicher, wie sie ihn in Erinnerung hatte, und die tiefblauen Augen in dem markanten Gesicht blickten genauso durchdringend, wissend und leicht amüsiert. Sie empfand den wahnsinnigen, herzzerreißenden Wunsch, sich in seine Arme zu werfen, und spürte mit Entsetzen, daß sie außerstande war, ein Wort hervorzubringen.

»Guten Abend, Marty«, sagte er gelassen, »da bin ich.« Er drückte ihr eine kleine Zeichenmappe in die Hand. »Darf ich ablegen?«

Wenigstens brachte sie die Kraft auf, zu nicken.

Er trug einen jener Trenchcoats, die, auch wenn sie nicht mehr neu und nicht ganz sauber sind, immer noch den Eindruck männlicher Eleganz erwecken. Jetzt öffnete er den lose geschlungenen Gürtel und knöpfte den Mantel auf. »Ich habe mich sehr über eure Einladung gefreut«, sagte er leichthin.

Marty fand die Sprache wieder, vergaß aber zugleich ihre guten Vorsätze. »Ich habe dich nicht eingeladen!« sagte sie scharf.

»Nein? Wie schade.« Er hängte den Mantel an einen Haken. »Dabei habe ich mich extra für dich feingemacht.« Tatsächlich war der dunkelblaue Alpaka-Pullunder, den er über einem weißen Hemd trug, in tadellosem Zustand.

»Du hast Jessica die Einladung suggeriert!«

»Glaubst du?«

»Von sich aus hätte sie es nie gewagt . . .«

Er schnitt ihr das Wort ab. »Mag sein oder auch nicht, Marty, das ist doch gänzlich unerheblich. Jetzt bin ich hier.« Er schnupperte. »Und es riecht schon gut!«

»Warum bist du gekommen?«
Er lächelte auf sie herab. »Ich könnte jetzt sagen: um mich einmal satt zu essen. Aber die Erklärung ist viel einfacher: Ich wollte dich wiedersehen.«
Ob solcher Unverfrorenheit verschlug es ihr wiederum die Sprache; es war ihr, als verdorrte ihre Zunge.
»Marty«, sagte er, »wollen wir nicht versuchen, friedlich miteinander auszukommen?« Er nahm ihr die Mappe aus der Hand. »Da wir es nun einmal müssen ...«
»Wir müssen es nicht!« brachte sie mühsam hervor, und ihre Stimme war nur ein Krächzen. Er schob sie, als wäre er zu Hause, vor sich ins Wohnzimmer. »Du solltest einen Schluck trinken, Marty! Ah, ihr habt den Wein schon aufgemacht!« Er steuerte auf den festlich gedeckten Tisch zu. »Rotwein, sehr gut.« Er nahm die Flasche in die Hand und las das Etikett: »Beaujolais neunzehnhundertsiebenundsiebzig Réserve Chateaubriand. Soll ich einschenken? Oder möchtest du einen Aperitif?«
»Ich muß in die Küche!«
»Aber, Marty, nicht doch! Du kannst deinen Gast doch nicht sich selbst überlassen. Wo bleibt deine gute Erziehung?« Er packte sie beim Handgelenk, zog sie an sich und drückte sie auf einen Stuhl.
Sie brachte nicht die Kraft auf, sich zu wehren.
Er goß ein wenig Wein in eins der Gläser, kostete, schnalzte anerkennend mit der Zunge und schenkte sich und Marty ein. »Auf was wollen wir trinken? Dumme Frage. Auf uns natürlich. Trinken wir auf uns!«
Marty blieb stumm, aber sie trank.
»Komisch«, sagte er, »wann immer wir uns begegnen, muß ich dich zwingen, erst einmal was zu trinken. Ein Mädchen wie du ist mir noch nie begegnet.«
»Sei froh!« brachte sie mühsam heraus.

Er lachte.
Jessica kam herein, reizend anzusehen in einem hellblauen, etwas zu sommerlichen Kleid, das in der Taille gesmokt war. Sie hatte sich nur wenig geschminkt, gerade so viel, um ihre Schönheit wirkungsvoll zur Geltung zu bringen. Marty betrachtete sie bewundernd, warf dann einen raschen Blick auf Philipp, um festzustellen, welchen Eindruck sie auf ihn machte. Aber sein Gesicht verriet nichts.
»Hi, Philipp!« begrüßte sie ihn vergnügt. »Entschuldige, daß ich dich nicht empfangen habe!« Sie ging zu ihm und gab ihm die Hand.
Marty dachte, daß nicht viel gefehlt hätte, und sie hätte ihn geküßt.
»Macht doch nichts, Jessica«, erwiderte er, »ich denke, du hast noch an deiner Schönheit basteln wollen.«
»Du hast es erfaßt!«
»Mein Kompliment! Du hast den Gipfel der Vollkommenheit fast überschritten!«
Jessica ließ sich, anmutig wie ein Schmetterling, zwischen den beiden nieder.
»Kann ich auch einen Schluck Wein kriegen, Philipp?« bat sie, und im gleichen Atemzug: »Gehst du jetzt in die Küche und machst das Essen fertig, Marty?«
Philipp ließ die Weinflasche, die er schon in der Hand gehabt hatte, wieder sinken. »Wenn ich mich recht erinnere, hattest du mir versprochen, für mich zu kochen.«
»Ja, schon.«
»Dann tu's, bitte, auch.«
»Es ist ja schon alles fertig! Es geht nur noch darum, die Pommes frites . . .«
Er unterbrach sie. »Dann mach das!«
»Aber ich bin doch schon umgezogen!«
»Dann bindest du dir eben ein Schürzchen um! Wenn ich

euch beide so betrachte, bist du eher der hausfrauliche Typ, und nicht Marty.«

Jessica schob die Unterlippe vor. »Ich möchte mich lieber mit dir unterhalten.«

»Dazu haben wir noch jede Menge Zeit.«

Widerwillig stand Jessica auf und verzog sich in die Küche.

»Du könntest ruhig ein bißchen strenger mit ihr sein«, stellte Philipp fest.

»Ich mag mich nicht mit ihr streiten.«

»Einem Mädchen in diesem Alter muß man zeigen, wo es langgeht.«

»Wenn ich das nur selber so genau wüßte.«

»Du überraschst mich.«

Sie sah ihn fragend an. »Wieso?«

»Auf mich wirkst du wie ein Mensch, der sehr genau weiß, was er will und was er muß.«

»Stimmt schon«, gab sie zu, »aber ich möchte meine Regeln nicht anderen aufzwingen. Jessica und ich, wir sind so verschieden.«

»Das ist augenscheinlich.«

»Sie kann etwas anderes vom Leben erwarten als ich.«

»Und was erwartest du?«

»Ich will gebraucht werden.«

»Das wirst du doch jetzt schon.«

Marty dachte nach. »Ja, aber es genügt mir nicht. Ich meine, jetzt bin ich ganz zufrieden, aber ich möchte nicht mein Leben lang den Schattenschlappes eines Regisseurs spielen. Ich möchte selber etwas machen, inszenieren oder ein Stück schreiben.«

»Das ist aber viel mehr, als nur gebraucht werden.«

»Ich denke, daß jeder Mensch das Recht und auch die Pflicht hat, seine Fähigkeiten, so weit es geht, zu entwickeln. Man muß es wenigstens versuchen.«

»Und für Jessica gilt das nicht?«
»Doch ja, natürlich.«
»Und du meinst, du bringst sie dahin, indem du sie verwöhnst?«
»Ich habe sie immerhin dahin gebracht, daß sie eine Handelsschule besucht, und wenn das alles ausgestanden ist, wird sie auch wieder aufs Gymnasium gehen, das schwöre ich dir.«
»Was ›alles‹?« fragte er.
Jetzt erst wurde ihr bewußt, wie persönlich das Gespräch war, in das er sie verwickelt hatte. »Du hast vielleicht eine Art!« sagte sie.
»Gefällt sie dir nicht?«
»Ich bin es nicht gewohnt, mit einem wildfremden Menschen über private Dinge zu sprechen.«
»Und mich interessiert nun mal kein allgemeines Blabla.« Er sah sie so durchdringend an, als wollte er auf den Grund ihrer Seele blicken.
Rasch wandte sie den Kopf zur Seite. »Ach, Philipp«, sagte sie.
»Schon besser.«
»Was soll denn das schon wieder heißen?«
»Ich finde es besser, wenn du dich zeigst, wie du bist ... menschlich, verletzlich ..., und nicht immer nur die beinharte Karrierefrau spielst.«
»Du mußt mich verwechseln. Ich bin das Mädchen, das immer erst was zu trinken braucht, bevor es mit dir reden kann.«
»Aber dann geht es doch sehr gut!« Er streckte die Hand aus, eine sehr kräftige Hand mit kurzgeschnittenen Fingernägeln, und legte sie auf ihre.
Sie zuckte zurück. »Tu das nicht!«
»Bist du lesbisch?« fragte er sehr ruhig.

»Du verdammter Idiot!«
»Warum reißt es dich dann jedesmal, wenn ich dich berühre?«
»Gut. Nimm an, daß ich nur auf Frauen stehe. Das vereinfacht die Angelegenheit.«
»Aber ich will die Wahrheit wissen.«
»Du bist unverschämt! Ein Mensch ohne jegliches Taktgefühl! Kommst hierher, obwohl du weißt, daß ich nichts mit dir zu tun haben will! Benimmst dich, als wärst du hier zu Hause, und fragst mich aus, als wärst du mein Beichtvater!«
»Fragen können nie taktlos sein«, erwiderte er lächelnd, »Antworten sind es manchmal.«
»Das ist auch nicht auf deinem Mist gewachsen«, sagte sie wild, »das ist ein Aphorismus von Oskar Wilde!«
»Mein kluges, gebildetes Mädchen. Wenigstens brauchst du dir nicht vorzuwerfen, taktlose Antworten gegeben zu haben.«
»Wenn ich nur wüßte, was du von mir willst.«
»Dich kennenlernen. Du interessierst mich.«
»Um Himmels willen, spar dir den Quatsch!«
»Du scheinst es nicht gewohnt zu sein, daß man sich für dich interessiert.«
»O doch! Es gibt mengenweise Leute, die . . .«
». . . sich an dich heranmachen, weil sie etwas von dir wollen, weil sie glauben, du hast Einfluß auf deinen Regisseur oder weil sie deine Aufzeichnungen abschreiben wollen!«
Das war so wahr, daß Marty es nicht abstreiten konnte. »Es gefällt mir so«, sagte sie statt dessen, »und ich mag es überhaupt nicht, wenn man versucht, mich zu analysieren.«
»Wer tut denn das?« fragte er unschuldsvoll.
»Du! Schon die ganze Zeit! Ich komme mir vor wie ein Insekt unter dem Mikroskop!«

»Ihr streitet euch doch nicht?« fragte Jessica und trug eine Platte mit dem aufgeschnittenen Roastbeef herein. »Ärgere dich nicht über Marty, sie meint's nicht so! Na? Ist mir das Beef nicht wunderbar gelungen! Außen schön knusprig und innen rosig! Ich hoffe, du hast nichts gegen Knoblauch, Philipp?«

Marty stand auf, um die Pommes frites zu holen. In der Küche blieb sie eine Weile gedankenverloren stehen, dankbar für diese Atempause, bis ihre Schwester ungeduldig nach ihr rief.

Das Essen verlief harmonisch, wenn auch Jessica und Philipp die Unterhaltung fast allein bestritten. Marty saß stumm dabei und hatte Mühe, das Fleisch herunterzuwürgen. Gewöhnlich mochte sie halbrohes Fleisch, aß auch gerne Beefsteak Tatar, aber heute erschien ihr das Rot bestialisch.

Philipp lobte den Braten und aß mit gutem Appetit. Auch Jessica langte kräftig zu. Obwohl sie am gleichen Tisch saß, fühlte Marty sich von den beiden anderen meilenweit entfernt.

»Soll ich uns jetzt einen Kaffee machen?« fragte Jessica, ganz Hausfrau, als sie die Mahlzeit beendet hatten.

»Lieber würde ich noch eine Flasche Wein mit euch trinken«, sagte Philipp.

»Du bist doch nicht etwa ein Säufer?«

»Wer weiß?«

»Wir haben noch den gleichen«, sagte Marty, stand auf und ging in die Vorratskammer.

Als sie zurückkam, nahm ihr Philipp die Flasche aus der Hand und verlangte nach einem Korkenzieher. »Ein ausgezeichnetes Gewächs!« sagte er. »Wo kauft ihr ihn?«

Jessica war dabei, das Geschirr zusammenzustellen. »Überhaupt nicht! Marty bringt ihn . . .« Sie stockte, weil sie be-

griff, daß ihr Elternhaus in Düsseldorf-Oberkassel nicht mehr ihr Zuhause war.
»Mein Vater hat einen Weinkeller«, sagte Marty rasch, »und er hat nichts dagegen, wenn ich hin und wieder eine Flasche mitnehme.«
»Ist dein Vater nicht auch Jessicas Vater?« fragte Philipp beiläufig. Die beiden Mädchen sahen sich an.
»Nein«, sagte Marty, »wir sind Halbschwestern.«
»Erstaunlich, daß ihr dann so zusammenhaltet.« Mit einem leichten »Plop« fuhr der Korken aus dem Flaschenhals.
»Ich glaube, das siehst du falsch«, sagte Jessica, nachdenklicher, als es sonst ihre Art war, »Marty hält zu mir. Das ist ganz einseitig.«
»Unsinn!« widersprach Marty. »Du würdest schon zu mir halten, wenn du wüßtest, daß es drauf ankäme.«
»Du hast noch nie Hilfe gebraucht!«
»O doch!« sagte Marty. »Du hast es nur nicht gemerkt.«
»Wann, zum Beispiel?«
»Lassen wir das Thema.«
»Ich finde es sehr interessant«, sagte Philipp und schenkte ein.
»Für mich nur ganz wenig«, bat Jessica, »ich fürchte, ich kriege einen Schwips.«
Er sah Marty an. »Wie signalisierst du es, wenn du Hilfe brauchst?«
»Wie alle anderen auch! Wie jeder, der damit keine besonderen Schwierigkeiten hat, meine ich: Ich spreche es aus. Aber niemand hört darauf.«
»Klingt ziemlich bitter.«
»Es ist bitter.«
»Jetzt mach aber mal 'nen Punkt!« rief Jessica. »Daß niemand deine Hilferufe hört, liegt doch bloß daran, daß sie nicht echt sind. Du bist doch immer mit allem und jedem ganz al-

leine fertig geworden. Ich wollte, ich wäre nur halb so stark wie du.«

»Allmählich habe ich wirklich genug«, sagte Marty.

»Wovon?« fragte Philipp.

»Von dir! Wie du uns dahin bringen willst, unsere Seelen umzukrempeln!«

»Ein hübsches Bild!« Er lachte. »Du scheinst dir deine Seele wie einen alten Strumpf vorzustellen!«

»So gehst du jedenfalls damit um!«

»Entschuldige. Das wollte ich nicht.«

Marty hätte ihn schlagen mögen; nur mühsam schluckte sie ihren Zorn herunter.

»Wieso regst du dich so auf?« erkundigte Jessica sich harmlos. »Wir reden doch bloß.«

»Ja«, stimmte Philipp ihr zu, »wir reden und reden, und darüber habe ich ganz vergessen, daß ich euch was mitgebracht habe. Neugierig seid ihr übrigens gar nicht.« Er streckte den Arm aus und nahm die kleine Zeichenmappe – sie bestand eigentlich nur aus zwei Kartons, die mit Schleifen zusammengebunden waren – von der Kommode, auf die er sie abgelegt hatte.

»Ich dachte, das gehört dir«, erklärte Jessica.

Er löste die Bänder und nahm mit liebevoller Behutsamkeit ein Aquarell heraus. Jessica lief zu ihm hin und sah ihm über die Schulter. »Was ist das?«

»Denk darüber nach ... oder besser: Versuch es zu fühlen! Du auch, Marty!« Er hielt es so, daß sie es betrachten konnte.

Das Bild war in zarten rötlichen, gelben und weißen Tönen gehalten, aber es war durchaus nicht verschwommen, sondern hatte klare Konturen, Linien, Bogen und Spitzen.

Jessica stellte sich jetzt neben Marty. »Hübsch!« sagte sie. »Aber was soll das sein?«

Marty sah hin, wollte nicht hinsehen, wollte nicht nachdenken und wurde gegen ihren Willen fasziniert. Plötzlich gab es etwas wie eine kleine Explosion in ihrem Kopf, und völlig impulsiv rief sie: »Eine Rose!«
»Sei nicht albern!« widersprach Jessica. »Das kann doch nie und nimmer eine Rose sein!«
»Doch«, sagte Philipp, »Marty hat recht. Es stellt ›Die Rose‹ dar.«
»Dann solltest du es wenigstens darunter schreiben, damit man weiß, was es sein soll.«
»Warum malst du so?« fragte Marty, ganz wider ihren Willen brennend interessiert.
»Weil man, seit es großartige Fotografien gibt, nicht mehr realistisch malen kann. Ein Künstler mit der Kamera kann nicht nur Bilder ablichten, sondern auch Stimmungen einfangen. Deshalb versuche ich etwas ganz anderes: mein Unterbewußtsein zu mobilisieren.«
»Wie fängst du das an?«
»Ich sehe mir den Gegenstand an, den ich malen will, sehr lange. Ich vertiefe mich hinein. Wenn ich glaube, das Wesen des Dinges in mich aufgenommen zu haben, skizziere ich mit geschlossenen Augen. So siehst du die Rose nicht nur von einer Seite, sondern von allen, von oben und von unten gleichzeitig als das, was sie wirklich ist, nicht äußerlich, sondern im ganzen. Es müßte möglich sein, sie auch gleichzeitig als Knospe und als verwelkende Schönheit zu zeigen, aber da wage ich mich noch nicht heran. Es ist mir zu kompliziert, und es besteht die Gefahr, daß eine gedankliche Spielerei daraus würde.«
»Mit geschlossenen Augen zu zeichnen ... was für eine Idee!« sagte Jessica, und es klang beeindruckt und ablehnend zugleich.
»Das ist doch gar nicht so abwegig«, versuchte ihr Marty zu

erklären, »du darfst beim Maschineschreiben ja auch nicht auf die Tasten blicken, nicht wahr?«
»Das ist doch was anderes! Weil man nicht gleichzeitig einen Text ablesen und tippen kann.«
»Nicht nur! Frag mal deinen Lehrer! Aber es ist natürlich etwas anderes . . . Bist du sicher, daß das vor dir noch niemand versucht hat, Philipp?«
»Ganz und gar unsicher. Gewisse Höhlenzeichnungen scheinen nach einer ähnlichen Methode entstanden zu sein. Ich weiß auch gar nicht, ob mich das weiterbringen wird. Ich versuch' es eben nur.«
»Wie lange schon?«
»Seit ein paar Jahren. Ziemlich bald, als ich mit der Kunstakademie fertig war, habe ich damit angefangen.«
»Und wieviel Aquarelle hast du?«
»Etwa fünfzig, etwas mehr oder weniger.«
»Nur fünfzig?« rief Jessica erstaunt. »Und dafür hast du Jahre gebraucht?«
Er lächelte sie freundlich an. »Ich habe natürlich nur die aufgehoben, die etwas geworden sind.«
»Ich möchte sie sehen«, erklärte Marty. Doch kaum daß sie es ausgesprochen hatte, dachte sie: Wie konnte ich das nur sagen! Ich muß verrückt geworden sein!
Er blickte ihr in die Augen. »Das hatte ich beabsichtigt.«
Marty verstand sich selber nicht mehr; sie wußte nicht, ob sie wirklich so beeindruckt war oder ob er ihr den Wunsch nur suggeriert hatte.
»Dann besitzt du vielleicht sogar hypnotische Kräfte?« fragte sie mißtrauisch.
Er lachte laut heraus. »Das mußte ja kommen! Ach, Marty, Marty, was bist du doch für ein seltsames Mädchen! Wenn ich das könnte, was du mir zutraust, würde ich mein Leben nicht mit Drecksarbeiten fristen.«

»Das müßtest du so und so nicht. Jemand wie du könnte mit Leichtigkeit einen Gönner finden.«
»Eine Gönnerin, meinst du?«
Diesmal hielt sie seinem Blick stand. »Ja.«
»Wenn du wüßtest, wie ich die Weiber hasse!«
»Was?« fragte Jessica entgeistert. »Bist du etwa schwul?«
»Jedenfalls würde ich mich eher mit einem schlanken Jungen einlassen als mit einer fetten alten Wachtel.«
»Sie müßte nicht alt, und sie müßte nicht fett sein«, stellte Marty richtig.
»Ich staune über dich! Würdest du mir so etwas etwa nahebringen?«
»Nein.«
»Warum sprechen wir dann darüber?«
»Weil sie dich nach deinen hypnotischen Kräften gefragt hat«, erinnerte Jessica.
»An denen es mir gänzlich mangelt! Es gelingt mir nicht mal, einen Kunsthändler zu beschwatzen, eines meiner Stücke in Kommission zu nehmen.«
»Weil sie Schafsköpfe sind.«
»Du sprichst mir aus dem Herzen. Bedauerlicherweise verliere ich bei solchen Verhandlungen meist sehr rasch die Geduld und sage es ihnen auf den Kopf zu.«
Jessica lachte.
»Armer Philipp!«
»Du hast noch nie eine Ausstellung gehabt?« fragte Marty.
»Nein, und ich weiß auch gar nicht, ob ich es mir wünschen sollte. Die Vorstellung, einen Haufen unsensibler Affen auf meine Bilder gaffen zu sehen und mich fragen lassen zu müssen, was das denn eigentlich darstellen soll, läßt mich schaudern.«

»Dann ist es wohl eine Ehre, daß du uns deine Bilder zeigen willst?« fragte Jessica.
»Nein. Vertrauen. Also, wann kommt ihr? Wie wär's mit Sonntag?«
»Aber das ist ja schon übermorgen«, protestierte Marty.
»Und warum nicht? Hast du die Absicht, deinen Charakter mit einer Übung in Geduld zu stählen? Du willst meine Bilder sehen, und ich will sie dir zeigen. Warum dann nicht so bald wie möglich? Wenn es nicht so spät wäre und die Kleine bald ins Bett müßte, würde ich euch auffordern, gleich mit mir zu kommen.«
»Sonntag müssen wir unsere Mutter besuchen.«
»Quatsch!« sagte Jessica. »Wozu? Ich habe sie jetzt schon wer-weiß-wie-lange nicht mehr gesehen!«
»Eben drum!« beharrte Marty. »Ich habe es versprochen.«
»Mir liegt nicht das geringste daran.«
»Du weißt, in was für einer schwierigen Situation sie steckt.«
»Hat sie sich selber zuzuschreiben.«
Philipp mischte sich ein. »Ihr werdet doch sicher nicht den ganzen Tag bei eurer Mutter sein. Wann fahrt ihr hin?«
»Am Vormittag«, erklärte Marty, »vielleicht behält sie uns zum Essen da.«
»Dann besucht ihr mich eben danach. Schneit einfach herein, wann ihr könnt. Ich werde sowieso keine große Kocherei oder sonstwas veranstalten. Wißt ihr eigentlich, wo ich wohne?«
»Ich kenne nicht mal deinen Namen«, sagte Marty.
»Herzog . . . Philipp Herzog! Habt ihr ein Stück Papier? Ich schreibe euch die Adresse auf. Telefon habe ich keins. Ich erwarte euch also irgendwann am Sonntag . . . zwischen Mittag und Mitternacht.«

Der Besuch bei Molly wurde kein Erfolg. Es war nicht zu übersehen, daß zwischen ihr und Jessica eine Feindseligkeit entstanden war, die es früher nicht gegeben hatte. Jessica konnte ihrer Mutter so rasch nicht verzeihen, daß sie ihr den Zugang zum Elternhaus verbaut hatte. Molly schien es ihr ganz unvernünftigerweise übelzunehmen, daß sie überhaupt auf der Welt war.
Nichts davon wurde ausgesprochen, aber es lag in der Luft und machte eine unbefangene Unterhaltung unmöglich. Zudem mochte Molly ihren Töchtern gegenüber nicht zugeben, wie schwierig ihre Situation geworden war, und versuchte heiter und unbekümmert zu erscheinen, was ihr nur schlecht gelang. Sie behauptete, glücklich und zufrieden zu sein, prahlte damit, wie sehr ihr Freund sie liebte, was Jessica abstoßend, Marty mitleiderregend fand.
Während des ganzen Besuches beschäftigte sie sich damit, sich zu maniküren. »Ihr müßt das schon entschuldigen«, sagte sie mit einem kleinen verzerrten Lächeln, »in der Woche habe ich keine Zeit dazu.«
»Ist es nicht schrecklich für dich, in dem Supermarkt zu arbeiten?« fragte Jessica.
»Aber wieso denn? Es macht mir Spaß, sonst täte ich es ja nicht. Ich komme da mit so vielen Menschen zusammen. Ich weiß gar nicht, wie ich es früher ausgehalten habe, ohne mich zu Tode zu langweilen.« Sie betrachtete angelegentlich ihre frisch lackierten Nägel. »Außerdem kriege ich dort eine Menge Zeug ganz billig.«
»Und dein Juppijuh läßt das zu?«
»Ich will es selber, begreifst du das nicht? Und glücklicherweise ist er nicht mein Ehemann und kann mir nichts verbieten.«
Sie hatte ihren Töchtern nur etwas zu trinken angeboten, und beide hatten sich für eine Cola entschieden, an der sie

lustlos nippten. Die erwartete Aufforderung, zum Essen zu bleiben, fiel nicht. Der Freund erschien nicht auf der Bildfläche, und sie erfuhren auch nicht, ob er ausgegangen war oder noch im Bett lag.

Als Marty Anstalten machte, sich zu verabschieden, sprang Jessica erleichtert hoch, bevor es noch zu den üblichen Höflichkeitsphrasen kommen konnte.

»War schön, daß du dich auch mal hast blicken lassen«, sagte Molly in einem verletzend gleichgültigen Ton.

»Mach's gut«, erwiderte Jessica, auch nicht herzlicher, »und weiterhin viel Spaß.«

Marty hatte das Gefühl, sich entschuldigen zu müssen und wußte selber nicht, wofür. »Es tut mir so leid, Mutter.«

»Was meinst du?«

»Wir hatten dir eine Freude machen wollen.«

»Ach ja?«

»Weshalb wären wir sonst gekommen?«

Mit einem plötzlichen, ganz ungewohnten Zärtlichkeitsausbruch riß sie Marty in ihre Arme und drückte sie an sich. »Du mußt mir verzeihen, Marty! Ich weiß, ich bin unausstehlich!«

»Halb so wild«, entgegnete Marty und klopfte ihr verlegen auf den Rücken, »ich will nicht behaupten, daß ich das alles verstehe, aber ich glaube, ich kann es erahnen.«

»Du darfst mich nicht im Stich lassen, hörst du? Ich brauche doch irgend jemanden . . .« Mollys Stimme erstickte.

»Ich komme wieder, Molly. Nächsten Sonntag? Und zwischendurch telefonieren wir natürlich.« Sie befreite sich aus ihrem Griff und schob sie ein Stückchen von sich. »Du wirst doch jetzt nicht weinen?«

Tatsächlich schimmerten Tränen in Mollys schönen Augen, aber sie lächelte. »Warum sollte ich? Ich weiß selber nicht, was in mich gefahren ist.«

Marty lächelte zurück. »Ein Anflug von Sentimentalität, Molly! So was kenne ich.«
Als sie wieder im Auto saßen, sagte Jessica: »Sie ist ganz schön kaputt, was?«
»Ich finde, sie hält sich sehr tapfer.«
»Unsere Mutter ... acht Stunden täglich in einem Supermarkt, kaum zu glauben!«
»Siehst du, da hast du es doch besser.«
»Ich würde auch nicht mit einem hergelaufenen Kerl ins Bett steigen.«
»Aber mit irgendeinem Pflastermaler ...?« platzte Marty heraus und hätte sich gleich darauf auf die Zunge beißen mögen.
»Den kannst du doch nicht mit Juppijuh vergleichen!«
»Jupp Schmitz hat wenigstens einen anständigen Beruf. Wenn er erst Meister ist, kann er eine Familie ernähren.«
»Wenn es nur das ist, was dich an Philipp stört!«
»Ihm geht es nur um seine Kunst! Ich bin sicher, er würde auch zulassen, daß du im Supermarkt arbeitest, damit du ihm nicht zur Last fällst.«
»Du tust gerade so, als wollte ich ihn heiraten.«
»Willst du das nicht?«
Jessica antwortete nicht sogleich, dann sagte sie: »Ich könnte es mir schon vorstellen ...«
Martys Herz schmerzte. Sie verstand nicht, warum sie dieses Gespräch heraufbeschworen hatte. Vielleicht hatte sie den Wunsch, sich weh zu tun.
»Warum sagst du denn nichts? Warum ziehst du nicht über ihn her? Warum erklärst du mir nicht, daß das unmöglich ist?« fragte Jessica.
Weil ich nicht falsch genug bin, hätte Marty beinahe geantwortet, statt dessen sagte sie: »Es wäre doch sinnlos, nicht wahr?«

»Gut, daß du das einsiehst, und behaupte nur nicht, daß er sich nichts aus mir macht! Sonst hätte er uns nie besucht und auch nicht zu sich eingeladen.«
Marty zwang sich zur Nüchternheit. »Auf alle Fälle wollen wir ihm nicht auf den Mittagstisch platzen . . .«
»Aber er hat doch gesagt . . .«
Sie ließ ihre Schwester nicht zu Wort kommen. ». . . sondern vorher essen gehen. Wie wäre es, wenn wir zu Hartmut führen?«
»Warum?«
»Weil es lausig für ihn sein muß, am Sonntag ganz allein zu sein.«
»Der ist bestimmt gar nicht zu Hause.«
»Dann brutzeln wir uns etwas in der Küche und hinterlassen ihm ein paar Zeilen.«
So sehr Jessica auch drängte, sofort zu Philipp zu fahren, ließ Marty sich doch nicht erweichen. Gerade weil ihre eigene Sehnsucht fast übermächtig war, wollte sie sie unter Kontrolle halten. Den Charakter durch eine Übung in Geduld stählen, hatte er das genannt. Es war unheimlich, wie sehr er sie durchschaute. Vielleicht ahnte er sogar, daß es sie zu ihm hinzog.
Marty wurde es elend bei diesem Gedanken. Sie war fest entschlossen, sich bei dem Besuch in seinem Atelier ganz sachlich und kühl zu geben. Es war eine unverzeihliche Dummheit, daß sie sich überhaupt darauf eingelassen hatte.
Aber diese Begegnung mit ihm sollte und mußte die letzte bleiben. Das Maß war voll. Mehr von ihm konnte sie nicht ertragen.

Erst gegen fünf Uhr nachmittags waren sie wieder zurück in Köln.

Hartmut Holzner war über ihren Besuch überrascht gewesen und hatte sich erst wenig erfreut gezeigt, zumal er noch im Schlafanzug gewesen war und anscheinend gar nicht die Absicht gehabt hatte, sich anzuziehen. Dann hatte er aber doch zugelassen, daß sie für sich und ihn kochten. Beim Essen war er aufgetaut, hatte über seine karge Kindheit und seine Erinnerungen an den Zweiten Weltkrieg zu erzählen begonnen, um ihnen klarzumachen, wie gut sie es selber hatten. Das Thema schien ihn ungemein zu fesseln, und die Mädchen waren gezwungen, ihm mit höflichem Interesse zuzuhören, obwohl beide innerlich schon vor Ungeduld gefiebert hatten.

»Armer alter Hartmut!« hatte Marty geäußert, als sie es endlich überstanden hatten. »Er kann einem wirklich leid tun.«

»Es war eine dumme Idee, ihn zu besuchen«, hatte Jessica erwidert, »ich verstehe nicht, warum ich so an ihm gehangen habe.«

»Dann war es doch gut, daß wir bei ihm waren, und er hat es ja auch sichtlich genossen.«

Damit war der Fall erledigt, und sie hatten sich wieder dem Thema zugewandt, das sie wirklich interessierte: Philipp Herzog.

Auf dem Stadtplan hatten sie schon vorher seine Adresse ausgemacht. Er wohnte in der Altstadt, nahe am Rhein, und Marty, die sich in Köln gut auskannte, fand die Holzgasse ohne Schwierigkeiten. Die Stadt war sonntäglich leer, so daß sie vor dem Haus, in dem er sein Atelier hatte, parken konnten. Sie kletterten die sechs Stockwerke hoch, Jessica mit einer Plastiktüte beladen, in der sie zwei Weinflaschen aus Hartmut Holzners Weinkeller trug.

Philipp öffnete ihnen sofort. »Da seid ihr endlich!« sagte er heiter.

Aber er war nicht allein. In dem großen Raum saßen auf

dem Bett, auf den Stühlen und auch auf dem Boden mehrere langhaarige und bärtige Männer, Künstler wie er selber wahrscheinlich, die beide Mädchen innerlich als ziemlich vergammelt einschätzten. Die Luft war verqualmt, überall standen überquellende Aschenbecher herum und Flaschen mit billigem Rotwein.

»Meine Freunde!« sagte Philipp mit einer weiten Handbewegung. »Ich brauche sie wohl nicht einzeln vorzustellen.«

»Hi!« sagte Jessica und preßte die Flaschen krampfhaft an die Brust; es war ihr anzumerken, daß sie Hartmuts Wein zu schade für diese Figuren fand.

Marty bemühte sich, vorurteilslos zu bleiben. Da Philipp sich in diesem Kreis wohl zu fühlen schien, mußten diese Besucher doch trotz ihres verwahrlosten Aussehens etwas an sich haben, das auf den ersten Blick nicht festzustellen war. Er selber paßte in diesen Kreis und doch wiederum auch nicht. Ihr fiel auf, daß das jedesmal so gewesen war. Auf der Straße hatte er fast wie ein echter Pflastermaler gewirkt, aber auch nur fast. In ihrer Wohnung war er wie ein junger Mann aus gutem Haus aufgetreten, aber auch das war wie eine Rolle gewesen. Jetzt und hier gab er sich als Kumpel, und doch bestand ein Abstand zwischen ihm und den anderen. Aber die Faszination, die er auf sie ausübte, war immer gleich stark und ließ sie erschauern. Sie sah sich nach einem Platz um, an dem sie sich niederlassen konnte, fand aber keinen. Niemand machte Anstalten, für sie aufzustehen.

Philipp legte den Arm um ihre Schultern, und sie erstarrte, wagte aber nicht, sich seinem Griff zu entziehen, weil sie ihn nicht vor seinen Freunden blamieren wollte.

»Was ist los mit euch?« rief er. »Worauf wartet ihr noch? Ich habe euch angekündigt, daß ich Besuch kriege. Also hopp, hopp! Räumt endlich das Feld!«

Sehr langsam und sichtbar widerwillig erhoben sie sich einer nach dem anderen, murmelten ein paar Worte und schlurften zur Tür. Ihre Flaschen nahmen sie mit, sie an den Hälsen schlenkernd. Ein Mann, jünger als Philipp, grinste, und es war ihm anzusehen, daß er nur zu gerne einen drekkigen Witz gemacht hätte, ihn aber unterdrückte, weil er es sich nicht mit Philipp verderben wollte.
»Was für Penner!« rief Jessica, als sich die Tür hinter ihm geschlossen hatte.
»Sie sind nicht schlechter und nicht besser als ich«, erklärte er, »sie sind alle begabt, und ein paar von ihnen haben noch die Hoffnung, auserwählt zu sein. Die meisten haben sie aufgegeben.«
»Dann sollten sie lieber was Vernünftiges tun, anstatt herumzulungern.« Sie schnupperte. »Rauchst du Hasch?«
Er antwortete nicht, sondern sagte statt dessen: »Ich glaube, ich sollte mal tüchtig lüften.«
»Gute Idee!«
Marty hatte sich, als er den Arm um sie gelegt hatte, einer Ohnmacht nahe gefühlt. Jetzt, da er sie freigab, war es ihr, als geriete sie in ein Vakuum. Voll Entsetzen wurde ihr bewußt, daß sie sich am liebsten an ihn geklammert hätte.
Er riß alle Fenster auf außer der schrägen Glaswand, die dem Atelier seinen Charakter gab.
»Was für ein Saustall!« schimpfte Jessica.
»Ich habe gestern noch geputzt«, verteidigte er sich.
»Das glaube ich dir sogar! Aber dann hättest du diese Bande nicht hereinlassen sollen.« Sie legte die Plastiktüte aus der Hand, hob zwei Aschenbecher vom Boden, fand einen Mülleimer unter dem Spültisch und leerte sie hinein.
Systematisch machte sie sich daran aufzuräumen, kehrte herumliegende Stummel zusammen, wischte Weinflecken fort und zog die Tagesdecke über dem Bett zurecht. Das

Atelier bestand aus einem einzigen karg eingerichteten großen Raum, in dem Philipp zu schlafen, zu essen, zu arbeiten und zu lieben pflegte.
Jetzt trat er wieder zu Marty. »Sie ist sehr tüchtig, deine kleine Schwester.«
Wenn sie will, hätte Marty beinahe gesagt, denn bei ihr betätigte Jessica sich nur selten im Haushalt, aber sie wollte sie vor Philipp nicht schlechtmachen. »Ja, das ist sie!« bestätigte sie deshalb.
»Wie war es bei eurer Mutter?«
»Ziemlich deprimierend.«
»Wieso seid ihr dann so lange geblieben?«
»Wir haben auch noch unseren Vater besucht.«
Er sah ihr in die Augen. »Ihr hattet es also nicht eilig, zu mir zu kommen?«
»Nein«, sagte sie mit fester Stimme, »wieso auch? Wir hatten keine Zeit ausgemacht.«
»Hattest du uns früher erwartet?« rief Jessica. »Ich wollte nicht auch noch nach Düsseldorf-Oberkassel! Das hast du bloß Marty zu verdanken, daß wir erst so spät gekommen sind!«
»Vielleicht war er froh, daß er noch mit seinen Freunden zusammensein konnte«, sagte Marty, ohne ihn anzusehen.
»Glaubst du das wirklich?« fragte er.
»Ja.«
»Wenn du wüßtest, wie satt ich es habe, dieses ewige Diskutieren über Kunst und Stilrichtungen, über Arnulf Rainer und Beuys und die Neuen Wilden!«
»Warum tust du es dann?« rief Jessica zu ihm herüber.
»Weil der Mensch keine Insel ist!«
»Was soll das nun wieder heißen?«
»Daß niemand sich von allen anderen abschließen kann«, erklärte Marty.

»Na, dann würde ich dir aber 'ne bessere Gesellschaft wünschen, Philipp!«
»Man kann sich seine Freunde nicht aussuchen.«
»O doch!« behauptete Jessica. »Wenn ich jemand Mieses kennenlerne, lasse ich mich erst gar nicht mit ihm ein.«
»Die meisten von ihnen waren mit mir auf der Akademie. Sie waren talentiert und fröhlich und voller Hoffnung.«
»Du brauchst dich nicht zu verteidigen, Philipp«, sagte Marty.
»Tu ich das? Ja, du hast recht. Es tut mir leid, daß sie einen schlechten Eindruck auf euch gemacht haben. Ich hätte sie vorher wegjagen sollen.«
»Es spricht doch nur für dich, daß du die Erfolglosen nicht fallenläßt.«
»Ich bin ja einer von ihnen.«
»Fühlst du dich wirklich so?«
»Nein. Ich bin der Überzeugung, daß es gar nicht drauf ankommt, Erfolg zu haben, solange man noch hoffen kann, etwas zu schaffen, das wenigstens vor dem eigenen Urteil Bestand hat.«
»Während deine Freunde«, fügte Marty hinzu, »nicht ihr mangelndes Talent beklagen, sondern die Verständnislosigkeit der bösen Umwelt, und alles in der Luft zerreißen, was Erfolg hat.«
»Woher weißt du das?«
Marty zuckte die Achseln. »Ich kenne solche Typen. Schauspieler sind nicht anders. Wenn es ihnen an Begabung, an Zähigkeit, an Fleiß oder einfach nur an Glück fehlt, dann suchen sie das Versagen nicht bei sich, sondern machen Gott und die Welt dafür verantwortlich. In ihren Augen ist alles, was die Erfolgreichen machen, reine Scheiße.«
Jessica nahm die beiden Weinflaschen aus der Plastiktüte. »Wo hast du deinen Eisschrank?«

»Ich habe keinen. Wenn ich mir unbedingt was kühlen will, lege ich es in kaltes Wasser.«
»Wir können den Wein heute sowieso nicht trinken, er ist zu sehr geschüttelt«, sagte Marty.
»Dann bewahre ich ihn für euren nächsten Besuch auf.«
Einen nächsten Besuch wird es nicht geben, hätte Marty beinahe gesagt, aber sie wollte sich nicht mit ihm streiten, deshalb erklärte sie nur: »Sie sind ein Mitbringsel aus dem Weinkeller, den du ja schon schätzen gelernt hast. Trink ihn, mit wem du willst.«
»Aber nicht mit diesen Typen!« protestierte Jessica.
»Ich bewahre ihn für euch auf«, beharrte Philipp.
»Jetzt zeig uns endlich deine Bilder!« verlangte Marty.
»Hast du es eilig?«
»Ja.«
»Aber, Marty«, rief Jessica, »wir haben doch gar nichts mehr vor!«
»Ich rechne damit, daß Kanzler kommt.«
»Soll er doch! Dann bist du eben nicht da!«
»Bitte, versuch nicht, über mein Leben zu bestimmen!« sagte Marty, spürte sofort, daß das zu hart geklungen hatte, und setzte versöhnlich hinzu: »Das habe ich nicht so gern, Liebes.« Sie sah Philipp an. »Wo sind die Bilder?«
Er trat an einen Zeichentisch und schlug eine große Mappe auf. »Hier!«
Jessica lief zu ihm hin und stellte sich neben ihn, Marty folgte ihr und war froh, die Schwester zwischen sich und Philipp zu haben, die sie gegen seine Ausstrahlung abschirmte. Aus dem ersten Aquarell sprangen ihr sofort Katzenaugen entgegen, aber je länger sie hinsah, desto deutlicher wurde ihr, daß es sich nicht um eine Hauskatze handeln konnte.
»Ein Raubtier?« fragte sie zögernd.

»Ja, ein Panther.«
Blatt folgte auf Blatt. Es brauchte Einfühlungsvermögen, um das Dargestellte zu erkennen, aber auch danach hatte Marty noch Lust, länger hinzusehen, und immer blieb das Gefühl, es nicht ganz erfaßt zu haben. Philipp hatte auf seine Art nicht nur Blumen, Bäume, Tiere und Früchte gemalt, sondern auch Wolken, einen Bach mit kleinen Strudeln und ein ganz sonderbares Gebilde, das er den *Urfisch* nannte.
»Nicht so schnell«, bat Marty immer wieder, »laß es mich noch ansehen!«, während Jessica, erst verstohlen, dann immer unverhohlener zu gähnen begann.
»Nun, was haltet ihr davon?« fragte er, als er das letzte Bild gewendet hatte.
»Faszinierend!« sagte Marty.
»Aber?«
»Man braucht viel Zeit für jedes Bild, und die Leute haben es heutzutage so eilig.«
»Das spricht aber nicht gegen meine Kunst.«
»Nein. Nur gegen das Publikum.«
»Ich finde sie auch sehr hübsch«, sagte Jessica, »aber ich mag es nicht, wenn man an einem Bild erst herumrätseln muß. Ich fände es besser, wenn man gleich weiß, woran man ist.«
»Ich möchte den Betrachter dazu zwingen, sich nicht nur mit dem Bild zu befassen, sondern auch mit dem Teil der Schöpfung, das es darstellt.«
»Klingt mir zu geschwollen. Soll ich dir mal was sagen, Philipp? Ich glaube, du kannst gar nicht zeichnen . . . nicht richtig, meine ich.«
Philipp lachte. »So, das glaubst du also?«
»Wenn du richtig malen könntest, könntest du auch was Richtiges vorweisen und nicht nur diese komischen Sachen!« Sie sah sich suchend um, als hoffte sie, im Raum noch ein anderes, ein *richtiges* Bild zu entdecken.

»Du suchst vergebens!« sagte er. »Ich habe alles, was ich früher gemacht habe, vernichtet.«
»Und warum?«
»Weil es nicht gut genug war.«
»Genau das, was ich sage: was Richtiges hast du nicht zustande gebracht. Aber ich finde das gar nicht schlimm, Philipp! Viele ganz berühmte Maler machen ja auch nur Kleckse und Striche, weil sie sonst nichts können.«
Er lachte noch mehr.
»So komisch ist das gar nicht!« rief Jessica. »Die Maler glauben, sie können das Publikum verarschen, weil es sowieso nichts von Kunst versteht!«
Er wurde ernst. »Das ist eine unter Banausen weit verbreitete Meinung, und es enttäuscht mich, daß du sie teilst. Ich werde dir beweisen, daß du dich irrst.«
»Da bin ich aber mal gespannt!«
Philipp schob die Mappe beiseite, legte ein neues starkes weißes Blatt auf und suchte unter seinen Stiften, bis er einen fand, der ihm zusagte: »Ich werde Marty zeichnen.«
»Nein, bitte nicht!« sagte sie erschrocken.
»Das wollte ich schon lange.«
»Ich will das nicht!«
»Zeichne lieber mich!« verlangte Jessica.
»Du hast noch kein Gesicht, Kleines, du willst erst eins bekommen.«
Er setzte den Stift an.
»Meinst du, ich weiß nicht, wie häßlich ich bin?« schrie Marty.
»Du bist keine Schönheit im üblichen Sinn«, erwiderte er ungerührt, »aber du hast ein wunderbares, ausgeprägtes Gesicht.«
»Ich dulde es nicht, daß du dich über mich lustig machst!«
»Das würde ich niemals tun.« Sein Bleistift flog über das Pa-

pier. »Es macht gar nichts, wenn du dich jetzt abwendest. Ich kenne dein Gesicht auswendig, ich habe es studiert.«
»Aber, bitte, laß dein Unterbewußtsein aus dem Spiel!« mahnte Jessica. »Wir wollen sehen, ob du richtig zeichnen kannst!«
»Vollkommen klar. Aber ihr müßt mir Zeit lassen. Vielleicht kannst du inzwischen schon Spaghetti kochen. Ich habe eine ›Sauce à la Bolognese‹ vorbereitet. Sie steht auf dem Herd. Braucht nur noch warm gemacht zu werden.« Als Jessica sich nicht von der Stelle rührte, setzte er hinzu: »Ich hab's auch nicht so gern, wenn du mir auf die Finger siehst.«
»Auf der Straße macht dir das nichts aus.«
»Da ist es etwas ganz anderes.«
»Na schön«, sagte Jessica gutmütig und wandte sich der Kochecke zu.
Marty stand mit dem Rücken zum Zimmer und blickte angelegentlich zum Fenster hinaus, obwohl es auf der Straße unten eigentlich gar nichts zu sehen gab. Sie empfand peinvolle Scham. Es war für sie viel schlimmer, als sich einem Mann zum ersten Mal nackt zu zeigen, denn an ihrem Körper war nichts auszusetzen, wenn man nicht gerade üppige Kurven verlangte. Aber der bloße Gedanke, daß Philipp ihr Gesicht so genau betrachtet, ja, wie er sagte, »studiert« hatte, jagte Wellen des Entsetzens durch ihren Körper. Am liebsten wäre sie davongelaufen, aber sie wußte, daß sie mit einer Szene nur ihre Schwäche deutlich gemacht hätte. Sie konnte nachempfinden, wie es einem Menschen zumute sein mußte, wenn er am liebsten in den Boden versinken wollte.
Philipp war mit seiner Zeichnung fertig, noch ehe die Spaghetti gar waren. »Ich hab's!« rief er.
Jessica stürzte von der Kochplatte her. »Aber das ist nicht Marty!« rief sie.

»Natürlich nicht«, gab er friedfertig zurück, »es ist nur ein Bild von ihr.«
»Aber warum zeichnest du sie nicht so, wie sie ist?«
»Ich zeichne sie, wie ich sie sehe.«
Marty näherte sich nur zögernd.
»Nun komm schon!« drängte Philipp. »Sieh es dir an! Es beißt ja nicht.«
Tatsächlich hatte Marty Angst, eine atavistische Angst, die sie sich selber nicht erklären konnte; es war ihr, als könnte Philipp sich durch dieses Bild ihrer Seele bemächtigen. Es kostete sie große Anstrengung, es anzusehen; sie riß die Augen krampfhaft auf und – erkannte sich. Zwar war es nicht das Bild, das sie im Spiegel zu sehen gewohnt war, und doch war es ihr Bild. Weit davon entfernt, sie zu verschönen oder die Härte ihrer Züge zu mildern, hatte Philipp ihre Augen noch näher an die Nasenwurzel gesetzt, die Nase mächtig dazwischen, das Kinn herausfordernd vorgeschoben. Dieses Antlitz, nur mit einem schwarzen Bleistift auf ein weißes Papier gezaubert, wirkte ungemein lebendig, es sprang Marty geradezu an, die Augen schienen zu glühen, es war voll gebändigter Energie.
»Na, was sagst du dazu?«
»Es steckt etwas von mir drin, aber es wirkt doch irgendwie anders. Es hat die Züge einer Frau aus einer anderen Zeit ... aus dem Mittelalter vielleicht oder eher noch aus der Renaissance.«
»Genau das habe ich festhalten wollen. Du bist kein Mensch, der in unsere Plastikgesellschaft paßt!«
Jetzt konnte sie sogar lächeln. »Bisher habe ich mich darin aber noch sehr gut zurechtgefunden.«
»Du bist echt, du bist stark, du kannst kämpfen, lieben, hassen, und das alles spricht aus deinem ungewöhnlichen Gesicht.«

»Aber du hättest sie nicht noch häßlicher machen müssen, als sie so schon ist«, sagte Jessica, ohne Marty beleidigen zu wollen.

»Kümmre dich um die Spaghetti, Kleines«, gab er zurück, »ich mag sie nicht, wenn sie zu weich sind.«

»Aye, aye, Sir!« sagte Jessica, legte die Hand an eine imaginäre Mütze und wandte sich wieder den Töpfen zu.

»Auf alle Fälle ist die Zeichnung sehr ... sehr ... aufregend«, erklärte Marty.

»Ich freue mich, daß sie dir gefällt.«

»Das hat mit meinem persönlichen Geschmack nichts zu tun. Sie ist einfach gut.« In ihrem Kopf hatte es zu arbeiten begonnen, und schon entwickelte sich eine Idee. »Sag mal, kannst du jeden Menschen so auf das Papier bannen? So sicher, so rasch und so prägnant?«

»Das ist keine besondere Kunst.«

»Wenn man es kann, vielleicht nicht. Du kannst es also?«

»Warum fragst du? Willst du etwa, daß ich mich als Schnellzeichner betätige?«

»Ich frage mich, ob du die Darsteller in unserer Theatergruppe porträtieren könntest, nicht als Menschen, sondern in ihren Rollen.«

»Wozu?«

»Dann könnte man eine Ausstellung deiner Zeichnungen im Foyer veranstalten. Ich stelle mir das fantastisch vor. Vielleicht könnten wir sogar einige von deinen kleinen Aquarellen dazwischenhängen oder eine Extraabteilung dafür einrichten. Die Leute würden auf dich aufmerksam werden. Wie gefällt dir der Gedanke?«

»Du willst mich in Mode bringen?«

»Wäre es denn so schlecht, wenn du von deinen Drecksarbeiten, wie du sie selber nennst, wegkämst? Würde es etwas schaden, wenn du genügend Zeit für die eigentlichen Dinge hast? Red jetzt bloß nicht wieder von prostituieren! Wenn du nur zwei oder drei Bilder teuer verkaufen würdest, könntest du, bescheiden wie du bist, ein ganzes Jahr davon leben und arbeiten.«

»Maler wie mich gibt es wie Sand am Meer, Marty!«

»Nein, das glaube ich nicht.«

»Bisher hat sich noch niemand gefunden, der auch nur ein einziges Bild von mir erstanden hätte . . .«

»Du hast es bisher eben falsch angefangen . . ., falls du es überhaupt versucht haben solltest!«

»Wenn ich ein Bild verkaufen könnte, dann nur für einen Appel und ein Ei, und das lohnt sich nicht. Das sind Träume, Marty!«

»Träume sind wichtig. Der Mensch braucht Träume, um sie realisieren zu können. Wer keine Wunschvorstellungen hat, der erreicht auch nichts.«

»Du glaubst wirklich, du kannst das für mich arrangieren?«

»Versprechen kann ich dir natürlich nichts. Es ist nicht mein Theater, ich bin ja bloß die Dramaturgin. Aber wenn du willst, werde ich dafür kämpfen. Gegen deinen Willen tue ich nichts.«

»Aber du rätst mir dazu?«

»Ich sehe darin eine Chance für dich.« Sie blickte ihm fordernd in die Augen.

»Wer könnte sich dir widersetzen«, sagte er.

»Also . . . abgemacht? Natürlich wird es dich eine Menge Arbeit kosten, du wirst bei den Proben rumsitzen müssen und so weiter. Die Premiere ist Anfang April. Bis dahin mußt du fertig sein. Ich hoffe auch, daß du finanziell so lange durchhalten kannst. Zum Geldverdienen wirst du in diesem Monat wohl kaum kommen.«

»Ich kann von trockenem Brot leben, wenn es sein muß. Aber es würden ja noch andere Unkosten anfallen. Man kann weder die Zeichnungen noch die Aquarelle einfach an die Wände pinnen.«

»Ich weiß. Das übernehme ich.«

»Du bist sehr großzügig, aber . . .«

»Nun erzähl mir bloß nicht, daß du das nicht annehmen kannst!«

»Nein, aber ich fürchte, das wird teurer, als du dir vorstellst.«

»Mein Vater handelt mit Bauwaren. Ich werde ihm das nötige Material abschwatzen. Die Arbeit müssen wir selbst besorgen.«

»Die Spaghetti sind gar!« rief Jessica. »Wo soll ich decken?«

»Überhaupt nicht! Stell einfach drei Teller auf den Tisch da hinten.«

»Sollen wir etwa mit den Fingern essen?«

»Drei Gabeln wirst du wohl auch noch finden.« Er wandte sich Marty zu. »Warum willst du dir das alles aufhalsen?«

»Talente zu fördern, gehört zu meinen Leidenschaften!« behauptete sie mit fester Stimme. »Du brauchst nicht zu fürchten, ich könnte eine Gegenleistung von dir fordern.«

»Daran hatte ich gar nicht gedacht.«

Marty nahm einen der Klappstühle und trug ihn zu dem einfachen Holztisch. »Ich habe schon ein paar Schauspieler auf die Erfolgsleiter gehievt. Warum sollte ich es nicht auch mal mit einem Maler versuchen?« Sie sagte es so beiläufig wie möglich, während sie laut hätte jubeln können, weil sich ihr eine wunderbare Möglichkeit bot, für ihn, den Mann, den sie liebte, etwas zu tun.

»Wo warst du am Sonntagabend?« fragte Leberecht Kanzler ein paar Tage später.

Nicht so sehr die Frage, sondern der Ton, in dem sie gestellt wurde, mißfiel Marty gründlich, denn er schien sich das

Recht anzumaßen, sie zu kontrollieren. Trotzdem zwang sie sich, freundlich zu sein. »Bei meinem Vater«, schwindelte sie.
»Wieso fährst du auf einmal dauernd nach Düsseldorf?«
»Du weißt doch, daß meine Eltern in einer Krise stecken.«
»Deshalb brauchst du doch nicht ihr Kindermädchen zu spielen.«
»Ich versuche bloß, ihnen das Gefühl zu geben, daß ich zu ihnen halte.«
»Zu ihm oder zu ihr?«
»Zu beiden. Sie sind ja meine Eltern.«
»Sehr edel.«
»Möchtest du was trinken?«
»Später!« sagte er mit einem Blick, den sie allzugut kannte, seine leicht hervorquellenden Augen nahmen den Ausdruck eines Satyrs an.
Zum ersten Mal widerstand es ihr, ihm zu Willen zu sein.
»Ich mag diese Quickficks nicht«, sagte sie.
»Ist es meine Schuld, daß wir keine Nächte mehr miteinander haben?«
»Nein«, gab sie zu.
»Also, hab dich nicht! Zieh dich aus!« Er hatte schon den Reißverschluß seiner Hose geöffnet, ließ sie auf die Füße sinken und zeigte ihr sein nacktes, erigiertes Glied. »Das gefällt dir doch . . . oder?«
Sie fand ihn abstoßend und hatte große Lust, ihn zum Teufel zu schicken, aber das wäre eine schlechte Einleitung gewesen für das, was sie von ihm wollte. »Ich muß Birgit Herz wohl dankbar sein, daß sie mir was übrigläßt.«
»Ach, geh mir weg mit der Zimtzicke!« sagte er und stieg aus der Hose.
»Klappt's nicht mehr zwischen euch?«
»Red nicht so viel! Hol mir einen runter.«

»Du behandelst mich wie eine Hure«, sagte sie und empfand es auch so.
»Das seid ihr doch alle! Oder was sonst? Mach schon!«
Unter normalen Umständen hätte sie versucht, ihn ins Schlafzimmer zu dirigieren, aber jetzt war sie froh, daß sie ihm nicht mehr geben mußte, als ihre Finger und ihren Mund; sie kniete sich vor ihm nieder.
»Das kannst du!« sagte er, als es ihm kam. »Das macht dir keine so leicht nach!«
Sie fühlte sich besudelt und gedemütigt, ließ es sich aber nicht anmerken. »Ist doch kein Kunststück!« sagte sie.
Er ließ sich, in der Unterhose, in einen Sessel fallen. »Jetzt könnte ich einen Schluck vertragen! Und nachher besorg ich's dir. Sollst auch nicht leben wie ein Hund.«
Sie holte eine Flasche Wodka aus dem Eisschrank, schenkte ihn ihm pur ein, nur mit einem Spritzer Zitrone, wie er es mochte, und hoffte, daß er bald zu nichts mehr fähig sein würde. »Wie geht's mit den Proben?« fragte sie.
»Prächtig, prächtig. Trotzdem hoffe ich, daß der *Marat* noch 'ne Weile läuft. Wenn wir *Groß und klein* überstürzt einsetzen müßten, wäre es ein Jammer.« Er hatte seinen Wodka hinuntergekippt, und sie schenkte ihm nach.
Sie selber hatte nur an ihrem Glas genippt. »Ich habe mir die Zahlen geben lassen. Noch sind wir jeden Abend fast ausverkauft.«
»Na, das ist doch was!«
Sie hatte ihn immer gern gemocht und geachtet, aber jetzt fand sie ihn abscheulich, wie er da in Unterhosen und Socken, die behaarten Beine nackt, vor ihr saß. Aber sie mußte ihn bei Laune halten, Philipps wegen, und verbiß sich jede Kritik. »Du, ich glaube«, sagte sie, »ich habe für die Premiere eine Idee.«
»Du?«

»Warum denn nicht? Wenn du dich erinnerst, ist mir schon öfter etwas eingefallen.«
»Na, dann laß mal hören«, sagte er gnädig.
»Jessica hat jemanden kennengelernt, einen Maler, Philipp Herzog heißt er. Paß mal auf, ich werde dir etwas zeigen.«
Sie holte die Porträtskizze und hielt sie vor ihn hin.
Er starrte lange darauf, wortlos, und Marty wagte nicht, ihn zu irgendeinem Urteil zu drängen.
»Hat er dir die geschenkt?« fragte er endlich.
»Nein. Ich hab' sie mir ausgeliehen, damit du sie dir ansehen kannst. Was sagst du dazu?«
»Beachtlich. Ich wußte gar nicht, daß man aus deinem Kürbis so was rausholen kann.«
»Ja, nicht wahr? Und das hat mich auf die Idee gebracht, daß er auch mal deine Schauspieler zeichnen sollte, in ihren Rollen. Das könnte doch ganz effektvoll sein, was?«
»Wozu?«
»Ich würde versuchen, möglichst viele Zeichnungen in den Zeitungen zu placieren. Als Vorreklame. Das wäre doch mal was anderes als Fotos. Und bei der Premiere könnten wir eine Ausstellung im Foyer machen.«
»Kurzum, du willst den Knaben managen.«
Trotz ihrer inneren Abwehr war sie beeindruckt, wie rasch er sie durchschaute.
»Ja«, gab sie zu.
»Warum?«
»Weil ich glaube, daß er was aus sich machen kann.« Sie verstaute die Zeichnung wieder sorgfältig zwischen zwei Pappdeckeln.
»Und Jessica hat ihn an Land gezogen?«
»Ja.«
»Was geht er dich dann an?«
»Sie ist verknallt in ihn. Natürlich kann nichts daraus wer-

den. Aber wenn er eine Existenz hätte, sähen die Dinge schon besser aus.«
»Und was ist mit dir?« Sie setzte sich wieder zu ihm.
»Was soll mit mir sein?«
»Bist du auch in ihn verknallt?«
»Er ist nicht der Typ Mann, aus dem ich mir etwas mache.«
»Wie ist er?«
»Ein Maler eben. Besessen von seiner Kunst.«
»Und wie sieht er aus?«
»Groß, schlank, blondes Haar, sehr dunkelblaue Augen. Jung-Siegfried.«
»Klingt zum Kotzen.«
»Eitel ist er nicht. Du wirst ihn ja kennenlernen.« Sie schenkte ihm wieder ein.
»Zugegeben, er hat einen beachtlichen Strich. Aber seine Anwesenheit bei den Proben wäre doch ungemein störend, nicht nur für mich, sondern auch für die Darsteller.«
»Ach, woher denn! Er würde sich mucksmäuschenstill im Hintergrund halten.«
»Trotzdem wäre er ein Fremdkörper. Du weißt, ich mag so was nicht. Und wenn das Stück herauskommt, wünsche ich, daß sich die Aufmerksamkeit der Presse auf meine Inszenierung richtet, und nicht auf die Machwerke eines dahergelaufenen Malers.«
»Er hat die Kunstakademie besucht.«
»Na wennschon! Die Akademien speien jährlich Hunderte von hoffnungsvollen Talenten aus, und wer von denen bringt es schon zu was?«
»Aus Philipp Herzog wird was.«
»Von mir aus! Aber nicht in Verbindung mit meinem Theater.«
»Auch nicht mir zuliebe?«
»Wieso das denn?«

»Ich habe versprochen, etwas für ihn zu tun, und ich will ihn nicht enttäuschen.«
»Schön und gut, Mädchen, tu was für ihn! Aber laß mich damit zufrieden.«
»Wenn du nicht einwilligst, wende ich mich an Heinzelmann.«
»Von mir aus! Aber bei dem habe ich immer noch den größeren Stein im Brett.«
»Leberecht, warum bist du so?«
»Ich bin, wie ich bin, und das solltest du langsam wissen.«
»Hast du gar keine Angst, mich zu verlieren?«
»Wo solltest du schon hin?«
»Ich bin nicht auf dich angewiesen, Leberecht, und nicht auf dein Theater. Wenn du nach allem, was ich für dich getan und was ich bei dir eingesteckt habe, nicht auch einmal bereit bist, mir einen Gefallen zu tun, kündige ich zum Ende der Spielzeit.«
»Du wärst dazu imstande?«
»Ja, Leberecht, täusch dich nicht!«
»Wo zwischen uns immer alles so gut geklappt hat?«
»Weil ich es dir immer mächtig bequem gemacht habe, das weißt du sehr gut. Deine Weiberaffären haben mich nie tangiert. Bevor Jessica hier war, konntest du zu mir kommen, wann du wolltest. Du kannst immer noch bei mir essen, saufen, dich baden und rasieren. Die Arbeit im Fabriktheater war es mir wert. Aber wenn du jetzt nicht auch mal etwas für mich tun willst . . .«
»Ich habe dich ausgebildet. Was warst du denn, als ich dich kennenlernte? Nichts als eine ehrgeizige kleine Studentin, wie sie zu Dutzenden rumlaufen. Erst bei mir hast du gelernt, wie man Theater macht. Heute kannst du bei jeder Bühne als Dramaturgin oder Regieassistentin antreten.«
»Das gebe ich ja zu.«

»Was willst du also von mir?«
»Daß du Philipp Herzog eine Chance gibst.«
»Was geht der mich an?«
»Mich geht er an, Leberecht, und Jessica.«
»Euretwegen lasse ich mir meine Inszenierung nicht verderben.«
»Aber davon kann doch keine Rede sein!«
»Wenn ich was mache, will ich meinen Erfolg nicht teilen. Dann kann ich verlangen, daß alle Scheinwerfer auf mich gerichtet sind.«
»Ja, so warst du immer! Ich bin für dich rumgerannt, habe gemacht und getan, und bin dabei nicht einen Schritt aus deinem Schatten gekommen. Aber jetzt verlange ich auch einmal etwas für mich.«
»Für dich? Für diesen Typen.«
»Ja, für diesen Typen.«
Er nahm die Wodkaflasche, schenkte sich ein und drückte ein paar Spritzer aus einer Zitronenscheibe. »Dir scheint verdammt viel an ihm zu liegen.«
»Und wenn es so wäre? Warum denn nicht? Dir hat ja auch verdammt viel an deiner Margot, deiner Susanne, Birgit und wie sie alle heißen gelegen. Warum soll ich mich nicht auch mal für jemanden außer dir interessieren?«
»So ist das also«, sagte er und nahm einen kräftigen Schluck.
»Ja genau, so ist es. Wenn du mir die Möglichkeit verweigerst, ihm durch das Theater zu helfen, werde ich das Theater aufgeben und mich anderweitig für ihn umtun.«
»Du enttäuschst mich, Mädchen! Ich hatte immer gedacht, wir hätten das gleiche Anliegen: gutes Theater zu machen. Aber kaum kommt der erste beste Pinselheini daher, bist du bereit, alles hinzuwerfen. Wo bleibt deine Vernunft? Ohne das Theater bist du ein Niemand ... ein häßliches Mädchen,

sonst nichts. Was erwartest du von dem Burschen? Wenn du ihm erst auf die Beine geholfen hast, wird er dich wegwerfen wie eine leere Bierdose.«
»Das kann er nicht, weil ich ihm erst gar nicht gehört habe.«
»Du hast nichts mit ihm?«
»Wo denkst du hin!«
»Dann muß ich dich ganz falsch verstanden haben.«
»Ich habe dir gesagt, daß ich ihn durch Jessica kennengelernt habe. Sie schwärmt für ihn, nicht ich. Es ist nur so, daß er mir imponiert. Er malt wunderbare Sachen. Diese Skizze ist gar nichts dagegen. Er versteht nur nicht, sich zu verkaufen, und du weißt wie ich, daß auch das in der Kunst sein muß.«
»Wenn er eine so große Begabung ist, wird er seinen Weg schon machen.«
»Bist du davon wirklich überzeugt? Ich nicht. Ich kann mir sehr gut vorstellen, daß es gute Bilder gibt, die achtlos vernichtet werden, weil niemand ihren Wert erkennt, großartige Manuskripte, die nie gelesen werden, Symphonien, die nie zur Aufführung kommen.«
»Dann hat es eben so sein sollen!«
»Bei Philipp Herzog jedenfalls nicht, denn ich werde die Kunstwelt auf ihn aufmerksam machen! Eine Ausstellung in unserem Theater wäre ein guter Anfang, aber es gibt auch noch andere Möglichkeiten, und ich werde sie schon herausfinden.«
»Und deine Karriere aufgeben?«
»Natürlich nicht. Ich kann ja nicht auf die Dauer von Vaters Geld leben, also werde ich früher oder später wieder beim Theater landen. Aber jetzt habe ich mir nun mal vorgenommen, Philipp Starthilfe zu geben. Ach, Leberecht, warum bist du denn so stur? Hilf mir doch!«
»Ich soll mir mein eigenes Grab schaufeln?«
»Aber wieso denn?«

»Wenn er dir wichtiger ist als ich und das Theater dazu, dann weiß ich doch, was die Stunde geschlagen hat: Du bist in ihn verschossen. Erzähl mir nichts.«
»Was würde das schon ausmachen? Du brauchst mich nicht, du kannst so ziemlich jedes Mädchen haben, das du willst, und ich habe bei ihm niemals, niemals auch nur die geringste Chance! Du hast mir heute nicht zum ersten Mal gesagt, daß ich ein häßliches Mädchen bin, und so ist es ja auch.«
»Aber du hast deine Qualitäten.«
»Auch das beste Produkt braucht erst mal eine ansprechende Verpackung, damit es sich verkaufen läßt. Niemand wird um seiner Qualitäten willen geliebt.«
»Da wäre ich nicht so sicher.«
»Du hast dir doch auch nie etwas aus mir gemacht, obwohl ich mir beide Beine für dich ausgerissen habe. Ich war dir nützlich, das war alles.«
»Wieso sprichst du plötzlich in der Vergangenheit? Das klingt so abschließend.«
»Du hast ganz richtig gehört. Es soll ein Abschluß sein. Ich habe genug von dieser Art Sex ohne Liebe.«
»Seit du Philipp kennst!«
»Ja«, sagte sie, endlich ganz aufrichtig.
»Und wenn ich es mir überlegte, wenn ich mich breitschlagen ließe, diese Ausstellung zu arrangieren ... würdest du es dann weiter mit mir treiben, wenn ich es zur Bedingung stellte?«
»Das wäre verdammt mies von dir!«
»Würdest du?«
»Ja. Ich täte es für ihn.«
Er erhob sich, stand breitbeinig und leicht schwankend da und zog sie hoch. »Dann also: Auf, auf ins Bettchen!«
»Soll das heißen, du bist einverstanden?«
»Ja.«

»Ach, Leberecht«, sagte sie weich, »ich danke dir.«
»Beweis mir, wie dankbar du bist!«
»Was soll das für einen Sinn haben? Du weißt, daß ich es nicht möchte . . .«
»Genau darin liegt für mich der Reiz. Es ist mal was ganz anderes, als mit den allzu willigen Mädchen ins Bett zu gehen. Du opferst deine Tugend auf dem Altar der Liebe.«
»Wir waren doch immer gute Freunde! Willst du, daß ich dich zum Schluß noch verabscheuen muß?«
»So ist's richtig, Mädchen! Verabscheue mich von ganzem Herzen. Das ist die Stimmung, nach der's mich dürstet!«
Trotz seiner brutalen Worte war er dann zärtlicher und mehr bemüht um sie als gewöhnlich. Marty ließ es mit geschlossenen Augen über sich ergehen und hoffte nur, daß es rasch vorbei sein würde. Aber er ließ sich unendlich viel Zeit. Plötzlich war es ihr, als könnte sie es nicht länger ertragen, in den Armen dieses schnaufenden, routinierten Mannes zu liegen. Sie stellte sich vor, daß nicht er es wäre, sondern Philipp, und sofort liefen Schauder des Entzückens über ihren Körper. Er grunzte erfreut und drang in sie ein.
Philipp, dachte sie, Philipp! – Und dann war es wie eine Explosion. Ihr Innerstes zerbarst vor Wonne, sie schrie laut und verlor das Bewußtsein.
Als sie die Augen aufschlug, saß Kanzler auf der Bettkante und hielt ihr ein Glas Wodka an die Lippen. »Da war der alte Leberecht wieder mal gar nicht so schlecht, wie?« fragte er selbstzufrieden.
Wortlos leerte sie das Glas.

Ausnahmsweise war es Leberecht Kanzler, der zuerst Anstalten machte, sich wieder anzuziehen. »Komm, komm! Hoch mit dir!« drängte er. »Ich fürchte, deine kleine Schwester kann jeden Augenblick nach Hause kommen.«

»Wie spät ist es denn?« fragte Marty träge, die die Beziehung zur Wirklichkeit immer noch nicht ganz wiedergefunden hatte.
»Zehn vorbei.«
Sie erschrak. »Dann müßte sie doch schon längst hier sein!«
Er grinste selbstgefällig und stieg in seine Hosen. »Ein Glück für uns, daß sie sich verspätet hat.«
Marty schwang die Beine aus dem Bett. »Ich kann's nicht komisch finden.«
»Jetzt hör aber mal! Du wirst dir doch nicht etwa Sorgen machen? Wahrscheinlich ist sie nach dem Unterricht ins Kino gegangen. Oder sie bummelt noch ein bißchen durch die Stadt.«
»Ohne mich wenigstens anzurufen? Das ist nicht ihre Art.«
»Ja, ja, die brave kleine Jessica tut so was nicht! Das glaubst aber auch nur du.«
»Sie weiß, daß es nicht leicht für mich ist, die Verantwortung für sie zu tragen.« Hastig hatte Marty sich angezogen und fuhr sich mit der Hand durchs Haar.
»Sie hat es mal einen Moment lang vergessen.«
»Das glaube ich nicht.«
»Was glaubst du denn? Du kannst doch nicht ernsthaft annehmen, daß ihr etwas zugestoßen ist, nur weil sie nicht pünktlich nach Hause kommt? Du neigst doch sonst nicht zur Hysterie. Sieh mich an! Du fürchtest, sie könnte zu diesem Kerl gelaufen sein?«
»Nein, Leberecht«, behauptete Marty, obwohl sie sich zugeben mußte, daß sie auch daran schon gedacht hatte.
»Ruf ihn an!«
»Er hat kein Telefon.«
»Wir könnten hinfahren. Es wäre eine Gelegenheit, uns bekannt zu machen.«

»Du siehst das falsch. Wenn ich wüßte, daß sie bei ihm wäre, wäre ich ganz beruhigt.«
»Sagst du nicht, sie schwärmt für ihn? Oder war das auch erfunden?«
»Nein.« Sie brachte das Bett in Ordnung. »Aber er ist nicht der Mann, der kleine Mädchen verführt.«
»Es könnte auch umgekehrt passieren.«
»Hör auf mit dem Quatsch! Ich sorge mich, und dir fällt nichts Besseres ein, als mich zu ärgern!«
»Du sorgst dich nicht, du bist eifersüchtig.«
»Nein, Leberecht«, erwiderte sie jetzt sehr gefaßt und ging vor ihm her ins Wohnzimmer, »du irrst dich. Mir scheint Jessica zwar noch ein wenig zu jung für eine Liebesgeschichte. Außerdem hat es schon genug Komplikationen in ihrem Leben gegeben. Aber davon einmal abgesehen, glaube ich, daß Philipp Herzog genau der richtige Mann für sie wäre. Wenn du ihn erst kennst, wirst du zugeben, daß die beiden fabelhaft zusammenpassen. Wenn er erst mal Boden unter den Füßen gewonnen hat.«
Er unterbrach sie.
»Ist das dein Ernst? Willst du ihn fördern, damit er deine kleine Schwester kriegen kann?«
»Auch deshalb.«
»Damit treibst du deine Philantropie aber entschieden auf die Spitze!«
»Sieh mich nicht an, als wäre ich ein Ungeheuer! Du weißt, wie lieb ich sie habe. Und du weißt auch, wie sehr ich ihn bewundere, da ist es doch nur natürlich, daß ich glücklich wäre, wenn die beiden zusammenkämen.«
»Glaubst du, daß du das durchstehen könntest?«
»Aber ja. Ich werde ja nicht mit ihnen leben müssen.«
»Mein liebes Mädchen, was hast du nur für verschrobene Ideen!«

»Kann ich überhaupt nicht finden!« Marty atmete tief durch. »Wenn ich nur wüßte, wo sie steckt!«
»Das werden wir bald genug erfahren. Ein Vorschlag zur Güte: Ich koch uns was, das hilft die Zeit vertreiben.«
Marty hatte zwar keinen Hunger, sie zweifelte, ob sie überhaupt einen Bissen hinunterkriegen würde, stimmte aber dennoch zu. Trotz aller Vorbehalte gegen Kanzler war sie ihm dankbar, daß er so selbstverständlich bei ihr blieb. Allein wäre ihr die Warterei unerträglich geworden.

Es ging auf Mitternacht zu, als es unten an der Haustür dreimal klingelte.
Marty fuhr hoch. »Das ist sie!«
»Na also!« sagte Leberecht Kanzler. »Nichts ist passiert.«
Sie war froh, daß Jessica ihr, wie sie es manchmal tat, wenn sie besonders guter Laune war, dieses Zeichen gab. Inzwischen war sie so nervös geworden, daß sie die Schwester womöglich böse angefahren hätte, wäre sie ohne Voranmeldung in die Wohnung geplatzt. So hatte sie Gelegenheit, sich zu beherrschen.
Jessica wirbelte herein, vergnügt und unbekümmert, mit geröteten Wangen, strahlenden Augen und offensichtlich ein wenig beschwipst. »Marty, stell dir nur vor ...« Sie entdeckte Kanzler und stockte. »Du bist nicht allein?«
»Zum Glück«, sagte Marty, »sonst wäre ich wahnsinnig geworden.«
»Hast du dir etwa Sorgen gemacht?« Ein Schatten fiel über Jessicas Gesicht, als hätte sich eine winzige Wolke vor eine stahlende Sonne geschoben.
»Was denn sonst? Du bist seit fast vier Stunden überfällig.«
»Marty, Marty, das tut mir ja so leid!« Jessica umarmte die Schwester heftig. »Daran habe ich überhaupt nicht gedacht!«

»Können wir jetzt endlich erfahren, was du getrieben hast?« erkundigte sich Kanzler.
»Ich habe mit einem sehr vornehmen, sehr eleganten und sehr spendablen Herrn zu Abend gegessen. Im Hotel am Dom. Da staunt ihr, was?« Sie warf ihre Schulmappe mit Schwung aufs Sofa.
»Und wer war dieser Kinderverführer?« fragte er weiter.
Marty erriet es. Sie hatte schon früher daran gedacht, aber die Vorstellung gleich wieder verworfen, weil sie das Gefühl gehabt hatte, sich etwas vormachen zu wollen.
Jessica lachte. »Ihr mit eurer dreckigen Fantasie! Nicht das, was ihr denkt!«
»Du wirst uns doch nicht weismachen wollen, daß jemand einen Fratz wie dich ohne Hintergedanken groß ausführt?«
»Aber genau das hat dieser jemand getan.«
»Philipp Herzog?«
»Ach der! Das könnte sich der doch gar nicht leisten.«
»Hatte ich mir eigentlich auch gedacht. Aber er könnte zu plötzlichem Reichtum gekommen sein.«
»Hast du vielleicht Begriffe. Ich wette, der hat noch nicht einmal eine Krawatte.«
Marty, die sich nicht in die Unterhaltung einmischen wollte, um weder lügen noch sich verraten zu müssen, stellte mit Staunen fest, wie abfällig die kleine Schwester plötzlich über Philipp sprach. Kanzler erhob sich schwerfällig – er hatte die Flasche Wodka im Laufe des Abends geleert und eine zweite angebrochen – und erklärte: »So interessant ist mir deine Bekanntschaft nun auch wieder nicht. Wenn du jetzt nicht endlich damit herausrücken willst, fahre ich lieber nach Hause.«
»Es ist viel mehr als eine Bekanntschaft!« trumpfte Jessica auf und wandte sich an Marty. »Errätst du es immer noch nicht?«

Sie schüttelte lächelnd den Kopf.
»Mein Vater! Manfred Probst! Er glaubt es jetzt selber auch, daß er mein Vater ist!«
Kanzler ließ sich wieder in den Sessel fallen. »Donnerwetter!«
»Er hat's von Anfang an gewußt, weil Molly es ihm ja gleich geschrieben hatte, und er hätte mich auch gern besucht und so, bloß hatte er Angst vor den Verwicklungen. Und das kann man ja auch verstehen, nicht wahr? Und später, als er dann alles nachzahlen sollte, war es für ihn natürlich ein Schlag ins Kontor. Er wußte auch nicht, wie er das seiner Frau beibringen sollte. Aber jetzt ist ihm das alles egal, und er hat auch schon mit seinem Sohn gesprochen. Er will ihn bald mal mitbringen.«
»Er will sich also wieder mit dir treffen?« vergewisserte sich Marty und konnte sich nach all den Sorgen, die sie sich Jessicas wegen gemacht hatte, nicht so rasch darauf umstellen, daß die Probleme sich zu lösen schienen.
»So oft es ihm möglich ist! Aber nächstes Mal rufe ich dich bestimmt an, Marty.«
»Ist ja schon gut, Liebes. Hauptsache, es ist dir nichts passiert.«
»Ich war einfach von den Socken, als er da vor mir stand. Er hat erst so getan, als wäre er rein zufällig vorbeigekommen, aber später hat er mir dann gesagt, daß es Absicht war.«
»Na dann«, sagte Kanzler, »scheint sich der Himmel über Familie Bauwaren-Holzner ja endlich wieder aufzuklären.«
»Ich bin keine Holzner mehr«, stellte Jessica richtig, »aber ich brauche auch nicht wie ein lediges Kind herumzulaufen. Ich werde Probst heißen. Er hat sich schon erkundigt. Das geht ganz einfach durch eine Erklärung vor dem Standesamt.«
»Jetzt fehlt nur noch, daß er dich adoptiert.«

»Daran hat er auch schon gedacht, aber er meint, dafür lohnt sich der Krach mit seiner Frau nicht, und in zwei Jahren bin ich ja sowieso mündig.«
»Ich freu' mich sehr für dich, Liebes«, sagte Marty.
»Du warst es, die mir immer wieder gesagt hat, daß noch alles gut werden würde, und du hast recht behalten.«
»Ich finde, darauf sollten wir einen heben«, schlug Kanzler vor.
»Heute abend nicht mehr«, erklärte Marty entschieden, »du hast genug, und Jessica ist auch schon angetütert.«
Jessica wollte widersprechen, besann sich dann aber eines Besseren, weil ihr vor allem daran lag, endlich mit der Schwester allein zu sein, um ihr alle Einzelheiten dieses ereignisreichen Abends zu erzählen, sie hin und her zu drehen und von allen Seiten zu betrachten, wie es ihre Art war. »Auf alle Fälle bin ich hundemüde«, behauptete sie deshalb, »es war alles ein bißchen viel auf einmal.«
»Ich rufe dir ein Taxi!« Marty ging zum Telefon.
»Dicker könnte der Zaunpfahl kaum sein«, brummte er.
Sie wandte sich ihm zu. »Sei lieb und mach jetzt keine Szene. Du weißt, wie dankbar ich dir bin. Für alles.«
Er zwinkerte ihr vielsagend zu und wiederholte: »Für alles?«
Es war unmißverständlich, auf was er anspielte, und obwohl ihr die Erinnerung daran, daß sie in seinen Armen die Kontrolle über sich verloren hatte, sehr unbehaglich war, stimmte sie zu und konnte ihm dabei sogar in die Augen sehen.

Die nächsten Wochen verliefen turbulent.
Marty verfrachtete Philipp Herzog gleich am nächsten Nachmittag in ihr Auto und fuhr ihn zum Fabriktheater, um ihn erst Heinz Heinzelmann und dann Leberecht Kanzler

vorzustellen. Die Reihenfolge war wichtig, denn der Intendant sollte sich nicht übergangen fühlen. Es war schon schwierig genug, ihm klarzumachen, warum sie ihren Plan zuerst dem Regisseur vorgetragen hatte.
»Aber sieh doch mal, Heinz«, sagte sie, »wenn er dagegen gewesen wäre, hätte ich ja gar nicht wagen können, dir damit zu kommen! Ich kann dich doch nicht mit jeder Schnapsidee belästigen.«
Wie gewöhnlich gab Heinzelmann sich schwierig, und Marty mußte ihre ganze Überredungskunst aufbringen. Philipp saß dabei, hörte zu und lächelte, als ginge es ihn nichts an.
»Nun sag doch auch mal endlich was!« fuhr Marty ihn an.
»Wozu? Du kannst das besser.«
Sie funkelte ihn zornig an und wandte sich dann wieder Heinzelmann zu. »Warum sperrst du dich so? Die Ausstellung wird dich keinen Pfennig kosten und dem Theater wahnsinnig nutzen. Und nicht nur dem Theater, sondern auch deinem persönlichen Image. Ich habe mir das so gedacht, daß ich dich als den Entdecker des Künstlers hinstellen werde! Alle Scheinwerfer auf dich, verstehst du? Du wirst dadurch in die Geschichte eingehen, zumindest in die Kunstgeschichte. Das wird für dich weit mehr als ein Tageserfolg. Wenn er später ganz berühmt ist . . .«
»Woher willst du wissen, daß er das wird?«
»Ich bin absolut sicher!« Sie merkte, daß sie zu weit vorgeprescht war, und fügte abschwächend hinzu: »Und wenn nicht, hat er eben Pech gehabt, aber dir hat die Aktion trotzdem zum Ruhm gereicht.«
So ging es noch eine Weile hin und her, aber Marty spürte, daß er schon angebissen hatte. »Dich wird er natürlich auch porträtieren!« sagte sie. »Dein Bild hängen wir ins Foyer, und zwar an die günstigste Stelle. Ich habe es immer schon

ganz schlecht gefunden, daß das Publikum immer nur die Darsteller und vielleicht noch den Regisseur zu Gesicht bekommt, aber nie dich. Dabei bist du doch die Seele und das Herzstück des Unternehmens.«
Das war eine elende Schmeichelei, aber sie wirkte. Selbst wenn er noch Einwände hatte, brachte er nicht mehr die Kraft auf, sie vorzubringen. »Aber keine Unkosten«, sagte er nur noch schwächlich, »das Budget . . .«
»Heinz, wem sagst du das? Das Material muß mein Vater liefern, und wir brauchen nicht einmal einen Arbeiter. Philipp und ich richten die Ausstellung ganz allein. Auch keine Sonderanzeigen in der Presse, höchstens zusätzlich ein kleiner Hinweis, und alles andere bringe ich ins Feuilleton. Natürlich immer in Verbindung mit dir!«
Nachdem das erledigt war, gingen sie eine Tür weiter zur Dramaturgie, wo Kanzler sie schon erwartete.
»Geschafft!« rief Marty gleich bei ihrem Eintritt. »Ich habe die Genehmigung!«
»Du hast unheimlich dick aufgetragen«, sagte Philipp.
Kanzler war aufgestanden; jetzt legte er den Arm um ihre Schultern und zog sie besitzergreifend an sich. »Das ist eine ihrer Stärken!«
Die beiden Männer musterten sich sehr aufmerksam und sehr kritisch, bevor sie sich die Hände reichten.
»Vielleicht«, meinte Philipp, »sollten Sie sich zuerst mal meine Arbeiten ansehen. Das wollte ich auch schon Herrn Heinzelmann vorschlagen.«
»Und warum hast du es dann nicht getan?« wollte Marty wissen.
»Mir schien, als paßte es nicht ganz in dein Konzept.«
»Das haben Sie ganz klar erkannt!« sagte Kanzler. »Ob Ihre Arbeiten gut oder schlecht sind, ob sie bei der Kritik und beim Käufer ankommen, das ist ganz allein Ihr Problem. Ich

habe meine Zustimmung zu dieser Ausstellung einzig und allein Marty zuliebe gegeben. Ich schulde ihr einiges, müssen Sie wissen.«

Das war überdeutlich. Wenn Marty noch hätte erröten können, wäre sie errötet.

»Unter diesen Umständen . . .« hob Philipp an.

»Nun sag bloß nicht, daß du unter diesen Umständen lieber verzichten willst!« schnitt Marty ihm das Wort ab.

»Nein, das werde ich nicht, und zwar aus dem gleichen Grunde, aus dem Herr Kanzler sie zuläßt . . . dir zuliebe.«

»Na ja, dann wollen wir mal!« Kanzler bugsierte Marty an Philipp vorbei zur Tür und sagte im Hinausgehen: »Sie können gleich mit auf die Probe kommen. Anschließend sollten Sie dann mit den Darstellern die Termine für die einzelnen Sitzungen ausmachen. Vormittags wird's am besten gehen.« Er beugte sich zu ihr und flüsterte ihr ins Ohr: »Zufrieden?«

Sie wußte, daß er mit diesem Raunen, das für Philipp unverständlich sein mußte, ihre Intimität noch unterstreichen wollte. Aber sie ärgerte sich nicht darüber, denn wenn Philipp sie für liiert hielt, bot das eine gute Tarnung für ihre wahren Gefühle. Philipp verlor niemals ein Wort über ihr Verhältnis zu Kanzler. Seine Haltung zu ihr veränderte sich nicht. Er zeigte sich gelassen und von heiterem Pessimismus. An den Vorbereitungen zur Ausstellung schien er sich nur zu beteiligen, weil Marty ihn drängte.

»Ihr Weiber werdet mir immer ein Rätsel bleiben!« sagte Kanzler. »Wie konntest du dich in diesen Schönling vernarren! Der weiß doch gar nicht zu schätzen, was du für ihn tust.«

»Darauf kommt es ja auch nicht an.«

»Was für eine Verblendung! Ich hätte nie geglaubt, daß ein kluges Mädchen wie du so instinktlos sein könnte!«

Marty, die selber nicht hätte erklären können, was sie so stark zu Philipp hinzog, sagte: »Mach dir darüber keine Gedanken. Ich tue es auch nicht. Sobald die Ausstellung steht, ist der Fall für mich erledigt.«
»Das will ich hoffen!« Er bemühte sich mehr um sie als je zuvor, und manchmal wollte es ihr scheinen, daß er nicht nur die verläßliche Mitarbeiterin und das bequeme Betthäschen in ihr sah. Aber sie verwarf diesen Gedanken sogleich wieder, denn sie mochte sich keine Illusionen machen. Sicher wollte er sie nur stärker an sich binden, weil seine männliche Eitelkeit bei der Vorstellung verletzt war, sie an einen anderen zu verlieren. Sobald Philipp aufgehört haben würde, eine Rolle in ihrem Leben zu spielen, würde Kanzler das gleiche rüde Verhalten wie früher an den Tag legen.

Auch Jessica war nicht mit ihr einverstanden. »Was du für diesen Lahmarsch alles tust!« sagte sie tadelnd.
»Seit wann magst du ihn nicht mehr?«
»Oh, mögen tu ich ihn schon noch, aber ich finde ihn ziemlich ... suspekt.«
»Wenn ich mich recht erinnere, war ich es, die dir das einmal klarzumachen versucht hat.«
»Stimmt. Aber anstatt dich selber daran zu halten, reißt du dir jetzt beide Beine aus. Wozu?«
»Um ihn aus seinem suspekten Milieu herauszuholen.«
»Und dann?«
»Nichts ›und dann‹. Dann muß er sehen, wo er bleibt, falls du nicht ...« Sie zögerte, weiterzusprechen.
»Ich? Was?«
»... dich nicht um ihn kümmerst!«
»Wie kommst du darauf? Ich könnte es nicht einmal, wenn ich es wollte. Ich gehe im Herbst aufs Schloßinternat Neubeuern. Manfred hat's mir versprochen. Er kümmert sich

auch drum, daß das erbbiologische Gutachten möglichst rasch erstellt wird.«

»Wie schön für dich!«

»Das sagst du so und denkst dabei gar nicht an mich. Du bist in Gedanken nur noch bei Philipp, bei den Artikeln, die du über ihn tippst, bei den Terminen, die eingehalten werden müssen, bei den Redaktionen, die du für ihn belaberst. Du läßt dich ausnutzen und merkst es gar nicht.«

»Das sind Aufgaben, die ich freiwillig übernommen habe.«

»Schön dumm von dir! Und was tut er?«

»Ich glaube, er hat in seinem ganzen Leben noch nicht so viel gearbeitet wie augenblicklich. Die Skizze von Birgit Herz hat er dreimal machen müssen, und sie war immer noch nicht zufrieden. Er war nahe dran, alles hinzuschmeißen. Zum Glück hat Kanzler dann ein Machtwort gesprochen und die Situation gerettet.«

»Na, prächtig«, sagte Jessica.

»Warum bist du so unzufrieden!«

»Weil du dich um mich überhaupt nicht mehr kümmerst.«

Das war nur zu wahr. Martys Leben war mit den Vorbereitungen für die Premiere von *Groß und klein* und der mit ihr verbundenen Ausstellung von Philipps Arbeiten so ausgelastet, daß sie für nichts anderes mehr Zeit fand. Die Besuche bei Molly, die sie sich fest vorgenommen hatte, fanden nicht statt, obwohl sie ein schlechtes Gewissen deswegen hatte. Wenn sie gelegentlich mit ihr telefonierte, hatte sie das Gefühl, daß die Dinge nicht gut standen, und das bedrückte sie. Aber immer nur kurz, dann wurde ihre Aufmerksamkeit wieder auf andere Probleme gelenkt. Den Vater hatte sie nur angerufen, um ihn um seine Hilfe zu bitten, und ihm durchgegeben, was sie an Spanplatten, Glas, Nägeln und dergleichen für die Präsentation von Philipps Bildern brauchten. Brummend hatte er sich bereit erklärt, die

Materialien für sie richten zu lassen und auf seinem Bauhof zusammenzustellen.
»Am besten hole ich die Sachen am Samstagmorgen ab, Vater!« erklärte sie. »Sagst du, bitte, dem Pförtner Bescheid?«
Er versprach es.
»Willst du nicht zur Premiere kommen?« fragte sie hastig, bevor er auflegen konnte.
»Wozu? Du weißt, ich interessiere mich nicht für das Theater.«
»Schade. Dann werde ich dich besuchen, sobald alles vorbei ist. Und sag jetzt bloß nicht wieder, wozu? Ich habe dir eine Menge zu erzählen.«
Nach kurzem Überlegen rief sie auch noch ihre Mutter an. Wenn sie schon mal in Düsseldorf war, konnte sie sie auch aufsuchen. Das war ihr zwar lästig, aber sie wußte, daß sie sich besser fühlen würde, wenn sie wieder einmal mit Molly gesprochen hatte. Die Mutter gab sich am Telefon so betont munter, daß es ihr ins Herz schnitt.

Jessica hatte erst keine Lust gehabt, die große Schwester zu begleiten, tat es dann aber doch. Dem Argument: Dann haben wir endlich mal wieder Gelegenheit, miteinander zu reden, hatte sie sich nicht entziehen können. So fuhren die beiden Mädchen denn am Samstagmorgen gegen zehn Uhr los; sie waren beide keine Frühaufsteherinnen.
Halb und halb rechneten sie damit, daß Hartmut Holzner sie in seinem Geschäft erwarten würde. Aber er tat es nicht. Der Pförtner, den sie schon seit ihrer Kindheit kannten, lud ihnen die bereitgestellten Materialien ins Auto. Marty bedankte sich und ließ den Vater grüßen. Sie war froh, daß es so rasch gegangen war. Holzner hatte von sich aus noch einige moderne Beleuchtungskörper dazu gestiftet, die sehr gut zu brauchen waren. Trotzdem verzichtete Marty auf den

Umweg zum Kaiser-Wilhelm-Ring. Der Zeitpunkt für ein Treffen zwischen Hartmut und Jessica, die nicht mehr seine Tochter war, schien ihr verfrüht.

Das kleine Haus in Oberlörick wirkte jetzt im Frühjahr sehr viel einladender, als die Schwestern es in Erinnerung gehabt hatten. Fensterrahmen und -läden waren frisch gestrichen, in einem fröhlichen Blauton, und im Vorgarten waren Rabatten angelegt, in denen es grünte.

Doch als Marty auf die Klingel drückte, tat sich nichts.

»Sie scheint nicht da zu sein!« meinte Jessica, und herzlos fügte sie hinzu: »Da haben wir noch mal Glück gehabt!«

»Aber sie muß da sein.« Marty klingelte wieder. »Sie weiß doch, daß ich komme.«

»Na und? Sie wird's vergessen haben!«

»Das kann ich mir nicht vorstellen.«

»Ihr Juppijuh braucht sie nur zu einer Spazierfahrt aufgefordert zu haben . . .« Jessica unterbrach sich. »Sein Auto ist ja auch nicht da.«

»Das besagt gar nichts.«

»Doch. Sie sind ausgegangen.« Sie zupfte die Schwester am Ärmel. »Na, komm schon, Marty! Mach kein Staatstheater daraus.«

»Ich möchte mich erst vergewissern.« Marty versuchte in die Fenster zu sehen, aber sie reflektierten zu stark, und es war drinnen viel zu dunkel, so daß sie nichts erspähen konnte.

»Ach, du lieber Himmel«, sagte Jessica und ließ sich auf der Schwelle nieder.

Marty ging ums Haus herum. Dahinter lag ein Schuppen, den sie aber nicht beachtete. Das Kippfenster zum Bad war halb geöffnet. Sie rief nach Jessica. Widerwillig kam die Schwester angetrabt.

»Bitte«, sagte Marty, »klettere hoch und sieh zu, daß du es aufkriegst!«

»Wieso?«
»Wenn du nicht willst, dann laß mich auf deine Schultern steigen. Ich kann das, glaube ich, sowieso besser.‹
»Du willst einbrechen? Heller Wahnsinn!« sagte Jessica, machte aber doch aus ihren Händen einen Korb, so daß Marty ihren Fuß hineinstellen und sich hochschwingen konnte.
»Näher ran!« dirigierte Marty und bemühte sich, ihre Hand durch die Fensteröffnung zu schieben, den Griff zu erwischen und ihn zu drehen. Es gelang erst nach mehreren schmerzhaften Versuchen. Dann ließ sie sich, weil es keine andere Möglichkeit gab, den Kopf voraus in das Bad rutschen, klammerte sich an den Wasserhahn und zog die Beine nach. »Bin drinnen!« verkündete sie.
»Und jetzt?«
»Bleib, wo du bist. Wenn alles in Ordnung ist, muß ich auf dem gleichen Weg zurück.«
Aber ihre böse Ahnung hatte Marty nicht getrogen. Sie fand Molly auf dem ungemachten Bett im Schlafzimmer, totenblaß und ohne Bewußtsein. Auf dem Nachttisch lag die Blisterpackung eines Schlafmittels, aus der alle Tabletten herausgenommen waren. Daneben stand ein halb geleertes Wasserglas. Mollys Hand war eiskalt, aber ihr Puls war deutlich zu spüren.
Marty atmete tief durch, um nicht in Panik zu geraten. Ganz ruhig, Marty, sagte sie sich immer wieder, du mußt jetzt ganz ruhig bleiben.
Ihr fiel alles ein, was sie je über Wiederbelebungsversuche gehört und gelesen hatte. Sie konnte sich dann aber doch nicht entschließen, die Verantwortung auf sich zu nehmen. Sie lief zum Telefon und wählte die Nummer des Holznerschen Hausarztes. Nach einigem Hin und Her erreichte sie Dr. Jonen.

»Herr Doktor«, sagte sie gehetzt, »meine Mutter ist bewußtlos. Sie hat Schlafmittel eingenommen . . .«
Er fiel ihr ins Wort. »Wieviel?«
»Auf dem Nachttisch liegt ein leeres Blister, aber ich weiß natürlich nicht . . .«
»Also höchstens zwölf Stück! Reg dich nicht auf, Marty, davon stirbt man nur unter höchst ungünstigen Umständen. Deine Mutter hat ein starkes Herz.« Dr. Jonen gehörte zu jenen Menschen, die alle, die sie schon als Kinder gekannt haben, unentwegt weiter duzen, ohne ihnen im Gegenzug eine vertrauliche Anrede anzubieten; als sie noch jünger gewesen war, hatte Marty sich darüber geärgert.
»Könnten Sie, bitte, trotzdem kommen? Nicht zum Kaiser-Wilhelm-Ring, sondern nach Oberlörick.« Sie nannte die Adresse.
»Ich fahre sofort los.«
»Augenblick noch! Und was kann ich bis dahin tun?«
»Rüttle sie wach! Unsanft, wenn es sein muß.«
»Aber sie ist nicht bei Besinnung.«
»Wahrscheinlich schläft sie nur tief. Sei nicht zimperlich! Und koch ihr einen starken Kaffee!«
Als er aufgelegt hatte, war Marty schon einigermaßen erleichtert. Sie lief in die Küche, schaltete eine Herdplatte ein und setzte einen Kessel voll Wasser auf. Dann eilte sie ins Bad und rief Jessica zu, daß sie ihr die Haustür öffnen wollte.
Das tat sie dann auch, und Jessica war jetzt doch sehr erschrocken. Ihr kleines Gesicht war weiß unter den blonden Locken, und ihre blauen Augen wirkten fast schwarz.
»Was ist passiert?« fragte sie heiser.
»Molly hat eine Dummheit gemacht. Schlaftabletten. Ich habe schon Dr. Jonen angerufen. Er kommt gleich.«
»Du meinst, sie wollte sterben?«

Marty schüttelte den Kopf. »Das denn wohl doch nicht. Sie wußte ja, daß ich kommen würde.«
»Aber warum . . .?«
»Ich weiß es nicht. Geh du in die Küche und mach einen starken Kaffee. Ich werde mich inzwischen um sie kümmern.«
Nur sehr widerwillig ließ Molly sich ins Leben zurückrufen. Erst als der Arzt eingetroffen war und ihr eine Spritze gegeben hatte, schlug sie die Augen auf.
»Na also, schöne Frau, da sind wir wieder! Jetzt trinken Sie mal Ihren Kaffee, und dann stehen Sie auf und versuchen ein bißchen herumzuspazieren.«
»Ich kann nicht.«
»Aber selbstverständlich können Sie das. Daß Sie jetzt müde sind, ist ja kein Wunder. Ein Glück für Sie, daß Sie nicht mehr von dem Zeug genommen haben.«
»Hätte sie dann sterben müssen?« fragte Jessica, die mit einem Kaffeetablett neben dem Bett stand.
»Auch nicht. Sie hätte den Magen ausgepumpt bekommen, und das ist eine sehr unangenehme Prozedur.« Er horchte Mollys Herz ab, zwang sie, sich aufzurichten, und askultierte ihre Lungen. »In dem Fall können wir uns das sparen. Stopf ihr ein paar Kissen in den Rücken, damit sie sitzen bleibt, Marty! Und du, Jessica, gibst ihr dann zu trinken.«
»Muß sie in eine Klinik?« fragte Marty.
»Nein. Aber es wäre natürlich gut, wenn jemand sie die nächsten vierundzwanzig Stunden betreuen würde. Ihr beiden könnt euch abwechseln.«
Jessica, die ihren Arm um die Mutter gelegt hatte und ihr die gefüllte Kaffeetasse an die Lippen hielt, sah hoch und erklärte: »Hier bleibe ich nicht!« »Wir können hier nicht bleiben, Herr Doktor«, fügte Marty hinzu.
Der Arzt rieb sich das Kinn. »Ach so, ja . . . hm, hm . . . dann bringt sie doch nach Hause!«

»Ich weiß nicht, ob wir ihr das antun können«, sagte Marty zweifelnd.

»Was soll denn das nun wieder heißen?«

»Sie ist freiwillig von zu Hause weggegangen, und es wäre doch nicht fair, sie jetzt, wo sie sich nicht wehren kann, zurückzuschleppen.« Sie beugte sich zu Molly und fragte laut: »Mutter! Sollen wir dich nach Hause bringen?«

Molly schüttelte den Kopf.

»Da sehen Sie!«

»Das besagt nichts. Selbst wenn sie es wollte, könnte sie es jetzt doch nicht zugeben. Wenn ihr meint, sie kann hier nicht bleiben . . .« Er sah sich um, als suchte er noch einen anderen Hausbewohner. ». . . auf jeden Fall kann sie nicht allein bleiben. Aber ihr habt doch noch immer eure treffliche Frau Baumann, oder?«

»Ja.«

»Na, dann ist sie ja dort in besten Händen.« Dr. Jonen verstaute seine Instrumente und ließ die Bereitschaftstasche zuschnappen. »Es sei denn . . . wie soll ich sagen . . . die Einwände kämen von anderer Seite.«

»Nein.«

»Ausgezeichnet. Dann seht zu, daß ihr sie auf die Beine bringt, und verfrachtet sie zum Kaiser-Wilhelm-Ring.«

Als er das Unbehagen in Martys Gesicht sah, fügte er hinzu: »Nur für die Zeit, bis sie wieder gesund ist. Dann kann sie . . .« Er betonte das Wort mit leichter Ironie: ». . . freiwillig entscheiden, wie sie weiterleben will. Auf Wiedersehn, Kinder. Am Montagnachmittag werde ich nach der Patientin sehen.«

»Der hat es sich aber leichtgemacht«, sagte Jessica, als der Arzt gegangen war.

»Ich bin froh, daß er den Fall nicht komplizierter sieht«, erwiderte Marty.

Abwechselnd flößten sie der widerstrebenden Molly den schwarzen Kaffee ein und gaben nicht nach, bis sie drei volle Tassen geleert hatte. Dann zwangen sie sie aufzustehen, nahmen sie zwischen sich und marschierten mit ihr eine gute halbe Stunde auf und ab, bis sie spürten, daß sie schon etwas sicherer auf den Beinen war. Zum Glück war sie voll angekleidet gewesen, als sie die Tabletten zu sich genommen hatte, so daß sie ihr jetzt nur noch in die Schuhe helfen mußten. »Wir nehmen nur ihre Toilettensachen mit, Unterwäsche, Nachthemden und ihre geliebten Pelze«, entschied Marty, »alles andre schleppe ich später ab.«
Jessica sah ihre Mutter an. »Du siehst schlimm aus, Molly, ich werde dich ein bißchen zurechtmachen.«
»Wozu?« fragte Marty, gab sich aber gleich darauf selbst die Antwort: »Wir könnten Hartmut begegnen. Du hast natürlich recht.«
Jessica rieb Mollys Kopf mit einem Haarwasser ein, trocknete ihn ab, bürstete das Haar und frisierte es sorgfältig. Sie trug pfirsichfarbenes Make-up auf ihr blasses Gesicht auf, einen Hauch von Rouge auf beide Wangen, pinselte Blau um die Augen und Schwarz auf die Wimpern. Zum Schluß zog sie ihr die Lippen nach.
Molly ließ alles mit sich geschehen wie eine leblose Puppe, aber als Jessica rief: »Fertig!«, bat sie mit vernehmbarer Stimme um einen Spiegel und zupfte sich selber ein Löckchen zurecht.
»Gehn wir!« drängte Marty. »Ich habe für Jupp Schmitz eine Nachricht hinterlassen!«
Aber das erwies sich als unnötig, denn gerade als sie Molly, links und rechts gestützt, zur Haustür gebracht hatten, kam er herein.
»Hallo«, sagte er verdutzt, »was is'n hier los?« Seine Zunge war schwer; er hatte offensichtlich getrunken.

»Wir bringen Molly fort«, erklärte Marty.
»Warum das dann?«
»Der Doktor meint, es wäre das beste.«
»Ist sie denn krank? Molly, Mäuschen, bist du denn krank?«
»Ja, Herr Schmitz, das ist sie. Ich komme morgen vorbei und hole ihre Sachen. Dann werde ich Ihnen alles erklären.«
»Bin ich schuld? Das sollte mir leid tun. Ich hab' es nicht bös gemeint! Man sagt manchmal Sachen ... Komm, Molly, Mäuschen, sei wieder gut!« Er wollte sie küssen.
Molly wandte angeekelt das Gesicht ab.
»Lassen Sie sie am besten jetzt in Ruhe, Herr Schmitz«, sagte Marty, »sie ist in keiner guten Verfassung. Bestimmt werden Sie später noch Gelegenheit haben, sich mit ihr auszusprechen. Bis morgen dann? Welche Zeit wäre Ihnen recht?«
»Ich bin den ganzen Tag da.«
Als sie Molly, den Koffer und die Pelze in das Auto verfrachtet hatten, sah Marty sich noch einmal um. Jupp Schmitz stand immer noch in der Haustür, einen etwas törichten Ausdruck auf dem gutgeschnittenen Gesicht. Er tat ihr trotz allem leid, aber sie wußte, daß er sich rasch von dieser Enttäuschung – falls es denn eine für ihn war – erholen würde.

Zum Glück fanden sie ihr Elternhaus leer. Mit Frau Baumann hatten sie ohnehin nicht gerechnet, denn sie arbeitete am Wochenende nicht, aber auch Hartmut Holzner war ausgegangen. So blieb Molly denn die schwierige Begegnung mit dem Ehemann vorerst erspart.
Marty und Jessica bugsierten sie auf ihr Zimmer und widmeten sich der Aufgabe, sie den ganzen Tag über wach zu halten, wie es der Arzt ihnen geraten hatte. Sie sprachen auf

sie ein, Marty erzählte von der bevorstehenden Premiere, Jessica von der letzten Begegnung mit ihrem Vater. Sie vermochten damit zwar nicht ihr Interesse zu wecken, aber sie entlockten ihr immerhin das eine oder andere Wort.
Erst gegen zehn Uhr abends brachten sie sie zu Bett und erlaubten ihr zu schlafen, was sie dann auch augenblicklich tat.
Die Schwestern waren in der Küche damit beschäftigt, sich eine kleine Mahlzeit zu bereiten – sie hatten seit dem Frühstück nichts gegessen und nicht einmal daran gedacht –, als Hartmut Holzner nach Hause kam. Im ersten Augenblick war er deutlich erfreut, ärgerte sich dann aber wohl, daß er sich seine Freude hatte anmerken lassen, und seine Miene verfinsterte sich. »Das paßt mir aber gar nicht . . .« begann er.
»Entschuldige, Vater, daß wir dich so überfallen«, fiel Marty ihm ins Wort, »aber wir wußten uns keinen anderen Rat.« Sie schilderte ihm, was vorgefallen war.
»Sie ist also zurückgekommen?« Hartmut Holzners graues Gesicht bekam Farbe.
»So darfst du das nicht sehen. Wir haben sie zurückgebracht. Sie war hilflos.«
»Wo ist da der Unterschied? Sie ist wieder da!«
»Nur vorläufig, Vater, nur bis sie sich erholt hat. Doktor Jonen hielt es für das beste.«
»Ich werde gleich mal nach oben gehen!« Er wandte sich zur Tür.
»Nein!« Marty schrie es fast. »Nicht jetzt!« Ruhiger fügte sie hinzu: »Sie ist gerade eingeschlafen. Überhaupt, Vater, bedräng sie nicht in den nächsten Tagen. Laß sie erst mal wieder richtig zu sich kommen. Gib ihr Gelegenheit, ihr Gesicht zu wahren. Bitte!«
Zögernd kam er zurück.

»Willst du mit uns essen?« fragte Jessica.
»Nein, danke.«
»Dann leiste uns wenigstens Gesellschaft!« bat Marty.

Es wurde ein merkwürdiges Wochenende, fast wie in den alten Zeiten, wenn Marty zu Besuch nach Hause gekommen war, und doch war alles ganz anders geworden. Die Anwesenheit der kranken Mutter oben in ihrem Schlafzimmer belastete alle drei, auch wenn sie nicht davon sprachen. Die Schwestern wechselten sich in ihrer Pflege ab, aber meist war es Marty, die Molly Gesellschaft leistete.
Jessica gab sich Hartmut Holzner gegenüber liebenswürdig und nett, aber von ihrer früheren Herzlichkeit war nichts mehr zu spüren. Er hatte sie von sich gestoßen, und sie hatte es endlich akzeptiert. Heiter erzählte sie von ihren Begegnungen mit Manfred Probst, und Marty hatte den Eindruck, daß sie sich dabei am Unbehagen des Vaters weidete. Aber sie griff nicht ein, weil sie fand, daß es ihm ganz recht geschähe. Einmal unterbrach er Jessica hart. »Das ist für mich kein Thema!«
»Nicht?« fragte sie harmlos. »Aber du warst es doch, der immer gewollt hat . . .«
»Genug davon. Man kann die Dinge auch zerreden.«
Du machst es dir sehr einfach, hätte Marty beinahe gesagt, aber sie unterdrückte diese Bemerkung, weil sie sich ihrem Vater gegenüber nicht in einer Position befand, in der sie sich Kritik erlauben konnte.
Am Sonntag nach dem Mittagessen fuhr Marty, diesmal allein, nach Oberlörick, um Mollys Sachen abzuholen. Jupp Schmitz hatte schon alles zusammengepackt und in den Hausflur gestellt. Marty ließ sich die Koffer zu ihrem Auto tragen. »Bestellen Sie ihr 'nen Gruß von mir«, sagte er, »und daß es mir leid tut.«

»Werd' ich«, versprach Marty; sie hätte losfahren können, aber sie blieb stehen, weil sie den Eindruck hatte, daß er noch eine Erklärung abgeben wollte.
»Wenn sie bloß nicht immer von ihrem Geld angefangen hätte!« brach es aus ihm heraus. »Immer hat sie über das viele Geld geredet, das ich von ihr bekommen sollte! Ich bin doch kein Gigolo!«
»Sicher war es ihr peinlich, daß sie momentan so knapp war.«
»Das war mir auch peinlich! Meinen Sie, es ist angenehm für 'nen Mann, wenn die Frau auf Arbeit muß? Aber in der Situation konnte ich nu mal nichts für sie tun. Wenn sie bloß nicht von zu Haus weggelaufen wäre!«
»Nicht wahr, das wäre viel bequemer gewesen«, stimmte Marty, nicht ohne Bosheit, zu; es beschämte sie, daß er ihre Spitze gar nicht verstand.
»Genau das ist es, was ich immer gesacht hab'«, erklärte er so naiv wie aufrichtig.
Marty gab ihm die Hand. »Herr Schmitz«, sagte sie, »machen Sie sich keine Gedanken. Ich bin sicher, es trifft Sie keine Schuld. Das war von Anfang an eine ganz verrückte Geschichte. Ich glaube, es konnte nicht gutgehen.«
Als sie in Mollys Schlafzimmer die Koffer auspackte, sagte sie: »Eigentlich ist Jupp ein netter Kerl.«
Molly saß, immer noch sehr blaß, aber hübsch zurechtgemacht, in einem hellblauen Spitzenjäckchen im Bett. »Nett!« wiederholte sie. »Du weißt ja nicht, was er mir angetan hat!«
»Du hast ihn in eine Situation manövriert, der er nicht gewachsen war.«
»Aber was habe ich denn von ihm verlangt? Nichts, gar nichts! Was ich zum Leben gebraucht habe, habe ich mir selbst verdient!«

»Das war sehr tüchtig von dir. Du kannst stolz auf dich sein. Apropos: Ich werde morgen beim Supermarkt anrufen und dich krank melden. Dann kannst du wieder dorthin, falls dir nichts Besseres einfällt.«

»Weißt du was Besseres?«

»Das einfachste wäre, du würdest dich mit Vater aussöhnen. Ob das aber wirklich gut wäre, kann ich nicht beurteilen.«

»Um Gnade wimmern? Nein, das werde ich nicht!«

»Das würde er bestimmt nicht von dir verlangen.«

»Und mir ein Leben lang seine Vorwürfe anhören müssen? Nein, Marty, das kannst du im Ernst nicht wollen.«

»Vielleicht kommt ihr doch irgendwie zu einem Arrangement.«

»Sei ehrlich, Marty, bin ich wirklich so alt und mies?«

Marty sah ihre Mutter an. »Nein, gar nicht! Aber es bekommt dir nicht, wenn du dich abrackern mußt. Du bist eine Frau, die aufblüht, wenn sie verwöhnt wird.«

»Ist das nicht für alle Frauen das beste?«

»Ich gehöre eher zu denen, die gerne rackern.«

»Ein Glück für dich, denn wer würde dich schon verwöhnen?«

»Ach, Molly, Molly, du änderst dich auch nicht mehr!«

»Was soll das heißen?«

»Ich weiß, daß ich häßlich bin, aber es ist mir trotzdem nicht angenehm, es immer wieder von der eigenen Mutter vorgehalten zu bekommen. Ich finde es takt- und geschmacklos von dir.«

»Hätte ich dir was vormachen sollen? Du bist doch viel zu klug, um darauf reinzufallen.«

»Wenigstens hättest du mir das Gefühl geben können, daß du mich trotzdem liebhast.«

»Aber das hab' ich doch!«

»Es gibt nur einen Menschen, den du wirklich liebst, und

das bist du selber. Und nur eines, in das du verliebt bist: in deine Schönheit. Aber sehr weit hast du es nicht gebracht, liebe Molly, mit deinem Egoismus und deiner Schönheit, das wirst du wohl zugeben müssen.«

Von einer Sekunde zur anderen füllten sich Mollys Augen mit Tränen. »Warum hackst du jetzt auch noch auf mir herum? Wo ich mich schon so unglücklich fühle.«

»Damit du bei deinen Entscheidungen aufhörst, immer nur an dich zu denken. Jessica und mich bist du glücklich los, wir haben uns von dir abgenabelt. Aber noch hast du einen Mann, der dich, so unwahrscheinlich es klingt, trotz allem noch zu lieben scheint.«

»Aber«, sagte Molly sehr erstaunt, »er ist doch an allem schuld! Wenn er sich hätte scheiden lassen und mir mein Geld gegeben hätte, wären Jupp und ich bestimmt miteinander glücklich geworden.«

»Das glaubst aber auch nur du! Weißt du, was ihm auf die Nerven gegangen ist? Daß du immer so getan hast, als wäre er hinter deinem Geld her.«

»Das habe ich nicht! Ich habe ihm nur gesagt, daß er mein Geld bestimmt bekommt! Wenn ich es gehabt hätte, hätte ich kein Wort darüber reden müssen.«

»Kannst du denn niemals aufhören, dir etwas vorzumachen?«

»Du bist es, die sich etwas hat vormachen lassen von diesem . . . diesem Schuft! Weißt du, was er mir angetan hat? Die ganze Nacht ist er rumgezogen mit so einem Flittchen. Fine heißt sie, ich kenne sie, eine ganz gewöhnliche Schlampe. Und als ich ihm Vorwürfe gemacht habe . . . das durfte ich doch wohl noch . . . weißt du, was er mir an den Kopf geworfen hat? ›Fine ist mir am Arsch lieber als du mit deinem ganzen beschissenen Geld!‹«

»Ziemlich stark«, sagte Marty und lachte.

»Darüber kannst du lachen?« Mollys Tränen kullerten.
»Ich kann nicht anders!« Marty lachte weiter. »Merkst du denn nicht selber, wie komisch das Ganze ist?« Sie setzte sich auf die Bettkante und legte den Arm um ihre Mutter. »Jetzt wein dich mal gründlich aus, das wird dir guttun. Und später wirst du dann bestimmt auch drauf kommen, daß du und Jupp Schmitz überhaupt nicht zueinander gepaßt habt, nie und unter keinen Umständen, nicht mit und nicht ohne Geld. Sei froh, daß die Affäre vorbei ist und du nur deinen Schmuck verloren hast und nicht auch noch dein Vermögen. Stell dir vor, du hättest es ihm wirklich gegeben, und ihr hättet euch dann verkracht! Dann wärst du doch erheblich schlechter dagestanden als jetzt.«
»Du immer mit deinen Vernunftgründen!« sagte Molly, aber ihre Tränen versiegten. »Gib mir, bitte, ein Taschentuch und einen Spiegel!« Sie betrachtete sich kritisch. »In meinem Alter darf man sich Tränen, fürchte ich, gar nicht mehr erlauben.«

Am Montagmorgen fuhr Marty, noch bevor sie ihre eigene Wohnung aufsuchte, mit Jessica zu Philipp. Sie trafen ihn zu Hause an, barfuß, in Jeans und einem verwaschenen, von zahllosen Farben verkleckten blauen Baumwollkittel, das lange blonde Haar im Nacken zusammengebunden. Marty, die sich vorgemacht hatte, ihn in ihren Alltag eingeordnet zu haben, blieb, als er ihnen die Tür öffnete, bei seinem Anblick fast das Herz stehen.
»Wo habt ihr gesteckt?« fragte er vorwurfsvoll. »Ich habe gestern bei euch geklingelt.«
»Unsere Mutter ist ausgeflippt«, erklärte Jessica.
»Was?« fragte er.
Sie erzählten ihm zwischen Tür und Angel in kurzen Zügen die Geschichte der Ehe von Molly und Hartmut Holzner.

»Na dann«, sagte er, »Ende gut, alles gut! Mir scheint, die beiden gehen mit fliegenden Fahnen einem Happy-End entgegen.«
»Ich weiß es nicht«, behauptete Marty, »läßt sich eine Ehe, in der so viel passiert ist, wirklich noch kitten? Und selbst wenn, bleibt es nicht immer nur Bruch?«
»Mir ist es Wurscht«, sagte Jessica, »ich bin zum letztenmal bei ihnen gewesen. Sollen sie sehen, wie sie fertig werden. Um mich haben sie sich ja auch nicht gekümmert.«
»Du brauchst dringend ein Telefon, Philipp!« stellte Marty fest. »Das geht so nicht weiter. Es ist unmöglich, daß du nicht zu erreichen bist.«
»Wenn du befiehlst«, entgegnete er und sah ihr lächelnd in die Augen.
»Ich befehle dir gar nichts, ich rate dir nur.«
»Wollt ihr nicht endlich reinkommen und es euch gemütlich machen? Ich bin zwar mitten in der Arbeit . . .«
»Die mußt du unterbrechen!« sagte Jessica energisch. »Komm mit runter und hilf uns das Auto ausräumen. Wir haben alles mitgebracht, was du für deine Ausstellung brauchst.« Marty ließ die beiden allein treppab, treppauf laufen. Sie kam sich zwar schlecht vor, denn es war nicht ihre Art, sich vor einer Arbeit zu drücken, aber sie wollte wenigstens für kurze Zeit allein sein. Sie trank ein Glas Wasser und grübelte darüber nach, wie es möglich war, daß Philipp sie durch seine bloße Existenz immer wieder aus der Fassung brachte.

In den nächsten Tagen wurde es damit nicht besser. Die Schwestern verbrachten zwar die meiste Zeit in Philipps Atelier, aber das Zusammentreffen mit ihm wurde Marty nicht zur Gewohnheit. Es war eine gewisse Erleichterung, daß Jessica immer dabei war. Wenn sie zu ihrem Unterricht

mußte, nahm auch Marty das stets zum Anlaß, sich zu verabschieden. Sie brachte sie zu ihrem Institut und fuhr dann zu sich nach Hause. Dabei hatte sie das quälende Gefühl, daß er sie durchschaute. Er mußte merken, daß sie ihm auswich. Und er konnte sicher auch nicht glauben, daß sie ihn nicht ausstehen konnte, denn sonst hätte sie nicht so viel für ihn getan. Der Gedanke war peinvoll. Überhaupt, in seiner Nähe zu sein, mit ihm zu arbeiten und zu planen, war eine süße Qual, eine qualvolle Lust.
Es wird eine Erlösung für mich sein, wenn die Ausstellung endlich steht, dachte sie oft, aber sie war auch ehrlich genug, sich zuzugeben, daß sie sich ein Leben ohne Philipp nicht mehr vorstellen konnte.
So arbeitete sie denn eifriger als die beiden anderen, zog seine Zeichnungen auf Spanplatten auf und verglaste sie, in dem verzweifelten Wunsch, es bald hinter sich zu haben, und genoß doch jede Sekunde.
Einmal wollten sie gerade aufbrechen, um Philipp zu besuchen – heute sollte die letzte Hand an die Ausstellungsstücke gelegt werden –, als Manfred Probst anrief und sich mit Jessica verabredete.
»Dann fahr ich auch nicht«, sagte Marty spontan.
»Bist du mir böse?«
»Nein. Es ist ganz klar, daß du deinen Vater sehen willst. Aber ich habe keine Lust allein.«
»Philipp erwartet uns.«
»Soll er nur! Er kann auch ohne uns fertig werden, wenn er will. Es ist ja nicht mehr viel zu tun.«
Die kleine Schwester hörte kaum auf diese fadenscheinigen Erklärungen; sie war schon voll damit beschäftigt, sich für Manfred Probst schön zu machen.
»Frag ihn, ob er mit dir zur Premiere geht!« rief Marty ihr nach, als sie schon in der Tür war. »Ihr kriegt Freikarten!«

»Au ja!« rief Jessica, und fort war sie.
Noch nie war Marty die eigene Wohnung so öde vorgekommen. Sie drehte das Radio an, aber die Musik nervte sie nur, und sie stellte es wieder aus. Im Fernsehen wurde ein Film wiederholt, den sie schon am Abend zuvor nicht hatte sehen wollen. Zum ersten Mal in ihrem Leben wußte sie nichts mit sich anzufangen. Die Proben für *Groß und klein* liefen jetzt reibungslos, am Theater wurde sie nicht gebraucht. Alle Artikel und Hinweise auf die bevorstehende Premiere waren an die Zeitungen lanciert. Es gab nichts, was sie hätte tun können. Natürlich war da noch ihre Dissertation, aber für die hatte sie im Augenblick wirklich nicht den Kopf.
Marty fühlte sich verlassen und verloren.
Endlich entschloß sie sich, doch zum Theater zu fahren. Wenn sie dort auch nicht gebraucht wurde, würde sie doch wenigstens unter Menschen sein. Sie redete sich ein, daß es sie interessieren müßte, wie weit die Inszenierung fortgeschritten war. Gerade hatte sie ihre Windjacke übergezogen, als es an der Wohnungstür klingelte. Sie öffnete, ohne nachzudenken. Philipp Herzog stand vor ihr. Sekundenlang sahen sie sich sprachlos an. »Was ist los?« fragte er. »Warum seid ihr nicht gekommen?«
»Ich wollte gerade gehen«, erwiderte sie einigermaßen geistesgegenwärtig, »komm, ich erkläre es dir unterwegs.«
»Nein!« Er drängte sie zurück in die Wohnung. »Ich habe es satt!«
»Was?«
»Deine ewigen Ausweichmanöver. Können wir denn nicht miteinander umgehen wie zwei erwachsene Menschen?«
»Das tun wir doch«, sagte sie kläglich.
»Findest du? Ich nicht. Wie kannst du mich, ohne mir Bescheid zu geben, einfach sitzenlassen?«
»Wenn du Telefon hättest . . .«

»Aber ich hab's noch nicht! Du hättest doch wenigstens bei mir vorbeikommen können.«
»Mein Gott, wie umständlich!«
»Es ist dir also egal, daß ich dagesessen und mir Sorgen um dich gemacht habe.«
»Aber das ist doch lächerlich.«
»Nein! Absolut nicht. Ich kenne dich doch. Du bist die Pünktlichkeit und Zuverlässigkeit in Person. Also mußte ich annehmen, daß etwas passiert ist.«
»Tut mir leid, Philipp.«
»Das klingt schon besser. Aber es fehlt die Erklärung.«
»Ich bin dir keine Erklärung schuldig.«
»Nein? Wirklich nicht? Erst mischst du dich in mein Leben ein, zwingst mir deinen Willen auf . . .«
»Das ist nicht wahr!«
»Wer hatte denn die Idee mit der Ausstellung? Wer hat denn von mir verlangt, daß ich all diese albernen Mimenfratzen zu Papier bringe? Wer hat mir denn Platten und Glas und Nägel ins Atelier geschleppt?«
»Ich habe doch nur versucht, dir zu helfen.«
»Habe ich dich um deine Hilfe gebeten?«
»Nein, das nicht! Aber ich hatte das Gefühl, daß du ein . . . na ja, eben einen gewissen Anstoß brauchtest.«
»Ja, den habe ich gebraucht, verdammt noch mal! Aber ist das ein Grund, mich einfach sitzenzulassen?«
Marty wich noch weiter vor ihm zurück. »Ich konnte nicht anders. Aber vielleicht war es auch ganz gut so. Nach der Premiere ist es sowieso vorbei.«
»Vorbei? Was soll vorbei sein?«
»Dann besteht keine Notwendigkeit mehr, uns wiederzusehen.«
»Also so hast du dir das gedacht! Du bildest dir ein, daß du einfach aus meinem Leben verschwinden kannst.«

»Ja«, sagte sie mühsam.
»Aber ich will dich nicht verlieren!«
»Das wirst du auch nicht, weil du mich gar nicht besitzt!«
»Du gehörst zu Kanzler, willst du damit sagen?«
»Laß den, bitte, aus dem Spiel!«
»Aber er ist mittendrin! Er gibt doch jedem, ob er's wissen will oder nicht, überdeutlich zu verstehen, daß du mit ihm schläfst.«
»Das ist sein Recht.«
»Es ist eine Schweinerei, daß du ihm dieses Recht einräumst, ohne ihn zu lieben.«
»Ich schätze ihn sehr.«
»Ach, erzähl mir doch nichts! Du gehst mit ihm ins Bett, weil du dir einen Vorteil davon versprichst. Begreifst du denn nicht, was für ein dreckiges Geschäft das ist?«
»Es macht mir nichts aus.«
»Ich habe auch mit 'ner Menge Frauen geschlafen, ohne daß es mir was ausgemacht hat. Aber das ist jetzt vorbei.«
»Ich verstehe überhaupt nicht, was du von mir willst.«
»Dich heiraten.«
»Heiraten?« Unwillkürlich machte Marty einen Satz zurück, der sie in die äußerste Ecke des Wohnzimmers brachte.
»Das liegt doch auf der Hand«, erklärte er ruhig.
»Aber ich will nicht heiraten! Ich habe niemals heiraten wollen! Und dich schon gar nicht!«
Er trat auf sie zu, stand jetzt dicht vor ihr und stützte, ohne sie zu berühren, die ausgestreckten Hände links und rechts von ihr gegen die Wand. »Das mußt du mir schon näher erklären.«
»Ich habe Angst vor dir! Von Anfang an habe ich Angst vor dir gehabt! Du siehst doch, daß ich zittere!«
»Du hast Angst vor deinem eigenen Gefühl!«
»Kann schon sein«, gab sie zu, und ihre Zähne klapperten

jetzt tatsächlich. »Ich mag das nicht. Ich mag das ganz und gar nicht, wenn man nicht mehr klar denken kann.«
»Glaubst du wirklich, der Verstand ist alles?«
»Er gibt mir Sicherheit.«
»Und jetzt ist er im Eimer?«
»Ja, Philipp! Bitte, bitte, klemm mich nicht so ein! Gib mich frei!« Sie wollte unter seinen Armen durchschlüpfen, aber er ließ es nicht zu.
»Erst wenn du mir dein Jawort gibst.«
»Philipp, das ist doch Wahnsinn! Heiraten! Ich bin keine Hausfrau, wer weiß denn, ob wir überhaupt zusammen leben können, wir verdienen kaum etwas, haben keine eigene Wohnung . . .«
»Du redest am Kern der Sache vorbei! Ich will dich haben, ganz und für immer, und ich weiß, daß du mir ohne Heirat nicht vertrauen würdest. Du wagst ja nicht einmal, mich zu küssen, nicht wahr?« Er beugte sich zu ihr herab, und seine Lippen streiften ihren Mund.
»Nein!« rief sie. »O nein!«
»Da siehst du! Du hast Angst, du könntest dich verlieren, ich könnte dich zerstören, deine kleinen emsig tickenden grauen Zellen könnten blockiert werden.«
Sie stemmte ihre Fäuste gegen seine Brust, um ihn von sich abzuhalten. »Wenn du das alles weißt, warum quälst du mich dann so?« – »Weil ich dich liebe, Marty!«
»Nein, nein, sag das nicht! Das ist doch nicht wahr. Vielleicht bist du mir dankbar, vielleicht glaubst du, daß ich dir noch nützlich sein könnte . . .!« Tränen sprangen ihr aus den Augen, und ihre Stimme erstickte.
»Du dumme kleine Gans!« sagte er zärtlich. »Wer hat dir nur eingeredet, daß man dich nicht lieben könnte? Hast du denn nicht gemerkt, daß ich schon im ersten Augenblick von dir gefangen war, als du mich angesprochen hast, damals in der

Fußgängerzone? Hast du denn gedacht, ich würde mich mit jedem fremden Menschen gleich in so ein Gespräch einlassen? Bildest du dir wirklich ein, daß Liebe sich nach Schönheit richtet? Du hättest mich vor ein paar Jahren kennen sollen. Ich war wirklich ein hübscher Bengel, und sie sind mir nachgestiegen ... nicht nur die Weiber. Aber niemand hat mich geliebt. Meine blauen Augen haben gefallen, meine blonden Haare, meine Nase, vielleicht auch meine Haut ... Aber was dahintersteckt, hat keinen interessiert. Wenn du wüßtest, wie oft ich meine gottverdammte Schönheit verflucht habe. Du bist der erste Mensch, der mich wirklich liebt.«

»Aber nein!« schluchzte sie. »Das tue ich ja gar nicht! Ich bin bloß ... ich kann es nicht ausdrücken ... hypnotisiert, fasziniert, verrückt nach dir. Aber wenn das vorbei ist ... ich weiß nicht, was dann bleibt.«

»Das ist das große Abenteuer. Seien wir doch glücklich, daß wir es erleben dürfen.«

Sie suchte nach einem Taschentuch, fand keines und wischte sich mit dem Handrücken die Tränen aus den Augen. »Jetzt weißt du also, was mit mir los ist. Du solltest es niemals erfahren, aber jetzt weißt du es. Und du hast auch recht, was Kanzler betrifft. Ich werde nie mehr mit ihm schlafen, nie mehr. Aber du brauchst mich nicht zu heiraten, du kannst mich viel leichter haben.« Sie versuchte ein Lächeln. »Probieren wir es miteinander.«

»Nein.«

»Warum denn nicht?«

»Weil ich weiß, was du im Schilde führst. Du willst dein großes Gefühl abnützen, du willst es kleinkriegen. Aber ich will es behalten, es bewahren, bis ans Ende unserer Tage.«

»Wir werden ja sehen.«

»Nichts da. Weißt du, was Heirat für mich bedeutet? Nicht

daß du mir die Wohnung putzt, nicht daß du mir Kunden fängst, nicht daß du mir einen Namen machst, nicht einmal, daß wir unbedingt zusammen wohnen müssen.« Er machte eine Pause.

»Was dann?« fragte sie erstaunt.

»Die Ehe ist für dich der einzige Boden, auf dem deine Liebe wachsen und gedeihen kann. Ich bin nichts, und ich habe nichts, und ich werde vielleicht niemals etwas werden. Aber was ich dir bieten kann und was ich von dir verlange, ist ... unverbrüchliche Treue.«

»Unverbrüchliche Treue«, wiederholte sie, als müßte sie es erst verstehen.

»Ist es jetzt gut? Weißt du jetzt, was ich von dir will? Kann ich dich endlich in die Arme nehmen?«

»Oh, Philipp!« Sie warf sich an seine Brust.

Er hielt sie ganz fest, streichelte sie und sprach beruhigend auf sie ein, aber sie konnte nicht aufhören zu zittern.

»Ich ertrage es nicht«, flüsterte sie, »ich ertrag's nicht!«

Er setzte sich, nahm sie auf seinen Schoß und wiegte sie wie ein Kind. »Du ahnst nicht, wieviel Liebe der Mensch ertragen kann!«

Alle, die von der bevorstehenden Hochzeit hörten, unterstellten, daß Philipp Herzog Marty nur aus Eigennutz an sich binden wollte. »Na ja«, sagte Jessica, »nachdem du so viel für ihn getan hast ...« Und sie zuckte die Achseln, aber es schien sie nicht besonders zu interessieren. Marty war verwundert, gleichzeitig aber auch sehr erleichtert, daß die Schwester so leicht darüber hinwegging.

»Ein Schlaukopf, dein Schönling«, bemerkte Kanzler, »zu dumm, daß ich nicht selber auf die Idee gekommen bin.«

Marty riß die Augen auf. »Soll das heißen, du hättest mich auch geheiratet?«

»Ja, warum denn nicht? Wir beide passen doch zusammen. Besser als du und er. Willst du es dir nicht noch einmal überlegen?«
»Was?«
»Ob du nicht doch lieber mich nimmst? Das ist ein Angebot!«
»Du würdest mir doch niemals treu sein.«
»Menschlich war ich dir immer treu, auch wenn ich mir andere genommen habe.«
»Ja. Mag sein. Bei dir hat es mich nicht gestört.«
»Aber bei ihm? Dann kann ich dir nur sagen, daß du noch wahnsinnig werden wirst.«
»Nein. Ich vertraue ihm.«
»Was für ein Fehler!«
Die anderen vom Theater gratulierten und enthielten sich eines Kommentars, jedenfalls in Martys Gegenwart. Was sie hinter ihrem Rücken sagten oder dachten, war ihr gleichgültig. Den Eltern verriet sie vorerst noch nichts; sie wollte sie vor vollendete Tatsachen stellen.

Die Premiere von *Groß und klein* wurde ein Erfolg, und auch Philipp Herzogs Zeichnungen und Aquarelle fanden Beachtung. Nach der offiziellen Feier kamen sie noch in Martys Wohnung zusammen: Kanzler, Birgit Herz, Philipp, Jessica und Manfred Probst, der unter den Zuschauern gewesen war.
Alle waren sie berauscht, vom Alkohol und mehr noch vom süßen Gift des Erfolges, und alle redeten durcheinander, als das Telefon klingelte.
»Jetzt? Mitten in der Nacht?« protestierte Kanzler. »Geh nicht ran, Marty! Ein Anruf kann uns höchstens die Stimmung verderben.«
»Wahrscheinlich ist es nur jemand, der gratulieren will.«

»Dann kann er warten bis morgen.«
Aber es lag nicht in Martys Art, das Telefon vergeblich läuten zu lassen; sie nahm den Hörer ab und meldete sich.
Molly war am anderen Ende der Leitung. »Marty!« rief sie. »Gut, daß ich dich endlich erreiche. Es ist etwas mit Hartmut! Ich habe mich mit ihm gestritten, und ...«
»Wieder einmal?«
»Es war nicht meine Schuld! Er hat von mir verlangt ... er wollte, daß ich ihm verspreche ...«
»Daß du bei ihm bleibst!«
»Ja, Marty, aber das konnte ich doch nicht! Ich weiß doch selber noch nicht, was ich jetzt tun soll!«
In Martys Wohnung war es still geworden. Alle blickten auf sie und versuchten unwillkürlich zu lauschen.
»Aber warum regst du dich so auf, Molly? Einer von euren zahllosen Krächen. Was soll schon sein?«
»Er ist zusammengebrochen, Marty! Habe ich dir das nicht gesagt?«
»Was?« Marty erschrak.
»Herzinfarkt, sie haben ihn in die Klinik gebracht!«
»Ist er ... tot?«
»Ich weiß es nicht, Marty, aber ihr müßt nach Hause kommen.«
»Natürlich, Mutter ...«
»Wann kommt ihr? Fahrt ihr gleich los?«
»Nein, Molly, wir haben ein bißchen viel getrunken. Wir hatten heute Premiere. Wir fahren, sobald wir ausgenüchtert sind. Morgen früh.«
»Was soll ich bloß tun, wenn er ...«
»Das alles werden wir morgen in aller Ruhe besprechen! Jetzt versuch erst einmal, etwas zu schlafen.« Sie legte den Hörer auf. »Ich weiß nicht, ob ihr es mitbekommen habt«, sagte sie, »mein Vater hat einen Herzinfarkt.«

»Also Ende der Feier«, sagte Leberecht und erhob sich schwerfällig.
»Das möchte ich auch sagen«, stimmte Marty zu.
»Ich will nicht mit!« rief Jessica total durcheinander. »Er ist nicht mein Vater. Und ich will nicht . . .«
»Aber Molly ist immer noch deine Mutter! Wir müssen ihr beistehen.«
»Natürlich fährst du, Jessica«, bestimmte Manfred Probst, »man darf in so einer Situation nicht kneifen.«
»Ich werde euch begleiten«, erklärte Philipp.
»Das ist nicht nötig«, sagte Marty rasch.
»Nötig vielleicht nicht, aber richtig.«
»Und wenn jemand in dein Atelier kommt, weil er sich für deine Bilder interessiert?«
»Ich mache ein großes Schild an die Tür ›Wegen Krankheitsfall in der Familie verreist‹. Marty, wenn es jemand ernst meint, wird er auch warten können.«

So holten die Schwestern denn Philipp Herzog am nächsten Morgen ab. Er stand schon vor der Haustür und erwartete sie, so daß Marty nicht einmal einparken mußte.
Marty kurbelte das Fenster herunter. »Schön, daß du schon da bist!«
Er beugte sich zu ihr herunter und küßte sie. »Laß mich ans Steuer, und du setzt dich nach hinten, bitte, Jessica!«
»Kannst du denn überhaupt fahren?« fragte die kleine Schwester, wenig erfreut darüber, den Platz wechseln zu müssen.
Er grinste sie an. »Ich versteh' mich auf so gut wie alle brotlosen Künste.«
»Aber wozu, Philipp?« fragte Marty.
»Du bist nervös, denn es geht um deinen Vater. Außerdem wirst du noch nervöser, wenn ich unterwegs mal die Hand

auf dein Knie lege, und da ich das bestimmt nicht lassen kann, tauschen wir lieber.«

Marty gab nach, aber noch bevor sie die Autobahn erreicht hatten, mußte sie zugeben, daß er die richtige Entscheidung getroffen hatte. Sie war niedergeschlagen und abgespannt, hatte in der vergangenen Nacht unruhig geschlafen. Es war erholsam, nur neben ihm zu sitzen, an nichts zu denken und nur ganz stark zu fühlen, daß er bei ihr war und daß er immer bei ihr bleiben würde ... Nicht für immer, verbesserte sogleich ihr kritischer Verstand. Aber doch für eine wunderbare Zeit.

Da sie vergessen hatte zu fragen, in welcher Klinik Hartmut Holzner lag, dirigierte sie ihn nach Düsseldorf-Oberkassel zu ihrem Elternhaus auf dem Kaiser-Wilhelm-Ring. Es lag so ruhig und behäbig da, als wäre nichts geschehen. Aber als sie klingelte, stürzte Molly ihr in Hut und Mantel entgegen. Sie war sorgfältig zurechtgemacht, und ihre schönen Augen zeigten keine Spur von Tränen.

»Da seid ihr ja endlich!« rief sie. »Ich habe in der Klinik angerufen. Hartmut hat die Nacht überstanden. Aber ich konnte nicht mit ihm sprechen. Er lag noch auf der Intensivstation.« Sie sah Philipp an. »Wer sind Sie denn?«

»Ich habe die beiden jungen Damen gefahren, Madame.«

»Ach so, ja, natürlich. Das war nett von Ihnen.« Sie konnte es nicht lassen, ihm tief in die Augen zu sehen. »Jetzt nehmen wir aber ein Taxi. Frau Baumann hat es schon bestellt. Es muß jeden Augenblick da sein.«

»Ich fahre mit Philipp«, entschied Marty.

»Philipp heißen Sie also?« Molly schenkte ihm ein kokettes Lächeln. »Ganz wie du willst, Marty.«

»Wo liegt er denn?«

»In der Universitätsklinik.«

Sie warteten, bis das Taxi für Molly gekommen war, und

fuhren dann nach. Philipp, der auf der Kunstakademie in Düsseldorf studiert hatte, kannte sich sehr gut aus. Aber Molly, die kein Parkplatzproblem hatte, war ihnen doch voraus, so daß sie sich, in der Klinik eingetroffen, allein nach dem Patienten erkundigen mußten. Nach einigem Fragen und Suchen trafen sie dann wieder auf Molly, die sich in einem sehr sterilen Wartezimmer niedergelassen hatte. Die Beine übereinandergeschlagen, den Rock ein wenig hochgeschoben, so daß ihre hübschen Knie zur Geltung kamen, saß sie da und sah ihnen entgegen. »Entsetzlich!« klagte sie. »Niemand erklärt einem genau, wie die Dinge stehen. Wir werden warten müssen.«
Das taten sie dann auch, schweigend. Jede der drei Frauen hätte eine Menge zu sagen gehabt, aber sie verzichteten darauf, weil sie kein falsches Wort verlieren wollten. Marty litt um den Vater, aber sie war sicher, daß Molly in seinem Tod eine Lösung ihrer Probleme sehen mußte, und sie konnte ihr das nicht einmal verübeln. Jessica ging in ihren Gedanken wohl nicht so weit. Wahrscheinlich war ihr auch gar nicht klar, daß ihr durch Holzners vorzeitiges Ableben sein Name und auch ihr Erbanspruch erhalten bleiben würden. Sie hatte sich von ihm abgekapselt und redete sich ein, daß ihr sein Schicksal herzlich gleichgültig wäre.
Es war eine durch und durch unbehagliche Situation, und Marty war froh, daß Philipp die ganze Zeit ihre Hand hielt, mit beruhigendem, liebevollem, begreifendem Druck.
Molly bemerkte es. »Sag mal, warum klammerst du dich so an diesen jungen Mann? Das wirkt ziemlich ungehörig.«
»Ich bin es, der sich klammert«, erwiderte Philipp, »ich klammere mich, weil ich sie nicht verlieren möchte.«
»Marty? Die läuft Ihnen doch bestimmt nicht davon.«
»Dessen werde ich mir nicht sicher sein, bevor wir nicht verheiratet sind.«

»Verheiratet?« Molly setzte sich kerzengerade auf. »Sie wollen mir doch wohl nicht weismachen, daß Sie meine Tochter heiraten?«
»Doch, Madame. Wir haben das Aufgebot schon bestellt.«
»Wenn Hartmut stirbt, müßt ihr die Hochzeit verschieben«, mischte Jessica sich ein.
»Nein, das werden wir nicht. Wir werden die Feier winzig halten, aber unsere Hochzeit findet am vorgesehenen Tag statt.«
»Warum erfahre ich erst jetzt davon?« fragte Molly.
»Es ergab sich keine Gelegenheit«, sagte Marty.
»Und wir hatten immer nur eine ganz kleine Feier im Sinn«, ergänzte Philipp.
»Und wenn Marty nun gar nicht erbt? Das ist nämlich durchaus nicht sicher, weil ...«
»Hör auf damit, Molly!« herrschte Marty sie an. »Noch lebt er ja, und ich hoffe von Herzen, er wird es überleben. Es ist einfach geschmacklos von dir ...«
Philipp unterbrach sie. »Reg dich nicht auf, Marty, das ist doch nur lächerlich!« Er wandte sich an Molly. »Falls Sie annehmen, daß ich Marty wegen irgendwelcher Gelder heirate, irren Sie sich. Ich liebe dieses wunderbare Mädchen!« Er legte den Arm um Martys Schulter und zog sie an sich.
»Und sie himmelt Sie an! Mal sehen, wie lange es dauert!«
»Das muß nicht deine Sorge sein«, sagte Marty.
Eine Krankenschwester kam herein, einen Zettel in der Hand, von dem sie ablas: »Hartmut Holzner?«
»Ja«, sagte Molly rasch, »das ist mein Mann.«
»Der Patient möchte Sie sehen, Frau Holzner. Aber nur fünf Minuten!«
Marty löste sich von Philipp. »Ich bin seine Tochter.«
»Sie auch ... und ...« Sie sah wieder auf ihren Zettel. »... Jessica?«

»Ich bin nicht mit ihm verwandt!«
»Nun komm schon!« Marty packte sie beim Arm. »Er hat doch wohl das Recht . . .«
»Keine Aufregungen!« mahnte die Schwester. »Und höchstens fünf Minuten.«

Hartmut Holzner lag auf einem hohen weißen Eisenbett, und sein Gesicht war von einem schmutzig-weißen Grau, denn sein Barthaar war gewachsen, während er mit dem Tod gerungen hatte; er sah erbärmlich elend aus.
»Vater!« rief Marty und ergriff seine Hand, die wie leblos auf dem Laken lag.
»Schon gut«, sagte er, ohne ihren Druck zu erwidern, »wir haben nur sehr wenig Zeit.«
Er sprach sehr leise und sehr vorsichtig, als wollte er keine Kraft verschwenden. »Die Ärzte sagen, daß ich es diesmal noch überleben werde. Vielleicht bleiben mir ein paar Monate, vielleicht ein paar Jahre. Ich möchte sie mir so schön wie möglich machen.«
»Sicher, Vater, das sollst du auch«, stimmte Marty zu.
»Ich will nicht länger kämpfen. Du sollst deine Scheidung haben, Molly, die Abfindung, auf die du so scharf bist. Damit du endlich tun und lassen kannst, was du willst. Du wirst die Klage auf gerichtliche Feststellung der Vaterschaft zurückziehen, Jessica . . .«
»Aber ich will doch endlich genau wissen, ob Manfred mein Vater ist oder nicht!«
»Wenn ihr das beide wollt, braucht es dazu keine gerichtliche Feststellung. Von mir aus kannst du meinen Namen tragen, bis du heiratest, und ich werde auch weiter für dich sorgen, falls dein Vater das nicht tut. Auf jeden Fall werde ich das Geld, das ich für deine Erziehung ausgegeben habe, nicht von ihm zurückverlangen.«

»Das ist sehr großzügig von dir«, murmelte Jessica widerwillig.
»Ich möchte nur noch meine Ruhe und meinen Frieden haben.«
»Und das Geschäft gibst du auf, ja, Vater?« fragte Marty besorgt.
»Ich bin noch nicht sicher. Ich weiß nicht, ob ich ganz ohne Arbeit leben kann. Um deine Unterstützung brauchst du jedenfalls nicht zu bangen, bis du dein Studium abgeschlossen hast.«
»Danke, Vater. Das werde ich bestimmt. Ich verspreche es dir. Auch wenn ich jetzt heirate.« Marty wartete darauf, daß Hartmut Holzner eine Frage stellte.
Er tat es nicht, sondern schloß erschöpft die Augen.
»Den jungen Maler«, erklärte sie, »für den ich die Ausstellung arrangiert habe.«
»Kann er dich ernähren?«
»Vorläufig nicht. Aber ich will das auch gar nicht. Ich schaffe es schon selber.«
»Das weiß ich, Marty. Du bist die Beste.«
»Wenn wir erst geschieden sind . . .« begann Molly munter.
»Laß uns ein andermal darüber sprechen. Alles soll so werden, wie ihr wollt. Aber mein Haus steht euch jederzeit offen.«
»Wir werden kommen, Vater!« versprach Marty und warf Jessica einen beschwörenden Blick zu.
»Ganz bestimmt«, versicherte die kleine Schwester.
»Vielleicht werde ich gar nicht ausziehen«, fügte Molly hinzu, »das war es, was ich dir eben schon sagen wollte.«
Die Schwester öffnete leise die Tür und winkte sie hinaus.
»Kann ich ihn später noch einmal sehen?« fragte Marty, als sie draußen waren.

»Nach der Mittagsruhe.«
»Daß es so kommen mußte . . .« sagte Molly verwirrt. »Du lieber Himmel! Mußte er erst einen Herzinfarkt kriegen, um zur Vernunft zu kommen? Fahren wir nach Hause!«
»Ich habe Manfred Probst versprochen, ihn gleich anzurufen«, sagte Jessica.
»Na, dem wird eine Last vom Herzen fallen!«
»Das ist nicht wahr! Er hat mich sehr gern.«
»Paß nur auf: wenn du ihn nichts kostest, wird er dich noch viel lieber haben.«
»Ich bleibe noch hier«, sagte Marty.
»Wozu?« fragten Molly und Jessica fast gleichzeitig.
»Um ihm Philipp vorzustellen.«
Philipp hatte einige Schritte vom Krankenzimmer entfernt auf sie gewartet. »Das ist dir doch recht?«
»Wie alles, was du vorschlägst«, erwiderte er lächelnd.
»Sagen wir lieber: wie fast alles«, verbesserte sie ihn.
Molly und Jessica verabschiedeten sich kurz und gingen Arm in Arm davon.
»Sie scheinen bester Laune zu sein«, stellte Philipp fest.
»Ja. Hartmut willigt in die Scheidung ein und hat den Kampf gegen Jessicas Vater aufgegeben.«
»Sehr weise von ihm.«
»Ach, Philipp«, sagte sie und schmiegte sich zum ersten Mal aus freien Stücken an ihn, »ich bin so froh, daß alles vorüber ist und daß du bei mir bist! Und es ist mir ganz gleichgültig, was die anderen denken und sagen.«
Er legte die Arme um sie und zog sie an sein Herz. »So ist es richtig, meine Geliebte. Die anderen sind nur neidisch und eifersüchtig, weil wir glücklich sind. Aber sie haben keine Ahnung, was ich für dich empfinde. Ich werde dir meine Liebe beweisen, jeden Tag aufs neue, ein ganzes Leben lang.«